Irene Hannon

Auf dass ihr nicht gerichtet werdet

francke

Über die Autorin:
Irene Hannon studierte Psychologie und Journalistik. Sie kündigte ihren Job bei einem Weltunternehmen, um sich dem Schreiben zu widmen. In ihrer Freizeit spielt sie in Gemeindemusicals mit und unternimmt Reisen. Die Bestsellerautorin lebt mit ihrem Mann in Missouri.

Bibliografische Information Der Deutschen Bibliothek
Die Deutsche Bibliothek verzeichnet diese Publikation in der Deutschen Nationalbibliografie; detaillierte bibliografische Daten sind im Internet über http://dnb.ddb.de abrufbar.

ISBN 978-3-86827-370-0

Deutsch von Dorothee Dziewas
Umschlagbilder: © iStockphoto.com / pascalgenest
© iStockphoto.com / gremlin
© dreamstime.com / Nyul
Umschlaggestaltung: Verlag der Francke-Buchhandlung GmbH /
Christian Heinritz
Satz: Verlag der Francke-Buchhandlung GmbH
Druck und Bindung: CPI Moravia Books, Korneuburg

www.francke-buch.de

Kapitel 1

Als sein BlackBerry vibrierte, umklammerte Deputy U.S. Marshal Jake Taylor das Lenkrad fester und unterdrückte ein Stöhnen. Abgesehen von den zwei Stunden mäßig entspannender Auszeit, die er auf dem Heimflug von Denver nach St. Louis genossen hatte, war er seit beinahe vierundzwanzig mit Adrenalin gefüllten Stunden in Alarmbereitschaft. Er hatte eigentlich vorgehabt, direkt zu seiner Mietwohnung zu fahren, die noch unausgepackten Umzugskisten zu ignorieren und sich aufs Ohr zu hauen.

Aber ein kurzer Blick auf die Anruf-Erkennung sagte ihm, dass aus dem Plan wohl nichts werden würde.

Er holte tief Luft, drückte die Sprechtaste und begrüßte seinen Chef. „Hi, Matt. Was gibt's?"

„Tut mir leid, dass ich so spät noch anrufe. Habe ich dich geweckt?"

„Nein. Der Flug hatte Verspätung. Ich bin gerade auf dem Weg nach Hause."

„Dann halt besser an."

Das klang nicht gut.

Ein Bistro tauchte ein Stück weiter am Straßenrand auf und Jake bog in den Parkplatz ein, dankbar für die glückliche Fügung und die langen Öffnungszeiten des Cafés. Da die LED-Anzeige an seinem Armaturenbrett sich Mitternacht näherte und er den Verdacht hatte, dass er in nächster Zeit erst einmal keinen Schlaf bekommen würde, war eine kräftige Dosis Koffein durchaus willkommen.

„Ich stelle mich gerade beim Durchfahrschalter einer Raststätte an, um mir Kaffee zu holen." Er hielt hinter seinem Vordermann, der seine Bestellung aufgab.

„Gute Idee. Ist alles gut gelaufen?"

„Ja, wir hatten alles im Griff. Er konnte noch nicht mal einen Schuss abfeuern." Jemanden zu verhaften, der auf der Liste der gesuchten Personen der U.S. Marshals ganz oben stand, war immer eine schwierige Angelegenheit. Und wie Jake erwartet hatte, war Ray Carlson – für den es Haftbefehle wegen Mord, Brandstiftung, Drogenhandel und Verstößen gegen das Waffengesetz gab – den Einsatz aller Deputy Marshals der Spezialeinheit wert gewesen.

„Gut. So mögen wir unsere Verhaftungen. Hör zu, es tut mir leid, dass ich dich gleich wieder in eine schwierige Sache reinziehe, bevor du verschnaufen kannst, aber Todd ist gerade zu einem Scharfschützentraining nach Camp Beauregard aufgebrochen."

Das bedeutete, dass Matt offensichtlich der Meinung war, der Job müsse von der Spezialeinheit erledigt werden. Todd war nämlich das einzige andere Mitglied der Spezialeinheit im Bundesstaat Louisiana, das in St. Louis stationiert war.

„Was für ein Problem gibt es denn?" Jake zog ein kleines Notizbuch aus seiner Tasche und schlug es auf, während er den Wagen im Blick behielt.

„Es gab heute Abend einen Mordversuch im Haus einer Bundesrichterin. Auf die Schwester der Richterin wurde geschossen. Sie lebt, aber es sieht nicht gut aus. Bis wir wissen, was passiert ist, will ich rund um die Uhr Personenschutz für die Richterin. Und ich möchte, dass du den Einsatz leitest."

Nicht zum ersten Mal wünschte sich Jake, er hätte vor seinem Umzug nach St. Louis mehr Vorbereitungszeit gehabt. Jake kannte nur wenige von den Richtern hier, die vom Marshals

Service beschützt wurden. Aber kaum war er vor zwei Wochen in der Stadt angekommen, war er schon mit dem Carlson-Fall betraut worden. Und während der sechs Monate, die er vorher im Irak verbracht hatte, war er damit beschäftigt gewesen, die Gerichts- und Zeugensicherheit in dem Land zu verbessern – und am Leben zu bleiben. Zukünftige Aufträge in der Heimat hatte er da nicht im Blick gehabt.

„Wer ist die Richterin?" Jake nahm seinen Stift und überlegte, dass er jetzt von Matt die Eckdaten bekommen und sie später noch durch eigene Nachforschungen ergänzen konnte.

„Elizabeth Michaels."

Sein Atem stockte.

Liz Michaels? Dougs Frau?

Nein, das konnte nicht dieselbe Person sein.

Oder doch?

Während die Frage noch in seinen Gedanken nachhallte, hatte er das dumpfe Gefühl, dass er die Antwort schon kannte.

„Jake? Bist du noch da?"

„Klar." Er holte tief Luft und versuchte, so unbeteiligt wie möglich zu klingen. „Ich habe meine Hausaufgaben in Bezug auf die Richter im achten Bezirk noch nicht gemacht, aber der Name kommt mir bekannt vor. Ich kannte vor Jahren eine Anwältin aus Jefferson City, die Liz Michaels hieß."

Das Auto vor Jake fuhr an und er ließ seinen Wagen vor das Fenster rollen, um seine Bestellung aufzugeben.

„Genau die. Sie hatte dort eine Privatkanzlei, dann war sie drei Jahre lang Richterin am Berufungsgericht. Sie wurde vor vier Monaten ans Bundesgericht berufen."

Jakes Kiefermuskeln verhärteten sich. Er schaltete sein Telefon stumm und wandte sich an die Bedienung hinter dem Schalter. „Einen großen Americano bitte. Und tun Sie ruhig noch einen extra Schuss Espresso dazu."

Das Schweigen hielt an, während er in seinem Portemonnaie kramte, und als Matt schließlich das Gespräch wieder aufnahm, konnte Jake am Tonfall seines Chefs hören, dass er die Stirn runzelte.

„Gibt es da ein Problem?“

Ja. Ein großes sogar.

Er würde lieber wieder in den Irak gehen, als für den Personenschutz von Liz Michaels zuständig zu sein.

Aber es gab nur eine Antwort, die ein Profi auf diese Frage geben konnte.

„Nein. Kein Problem.“

„Gut. Ich schicke dir eine Ablösung, sobald wir die Sache organisiert haben. Aber ich möchte, dass du dich während der ersten vierundzwanzig Stunden immer in ihrer Nähe aufhältst. Ich schicke dir Spence rüber, er kann dir helfen.“

„In Ordnung. Wo ist sie jetzt?“

„St. John's. Es war das beste Traumazentrum, das in der Nähe lag. Zwei Polizeibeamte sind bei ihr in der Notaufnahme. Sie bleiben dort, bis du kommst. Wann wirst du da sein können?“

Jake fuhr vom Parkplatz hinunter und lenkte den Wagen in westlicher Richtung auf die Interstate 64.

„Zehn, fünfzehn Minuten höchstens.“

„Ich melde mich wieder.“

Das Gespräch wurde beendet.

Nachdem er den BlackBerry wieder in die Gürteltasche geschoben hatte, griff Jake nach dem Becher und nahm einen großen Schluck von dem starken Kaffee. Und dann noch einen.

Es würde eine lange, unangenehme Nacht werden.

* * *

Vierzehn Minuten später, als das Koffein des Espressos anfing seine Müdigkeit zu vertreiben, fand Jake einen Parkplatz in der Nähe der Notaufnahme und lief an den Übertragungswagen der Medien vorbei. Er zog nur ein paar desinteressierte Blicke der Nachrichtenteams auf sich, die in der kühlen Oktobernacht warteten. In Jeans, einem zerknitterten Baumwollhemd, einer abgewetzten Lederjacke und mit einem seit vierundzwanzig Stunden unrasierten Gesicht war er wohl nicht der Aufmerksamkeit der Reporter würdig.

Sie hätten ihre Meinung vielleicht geändert, wenn sie die Springfield-Pistole mit 45er Kaliber im Halfter an seinem Gürtel gesehen hätten.

Im Gegensatz zu den Medien widmeten die Polizeibeamten am Eingang ihm ihre ganze Aufmerksamkeit, als er näher kam.

Mit der Hand in der Nähe seiner Waffe trat der ältere der beiden Beamten auf ihn zu. „Kann ich Ihnen helfen, Sir?"

„Deputy Marshal Jake Taylor." Er hatte seine Marke bereits aus der Tasche gezogen und klappte sie jetzt auf.

Der Polizist begutachtete den Ausweis und nickte dann. „Man hat uns gesagt, dass Sie kommen. Ihr Bruder wartet auf Sie mit den nötigen Informationen. Ich bringe Sie hin." Er ging voran ins Krankenhaus, nachdem er seinem Kollegen ein Zeichen gegeben hatte, seinen Platz an der Tür einzunehmen.

Cole war also mit diesem Fall betraut. Das bedeutete, dass das Verbrechen im Zuständigkeitsbereich der Bezirkspolizei geschehen war. Wenigstens das war eine gute Nachricht. Sein Bruder war ein hervorragender Kriminalbeamter. Aber Jake hätte sich für ihr erstes Zusammentreffen seit seiner Ankunft in St. Louis einen netteren Ort vorstellen können. Einen, an dem es Pizza und viel zu lachen gab.

Eine mitternächtliche Begegnung in der Notaufnahme war meilenweit von dieser Vorstellung entfernt.

Während Jake dem Beamten durch die hell erleuchteten Gänge folgte, musste er blinzeln, weil seine Augen sich von der Dunkelheit der realen Welt auf eine Welt einstellen mussten, die niemals schlief. Die Säure des Kaffees brodelte in seinem Magen und er verspürte ein leichtes Gefühl der Übelkeit.

Er hasste Krankenhäuser. Seit vier Jahren tat er das. Und wenn er einen Bogen um dieses hier hätte machen können, hätte er es getan.

Aus mehreren Gründen.

Auf einen von diesen Gründen fiel sein Blick, als sie an einer Tür vorbeikamen, vor der zwei weitere Polizisten standen. Obwohl sein Blick durch die Tür nur flüchtig war und er sie seit fünf Jahren nicht mehr gesehen hatte, fiel es Jake nicht schwer, die Person in diesem Raum zu erkennen.

Liz Michaels hatte sich offenbar kaum verändert. Sie hatte immer noch dieselben langen honigblonden Haare mit Seitenscheitel. Dieselbe sportliche Figur, fast ein wenig zu dünn. Dieselbe Vorliebe für klassische, elegante Kleidung. Nur dass die cremefarbene Seidenbluse, die in einer dunkelbraunen Stoffhose steckte, diesmal dunkle Flecken an den Manschetten hatte und Spritzer auf der Vorderseite.

Blut.

Ihre Haltung zeugte von einer ungewohnten Niederlage. Er hatte Liz Michaels eigentlich als optimistischen, siegessicheren Typ in Erinnerung. An diesem Abend war von diesem Selbstbewusstsein nichts zu sehen. Sie saß mit gesenktem Kopf da, die Augen geschlossen und die Hände gefaltet, während ihre Ellenbogen auf den Armlehnen des Plastikstuhls ruhten. Ihre Wangen waren ganz und gar farblos.

Beinahe tat sie ihm leid.

„Detective? Marshal Taylor ist hier."

Ihm wurde plötzlich bewusst, dass er seine Schritte automatisch verlangsamt hatte, als er an dem Zimmer vorbeigegangen war, doch jetzt ging er wieder schneller, auf seinen Bruder zu, der ein paar Meter entfernt wartete.

Cole hob zur Begrüßung seinen Kaffeebecher aus Pappe und grinste schief, als der Polizeibeamte wieder an seinen Posten zurückging. „Willkommen in St. Louis."

Sarkasmus zuckte um Jakes Mundwinkel. „Vielen Dank. Ich wäre lieber zu Hause im Bett."

„Geht mir genauso." Cole sah ihn skeptisch an. „Aber ich muss zugeben, dass du den Schlaf dringender brauchst als ich. Deutlich dringender sogar. Das liegt bestimmt an deinem fortgeschrittenen Alter."

„Ich bin nur drei Jahre älter als du."

„Ja. Aber achtunddreißig ist viel näher an vierzig als fünfunddreißig." Cole grinste. „Wieso hast du mir nicht gesagt, dass du wieder hier bist?"

„Ich bin erst vor einer Stunde gelandet."

Cole zog eine Grimasse. „Autsch. Ich vermute, du hast auf dem Rückflug kein Auge zugemacht?"

„Stimmt." Wie sie beide wussten, war es bewaffneten Marshals nicht erlaubt, in einem Flugzeug ein Nickerchen zu machen.

„Wann hast du das letzte Mal geschlafen?"

„Ich kann mich nicht erinnern." Jake musterte seinen Bruder. Coles dunkles Haar sah ein bisschen unordentlich aus und das weiße Hemd unter seinem Sakko hatte seine Fasson weitgehend verloren. „Du siehst auch so aus, als hättest du einen langen Tag hinter dir."

„Deshalb verdienen wir ja so viel Geld, stimmt's?" Cole zog spöttisch einen Mundwinkel hoch und hob erneut seinen Becher. „Willst du Kaffee?"

„Ich hatte einen Americano mit drei Espressi auf dem Weg hierher, danke."

„Kluge Entscheidung. Du wirst ihn brauchen." Er trank einen letzten Schluck und zog eine Grimasse. „Und ich dachte schon, der Kaffee im Büro sei schlecht." Er warf den Becher in einen Mülleimer in der Nähe und zeigte auf einen im Dunkeln liegenden Raum. „Wir haben noch nicht viel, aber da drin kann ich dir die wichtigsten Informationen geben."

Ohne auf eine Antwort zu warten, trat er ein, schaltete das Licht an und schloss die Tür hinter Jake. Nachdem er sich auf einem der beiden Plastikstühle niedergelassen hatte, zog er ein kleines Notizbuch aus seiner Tasche. „Mach es dir bequem."

Jake betrachtete skeptisch den harten Stuhl. „Ja, klar.“

„Ich verstehe, was du meinst.“ Cole veränderte die Position auf seinem Stuhl. „Sie sollten die Leute, die diese Dinger entwerfen, dazu zwingen, jeden Tag selbst eine Stunde lang darauf zu sitzen.“

Jake setzte sich und atmete resigniert aus. „Okay. Was haben wir?“

„Richterin Michaels zufolge kam sie gegen halb acht vom Gericht nach Hause, wie üblich. Sie sah nach ihrer Schwester, die sich hingelegt hatte. Die Schwester stand auf und die Richterin lief über die Straße, um ein FedEx-Paket abzuholen, das bei einem Nachbarn abgegeben worden war. Sie war ungefähr zehn Minuten lang weg. Ihr Nachbar trug das schwere Paket für sie rüber, und nachdem er wieder gegangen war, fand sie im Wohnzimmer ihre Schwester zusammengesunken auf dem Sofa vor dem Fernseher sitzen. Sie war von hinten aus kurzer Distanz in den Kopf geschossen worden.“

Jake presste die Lippen zusammen. Keine schöne Vorstellung. Kein Wunder, dass Liz unter Schock stand.

„Irgendwelche Verdächtigen?“

„Der Mann der Schwester. Richterin Michaels sagt, er sei gewalttätig gewesen und sie habe ihre Schwester seit Jahren gedrängt, ihn zu verlassen. Was sie jetzt endlich getan hat. Gestern. Nachdem er sie wieder verprügelt hatte. Wir haben die zuständige Polizei in Springfield informiert und sie waren bei ihr zu Hause. Der Mann war nicht da. Vor etwa einer Stunde haben wir eine Fahndung rausgegeben.“

Jake runzelte die Stirn. Ein gewalttätiger Ehemann, der wütend genug war, um seine Frau zu töten, könnte auch Rache üben an der Frau, die ihr Zuflucht geboten hatte.

Cole erriet offenbar seine Gedanken. „Das haben wir uns auch gedacht.“ Er steckte sein Notizbuch wieder ein. „Und glaub mir, wir sind heilfroh, dass wir die gute Richterin dir und deinen Jungs übergeben können.“

„Na, vielen Dank." Jede winzige Hoffnung, heute Nacht noch ein Auge zuzutun, löste sich in Luft auf. „Wie geht es der Schwester?"

„Ihr Zustand ist kritisch. Unwahrscheinlich, dass sie durchkommt. Sie ist gerade im OP. Wir haben die Richterin hierbehalten, anstatt sie ins Wartezimmer der Chirurgie zu bringen, weil die Räume hier besser zu bewachen sind." Er stand auf. „Ich muss ihr noch ein paar Fragen stellen. Da kann ich euch gleich miteinander bekannt machen."

„Wir kennen uns." Jake erhob sich ebenfalls. „Sie ist die Frau von Doug Stafford."

„Ach was!" Cole zog erstaunt die Augenbrauen hoch. „Diese Verbindung habe ich gar nicht hergestellt."

„Warum solltest du auch? Michaels ist kein ungewöhnlicher Name. Und ich glaube kaum, dass ich sie dir gegenüber öfter erwähnt habe."

„Na, jedenfalls kennt ihr euch. Das macht die Sache vielleicht einfacher."

Jake ließ die Bemerkung seines Bruders unkommentiert. Er hatte Cole nie gesagt, was er von Dougs Frau hielt.

Aber als er seinem Bruder über den Flur folgte, war *einfach* nicht gerade das Wort, das ihm zu diesem Auftrag einfiel.

Nicht einmal ansatzweise.

* * *

Das kann doch alles nicht wahr sein!

Die Ellenbogen auf die Armlehnen des unbequemen Plastikstuhls gestützt, beugte sich Liz vor und massierte ihre Schläfen. Sie kam sich vor, als wäre sie in eine Episode von *X-Factor: Das Unfassbare* geraten. Vor fünf Stunden hatten sie und ihre Schwester vorgehabt, zusammen Spaghetti zu essen.

Und jetzt kämpfte Stephanie um ihr Leben.

Wegen einer Schussverletzung.

Es war absurd.

Aber sie war am Leben, Gott sei Dank. Sie wäre es wohl nicht mehr, wenn sie nicht im letzten Moment etwas hinter sich gespürt und ihre Position ein wenig verändert hätte. Wenigstens war das die Vermutung des Arztes, der vor Stunden mit ihr gesprochen und sie dann allein zurückgelassen hatte. Und jetzt wartete sie. Und machte sich Sorgen. Und beklagte den Tag, an dem Stephanie ihr Ja-Wort diesem Alan Long gegeben hatte.

Sie hoffte, dass er für den Rest seines elenden Lebens im Gefängnis verrotten würde, wenn die Polizei ihn erst einmal gefasst hatte.

Eine Welle der Wut stieg in ihr auf und sie erhob sich ruckartig von ihrem Stuhl, sodass der diensthabende Polizeibeamte an der Tür zusammenzuckte.

„Alles in Ordnung, Ma'am?“ Er sah sie besorgt an und hielt die halb geöffnete Tür mit einer Hand fest, um ihr den Weg zu versperren.

Das machte sie noch wütender. Was für eine dämliche Frage war das denn? Es wäre nur dann alles in Ordnung, wenn sie die Uhr zurückdrehen könnte. Den Tag noch einmal anfangen. Die schlimmen Dinge einfach ausradieren.

Aber nichts von all dem würde geschehen. Und dafür konnte der junge Polizist nichts.

„Möchten Sie vielleicht etwas Kaltes zu trinken oder einen Kaffee, Ma'am?“

Mit hängenden Schultern sank sie wieder auf ihren Stuhl. „Kaffee wäre gut.“

Und vielleicht können Sie bei der Gelegenheit ein Wunder mitbringen.

Zwei Minuten später, als die Tür erneut aufging, erwartete sie den Kaffee, aber stattdessen trat der Detective von der Kriminalpolizei ein. Sie versuchte sich an seinen Namen zu erinnern, aber als es ihr nicht gelang, gab sie den Versuch auf. Wenn er ihr gesagt hatte, wie er hieß, hatte sie es vergessen. Außerdem war sie nicht in der Stimmung, noch einmal mit ihm zu sprechen. Sie hatte ihm schon alles erzählt, was sie wusste.

„Ich habe noch ein paar Fragen, Ma'am. Und ich wollte Ihnen Bescheid sagen, dass die U.S. Marshals von jetzt an für Ihre Sicherheit zuständig sind."

Liz wusste, dass ein solcher Personenschutz für Bundesrichter Vorschrift war. Sie hätte sich nur nie träumen lassen, dass sie ihn jemals benötigen würde. Und sie war sich auch jetzt nicht sicher, dass sie beschützt werden musste. Alan hatte offensichtlich …

Ihr Gedankengang entgleiste, als ein großer dunkelhaariger Mann hinter dem Detective den Raum betrat.

Jake Taylor.

Der beste Studienfreund ihres Mannes.

Noch ein Schock an diesem Tag.

Obwohl ihre Wege sich nur zweimal gekreuzt hatten – einmal, als er Trauzeuge bei ihrer Hochzeit gewesen war, und das zweite Mal bei Dougs Beerdigung vor fünf Jahren –, hätte sie diese ausdrucksstarken braunen Augen und seine eindrucksvolle Erscheinung sofort wiedererkannt.

Sie erinnerte sich auch an seinen leidenschaftslosen Blick. Er hatte immer noch die gleich unterkühlte, distanzierte Art, die er ihr gegenüber bei der Trauerfeier für Doug an den Tag gelegt hatte. Im Laufe der Jahre war sie offenbar keinen Deut herzlicher geworden.

Sie hatte nie verstanden, was sie getan hatte, um diese Antipathie bei ihm auszulösen – und sie hatte längst aufgegeben, es herauszufinden. Die wichtigere Frage war, was er in St. Louis machte.

„Wie ich höre, kennen Sie meinen Bruder Jake", sagte der Kriminalbeamte.

Der große dunkelhaarige Beamte und Jake waren also Brüder. Sie musterte die beiden und sah jetzt auch die offensichtliche Ähnlichkeit, als sie nebeneinander standen. Sie hatten den gleichen ganzjährig gebräunten Teint, das gleiche kantige Kinn, die gleiche sportliche Figur – obwohl der Detective ein paar Zentimeter kleiner war als Jakes ein Meter fünfundachtzig.

„Ja. Hallo, Jake."

„Liz."

Der Polizist kam mit ihrem Kaffee zurück und drängte sich an den beiden anderen Männern im Zimmer vorbei, das plötzlich überfüllt wirkte. „Ich hoffe, schwarz ist in Ordnung."

„Ja, danke."

Als sie die Hand nach dem Becher ausstreckte, sah sie, wie Jakes Blick zu den Flecken auf ihrer langärmeligen Bluse wanderte.

Sie hatte den ganzen Abend über versucht, sie zu ignorieren. Und sie gab sich Mühe, es auch jetzt zu tun, als sie den Kaffee entgegennahm. Aber sie konnte das Zittern ihrer Finger nicht verhindern, und die dampfende Flüssigkeit schwappte gefährlich nah an den Rand des Bechers. Sie schlang beide Hände um den dünnwandigen Becher.

Als der junge Polizist gegangen war, sprach der Detective wieder. „Jake wird sich um Ihre Sicherheit kümmern."

Sie balancierte den Becher vorsichtig auf ihrem Schoß. „Warum? Der Mann meiner Schwester hat doch erreicht, was er wollte." Bitterkeit verlieh ihren Worten Schärfe.

Die Männer sahen einander an und der Kriminalbeamte zog den einzigen Stuhl im Raum näher an ihren heran. „Willst du dir einen Stuhl holen? Draußen im Flur sind noch welche." Er blickte mit hochgezogenen Augenbrauen in Jakes Richtung.

„Ich stehe lieber."

Jake lehnte sich mit einer Schulter an die Wand, verschränkte die Arme vor der Brust und blickte auf sie hinunter.

„Es wäre uns lieber, wenn Sie Personenschutz hätten, bis wir den Mann Ihrer Schwester gefasst haben", erklärte ihr der Detective, während er sich setzte.

Liz verdaute seine Bemerkung. „Sie meinen, er könnte hinter *mir* her sein?"

„Es ist möglich. Sie haben seiner Frau Zuflucht geboten. Er hat ganz eindeutig ein Aggressionsproblem. Wenn er der Täter ist, hat er schon einmal getötet – oder es zumindest versucht. Ich bezweifle, dass er beim zweiten Mal zögern würde."

Sie dachte darüber nach und versuchte, ihren betäubten Verstand in logische Bahnen zu lenken. „Wenn er mich auch töten wollte, warum hat er uns dann nicht beide gleichzeitig erledigt?"

Der Detective zuckte mit den Schultern. „Es könnte sein, dass er auf Ihre Rückkehr gewartet und dann den Nachbarn gesehen hat, der mit Ihnen zusammen auf das Haus zuging. Oder etwas hat ihn verscheucht. Das werden wir erst wissen, wenn wir ihn gefunden haben."

Jake hatte während der Unterredung geschwiegen, und sie blickte zu ihm hinauf. In dem kleinen Zimmer wirkte er noch größer, und er sah aus wie ein Habicht, der darauf wartete, auf seine Beute herabzustürzen. Nun erst bemerkte sie die Schatten der Erschöpfung unter seinen Augen, seine zerknitterte Kleidung und die Bartstoppeln an seinem Kinn. Das ungepflegte Aussehen passte nicht zu ihm. Es konnte nur bedeuten, dass er einen langen Tag hinter sich hatte.

Aber sein Blick war wachsam. Konzentriert. Messerscharf. So wie sie ihn in Erinnerung hatte.

„Gibt es in deinem Haus Überwachungskameras?", fragte er.

„Nein."

„Wie sieht es in den Nachbarhäusern mit Kameras aus, Cole?"

Cole. Liz speicherte den Namen ab, während sie einen vorsichtigen Schluck von dem zu heißen Kaffee trank.

„Haben wir bereits überprüft. Nichts. Richterin Michaels, fällt Ihnen noch irgendjemand anders ein, der vielleicht ein Interesse am Tod Ihrer Schwester haben könnte?"

„Nein. Stephanie ist einer der freundlichsten, liebenswertesten Menschen, die ich kenne." Sie blinzelte, um die plötzliche Trübung ihrer Augen zu verscheuchen. „Der Einzige, der sie jemals schlecht behandelt hat, ist Alan. Ich versuche schon lange, sie davon zu überzeugen, dass sie ihn verlässt. Aber sie sagte immer, er sei eigentlich ein guter Mensch und könne nichts für diese Wutausbrüche, die er von Zeit zu Zeit hat."

Sie kramte in ihrer Hosentasche nach einem Taschentuch. „Sie hat ihn nur deshalb schließlich doch verlassen, weil sie erfahren hat, dass sie schwanger ist und sie Angst um ihr Baby hatte." Ihre Stimme brach und eine Träne rann über ihre Wange. Sie wischte sie fort und knüllte das Taschentuch in ihrer Hand zusammen.

„Gehen wir einen Moment lang davon aus, dass Ihre Schwester gar nicht das eigentliche Ziel war." Cole beugte sich näher, seine Haltung angespannt. „Gibt es im Haus irgendetwas, das so wichtig ist, dass man dafür tötet?"

„Sie glauben, ein Raub könnte das Motiv sein?" Liz blinzelte, sichtlich verblüfft über diesen Gedanken.

„Wir müssen jede Möglichkeit in Erwägung ziehen."

Sie kaute auf ihrer Unterlippe und dachte über die Frage nach, dann schüttelte sie den Kopf. „Nein. Ich habe zwar ein paar Akten für einen anstehenden Prozess mit nach Hause gebracht, aber da stand nichts Geheimes oder Belastendes drin. Und ich habe nicht viele persönliche Dinge, die besonders wertvoll sind."

„Wir möchten, dass Sie, sobald die Spurensicherung fertig ist, nachsehen, ob etwas fehlt. Irgendwann im Lauf des morgigen Tages."

Sie spürte, wie ihr das Blut aus dem Gesicht wich. „Ich bin nicht sicher, dass ich …" Ihre Stimme klang erstickt und sie schluckte. „Ins Haus zurückzugehen, wird mir sehr schwer fallen."

„Das verstehe ich. Aber wenn der Mann Ihrer Schwester ein Alibi hat, müssen wir andere Motive in Erwägung ziehen." Cole erhob sich. „Wenn Ihnen noch etwas einfällt, was die heutigen Ereignisse betrifft, sagen Sie es Jake und er informiert mich dann."

„Ist gut."

Die letzte Bemerkung des Detectivs war an seinen Bruder gerichtet. „Ich melde mich."

Sie blickte ihm nach, als er ging und die Tür hinter sich halb zuzog.

Mehrere Sekunden des Schweigens verstrichen. Der beste Freund ihres Mannes blieb stehen, sein Blick undurchdringlich.

„Das mit deiner Schwester tut mir leid."

„Danke." Sie kam sich vor wie ein Insekt unter einem Mikroskop, und so zeigte sie auf den Stuhl, auf dem Cole gerade gesessen hatte. „Setz dich doch. Es wird eine lange Nacht."

Nach kurzem Zögern stieß er sich von der Wand ab, zog den Stuhl ein Stück von ihrem fort und ließ sich darauffallen.

Wieder schwiegen sie. Liz war nicht nach Smalltalk zumute, aber die Stille im Raum war ihr unangenehm. „Ich dachte, du wärst in Washington stationiert."

„War ich auch. Aber sie brauchten hier Unterstützung, und da habe ich mich freiwillig gemeldet. Familienbande und so. Ich bin erst vor zwei Wochen hergezogen."

Typisch, dass sie so ein Pech hatte.

„Hat Jennifer hier eine Stelle als … Lehrerin gefunden?" Sie brauchte einen Augenblick, um sich an den Beruf der Frau zu erinnern, die sie nie persönlich kennengelernt hatte. Sie hatte immer bedauert, dass sie vor sechs Jahren nicht mit Doug zu der Hochzeit in Virginia hatte fahren können, nachdem bei einem Fall, den sie vertrat, kurz vor Prozessbeginn neues Beweismaterial aufgetaucht war. Es grauste ihr noch immer, wenn sie an diese höllische Woche mit ihren Zwanzig-Stunden-Tagen zurückdachte.

Ein Muskel zuckte in seiner Wange. „Jen ist vor vier Jahren gestorben."

Wieder verspürte sie einen Schock. „Ich wusste nicht … ich hatte keine Ahnung. Das tut mir leid."

„Mir auch." Die Worte klangen rau, und er räusperte sich.

„War es eine Krankheit?"

„Nein. Eine Kopfverletzung nach einem Skiunfall." Er rutschte auf seinem Stuhl herum. „Gibt es Neuigkeiten von deiner Schwester?"

Sie verstand den Wink. Themenwechsel.

„Nein. Sie ist schon seit Stunden im OP. Ich wollte einen der Polizisten fragen, ob er …"

Die Worte blieben ihr in der Kehle stecken, als ein Mann in den Vierzigern im Operationskittel die Tür öffnete und eintrat. Jake erhob sich sofort und trat vor sie.

„Ist schon in Ordnung", sagte sie. „Das ist Dr. Lawrence. Der Chirurg."

Seine Haltung entspannte sich ein wenig.

„Ich warte draußen." Er machte einen Schritt in Richtung Tür.

„Du brauchst nicht zu gehen." Sie schluckte und versuchte gegen das Zittern in ihrer Stimme anzukämpfen. Was auch immer der Arzt zu sagen hatte, sie wollte nicht damit allein gelassen werden. Trotz Jakes Distanziertheit war seine Anwesenheit irgendwie tröstlich.

Er zögerte, eine Hand an der Tür, dann ließ er die Hand sinken und zeigte auf den leeren Stuhl. „Setzen Sie sich, Doktor. Ich gehe davon aus, dass Sie einen langen Tag hinter sich haben."

„Danke, das habe ich wirklich." Der Mann schob den Stuhl näher zu ihrem hin und setzte sich mit müdem Blick.

Angesichts seiner düsteren Miene stockte Liz das Herz und sie versuchte, sich zu wappnen. Auch wenn er noch kein Wort gesagt hatte, wusste sie schon, wie die Botschaft unterm Strich aussah.

Es sah übel aus.

Kapitel 2

Während der Chirurg sich setzte, bemerkte Jake zwei Dinge.

Das Zittern hatte sich von Liz' Händen auf ihren ganzen Körper übertragen.

Aus dem Pappbecher, der schon heftig hin und her schwankte, drohte ein Geysir heißer Flüssigkeit in die Luft zu spritzen – direkt auf ihren Schoß.

Er trat zu ihr und streckte die Hand nach dem Becher aus. „Ich halte den solange."

Anstatt den Griff zu lockern, hob sie das Kinn, sodass er ihre grünen, goldgefleckten Augen aus der Nähe sehen konnte – und den vor Schrecken betäubten Blick darin.

Ihm wurde bewusst, dass sie am Ende ihrer Kräfte angelangt war. Und auch wenn er sie persönlich nicht mochte, war er für ihr Wohlergehen verantwortlich. Dazu gehörte auch, sie vor selbst zugefügten Verbrennungen zu bewahren.

Er löste die Finger ihrer Hand vom Becher und zog vorsichtig daran, während er seine Stimme weicher klingen ließ. „Lass los, Liz. Du bekommst ihn wieder, nachdem du mit dem Doktor gesprochen hast."

Sie blinzelte und senkte den Blick. Er tat es ihr gleich. Seine viel größere Hand bedeckte ihre, und er bemerkte unwillkürlich, dass ihre Finger neben seinen schmal wirkten. Und zerbrechlich. Und sehr weiblich.

Sein Atem stockte, was ihn ganz unvorbereitet traf, und sobald sie losgelassen hatte, zog er sich in die äußerste Ecke des Raumes zurück.

„Ihre Schwester hat die Operation überlebt, Ma'am. Aber die Prognose ist nicht gut. Soll ich es mit der medizinischen Terminologie erklären oder soll ich es so formulieren, dass Laien es verstehen?"

„Laiensprache." Ihre Worte waren angespannt. Gepresst. Voller Angst.

„In Ordnung. Das CT hat gezeigt, dass die Kugel schräg in den Hinterkopf eingetreten und hinter dem rechten Auge stecken geblieben ist. Wie wir schon besprochen haben, ist es gut möglich, dass Ihre Schwester etwas gehört oder gespürt hat und sich umdrehen wollte. Wäre die Kugel von der Einschussstelle aus gerade eingedrungen, hätte sie höchstwahrscheinlich beide Gehirnhälften beschädigt. Dann wäre die Überlebenschance gleich null gewesen."

„Bedeutet das, dass sie … gesund werden kann?"

Jake beobachtete aufmerksam Liz' steife Haltung, den Puls, der an ihrem Hals sichtbar pochte, und die weißen Fingerknöchel. Er machte sich einsatzbereit, für den Fall, dass sie zusammenklappte.

„Es ist möglich."

Aber nicht wahrscheinlich.

Der vorsichtige Tonfall des Mannes sprach Bände. Offenbar hatte Liz die Botschaft auch verstanden, denn sie presste plötzlich ihre Lippen fest zusammen.

„Jedenfalls haben wir noch einen langen Weg vor uns", fuhr der Arzt fort. „Ich will Ihnen sagen, was wir in den letzten Stunden gemacht haben. Das erste CT zeigte, dass Ihre Schwester deutliche Blutungen im Gehirn erlitten hat. Also haben wir den Schädel ein wenig geöffnet, um das Blut abzusaugen. Außerdem haben wir abgestorbenes Gewebe entfernt und einen Schlauch eingeführt, um die überschüssige Flüssigkeit abfließen zu lassen. Im Moment ist unsere größte Sorge eine mögliche Schwellung. Deshalb haben wir die Schädeldecke offen gelassen. Schwellungen können den Druck im Kopf erhöhen, was zu einer mangelnden Blutversorgung des Gewebes führt. Das wiederum verursacht weitere Hirnschäden. Oder Probleme mit dem Stammhirn."

„Ist die Kugel … haben Sie sie rausgeholt?" Liz' Stimme bebte.

„Nein. Der Versuch, sie zu entfernen, würde noch mehr Schaden anrichten. Es ist besser, wenn sie bleibt, wo sie ist."

„Was ist mit dem Baby?"

„Wir messen nach wie vor einen kräftigen embryonalen Herzschlag."

„Und was geschieht jetzt?"

„Wir warten. Wir beobachten. Wir überwachen." Er zog seine OP-Haube ab, unter der kurz geschnittenes graumeliertes Haar zum Vorschein kam, und sah sie eindringlich an. „Sie müssen sich darüber im Klaren sein, dass vieles schiefgehen kann, Ms. Michaels, angefangen von Herzstillstand über Nierenversagen bis hin zu Atemproblemen. Im Moment müssen wir uns darauf konzentrieren, dass Ihre Schwester die nächsten paar Tage übersteht. Wenn wir das schaffen, können wir über weitere Schritte nachdenken."

„Kann ich sie sehen?"

„Erst in ein paar Stunden. Sie ist noch im Aufwachraum und wird auch noch eine Zeit lang dort bleiben. Sobald sie auf die Intensivstation verlegt wird, können Sie kurz zu ihr. In der Zwischenzeit ist es vielleicht das Beste, wenn Sie sich ein bisschen ausruhen und morgen früh wiederkommen. Wir können Sie anrufen, wenn irgendwelche Veränderungen eintreten."

Sie schüttelte den Kopf, noch bevor er zu Ende gesprochen hatte. „Ich kann nicht gehen." Ihre Stimme brach bei dem letzten Wort.

Jake sah, wie die Muskeln an ihrem Hals sich zusammenzogen, und schaltete sich in das Gespräch ein. „Wir können dir ein Hotelzimmer in der Nähe besorgen, wenn du willst."

„Nein. Ich muss hierbleiben."

„Sie weiß nicht, ob du hier bist oder nicht, Liz." Er bemühte sich um einen sanften Tonfall und hoffte, dass seine pragmatische Bemerkung nicht zu gefühllos klang.

Als sie aufblickte, überraschten ihn die Entschlossenheit und die unnachgiebige Überzeugung in ihrem Blick. „Ich weiß es aber. Ich kann einen Menschen, den ich liebe, in der Not nicht allein lassen."

Und warum wolltest du Doug dann verlassen?

Er beobachtete ihr Gesicht und suchte vergeblich nach einer Antwort auf seine unausgesprochene Frage.

„Dann höre ich mal, ob wir einen Raum für Sie finden, in dem Sie sich ein bisschen hinlegen können." Der Chirurg stand auf und unterbrach damit die angespannte Stille.

Liz beugte sich vor und berührte seinen Arm. „Doktor … falls es nicht gut geht, dann hat meine Schwester …" Sie schluckte. „Ihr Testament beinhaltet Anweisungen, dass sie ihre Organe spenden will."

Er legte eine Hand auf ihre. „Ich werde die Information weitergeben. Und ich hoffe, dass wir sie nicht brauchen."

„Danke."

Der Chirurg nickte Jake kurz zu und ging.

Liz saß zusammengesunken auf ihrem Stuhl, starrte die Flecken auf ihren Ärmeln an und zitterte mehr denn je. Jake stellte ihren Kaffee auf einem Rollwagen neben sich ab und schlüpfte zur Tür hinaus auf den Gang, wo er eine Krankenschwester anhielt, die gerade vorbeiging.

„Könnten Sie einen sauberen Kittel für die Richterin besorgen? Sie hat viel Blut auf ihrer Bluse."

Die Frau nickte. „Ich werde sehen, was ich tun kann."

Als Jake sich wieder dem Zimmer zuwandte, sah er aus dem Augenwinkel Tom „Spence" Spencer den Gang heraufkommen. Während der Vorstellungsrunde im Büro der Dienststelle von St. Louis hatten sie kaum mehr als einen Handschlag miteinander gewechselt, bevor er nach Denver abkommandiert worden war. Doch der Mann war ihm gleich zuverlässig und kompetent erschienen. Genau die Art Rückendeckung, die er an diesem Abend gebrauchen konnte, da die Erschöpfung doch langsam seine Wachsamkeit zu beeinträchtigen begann.

„Die Verstärkung ist eingetroffen. Singular wohlgemerkt!" Der Mann grinste, als er näher kam, und streckte seine Rechte aus.

Jake erwiderte den festen Handschlag. „Ich nehme, was ich kriegen kann. Hat Matt dir alles erklärt?"

„Ja. Jedenfalls das, was er wusste. Klingt so, als wäre der Mann der Schwester unser Hauptverdächtiger."

„Im Moment gehen wir davon aus." Jake gab die Informationen weiter, die er von Cole erhalten hatte.

„Und wie sieht der Plan aus?"

„Der Arzt hat versucht, die Richterin davon zu überzeugen, dass sie geht und sich etwas Schlaf gönnt, aber sie will hierbleiben, bis ihre Schwester aus dem Aufwachraum kommt. Er versucht, für sie ein Bett zu organisieren. Wenn wir das haben …"

Die Krankenschwester kam zurück und reichte ihm ein grünes, kurzärmeliges Hemd. „Das ist wahrscheinlich zu groß, aber wenigstens ist kein Blut dran."

„Danke."

„Kein Problem. Außerdem haben wir in der Nähe der neurologischen Intensivstation ein Einzelzimmer für die Richterin gefunden."

Jake wandte sich an Spence. „Kannst du es dir mal ansehen? Wir warten hier, bis von dir die Entwarnung kommt. Brauchst du meine Handynummer?"

„Schon als Kurzwahl abgespeichert." Er klopfte auf das BlackBerry an seinem Gürtel.

„Sehr effizient. Da muss ich noch was nachholen."

„Nach allem, was ich höre, musst du erst mal Luft holen."

Jake lächelte schwach. „Stimmt. Aber daraus wird so schnell nichts."

„Vielleicht finden wir eine Lösung. Ich rufe dich in ein paar Minuten an."

Während Spence sich auf den Weg machte, sprach Jake mit den beiden Beamten, die an der Tür Wache standen. „Sagen Sie Ihrem Sergeant Bescheid, dass ich Sie als Begleitung brauche, wenn ich die Richterin zu ihrem Zimmer bringe. Danach können wir übernehmen."

Ohne auch nur eine Antwort abzuwarten, betrat er wieder das Zimmer.

Liz hatte ihre Position nicht verändert. Sie saß immer noch vornübergebeugt auf ihrem Stuhl. Noch immer zitternd. Noch immer fixiert auf das Blut an ihrem Ärmel.

Er durchquerte den Raum und hielt ihr den Kittel hin. „Ich dachte, vielleicht möchtest du etwas anderes anziehen als die Bluse. Etwas Besseres habe ich nicht bekommen."

Sie hob den Kopf und sah ihm in die Augen, während sie den Kittel entgegennahm. „Danke."

Es ärgerte ihn, aber die Dankbarkeit in ihrem Blick erwärmte eine winzige Ecke seines Herzens. Wie hatte sie das nur geschafft, wo er doch vorgehabt hatte, nichts als professionelle Fürsorge für die Frau seines Freundes zu empfinden? Wo er doch nichts anderes hatte empfinden *wollen.*

„Gern geschehen." Er zeigte auf die Tür. „Ich warte draußen, während du dich umziehst."

Drei Minuten später, als sie die Tür einen Spaltbreit öffnete, kam er wieder herein. Sie hielt ihm die Bluse mit ausgestrecktem Arm hin und er nahm sie ihr ab, um sie einem der Beamten vor der Tür zu geben.

„Organisieren Sie eine Tüte dafür, ja?"

Er drehte sich wieder um und sah, dass Liz die Arme um ihren Oberkörper geschlungen hatte und sich die Oberarme rieb. Er konnte die Gänsehaut selbst von der anderen Seite des Zimmers aus sehen. Die Krankenschwester hatte recht gehabt: das Kleidungsstück war viel zu groß. In dem riesigen – und sicher nicht besonders wärmenden – Kittel erinnerte Liz ihn an ein kleines Mädchen, das Verkleiden spielt.

Noch ein störender Anfall von Zärtlichkeit, der an seinem Herzen zupfte.

„Scheint so, als würden sie an der Heizung sparen." Sie zuckte verlegen mit den Schultern.

Er nahm ihren Kaffee. „Vielleicht hilft der ja."

„Das habe ich schon probiert. Er ist genauso kalt wie ich. Ich hätte meine Jacke mitbringen sollen, als ich das Haus verließ, aber ich … ich konnte nicht klar denken."

Jacke.

Er hatte eine Jacke.

Jake streifte sie von seinen Schultern und legte sie ihr um. Noch bevor sie den Widerspruch äußern konnte, den er spürte, sagte er: „Du brauchst nicht zu protestieren, Liz. Mir ist nicht kalt."

Sie sagte nicht, was ihr auf der Zunge gelegen haben musste, sondern kuschelte sich in die Wärme der Jacke. Dann seufzte sie. „Also gut, ich protestiere nicht. Dafür fühlt es sich zu gut an."

Ihr Blick huschte zu der jetzt sichtbaren Pistole in dem Halfter an seinem Gürtel. Sie runzelte verwirrt die Stirn und lehnte sich auf ihrem Stuhl zurück. Sie sah aus, als bräuchte sie dringend Trost.

Er schob die Hände in die Hosentaschen und ballte sie zu Fäusten. „Hör zu … gibt es jemanden, den ich anrufen soll, der herkommen und mit dir zusammen warten kann?"

„Nein. Das hat mich die Polizei auch schon gefragt. Ich bin erst seit vier Monaten in der Stadt. Nicht lange genug, um viele Freundschaften zu schließen. Außerdem will ich niemanden in eine solche Sache mit hineinziehen."

Sein BlackBerry vibrierte und er zog es von seinem Gürtel. „Taylor."

„Spence hier. Der Raum ist in Ordnung."

Jake hörte zu, während sein Kollege ihm den Weg beschrieb. „Gut. Wir sind in fünf Minuten da."

„Ich habe dem Aufwachraum und der neurologischen Intensivstation meine Handynummer gegeben, falls jemand die Richterin sprechen muss."

„Gut."

Er schob das Telefon wieder in die Tasche an seinem Gürtel und konzentrierte sich auf Liz. „Wir haben ein Zimmer in der Nähe, da kannst du dich ausruhen."

„Im Krankenhaus?"

„Ja."

Sie holte tief Luft und erhob sich. Die Anstrengung schien sie aller Energie zu berauben und sie hielt sich an der Rückenlehne des Stuhls fest, um sich abzustützen, während sie den Riemen ihrer Handtasche über ihre Schulter schob.

Jake öffnete die Tür, sagte den beiden Beamten Bescheid, dass sie gleich gehen würden, und wandte sich dann wieder zu Liz um.

„In Ordnung. Wir sind bereit. Lass uns das zügig machen. Bist du so weit?"

„Ja."

Jake ging als Erster hinaus und ließ seinen Blick durch den Korridor schweifen. Typische Aktivitäten in einer Notfallstation. Nichts Verdächtiges. Er nahm ihren Arm und führte sie mit schnellen Schritten den Gang hinunter, ein Polizeibeamter vor ihnen, der andere dahinter.

Spence wartete vor dem Zimmer, das für Liz hergerichtet worden war, und öffnete die Tür, als sie näher kamen. Jake schob sie hinein.

Ein schneller Blick in die Runde sagte ihm, dass es sich um ein ganz gewöhnliches Krankenzimmer handelte. Nackt und unpersönlich und mit einem schwachen Geruch nach Desinfektionsmitteln. Aber es gab ein Bett und ein Bad, und sie konnten es bewachen. Das reichte.

„Wenn du irgendwas brauchst – wir sind draußen vor der Tür. Lass die Jalousien unten. Die Intensivstation und der Aufwachraum haben die Handynummer meines Kollegen, und sie wissen, wo wir sind."

„Ist gut." Sie betrachtete das Bett und rieb sich wieder die Arme. „Ich hasse Krankenhäuser."

Willkommen im Club.

Er versuchte, das Bild von Jens leblosem Körper auf der Trage zu verdrängen. Die Augen der Frau, die er liebte, hatten sich für immer geschlossen. Und nur weil er …

„Ich glaube nicht, dass ich schlafen kann."

Liz' Bemerkung bot ihm die willkommene Gelegenheit, an etwas anderes zu denken. „Aber wenigstens kannst du dich ein bisschen ausruhen."

„Leichter gesagt als getan."

Er reagierte nicht auf ihre leise Erwiderung.

Sie schien auch keine Antwort zu erwarten, sondern ließ ihre Handtasche auf den Nachttisch fallen, zog seine Jacke aus und gab sie ihm zurück. „Die brauche ich jetzt nicht mehr. Es gibt Decken auf dem Bett. Danke für die Leihgabe."

Er sah zu, wie sie die Laken zurückschlug, sich setzte und auf der Matratze zurückrutschte, bis ihre Beine in der Luft hingen. Wieder sah sie aus wie ein verletzliches, verlorenes, unschuldiges kleines Mädchen.

Jake unterdrückte den Gedanken sofort.

Liz Michaels war kein kleines Mädchen. Sie war eine Bundesrichterin. Und eine brillante Anwältin. Eine starke Frau, die sich mit außerordentlicher Entschlossenheit holte, was sie wollte. Sie war nicht verletzlich. Sie war nicht verloren. Und sie war ganz sicher nicht unschuldig.

Mit einer abrupten Bewegung warf sich Jake seine Jacke über die Schulter. „Wir geben dir Bescheid, wenn wir irgendetwas herausfinden. Gute Nacht."

Er wartete ihre Antwort nicht ab.

„Alles in Ordnung da drin?" Spence trat zur Seite, als Jake aus dem Zimmer kam.

„Ja." Jake zog die Tür hinter sich zu und zeigte auf die beiden Polizisten, die ein paar Meter entfernt warteten. „Warum sind sie noch hier?"

„Ich habe mit ihnen ausgemacht, dass sie noch ein bisschen bleiben, falls du dich hinlegen willst. Zwei Türen weiter auf der rechten Seite ist ein leeres Wartezimmer. Ich würde sagen, die nächsten vier oder fünf Stunden hast du es ganz für dich."

Keine schlechte Idee. Seine Energiereserven waren schon ziemlich ausgereizt und er hatte den Verdacht, dass die Lage sich bei Tagesanbruch eher noch zuspitzen würde. Er konnte es sich nicht leisten, unaufmerksam zu sein, wenn sein Schützling eine Bundesrichterin war. Liz würde in den nächsten Stunden gut bewacht sein, wenn ein Deputy U.S. Marshal und zwei Polizisten in der Nähe waren.

„In Ordnung. Ruf mich, wenn irgendetwas ist."

„Mach ich. Wir behalten die Tür zum Wartezimmer mit im Blick."

„Danke."

Zwei Minuten später ließ Jake sich in dem leeren Wartezimmer auf das Sofa fallen. Nachdem er seine Jacke zu einem Kopfkissen zusammengerollt hatte, schob er sie sich unter den Kopf und streckte sich aus. Sechzig Sekunden später spürte er bereits, wie der Schlaf sich auf ihn senkte.

Aber im Wegtauchen drang noch ein schwacher, angenehmer, blumiger Duft in sein Bewusstsein.

Liz' Geruch.

Er hing in der Jacke.

Auch wenn er die Frau nicht mochte, musste er zugeben, dass ihr Duft sehr, sehr angenehm war.

* * *

Liz lag auf dem Rücken und starrte zur Decke hinauf. Sie war vollkommen erschöpft. Aber der Schlaf kam nicht, so wie sie es befürchtet hatte.

Jedes Mal, wenn sie etwas einnickte, tauchte das Bild von Stephanie, die zusammengesunken auf dem weißen Sofa saß, vor ihrem inneren Auge auf. Stephanies Kopf war umgeben von einem großen roten Fleck. Und in der Stille der Nacht hörte sie das Echo ihrer eigenen Schreie. Immer wieder und wieder und …

Stopp!

Sie setzte sich abrupt auf, schob sich die Haare aus dem Gesicht, presste die Finger gegen ihre Schläfen und versuchte, ihren unruhigen Atem unter Kontrolle zu bekommen. Sie hätte wissen müssen, dass es ein Nachspiel haben konnte, wenn ihre Schwester ihrem Mann endlich die Stirn zeigte. Dass ein Ultimatum nicht funktionieren würde. Dass es zu Gewalt führen könnte.

Bei Doug hatte sie es genauso versucht. Und war genauso damit gescheitert.

Tränen schnürten ihr die Kehle zu. Für jemanden, der als einer der besten jungen Köpfe der Justiz galt, war sie eine absolute Niete, wenn es um Menschen ging, die sie liebte. Die Weisheit und das gute Urteilsvermögen, die sie vor Gericht bewies, schienen sie in ihrem Privatleben völlig im Stich zu lassen.

Doug und Stephanie waren der Beweis dafür.

Die Tränen, die sie bislang zurückgehalten hatte, liefen jetzt über und strömten in stiller Pein über ihre Wangen, während ihre Brust sich hob und ihre Schultern bebten.

Warum, Herr? Warum lässt du das zu?

In der Stille der Nacht war keine Antwort zu vernehmen.

Liz senkte ihren Kopf und weinte weiter.

* * *

Noch ganz benommen vom Schlaf brauchte Jake ein paar Augenblicke, bis er das Vibrieren an seiner Hüfte einordnen konnte.

Sein Telefon klingelte.

Er schwang die Beine vom Sofa auf den Boden des Wartezimmers, fuhr sich mit den Fingern durchs Haar und zog sein BlackBerry aus der Gürteltasche. „Taylor."

„Cole hier. Alles in Ordnung bei euch?"

„Ja." Er unterdrückte ein Gähnen und sah auf seine Uhr. Sechs Uhr morgens. Vier Stunden Schlaf waren nicht genug, aber er nahm, was er kriegen konnte.

„War das ein Gähnen? Schläfst du etwa bei der Arbeit?"

„Zwei deiner Beamten sind noch geblieben, um Spence zu unterstützen, damit ich ein paar Stunden die Augen zumachen konnte. Was gibt's?"

„Die Spurensicherung wird um neun Uhr im Haus fertig sein. Wir möchten, dass die Richterin sich so bald wie möglich in ihrer Wohnung umsieht, damit wir wissen, ob irgendetwas fehlt. Es sieht so aus, als hätte sich jemand an ihrem Schmuckkästchen zu schaffen gemacht."

„Ist gut. Irgendwas Neues vom Mann ihrer Schwester?"

„Nein. Springfield beobachtet sein Haus, aber er ist noch nicht aufgetaucht. Das FBI schnüffelt auch herum."

„Das überrascht mich nicht." Wenn ein Bundesrichter in ein Verbrechen verwickelt war, wusste Jake, dass das FBI die Ermittlungen im Blick behalten würde – und sie an sich riss, falls sich herausstellen sollte, dass die Richterin die Zielscheibe gewesen war. Im Moment schien das allerdings nicht der Fall zu sein.

„Der FBI-Agent ist aber in Ordnung. Mark Sanders. Leiter des SEK. War früher bei der Geiselrettung."

Jake zog die Augenbrauen hoch. Er war beeindruckt. Das Geiselrettungsteam des FBIs war die beste Elitetruppe der zivilen strategischen Einsatzkräfte. Wenn es knifflig wurde, war es gut, jemanden wie Sanders in der Nähe zu haben.

Die Tür zum Wartezimmer ging auf und Spence streckte den Kopf herein. Die finstere Miene seines Kollegen beschleunigte Jakes Puls und er erhob sich. „Ich muss, Cole. Vielleicht sehen wir uns beim Haus."

Er ging zur Tür, während er das Telefon in die Gürteltasche zurückschob. „Was ist los?"

„Die Intensivstation hat angerufen. Sie bringen die Schwester der Richterin wieder in den OP. Sie hat Blutungen."

Jake murmelte frustriert ein Schimpfwort, das er nur selten benutzte, und trat zu Spence auf den Gang hinaus. Der Kollege passte sich seinen Schritten an, als sie nebeneinander auf Liz' Zimmer zugingen.

„Hast du während der Nacht irgendetwas von ihr gehört – besser gesagt in den vergangenen paar Stunden?"

„Nein."

Als er vor der Tür ankam, klopfte er leise.

Keine Antwort.

Er klopfte lauter.

Wieder kam keine Reaktion.

Jake runzelte die Stirn, drehte den Türknauf und stieß die Tür ein Stück weit auf.

Im Zimmer war es dunkel, und nur der schwache Schein der Morgendämmerung war durch die Jalousien hindurch zu erkennen. Das Licht, das vom Flur hereinfiel, erhellte Liz, die zusammengerollt auf dem Bett lag, das Gesicht der Tür zugewandt, während ihr die Haare ins Gesicht fielen.

„Versuchen wir, einen Kaffee aufzutreiben." Jake sprach leise und hielt den Blick dabei fest auf sie gerichtet. „Und sieh zu, ob du jemanden findest, der uns auf den neuesten Stand bringen kann."

Während Spence einem der beiden Beamten, die ein paar Meter entfernt standen, ein Zeichen gab, betrat Jake das Zimmer und schloss die Tür leise hinter sich. Er öffnete die Badezimmertür, wo er den Schalter für das Licht über dem Waschbecken betätigte. So hatten sie etwas Licht im Zimmer, ohne dass er die grelle Deckenbeleuchtung anschalten musste.

Als er zu Liz ans Bett trat, fiel ihm auf, wie blass sie war. Und ihre geschwollenen Augen ließen vermuten, dass sie sich in einen Schlaf der Erschöpfung geweint hatte.

Er wünschte, er hätte bessere Nachrichten für sie. Aber den Schmerz hinauszuzögern, würde an den Tatsachen nichts ändern.

„Liz."

Sie rührte sich nicht.

„Liz." Er berührte ihre Schulter.

Sie stieß einen zittrigen Seufzer aus und versuchte sich wegzudrehen.

Jake fasste sie leicht an der Schulter und schüttelte sie ein wenig, während er lauter ihren Namen sagte. „Liz."

Ihre Augen öffneten sich zögernd. Einen kurzen Augenblick lang starrte sie geradeaus. Dann sog sie scharf die Luft ein und fuhr hoch, und ihr desorientierter Blick war voller Angst, während ihr Atem stoßweise kam und sie stocksteif im Bett saß.

„Keine Angst, Liz." Jake hielt sie beruhigend an den Schultern fest und seine Finger spürten den Schrecken, der durch ihren Körper jagte. „Ich bin es, Jake. Du hast im Krankenhaus geschlafen, in der Nähe deiner Schwester." Er sprach langsam und gab ihr die Gelegenheit, die Nachwirkung ihres unruhigen Schlafes abzuschütteln. „Hol erst mal tief Luft."

Während sie seiner Aufforderung Folge leistete, verschwand der Schleier über ihren grünen Augen. Erst jetzt berichtete er ihr von den jüngsten Entwicklungen.

„Es tut mir leid, dass ich dich aufwecken muss. Aber deine Schwester ist wieder im OP."

Ihr Atem stockte und sie schüttelte seine Hände ab, um die Beine auf den Boden zu schwingen. Eine Seite des Krankenhaushemdes rutschte über ihre Schulter, als sie aufstand, aber entweder hatte sie es nicht bemerkt oder es war ihr gleichgültig.

„Was ist passiert?"

„Wir versuchen gerade, Einzelheiten zu erfahren. Wir wissen nur, dass es weitere Blutungen im Gehirn gegeben hat."

Ein Stöhnen entrang sich ihrer Kehle, das tief aus ihrer Seele zu kommen schien – und ihn seltsam berührte.

Während sie sich mit einer Hand auf der Matratze abstützte, rückte sie mit den Zehen ihre braunen Schuhe auf dem Boden zurecht und schob die Füße hinein. „Wie lange ist das her …?"

Der Türknauf drehte sich und eine Sekunde später stieß Spence die Tür auf, um eine Frau hereinzulassen, die einen Kittel trug und ein Stethoskop um den Hals hängen hatte. Sie ging auf Liz zu und reichte ihr die Hand.

„Richterin Michaels? Ich bin Susan Grady von der neurologischen Intensivstation. Man hat mich gebeten, Ihnen den aktuellen Stand zu berichten. Möchten Sie sich setzen?"

„Nein." Liz verschränkte die Arme vor der Brust.

Die Frau nickte kurz. „Gut. Ich habe auch noch nicht viele Informationen. Ihre Schwester war gerade auf die Intensivstation gebracht worden, als sie einen Krampfanfall bekam. Kurz danach verschlechterte sich ihr Zustand. Wir haben noch ein CT gemacht und entdeckt, dass sie einen Schlaganfall hatte – mit anderen Worten, ein Blutgefäß im Gehirn ist geplatzt. Sie wurde vor ungefähr zwanzig Minuten wieder in den OP gebracht, und die Ärzte arbeiten jetzt daran, die Situation unter Kontrolle zu bekommen. Ich werde Sie wissen lassen, wenn ich etwas Neues aus dem OP höre."

Liz wirkte völlig verstört, ja wie betäubt auf Jake. Sie tastete nach dem Bett hinter sich, als suchte sie einen greifbaren Halt, und er trat einen Schritt näher.

„Danke." Ihre Stimme klang ruhiger, als sie aussah.

Die Krankenschwester ging mit einem Nicken, das an sie beide gerichtet war.

Ein paar Herzschläge lang schwiegen sie, nachdem die Tür sich hinter der Frau geschlossen hatte, und Liz stand reglos da.

Ein Zucken lief über ihr Gesicht und ihre Lippe fing an zu zittern. Sie biss sich auf die Unterlippe, blinzelte mehrmals und zeigte auf das Bad, während sie ihre Handtasche vom Nachttisch nahm. „Ich glaube, ich mache mich ein bisschen frisch."

Jake verstand den Wink. Sie brauchte ein paar Minuten, um sich zusammenzureißen.

„In Ordnung. Ich bin auf dem Gang."

Er wartete, bis sie die Badezimmertür mit einem leisen Klick hinter sich zugezogen hatte, und ging dann. Spence stieß sich mit der Schulter von der Wand ab. „Ich habe eine der Mitarbeiterinnen hier gebeten, einen Kulturbeutel aufzutreiben, falls du dich rasieren und dir die Zähne putzen willst. Mit Kleidung kann ich dir nicht aushelfen, aber wenigstens liegt der Knitterlook im Trend." Spence grinste kurz und reichte ihm die kleine Tasche. „Außerdem habe ich sie gefragt, ob es hier irgendwas Essbares gibt."

Wie auf Befehl knurrte Jakes Magen und erinnerte ihn daran, dass seine letzte Mahlzeit aus einem Hamburger bestanden hatte, den er auf dem Weg zum Flughafen von Denver vor mehr als fünfzehn Stunden gekauft hatte.

„Danke."

„Alles im Preis inbegriffen. Am Ende des Ganges ist eine Herrentoilette, auf der linken Seite. Die Jungs bleiben, bis du wieder da bist." Er deutete mit dem Kopf auf die beiden Polizisten, die die ganze Nacht über da gewesen waren.

„Gib mir zehn Minuten."

„Wegen mir brauchst du dich nicht zu beeilen. Ich habe nichts vor."

Mit einem ironischen Lächeln ging Jake den Flur hinunter. Lieber hätte er eine lange, heiße Dusche, eine ordentliche Mahlzeit und ein weiches Bett gehabt, aber im Moment musste es reichen. Wenigstens würde er sich ein bisschen mehr wie ein Mensch fühlen, wenn er sich frisch gemacht hatte.

Er hoffte, dass für Liz das Gleiche galt. Es war für Menschen in Stresssituationen oft tröstlich, Routinedinge zu erledigen. Ein paar normale Minuten konnten ihr Durchhaltevermögen stützen, sodass sie mit dem nächsten Schock besser zurechtkamen.

Und Jake hatte das Gefühl, dass Liz in den nächsten Stunden und Tagen noch eine Menge Unterstützung brauchen könnte.

Kapitel 3

Liz umklammerte den Rand des Waschbeckens, blickte in den Spiegel und zuckte zusammen.

Es war kaum zu glauben, dass die abgespannte Frau mit den müden, umschatteten Augen und dem strähnigen Haar, die ihr aus dem Spiegel entgegenstarrte, sie selbst war.

Aber das finstere, erschreckende Spiegelbild – betont durch die grelle, erbarmungslose Deckenbeleuchtung – war nur zu echt.

So echt wie der Albtraum, in den ihr Leben sich verwandelt hatte.

Sie hob eine zitternde Hand und fuhr sich mit den Fingern über die Wange. Vor nicht allzu langer Zeit hatte sie sich noch Sorgen gemacht, dass ihre jugendliche Erscheinung ihrer Karriere abträglich sein könnte.

Diese Sorge konnte sie nun getrost ablegen.

Heute sah man ihr jedes ihrer achtunddreißig Jahre an.

Was ihre Karriere betraf, so hätte sie alle ihre Leistungen, ihre Auszeichnungen und Errungenschaften hergegeben für die Möglichkeit, die Sache mit Doug und jetzt mit Stephanie ungeschehen zu machen. Für die Chance auf ein normales, traumafreies Leben.

Aber es war zu spät.

Für sie alle.

Während sie gegen die aufsteigende Verzweiflung in sich ankämpfte, drehte sie den Wasserhahn auf und nahm das Stück Seife vom Waschbeckenrand. Sie riss das Papier auf, und dabei fiel ihr Blick auf die dunkelbraunen Ränder unter ihren klar lackierten Fingernägeln. Sie hob eine Hand und betrachtete ihre Finger näher … und entdeckte an der Nagelhaut mehr von der rostbraunen Verfärbung.

Es verschlug ihr so den Atem, als hätte jemand ihr einen heftigen Schlag in die Magengrube versetzt.

Stephanies Blut.

Sie spürte Gallenflüssigkeit in ihrer Kehle aufsteigen und umklammerte den Rand des Waschbeckens, während sie die Übelkeit zu bekämpfen suchte. Sie würde nicht die Nerven verlieren. Sie konnte nicht. Ihre Schwester brauchte sie. Stephanie hatte sie immer gebraucht. So war es eben, wenn die Mutter jung starb und sechs Jahre Altersunterschied zwischen den Geschwistern lagen. Liz hatte ihre Verantwortung ernst genommen und ihr Bestes getan, um für Stephanie eher eine Ersatzmutter als ihr eine große Schwester zu sein.

Aber wenn es um die wichtigsten Entscheidungen im Leben ihrer Schwester ging, war ihr Bestes offenbar nicht gut genug gewesen. Gegen ihren Rat hatte Stephanie Alan geheiratet – mit der Folge, dass sie zu einer misshandelten Ehefrau wurde. Erst durch die Tatsache, dass sie ein Baby erwartete, hatte sie mit Liz' Unterstützung den Mut aufgebracht, ihm ein Ultimatum zu stellen und zu gehen.

Liz hatte diese Entscheidung begrüßt. Sie hatte geglaubt, jetzt sei ihre Schwester endlich in Sicherheit.

Stattdessen kämpfte sie nun um ihr Leben.

Und ihr Blut klebt an deinen Händen.

Während Liz auf ihre Finger starrte, hallte diese unerbittliche Anklage in ihren Gedanken wider.

Ihr Magen zog sich erneut zusammen.

Sie stellte das Wasser so heiß ein, wie sie es ertragen konnte, und hielt die Hände unter den Wasserstrahl, um ihre Finger zu schrubben. Sie war entschlossen, jede Spur des Blutes von ihrer Haut zu entfernen.

Wenn sie doch nur dasselbe mit den Selbstvorwürfen tun könnte, die ihr das Herz schwer machten.

Wie konnte es sein, dass sie Alans wahren Charakter nicht erkannt hatte? Warum hatte sie nicht vorhergesehen, dass er mit tödlicher Gewalt antworten würde, wenn man ihm in die Quere kam? Sie hatte jeden Tag mit Kriminellen zu tun. Hätte diese Erfahrung ihr nicht helfen müssen?

Aber ihr Urteilsvermögen hatte auch bei Doug versagt. Nachdem sie fünf Jahre lang mit ihm zusammengelebt hatte, hätte ihr klar sein müssen, dass der Schritt, den sie tat, ihm den Rest geben würde.

Liz versuchte, den bitteren Geschmack auf ihrer Zunge herunterzuschlucken. Aber es nützte nichts. Fünf lange Jahre machten ihr die Schuldgefühle wegen Dougs Tod jetzt schon zu schaffen. Eine geheime Last, von der nur sie selbst und Gott wussten. Freunde und Kollegen hatten keine Ahnung von ihrer Schuld.

Abgesehen vielleicht von einem Mann.

Jake Taylor.

Ihre Hände erstarrten unter dem fließenden Wasser, während sie über den Marshal nachdachte, der damit beauftragt war, sie zu beschützen. Sie wusste nicht viel über ihn, abgesehen von ein paar Geschichten aus Studientagen, die Doug ihr erzählt hatte. Als Jake zur Hochzeit eingeflogen war, hatte sie zu viel mit letzten Vorbereitungen um die Ohren gehabt, als dass sie mehr als ein paar Worte mit dem Trauzeugen ihres Mannes hatte wechseln können. Aber er war ihr damals als ein netter Typ erschienen. Seine Rede bei der Feier war geistreich und herzlich, und in seinem Verhalten hatte es keine Anzeichen dafür gegeben, dass er ihr gegenüber feindselig eingestellt war.

In den Jahren danach hatte sich seine Einstellung jedoch drastisch verändert. Bei der Beerdigung war er kühl gewesen. Distanziert. Unnahbar. Seine steife Haltung und die gestelzte

Sprache während ihrer kurzen Unterhaltung hatten seine Missbilligung mehr als deutlich signalisiert.

Seither hatte sie sich oft gefragt, was Doug ihm während ihrer gelegentlichen Telefonate erzählt hatte, um seinen Kumpel gegen sie einzunehmen.

Aber jetzt war nicht der richtige Zeitpunkt, um über diese Frage nachzudenken.

Sie stellte den Wasserhahn ab, trocknete sich die Hände und nahm ihre Handtasche. Wenn dieses Drama vorbei war, würden Jake und sie wahrscheinlich kaum noch Kontakt miteinander haben. Und in der Zwischenzeit vertraute sie darauf, dass er seine Arbeit machte. Wie Doug einmal gesagt hatte, wirkte Jake wie ein Typ, der in einem Western den weißen Hut tragen würde. Er mochte sie vielleicht nicht, aber sie hatte den Eindruck, dass er jemand war, der die Zähne zusammenbiss und seine beruflichen Verpflichtungen sehr ernst nahm. Seine Meinung über sie sollte also keine Rolle spielen.

Und doch tat sie das aus irgendeinem beunruhigenden Grund.

Liz zwang sich, ihre Gedanken zu konzentrieren, während sie Kamm und Lippenstift aus ihrer Tasche holte und einen halbherzigen Versuch unternahm, ihr Äußeres zu richten. Aber es war ein aussichtsloser Kampf. Um auch nur den Anschein von Normalität zu erwecken, brauchte sie eine heiße Dusche, saubere Kleidung und erholsamen Schlaf.

Die ersten beiden würde sie wahrscheinlich innerhalb der nächsten paar Stunden bekommen.

Was den erholsamen Schlaf betraf, so vermutete sie, dass er ihr in absehbarer Zukunft nicht vergönnt sein würde.

* * *

Als Jake das Tablett mit den hastig zusammengesuchten Lebensmitteln auf dem Tisch neben dem Bett abstellte, hörte er, wie die Badezimmertür sich hinter ihm öffnete.

„Gibt es Neuigkeiten?"

Er warf Liz einen Blick zu, die die ängstliche Frage gestellt hatte. Ihre Haare waren gekämmt und sie hatte Lippenstift aufgelegt. Aber die Farbe auf ihren Lippen betonte nur die Blässe ihrer Haut.

„Nein. Ich habe etwas zu essen mitgebracht. Und zu trinken."

Sie musterte die ungewöhnliche Zusammenstellung. Kleine Plastikbecher mit Vanillepudding und Waldmeistergötterspeise und ein Sandwich mit Putenbrust. Die Getränkeauswahl bestand aus einem kleinen Tetrapack mit fettarmer Milch, einer Flasche Orangensaft und zwei verschiedenen Dosen Limonade.

Liz schüttelte den Kopf. „Ich habe keinen Hunger. Aber danke."

„Ich gebe zu, dass die Auswahl nicht besonders ist. Aber du solltest vielleicht eine Kleinigkeit essen, bis wir etwas Gehaltvolleres auftreiben können."

Sie ging um das Bett herum und ließ sich auf der anderen Seite nieder. Weit entfernt von dem Essen. „Ich glaube nicht, dass ich im Moment irgendetwas hinunterkriegen würde."

„Kaffee kommt gleich, wenn dir das lieber ist."

„Nein. Ich hatte gestern Abend schon zu viel Koffein." Sie betrachtete die Getränke. „Vielleicht versuche ich es mit der Milch."

Als sie Anstalten machte, sich zu erheben, bedeutete Jack ihr, sitzen zu bleiben. „Ich sehe nach, ob es im Bad Becher gibt."

Er fand einen, riss die Schutzhülle auf und trug ihn danach mit der Milchtüte zusammen um das Bett herum zu ihrem Platz. Er stellte den Becher auf die Fensterbank, öffnete die Milchpackung und goss die Milch ein.

Als sie ein „Danke" murmelte und den Becher nahm, runzelte er die Stirn. Ihre Finger waren rot. Als wären sie verbrannt. Oder zu heiß gewaschen worden.

Er brauchte keine zwei Sekunden, um die Beweise zu sichten und seine Schlüsse daraus zu ziehen.

Sie hatte die letzten Minuten damit verbracht, das Blut ihrer Schwester abzuwaschen.

Kein Wunder, dass der Anblick von Essen – und der Gedanke, etwas davon zu sich zu nehmen – ihr den Magen umdrehte.

Er ging wieder auf die andere Seite des Bettes zurück, nahm das Tablett und wandte sich der Tür zu. „Ich bringe das hier raus."

„Hast du keinen Hunger?"

Er drehte sich zu ihr um. „Doch. Aber ich kann draußen auf dem Flur essen."

„Wegen mir musst du nicht gehen. Es macht mir nichts aus zu sehen, wie jemand anderes etwas isst, auch wenn mein Magen mir verbietet, dass ich es tue." Ihr Blick bohrte sich in seinen. „Aber wenn du lieber nicht mehr Zeit als nötig in meiner Gegenwart verbringst, brauchst du nicht aus Pflichtgefühl zu bleiben."

Er erstarrte, vor den Kopf gestoßen von ihrer direkten Bemerkung. Ihre Wangen röteten sich ein wenig, während er sie anstarrte, sodass er vermutete, dass ihr Kommentar sie selbst ebenso überrascht hatte wie ihn.

Bevor ihm eine Antwort einfiel, sprach sie weiter. „Tut mir leid. Ich wollte nicht schnippisch sein. Vergiss einfach, was ich gesagt habe. Du kannst den Stress dafür verantwortlich machen. Geh ruhig und iss draußen bei deinem Kollegen. Ich bin sicher, er ist die angenehmere Gesellschaft."

Sie trank einen Schluck von ihrer Milch. Dann ließ sie den Becher sinken.

Jake hatte plötzlich den Wunsch, den weißen Milchbart von ihrer Oberlippe zu wischen.

Das war verrückt.

Er sollte sich schleunigst aus diesem Zimmer entfernen, anstatt sich irgendwelche Gedanken über eine Annäherung zu machen. Sie hatte ihm die Flucht leicht gemacht. Er sollte das Angebot annehmen. Denn ihre Einschätzung war richtig. Er wollte nicht mehr Zeit als nötig in ihrer Gegenwart verbringen.

Oder jedenfalls war es so gewesen, als er seinen Auftrag erhalten hatte.

Aber irgendwie hatte sich seine Einstellung in den vergangenen Stunden fast unbemerkt verändert. Die Liz, die ihm jetzt gegenübersaß und alleine mit einer Krisensituation fertig werden musste, – die Liz, die alle Kraftreserven mobilisierte, um bei ihrer Schwester Wache zu halten, passte nicht zu dem Bild, das er sich von ihr gemacht hatte: eine selbstsüchtige Frau, für die Herzensangelegenheiten ganz unten auf der Prioritätenliste standen.

Andererseits konnte es sein, dass sie während seiner Abwesenheit ihr Büro angerufen und die Gelegenheit genutzt hatte, um ihre Mailbox oder ihre E-Mails abzurufen. Er war sicher, dass sich irgendwo in den Tiefen ihrer Handtasche ein BlackBerry verbarg.

Aber irgendwie glaubte er nicht, dass sie das getan hatte.

Und – aus welchem Grund auch immer fühlte sich der Gedanke, sie hier allein sitzen zu lassen, nicht gut an.

Hin und her gerissen von widersprüchlichen Eindrücken, verließ Jake sich auf seinen Instinkt. „Ich esse hier."

Entspannte sich die starre Haltung ihrer Schultern ein wenig? Oder bildete er sich das nur ein? Jake war nicht sicher, als er das Tablett wieder auf den Nachttisch stellte, sich auf den Rand der Matratze setzte und die Plastikverpackung des Sandwiches öffnete.

Sie trank weiter schweigend ihre Milch und konzentrierte sich auf die geschlossenen Jalousien, während er das Sandwich und den Pudding verschlang. Als er dann immer noch Hunger hatte, zog er die Götterspeise in Erwägung, entschied sich aber dagegen.

Stattdessen nahm er eine der Getränkedosen, und als er den Ringverschluss aufzog, hallte das Zischen in dem stillen Raum wider. Nachdem er einen langen Schluck getrunken hatte, musterte er Liz.

Sie wandte sich ihm zu, als hätte sie seine Blicke gespürt. „Wie hat es geschmeckt?"

„Krankenhausessen." Er zuckte mit den Schultern. „Aber wenn man Hunger hat, kann man nicht wählerisch sein."

„Für die Götterspeise war der Hunger nicht groß genug, wie ich sehe."

Er zog eine Grimasse angesichts der transparenten grünen Masse in dem Plastikbecher. „Ich konnte noch nie Essen leiden, das wackelt."

Der Hauch eines Lächelns umspielte ihre Lippen. „Das kann ich nachvollziehen. Meine Mutter hat mich immer gezwungen, das Zeug zu essen, wenn ich krank war, und das hat meine Abneigung nicht gerade kuriert. Ich habe noch nicht einmal das Dessert aus Kirschwackelpudding, Schlagsahne und Blaubeeren gegessen, das sie zum Unabhängigkeitstag immer gemacht hat – trotz der begeisterten Kommentare der anderen."

Er musste ebenfalls lächeln. „Das Allheilmittel meiner Mutter für jede erdenkliche Krankheit war eindeutig schmackhafter. Selbst gekochte Hühnersuppe. Manchmal haben mein Bruder und meine Schwester und ich so getan, als wären wir krank, damit sie die Suppe kochte."

„Ganz schön hinterhältig."

„Es hat aber funktioniert. Eine Zeit lang. Jetzt macht sie die Suppe immer dann, wenn wir zu Besuch kommen."

„Wo bist du zu Hause, Jake?" Sie trank noch einen Schluck, ohne den Blickkontakt zu unterbrechen.

„Hier. Aber meine Mutter ist vor ein paar Jahren nach Chicago gezogen, um bei ihrer Schwester zu wohnen. Sie sind dort aufgewachsen und haben beschlossen, ihre Haushalte zusammenzulegen, nachdem sie beide verwitwet waren. Jetzt, wo ich in St. Louis bin, werde ich sie bestimmt öfter sehen."

„Das ist schön … für euch beide."

„Und du? Macht deine Mutter immer noch dieses Wackelpuddingdessert?"

Während sie mit dem Finger über den Rand ihres Bechers fuhr, verschwand jede Spur eines Lächelns aus ihrem Gesicht. „Sie starb, als ich zwölf war."

Er hätte sich daran erinnern sollen. Bei Dougs Hochzeit vor zehn Jahren war ihm aufgefallen, dass die Mutter der Braut nicht anwesend war, und er hatte seinen Freund danach gefragt.

„Das hätte ich eigentlich wissen sollen. Doug hatte es mal erwähnt. Tut mir leid."

„Ist schon in Ordnung. Sie ist schon lange tot. Aber weißt du was? Ich vermisse sie immer noch. Vor allem an Tagen wie diesem." Ihre Worte klangen rau und sie trank noch etwas von ihrer Milch. „Aber Dad hat getan, was er konnte, um die Lücke für Stephanie und mich zu füllen. Obwohl er in seiner Anwaltskanzlei so viel zu tun hatte, war er immer für uns da." Sie fingerte an einem losen Faden ihres zu großen Krankenhauskittels herum. „Er starb vor vier Jahren an einem Herzinfarkt. Viel zu jung. Er war erst neunundfünfzig."

Das bedeutete, sie hatte außer Stephanie niemanden mehr.

Jake konnte sich nicht vorstellen, so allein zu sein. Er hatte in den letzten Jahren seine Familie vielleicht nicht so oft gesehen, wie es ihm lieb gewesen wäre, aber er wusste, dass sie da war, wenn er sie brauchte. Außer Dad.

„Mein Vater ist auch zu jung gestorben", sagte er. „Einundsechzig. Vor fünf Jahren ist er eines Morgens aufgestanden, hat seine Uniform angezogen und hat auf dem Weg zur Arbeit einen Schlaganfall erlitten. Ich werde den Schock dieses Anrufs nie vergessen." Seine eigene Stimme klang jetzt auch heiser, und er räusperte sich.

„Was für eine Uniform?"

„Polizei. Er wollte nie mehr sein als ein Streifenpolizist. Aber er hat etwas bewirkt. Die Menschen in seinem Bezirk wussten, wenn sie ein Problem hatten, würde Joe Taylor dafür sorgen, dass der Gerechtigkeit Genüge getan wird. Alle liebten und respektierten ihn. Mir ist nie wieder ein Mann mit solcher Überzeugungskraft und Integrität begegnet.“

Liz’ Miene wurde weicher. „Ich habe das Gefühl, dass unsere Väter aus dem gleichen Holz geschnitzt waren.“

„Könnte sein.“ Jake legte den Kopf in den Nacken und leerte seine Getränkedose. Er hatte keine Ahnung, wie ihre Unterhaltung auf eine so persönliche Ebene geraten war. Auch wenn er nichts dagegen hatte, mit Freunden über seine Jugend und seine Familie zu sprechen, fiel Liz nun wirklich nicht in diese Kategorie. Nicht einmal annähernd.

Aber er musste zugeben, dass man sich gut mit ihr unterhalten konnte. Wahrscheinlich lag das an ihrer juristischen Ausbildung. Zu wissen, wie man Leuten im Zeugenstand die Nervosität nahm und sie zum Reden brachte, indem man die richtigen Fragen stellte, gehörte sicherlich zu den entscheidenden Fähigkeiten einer Anwältin. Eine Fähigkeit, die sie eindeutig beherrschte.

Ein leises Klopfen an der Tür enthob Jake der Aufgabe, das Gespräch auf ein neutraleres Gebiet zu steuern.

Spence streckte den Kopf herein. „Dr. Lawrence ist hier.“

Als Jake den Blick seines Kollegen sah, sagte ihm eine Art sechster Sinn, was nun kommen würde. Er stand auf, ging um das Bett herum und positionierte sich neben Liz, als Spence die Tür ganz aufstieß.

Der Arzt, noch immer in OP-Kleidung, trat ein.

Als sie die finstere Miene des Arztes sah, sog Liz scharf die Luft ein und ihre Haltung war mit einem Mal angespannt wie eine Bogensehne. Als ihre Finger den Plastikbecher in ihrer Hand zusammendrückten, beugte Jake sich hinunter, um ihr den Becher wegzunehmen.

Der Chirurg nahm sich einen Stuhl, stellte ihn gegenüber von Liz ab und setzte sich. Die Erschöpfung hatte die Ringe unter seinen Augen seit seinem Besuch in der Notaufnahme noch verstärkt und die steilen Falten auf seiner Stirn waren stummes Zeugnis anhaltender, intensiver Konzentration.

„Es gibt keine einfache Art, es zu sagen, Richterin Michaels." Sein Tonfall war sanft und voller Mitgefühl. „Wir haben getan, was wir konnten. Aber die Blutung und die Schwellung waren so schwer, dass das Stammhirn Ihrer Schwester, das die lebenswichtigen Funktionen des Körpers kontrolliert, nicht mehr arbeiten konnte. Wir haben ein EEG gemacht und es gibt keine Gehirnströme mehr. Nachdem wir gestern über die Organspende gesprochen haben, ist sie weiterhin an das Beatmungsgerät angeschlossen und wird auf die Intensivstation verlegt. Aber der Hirntod ist eingetreten. Es tut mir sehr, sehr leid, dass wir sie nicht retten konnten."

Während der Arzt Liz die schlimme Nachricht überbrachte, beobachtete Jake, wie die Knöchel ihrer Hände, die sie um die Armlehne ihres Stuhles geklammert hatte, weiß wurden. Er sah den Schauer, der sie durchfuhr. Und hörte, wie ihr Atem stockte.

Aber als sie sprach, klang ihre Stimme deutlich fester, als er erwartet hatte.

„Ich weiß, dass Sie Ihr Möglichstes getan haben, Doktor. Und dafür bin ich sehr dankbar. Darf ich …" Ihre Stimme brach und sie setzte noch einmal an. „Ich würde sie gerne sehen."

„Natürlich. Geben Sie uns nur noch ein paar Minuten. Eine der Schwestern von der Intensivstation wird kommen und Sie holen." Er blickte zu Jake auf. „Wegen der Art ihrer Verletzung werden wir Anweisungen von der Gerichtsmedizin brauchen, bevor wir mit der Organentnahme anfangen können."

„Ich werde alles in die Wege leiten."

Der Arzt nickte, dann beugte er sich vor und nahm Liz' Hand, um sie mit seinen beiden Händen zu umschließen. „Ich wünschte, wir hätten die Verletzungen Ihrer Schwester heilen können und sie hätte noch viele Jahre vor sich gehabt, Mrs Michaels. Aber manche Dinge kann man nicht heilen, auch nicht mit moderner Medizin. Vielleicht tröstet es Sie zu wissen, dass die Lebensqualität Ihrer Schwester, wenn sie überlebt hätte, stark beeinträchtigt gewesen wäre. Die Schädigung des Gehirns war beträchtlich."

„Danke, das hilft tatsächlich."

Der Arzt drückte noch einmal ihre Hand und wandte sich dann an Jake. „Wenn Sie irgendwelche Informationen haben, sagen Sie doch bitte auf der Intensivstation Bescheid."

„Das mache ich."

In der Stille, die sich über den Raum senkte, nachdem der Arzt gegangen war, suchte Jake krampfhaft nach irgendwelchen tröstenden Worten. Aber wenn es sie gab, fand er sie nicht. Also beschränkte er sich auf den üblichen, abgedroschenen Ausdruck des Mitgefühls. „Es tut mir leid, Liz."

„Danke." Sie blinzelte und fuhr sich mit dem Handrücken über die Augen. „Ich wusste die ganze Zeit, dass ihre Überlebenschancen nicht sehr groß waren. Aber ich ... ich vermute, ich habe immer noch auf ein Wunder gehofft."

„Kann ich dir irgendetwas bringen?"

„Nein. Danke. Ich möchte einfach ein paar Minuten hier sitzen."

„Ist gut. Ich bin draußen auf dem Gang."

Mit einem letzten Blick in ihre Richtung verließ er den Raum, ließ die Tür leise hinter sich zuschnappen und gesellte sich zu seinem Kollegen.

„Ich nehme an, die Nachricht war schlecht?" Spence reichte ihm einen Becher mit schwarzem Kaffee.

„Ja." Jake trank einen langen Schluck des lauwarmen Gebräus und rieb sich den Nacken. „Ihre Schwester hat es nicht geschafft."

„Wie geht es der Richterin?"

„Noch schlägt sie sich tapfer. Aber ich vermute, dass sie nicht mehr lange die Fassung bewahren kann."

„Es war eine heftige Nacht."

„Stimmt."

„Während ihr mit dem Arzt gesprochen habt, habe ich Matt

angerufen. Er hat eine Wohnung für sie organisiert, bis wir diese Sache geklärt haben. Zwei von unseren Jungs haben schon alles untersucht und warten dort."

„Gut. Ich gehe davon aus, dass wir bald aufbrechen können. Sie will noch auf die Intensivstation, aber das können wir auf dem Weg machen. Außerdem hat ihre Schwester einen Organspendeausweis. Kannst du herausfinden, was die Gerichtsmedizin braucht?"

„Kein Problem. Und ich sehe zu, dass wir ein Auto bekommen."

„Wir müssen auf dem Weg zur Wohnung noch bei ihrem Haus vorbei. Die Polizei will wissen, ob irgendetwas fehlt."

„Ich schicke ein paar von unseren Leuten hin."

Als die Krankenschwester, mit der sie schon gesprochen hatten, am Ende des Ganges auf sie zukam, leerte Jake schnell seinen Becher. „Offenbar kann die Richterin jetzt zur Intensivstation gehen."

Er gab Spence seinen Becher und ging in das Zimmer zurück. Liz saß noch immer dort, wo er sie vor wenigen Minuten zurückgelassen hatte.

„Susan Grady ist auf dem Weg hierher. Brauchst du noch ein paar Minuten, bevor du auf die Intensivstation gehst?"

„Nein."

Sie stand auf, ging mit den unsicheren Bewegungen eines Betrunkenen um das Bett herum und nahm ihre Handtasche. Ihr langsamer, vorsichtiger Gang bestätigte seine Einschätzung ihres Zustands.

Sie würde jeden Augenblick zusammenbrechen.

Als sie neben ihm stehenblieb und darauf wartete, dass er das Zeichen zum Aufbruch gab, folgte Jake seinem Impuls von vorhin.

„Warte mal kurz."

Er ging ins Bad, feuchtete einen Waschlappen an, kam wieder zurück und stellte sich vor sie hin.

Sie betrachtete den Lappen und runzelte die Stirn. „Wofür ist das?“

„Für den Milchbart.“

Die Falten auf ihrer Stirn wurden schwächer. „Ich konnte Milch noch nie richtig trinken.“

„Kein Problem.“ Er tupfte ihre Oberlippe ab und versuchte, die gold gefleckten grünen Augen zu ignorieren, in denen so viel Schmerz lag.

„Wenigstens hast du nicht auf dein Taschentuch gespuckt.“

„Was?“ Er hielt inne und sah sie fragend an.

„So hat meine Mutter es immer gemacht, wenn ich einen Milchbart hatte. Ich fand es schrecklich.“ Sie versuchte zu lächeln, aber es misslang ihr völlig.

Jake bewunderte ihren Mumm. Er wischte die restliche Milch ab. „Das kann ich verstehen. Obwohl das mit der Spucke bestimmt gut funktioniert hat.“

„Aber es war eklig.“

Er warf ihr ein kurzes Lächeln zu, legte den Waschlappen auf den Nachttisch neben die Reste seines Frühstücks und berührte sie vorsichtig am Arm. „Stimmt. Komm, wir gehen.“

Es war nicht weit bis zur Intensivstation. Als sie dort ankamen, bezog Spence an der Tür Position. Jake ließ Liz' Arm los, weil er vorhatte, draußen mit seinem Kollegen zu warten. Die Krankenschwester ging durch die Tür und hielt sie offen.

Liz rührte sich nicht vom Fleck.

Susan Grady blickte von Liz zu Jake und zog fragend die Augenbrauen hoch.

„Liz.“ Er berührte ihre Schulter. „Möchtest du lieber nicht reingehen? Du musst nicht.“

„Doch, ich muss. Ich muss mich v-verabschieden.“ Ihre Stimme klang entschlossen, aber er sah die Panik in ihren Augen. „W-würde es dir etwas ausmachen, m-mitzukommen?“

Er warf Spence einen kurzen Blick zu. „Ist das für dich okay?“

„Klar, ich habe alles unter Kontrolle.“

Jake umfasste wieder Liz' Arm und betrat mit ihr die Intensivstation.

In diesem Augenblick trafen ihn die Erinnerungen wie aus heiterem Himmel.

Es war eine andere Stadt gewesen, ein anderes Krankenhaus, eine andere Ausgangssituation … aber die gedämpften Geräusche, die Ausrüstung, der Geruch – das alles war so wie vor vier Jahren. In der Nacht, als er Jen verloren hatte.

Plötzlich bereute er, dass er gefrühstückt hatte.

Als er zögerte, blickte Liz zu ihm auf. „Jake?"

Er biss die Zähne zusammen und holte tief Luft. „Einen Moment."

Verstehen – und Reue – leuchteten in ihren Augen auf. „Tut mir leid. Du hast wahrscheinlich deine eigenen schlimmen Krankenhauserinnerungen, das hätte ich mir denken können. Hör zu, ich schaff das schon. Du kannst draußen auf mich warten. Ich k-komme auch allein zurecht."

Das Stottern strafte sie Lügen.

Trotzdem war Jake einen Augenblick lang versucht, ihr Angebot anzunehmen. Er wollte vor diesem Ort fliehen, der die Erinnerungen an Schmerz und Verlust weckte, die tief in seinem Herzen schlummerten.

Doch diese Erinnerungen wären weitaus schlimmer, wenn er damals allein mit seinem Trauma konfrontiert gewesen wäre. Er hatte diese dunklen Stunden nur deshalb überstanden, weil Cole und Alison gekommen und rund um die Uhr bei ihm geblieben waren. Dafür war die Familie da. Aber Liz hatte niemanden. Und egal, was er persönlich ihr gegenüber empfand – er konnte sie in dieser schweren Situation nicht allein lassen.

Sein Griff um ihren Arm wurde fester und er führte sie weiter. „Ich bin so weit."

Zu seiner Überraschung blieb sie stehen und musterte prüfend sein Gesicht. „Bist du sicher?"

Sie gab ihm noch eine Gelegenheit, es sich anders zu überlegen. Sie stellte ihre eigenen Bedürfnisse zurück, aus Rücksicht auf ihn. Sie wollte ihn verschonen, obwohl es auf ihre Kosten ging – und obwohl sie seine feindseligen Gefühle ihr gegenüber kannte.

Da war noch etwas, das nicht zu dem Bild von ihr passte, das er sich während seiner Gespräche mit Doug von ihr gemacht hatte.

Und es war noch ein Grund, sie nicht im Stich zu lassen.

„Ganz sicher."

Sie holte zitternd Luft. „Danke."

Susan war vor einem Vorhang stehen geblieben und zeigte auf die Kabine. „Sie können so lange bleiben, wie Sie wollen."

Als sie zur Seite trat, hielt Jake Liz' Arm weiter fest. „Bist du bereit?"

Sie straffte die Schultern und hob das Kinn. Dann nickte sie.

Er beugte sich vor und fasste den Vorhang an. Und während er sich dafür wappnete, ihn beiseite zu ziehen, kramte er tief in seinem Inneren nach einem stillen Gebet zu dem Gott, den er in letzter Zeit vernachlässigt hatte. Er bat ihn, dass er Liz den Mut und die Kraft gab, die sie brauchen würde, um die nächsten Minuten zu überstehen – und die nächsten Tage und Monate.

Kapitel 4

Liz hatte gedacht, sie wäre innerlich darauf vorbereitet, Stephanie zu sehen.

Sie hatte sich geirrt.

Als sie die schmale Gestalt ihrer Schwester sah, die sich unter dem weißen Laken abzeichnete, wankte sie. Ohne Jakes festen Griff um ihren Arm und ohne seine fröstliche Nähe und Kraft, die er ausstrahlte, wäre sie auf dem Boden zusammengesunken, dessen war sie sicher.

Beinahe eine ganze Minute blieb sie am Fußende des Bettes stehen und versuchte, das Zittern ihrer Knie zu beruhigen, während sie zusah, wie Stephanies Brust sich hob und senkte. Sie machte sich bewusst, dass der Sauerstoff, der durch die Lungen ihrer Schwester strömte, von einem Beatmungsgerät kam. Und dass Stephanie trotz der so lebendig wirkenden Bewegung nicht mehr da war.

Das Gleiche galt für die Nichte oder den Neffen, den Liz jetzt niemals kennenlernen würde.

Sie schloss die Augen, während der doppelte Verlust und das plötzliche Gefühl der Leere und des völligen Verlassenseins ihren Magen zusammenzogen und ihren Atem stocken ließen.

Gott, bitte gib mir Kraft!

Als sie endlich das Gefühl hatte, sich bewegen zu können, löste sie sich aus Jakes Griff und trat an das Kopfende des Bettes.

Der größte Teil von Stephanies Gesicht war von Klebeband bedeckt, mit dem der Tubus befestigt war, und von einem weißen Verband im oberen Bereich des Kopfes. So waren nur sehr wenige ihrer Gesichtszüge zu sehen.

Aber das blaue Auge, das Alan ihr geschlagen hatte, fiel auf. Ein sichtbarer Beweis für den Angriff, der Stephanie davon überzeugt hatte, bei ihrer Schwester Zuflucht zu suchen. An einem Ort, von dem sie fälschlicherweise angenommen hatte, dass er absolut sicher wäre.

Eine Kälte, die bis ins Mark drang, durchfuhr Liz und sie fröstelte.

Sekunden später wurde eine warme Jacke über ihre Schultern gelegt. Sie drehte sich zu Jake um und bemerkte die steilen Sorgenfalten zwischen seinen Augenbrauen. Sie spürte Fürsorge – und Mitgefühl – in den Tiefen seiner braunen Augen. Sein Blick erwärmte ihre Seele, so wie seine Jacke die Kälte von ihrer Haut vertrieb.

„Danke."

Er nickte.

Sie wandte sich wieder ihrer Schwester zu und nahm ihre Hand. Sie war warm und weich, die Finger lang und schmal und anmutig. Die Hand einer Balletttänzerin. Diesen Berufswunsch hatte Stephanie früher einmal gehabt. Bis Liz sie davon abgebracht und sie gedrängt hatte, einen praktischeren Beruf zu ergreifen. Und so hatte ihre Schwester einen Abschluss in Wirtschaftswissenschaften gemacht, was zu ihrer Stelle als Assistentin der Geschäftsleitung geführt hatte. Und dort hatte sie Alan kennengelernt.

So viele falsche Ratschläge.

So viele Fehler.

Liz spürte, wie ihre Kehle sich zusammenzog, und sie unterdrückte ein Schluchzen. Sie wollte nicht die Fassung verlieren.

Ihre Selbstbeherrschung hing am seidenen Faden, als sie sich hinunterbeugte und ihrer Schwester einen Kuss auf die Stirn gab.

„Auf Wiedersehen, Steph.“ Der geflüsterte Kosename war mehr Hauch als Laut. „Es tut mir leid, dass ich dich so oft im Stich gelassen habe. Ich hoffe, du bist jetzt glücklich. Und voller Frieden. Und ich hoffe, dass du endlich die Gelegenheit bekommst, zu tanzen. Denk immer daran, wie sehr ich dich liebe.“

Eine Träne suchte sich ihren Weg durch ihre Wimpern und hinterließ einen dunklen Fleck auf dem makellosen Laken. Eine weitere folgte.

Liz richtete sich auf und kramte in ihrer Handtasche nach einem Taschentuch. Dann wischte sie sich über die Augen und versuchte, die Tränenflut zurückzuhalten.

Es gelang ihr nicht.

Sie spürte, wie Jake an ihre Seite trat.

Mussten sie gehen? Jetzt schon?

Aber zu ihrer Überraschung drängte er sie nicht zum Gehen, sondern legte eine Hand auf ihre Schulter.

Diese stille Geste der Unterstützung tröstete sie mehr, als Worte es hätten tun können.

Einen Augenblick lang war sie versucht, sich an seine breite Brust zu lehnen und sich von seiner kräftigen Gestalt trösten zu lassen. Aber er tat ohnehin schon viel mehr, als sein Job von ihm verlangte. Sie wollte die Grenzen des professionellen Anstands nicht überschreiten.

Noch einmal nahm sie die Hand ihrer Schwester und drückte sie. Sie schluckte einen Schluchzer hinunter ... und befahl ihre Schwester Gott an.

Während sie sich abwandte, hielt sie den Blick gesenkt und fingerte an ihrer Handtasche herum. „Von mir aus können wir gehen. Aber wenn es geht, würde ich gerne noch in der Krankenhauskapelle Halt machen.“ Obwohl sie sich tapfer bemühte, konnte sie das Beben in ihrer Stimme nicht unterdrücken.

„Ich werde sehen, was ich tun kann.“

Jake zog den Vorhang zu und Liz wandte sich zum Gehen. Aber drei Schritte von der Kabine entfernt verschwamm alles vor ihren Augen und sie stolperte. Er war sofort an ihrer Seite, und seine Hand umfasste fest ihren Arm, um sie zu stützen, während sie über die Intensivstation gingen. Als sie den Ausgang der Station erreicht hatten, gab er seinem Kollegen auf der anderen Seite der Glastür ein Zeichen. „Warte hier, während ich wegen der Kapelle mit Spence rede, in Ordnung?"

Sie traute ihrer Stimme nicht und nickte nur.

Er stieß die Tür auf und sie sah zu, wie die beiden Männer sich unterhielten, während Jake sie weiter vorsichtig im Blick behielt. Sie sprachen mit einer Mitarbeiterin, die vorbeikam, dann gesellte Jake sich wieder zu ihr.

„Wir gehen an der Kapelle vorbei und überprüfen sie. Wenn sie nicht überfüllt ist, kriegen wir das hin. Jetzt stelle ich dir erst mal Spence vor, der mit für deine Sicherheit verantwortlich ist."

Jake geleitete sie durch die Tür und ihre ausgestreckte Hand wurde von einem festen Griff umschlossen. Sie mochte Jakes Kollegen sofort. Er war genau so groß und dunkelhaarig wie der beste Freund ihres Mannes, und auch er strahlte eine besondere Präsenz aus. Seine Augen waren klug und aufmerksam, und er wirkte kompetent und integer.

Aber Jake verschwendete keine Zeit mit Smalltalk. Noch bevor ihre Begrüßung beendet war, zog er sie den Gang hinunter. Spence lief auf der anderen Seite neben ihr her.

Zum Glück war die Kapelle leer, als sie dort ankamen. Nachdem sie Liz zu einer Bank im hinteren Teil geführt hatten, zogen sie sich zurück.

Dankbar dafür, dass sie ein paar stille Minuten allein mit Gott hatte, bevor sie in ihr verrücktes Leben zurückgeschleudert wurde, schloss Liz die Augen, neigte den Kopf und beschloss, sie gut zu nutzen.

Denn sie wusste nicht, wann ihr dieser Luxus wieder vergönnt sein würde. Und sie brauchte jeden Trost, jede Stärkung, jede Kraft, die der Allmächtige ihr jetzt geben konnte.

* * *

„Wie wollen wir das Gebäude verlassen?“ Jake stand in der Tür zur Kapelle, die er mit der Schulter offen hielt, und hatte gleichzeitig Liz und den Gang im Blick, während er Spence die leise Frage stellte.

„Der Wagen steht in der Nähe des Personaleingangs im Untergeschoss. Dan und Larry warten darin. Du hast sie vielleicht bei deiner Begrüßungsrunde kennengelernt.“

„Ja.“ Wenn er sich richtig erinnerte, hatte Dan O’Leary das rötliche Gesicht, das für seine irische Herkunft so typisch war, unterstrichen durch einen deutlichen Rotstich in seinem braunen Haar. Larry Olsen, der schlank und ein bisschen schlaksig war, hatte ihn an einen Cowboy aus einem alten Western erinnert.

„Das sind gute Leute. Sehr viel Erfahrung. Dan überprüft gerade den schnellsten Weg von der Kapelle zum Personalausgang. Wenn wir im Wagen sind, setzen sie uns bei unseren Autos ab. Dann fahre ich voraus, sie folgen mir und du bildest die Nachhut.“

„Das ist gut. Wir fahren zuerst beim Haus der Richterin vorbei, dann zur Wohnung. Wo ist die?“

„Ein Hochhaus in der Innenstadt. Nicht weit vom Gericht entfernt. Wir haben dort schon öfter Apartments benutzt. Es gibt schon einen guten Wachdienst, aber bei der Wohnung von Mrs Michaels wird er gerade verstärkt, und eine Kamera im Treppenhaus wird gerade installiert. Außerdem werden wir mit den Überwachungskameras an den Eingängen des Gebäudes verbunden. Matt hat für uns die Nachbarwohnung bereitgestellt. Da wird im Moment die Kommandozentrale eingerichtet.“

„Das klingt ja so, als wäre alles unter Kontrolle.“

„Was uns betrifft, schon.“ Spence warf Liz einen Blick zu. „Ich bin nicht so sicher, was die Richterin betrifft.“ Jake betrachtete Liz’ gesenkten Kopf und ihre hängenden Schultern. „Kein Wunder, wenn man bedenkt, was alles passiert ist. Aber sie ist eine starke Frau."

„Gut." Spence legte fragend den Kopf zur Seite. „Ihr zwei kennt euch von früher?"

„Sie ist die Witwe meines besten Freundes. Aber ich bin ihr erst zweimal begegnet." Er zog sein BlackBerry aus der Gürteltasche. „Mein Bruder ist der leitende Ermittler in diesem Fall. Halt du hier die Stellung, während ich ihm Bescheid sage, dass wir gleich das Gebäude verlassen."

Jake trat auf den Gang hinaus und schloss die Tür zur Kapelle leise hinter sich. Dann wählte er Coles Nummer.

Sein Bruder ging beim zweiten Klingeln dran.

„Ich habe mich schon gefragt, wann ich etwas von dir höre. Zwei von euren Leuten sind am Tatort aufgetaucht, also vermute ich, dass ihr auch bald kommt."

„Wir wurden aufgehalten. Die Schwester der Richterin hat es nicht geschafft."

Cole fluchte leise. „Wir werden diesen Typen kriegen."

„Irgendeine Spur von ihm?"

„Nein. Aber das ist nur eine Frage der Zeit. Was meinst du, wie lange ihr noch braucht?"

„Höchstens eine halbe Stunde. Liz ist gerade in der Kapelle, und sobald sie so weit ist, brechen wir auf."

„In Ordnung. Wir treffen uns beim Haus. Die Spurensicherung packt gerade ein."

Als die Verbindung beendet war, streckte Spence den Kopf zur Tür heraus. „Ich glaube, sie ist fertig."

Jake blickte an ihm vorbei. Liz schob gerade den Riemen ihrer Handtasche über die Schulter. „Kannst du Dan anrufen und sehen, ob er unsere Route zum Personalausgang sondiert hat?"

„Ja."

Er schob sich an Spence vorbei und betrat wieder die Kapelle, während sein Kollege seinen Platz auf dem Gang einnahm.

Liz stand auf, trat aus ihrer Bank heraus und ging auf ihn zu.

Trotz einer tiefen Trauer, die in ihren Augen lag, wirkte sie ruhiger. Und sie hatte etwas von der Contenance wiedergewonnen, die er von ihren früheren Begegnungen noch in Erinnerung hatte.

Er hoffte, die Veränderung würde andauern, auch nachdem sie diesen stillen, friedlichen Ort verlassen hatten.

„Danke, dass du mir diese Zeit ermöglicht hast. Das hat mir sehr geholfen."

„Wir versuchen, die Bitten unserer Klienten zu erfüllen, wann immer es geht. Können wir aufbrechen?"

„Ja."

„In Ordnung. Der Plan sieht so aus: Wir gehen durch den Personaleingang im Untergeschoss raus und steigen in den Geländewagen. Abgesehen davon, dass es sicherer ist, können wir so den Medienleuten aus dem Weg gehen, die uns vielleicht auflauern. Das Ganze soll zügig über die Bühne gehen. Wir bleiben unterwegs nicht stehen."

„Ist gut."

„Wenn wir hier abfahren, geht es zuerst zu deinem Haus. Die Polizei muss wissen, ob etwas fehlt. Wir können einen Raub noch nicht ausschließen. Während wir dort sind, kannst du auch ein paar Sachen packen, die du mit in die Wohnung nimmst."

Sie blickte ihn verständnislos an. „Was für eine Wohnung?"

„Tut mir leid, darüber haben wir ja noch gar nicht gesprochen." Was für ihn normale Routine war, musste ihr neu sein. Schließlich war sie erst seit vier Monaten Bundesrichterin. „In einer solchen Situation, in der wir den Grad deiner Gefährdung noch nicht einschätzen können, gibt es ein Standardprocedere: Der Bundesrichter zieht an einen Ort um, der einfacher zu sichern ist."

Sie holte tief Luft. „Stimmt, das wusste ich eigentlich auch. Ich dachte nur nicht, dass es *mich* jemals betreffen würde. Aber es ist besser, als im Haus zu bleiben, nachdem …" Sie schluckte. „Ich verstehe, warum ihr die Sache mit dem Raub klären müsst, aber ich muss nicht ins Wohnzimmer gehen, oder?"

„Gibt es dort etwas, das sich zu stehlen lohnt?"

„Nein. Abgesehen davon sind die meisten meiner Sachen sowieso noch in Kisten. Ich habe das Haus nur gemietet, während ich nach einem suche, das ich kaufen möchte, deshalb habe ich mir nicht die Mühe gemacht, viel auszupacken."

„Dann kannst du dem Raum aus dem Weg gehen." Wenn Cole mit dieser Entscheidung nicht einverstanden war, war das sein Problem.

„Wie lange werde ich in dieser anderen Wohnung sein?"

„So lange, bis es sicher genug für dich ist, dich woanders aufzuhalten." Er wusste, dass sie gerne eine konkretere Antwort gehabt hätte, aber mehr konnte er ihr nicht sagen.

Die Tür ging auf und Spence streckte den Kopf herein. „Ich bin bereit, wann immer ihr so weit seid."

Jake nahm Liz' Arm. „Wir sind so weit. Gehen wir."

Er ging mit schnellen Schritten voran, während sie durch ein Labyrinth aus Gängen liefen und dann den Aufzug ins Untergeschoss nahmen. Auf dem Weg nach unten wählte Spence Dans Nummer, um ihm zu berichten, dass sie in wenigen Augenblicken kommen würden.

Der Wechsel in den Chevrolet Suburban verlief reibungslos und schnell. Spence ging hinaus, das Fahrzeug fuhr direkt vor den Eingang und er öffnete die Tür zur Rückbank. Jake schob Liz in den Wagen und rutschte dann neben ihr auf den Sitz. Spence ging um das Auto herum und setzte sich auf der anderen Seite neben sie. Er hatte die Tür noch nicht ganz geschlossen, als der Wagen sich bereits in Bewegung setzte.

„Alle Achtung, das wirkte wie einstudiert." Liz' Hand umklammerte den Riemen ihrer Handtasche und ihre Stimme klang jetzt wieder angespannt.

„Solche Situationen haben wir alle schon öfters durchexerziert. Schnall dich an." Jake tippte auf ihren Sicherheitsgurt. „Liz, das hier sind Dan O'Leary, hinterm Steuer, und daneben Larry Olsen. Jungs, dies ist Richterin Elizabeth Michaels."

Während Dan eine Hand zum Gruß hob, brachte Liz den Hauch eines Lächelns für Larry zustande. „Marshal Olsen und ich haben uns bei einem meiner ersten Fälle hier kennengelernt. Wie geht es Ihrer Frau?“

„Besser, danke der Nachfrage. Aber es ist eine schwierige Schwangerschaft, und das Buch mit den Kreuzworträtseln, das Sie mir mitgegeben haben, hätte zu keinem besseren Zeitpunkt kommen können. Es hat ihr durch eine der härtesten Wochen hindurchgeholfen.“

„Das freut mich.“

Jake warf Liz einen Seitenblick zu. Seine Neugier war geweckt, aber der Wagen hielt bereits auf dem Parkplatz der Notaufnahme, sodass er keine Gelegenheit hatte, über Larrys Bemerkung nachzudenken.

„Spence und ich steigen jetzt in unsere Wagen um, Liz. Er fährt vor euch, ich mache das Schlusslicht.“ Er drehte sich zur Tür um, hielt aber in der Bewegung inne, als sie seinen Arm berührte. „Möchtest du jetzt deine Jacke zurück haben?“

„Die kannst du mir später wiedergeben.“

Nachdem er sich kurz auf dem Parkplatz umgesehen hatte, öffnete Jake seine Tür und stieg aus. Spence tat dasselbe auf seiner Seite. Jake wartete, bis er die automatische Türverriegelung hinter sich hörte, und ging erst dann zu seinem Chevrolet Trailblazer. Spence war ein paar Parkbuchten weiter schon in seinen Jeep Cherekee gestiegen.

Während ihr kleiner Wagenkonvoi den Krankenhausparkplatz verließ und sich auf den Weg in Richtung Interstate 64 machte, warf Jake einen Blick auf die Uhr an seinem Armaturenbrett: 7.55 Uhr.

Vor zehn Stunden war er in Denver in seinen verspäteten Flieger gestiegen, nachdem er neun Tage damit verbracht hatte, einen flüchtigen Topverbrecher zu jagen und zu stellen. Vor zehn Wochen war er im Irak noch den Kugeln ausgewichen, nachdem eine Menschenmenge versucht hatte, während eines Prozesses gegen Aufrührer das Gericht zu stürmen. Vor zehn Monaten hatte er eine gerichtliche Verfügung in die Tat umgesetzt, um das Vermögen einer Terrorgruppe in Amerika zu konfiszieren, und beim Personenschutz für einen Richter des Obersten Gerichtshofes in Washington D. C. gearbeitet.

Eines stand fest: Diese Arbeit war nie langweilig.

Das gefiel ihm an seiner Tätigkeit.

Aber so sehr die Herausforderungen ihn auch reizten, so gerne er an seine Grenzen ging, wünschte er doch, dieser Auftrag wäre an ihm vorübergegangen.

Seine Gründe dagegen hatten nichts mit seinen negativen Gefühlen Liz Michaels gegenüber zu tun. Er hatte erstaunt festgestellt, dass sich diese Gefühle während der traumatischen Stunden, die sie gemeinsam verbracht hatten, deutlich verändert hatten. Liz hatte in ihm sogar einen Beschützerinstinkt ausgelöst, der weit über das hinausging, was seine Stellenbeschreibung erforderte.

Das verstand Jake nicht. Und er war nicht sicher, ob er es überhaupt verstehen *wollte*.

Aber er verstand etwas von Risiko. Und er hatte ein Gespür für Gefahren. Deshalb war er in seinem Job so gut.

Im Augenblick spürte er eindeutig Gefahr.

Sowohl für Liz – als auch für sich selbst.

* * *

Die ersten Strahlen der Morgensonne bahnten sich einen Weg durch den dichten Wald und spiegelten sich in dem kleinen, glänzenden goldenen Kreuz in seiner Hand. Er schlang die dünne Kette um seine Finger und hob das Kreuz gen Himmel.

Wie merkwürdig, dass gerade dies bei der Handvoll Schmuck gewesen war, die er sich geschnappt hatte, bevor er das Haus verließ.

Aber es passte.

Denn dieses Symbol reiner, vollkommener, selbstloser Liebe – die Art Liebe, die Barmherzigkeit und Freundlichkeit zeigte, die Versprechen und Verpflichtungen einhielt – dieses Symbol war eine deutliche Erinnerung an ihr Versagen.

Das Versprechen, das sie vor Gott abgelegt hatte, war nichts wert gewesen.

Sie hatte ihm Unrecht getan.

Jetzt hatte sie den ultimativen Preis bezahlt.

Während das Kreuz von seiner Hand baumelte und im Morgenlicht glänzte, verstand er die Anwesenheit dieses Symbols in seinem Besitz als ein Zeichen, dass Gott sein Handeln guthieß.

Er atmete langsam ein und füllte seine Lungen mit der frischen Landluft.

Es war vollbracht.

Er ließ das Kreuz sinken und in den mit einem Zipverschluss versehenen Plastikbeutel fallen, in dem sich auch der restliche Schmuck befand. Dann nahm er seine Campingschaufel. Knisterndes, mit Raureif überzogenes Eichenlaub bildete einen dicken Teppich auf dem Waldboden. Er wischte die Blätter mit dem Schaufelblatt fort, bevor er zu graben anfing. Der Boden war von den Regenfällen der letzten Zeit aufgeweicht, und er brauchte keine Minute, um eine ausreichende Vertiefung in dem fruchtbaren Boden auszuheben.

Er hielt den Beutel noch einige Sekunden lang in der Hand, legte ihn dann in das Loch und füllt es mit Erde. Mit der Spitze seiner Schaufel verteilte er wieder Blätter über den aufgelockerten Boden.

Dann trat er zurück und betrachtete die Stelle. Sie sah genauso aus wie der restliche Waldboden ringsherum. Es gab kein Anzeichen dafür, dass etwas unter der Oberfläche begraben war.

Gut.

Der Schmuck existierte sozusagen nicht mehr.

So wie sie.

Und als er sich abwandte, hallten zwei Worte in seinen Gedanken wider.

Auf Nimmerwiedersehen.

* * *

„Meine Perlen fehlen. Außerdem ein paar Ringe, Modeschmuck, ein silbernes Armband und die goldene Kette mit dem Kreuz, das ich immer unter der Robe trage, wenn ich im Gericht bin."

Liz beendete ihre Inventur und trat von der Schmuckschatulle zurück, die mit Fingerabdruckpuder bestäubt war. Sie verschränkte die Arme vor der Brust.

„Brauchst du sonst noch etwas?" Jakes Frage war an Cole gerichtet, der sich Notizen machte. Sie waren durch das restliche Haus gegangen – bis auf das Wohnzimmer – und sonst schien nichts zu fehlen.

„Nein. Das dürfte reichen. Hast du gerade noch eine Minute …?" Er deutete mit einer Kopfbewegung in Richtung Flur. „Vielen Dank, Ms. Michaels."

Während Cole das Zimmer verließ, ließ Liz Jakes Jacke über ihre Schultern gleiten und reichte sie ihm.

„Ich hoffe, ich habe sie das letzte Mal ausgeliehen. Danke."

Er nahm die Jacke und widerstand der Versuchung, sie an sein Gesicht zu pressen und ihren Duft einzuatmen. Stattdessen gab er ihr die Plastiktüte, in der ihre Bluse verstaut war. „Wir können sie für dich reinigen lassen."

Sie blickte hinein und rollte die Tüte zu einem Ball zusammen, bevor sie sie auf die Kommode legte. „Danke. Aber ich kann mir nicht vorstellen, dass ich sie noch einmal anziehen werde. Was ist jetzt?"

„Pack so viele Sachen, wie du für eine Woche brauchst." Er nahm die Koffer, die sie während ihrer Tour durchs Haus aus dem Schrank im Gästezimmer geholt hatten, und legte sie aufs Bett.

„Ist es okay, wenn ich mich dusche und umziehe, wenn ich schon mal hier bin?"

Jake zögerte. Er wäre lieber so bald wie möglich gefahren, aber auf dem Grundstück tummelten sich sechs Deputy Marshals, ein Kriminalbeamter und mehrere Streifenpolizisten. Viel sicherer konnte es nirgends sein.

„Klar. Lass die Jalousien zu. Ich bin in der Küche, wenn du so weit bist."

Nachdem er die Tür hinter sich zugezogen hatte, ging Jake durch den Flur des bescheidenen Bungalows, der so ganz anders war als das exklusive Haus in Jefferson City, das Doug ihm bei seinem einzigen spontanen Besuch gezeigt hatte, als Liz auf Reisen gewesen war.

Cole lauerte ihm auf dem Weg in die Küche auf und zog ihn ins Esszimmer, in dem stapelweise Kisten darauf warteten, ausgepackt zu werden.

Der Ort erinnerte ihn an seine eigene Wohnung.

„Wo ist die Richterin?"

„Sie packt. Duscht. Zieht sich um."

Cole musterte ihn. Dann beugte er sich vor und schnüffelte.

„Und wann hast du dich das letzte Mal umgezogen? Oder geduscht? Es müffelt ein bisschen hier drin."

Jake kniff die Augen zusammen und stemmte die Fäuste in die Hüften. Er hatte im Moment keinen Sinn für Humor. „Im Gegensatz zu dir war ich gestern Abend nicht zu Hause. Geh einfach ein Stück zurück, wenn mein Duft deine empfindliche Nase beleidigt."

Cole zog die Augenbrauen hoch. „Wir sind heute aber reizbar, was?"

„Es war eine sehr lange, unschöne Nacht."

„Ja." Coles Scherzhaftigkeit verschwand, während das gedämpfte Geräusch der Dusche sich zu den leisen Stimmen der Marshals gesellte, die sich in der Küche unterhielten. „Die Richterin sieht aus, als könnte sie jeden Augenblick zusammenklappen."

„Das sehe ich auch so. Also, was haben eure Ermittlungen bisher ergeben, und was musst du von mir wissen?"

„Falls der Ehemann ein Alibi hat, können wir uns auch nicht mit der Raubtheorie begnügen, obwohl etwas Schmuck fehlt."

„Warum nicht?"

„Auf dem Tisch im Flur lagen sechs Fünfzigdollarscheine. Ganz offen. Der Täter muss auf dem Weg ins Wohnzimmer an dem Tisch vorbeigegangen sein. Wenn er sich die Zeit genommen hat, in der Schmuckschatulle der Richterin zu kramen, warum hat er dann das Geld nicht einfach eingesteckt?"

Jake rieb sich den Nacken. „Er könnte den Schmuck nur genommen haben, um es so aussehen zu lassen, als wäre Raub das Motiv. Wenn das Bargeld nicht zu seinem Plan gehörte, hat er es vielleicht nicht registriert."

„Das war auch mein Gedanke."

„Hat die Spurensicherung irgendetwas Interessantes gefunden?"

„Nicht viel. Unser Täter ist durch ein Kellerfenster auf der Rückseite des Hauses eingestiegen, das von einem Busch verdeckt ist. Er hat es abgeklebt, damit es nicht splittert, hat das Glas zerbrochen und den Fensterhebel umgelegt. Der Boden dahinten ist hart wie Stein, sodass er keine Fußspuren hinterlassen hat."

„Was ist mit Fingerabdrücken?"

„Ein paar am Fenster. Und welche auf der Schmuckschatulle. Letztere gehören wahrscheinlich der Richterin." Cole lehnte eine Schulter an die Wand und steckte die Hände in die Hosentaschen. „Wir gleichen die Abdrücke gerade mit den Daten des FBIs ab."

„Habt ihr mit den Nachbarn gesprochen?"

„Ja. Keiner hat irgendetwas Ungewöhnliches gesehen oder gehört. Es ist so, als wäre der Typ plötzlich im Zimmer aufgetaucht und dann wieder verschwunden."

Jake stieß frustriert die Luft aus. „Wir wissen, dass es nicht so war. Was für Sicherheitsvorkehrungen gibt es im Haus?"

„Eine Standard-Alarmanlage. Aber sie war zur Zeit des Mordes nicht aktiviert. Die Richterin hat gesagt, dass sie hier nicht länger als sechs oder acht Monate wohnen wollte, und sie sah keinen Anlass, das bestehende System für eine so kurze Zeit zu erweitern."

Sie schwiegen, während drei Wörter in Jakes Kopf widerhallten.

Ein großer Fehler.

Er war schon lange genug in diesem Geschäft und wusste, dass es – selbst wenn dies doch ein Fall von häuslicher Gewalt war und nichts mit Liz zu tun hatte – da draußen Verrückte gab, die es auf prominente Richter abgesehen hatten. Die Sicherheitsvorkehrungen hätten verbessert werden müssen, sobald sie hier eingezogen war, egal, ob sie es für nötig hielt oder nicht.

Aber bei allem, was sie gerade erlebte, war es nicht sinnvoll, dass sie sich auch noch deswegen Vorwürfe machte.

„Irgendwas aus Springfield gehört?" Jake kramte in seiner Tasche, in der Hoffnung, ein Pfefferminzbonbon darin zu finden.

„Nichts. Mr. Long wurde am Freitagmittag von einem Nachbarn gesehen, als er aus seiner Auffahrt fuhr. Die Polizei vor Ort beobachtet das Haus, und sie überwachen auch sein Büro. Bis jetzt ist er nicht aufgetaucht."

„Okay." Kein Glück mit dem Lutschbonbon. Er zog die Hand wieder aus der Tasche. „Wir bringen Liz zu ihrer Wohnung. Halt mich auf dem Laufenden."

„Klar." Cole stieß sich von der Wand ab. „Übrigens soll ich dir von Alison ausrichten, dass sie dir verzeiht, obwohl du sie bei dem Begrüßungsessen letzte Woche versetzt hast. Die Lasagne hält sich im Gefrierschrank, aber ich soll dich fragen, ob du schon mal was von einem Telefon gehört hast."

Jake grinste schwach. Er konnte sich lebhaft vorstellen, wie seine kleine Schwester genau diese Worte ausgesprochen, das Kinn vorgeschoben und die vorwitzige Nase in die Höhe gereckt hatte. „Das klingt jedenfalls nach ihr."

„Stimmt. Endlich wieder. Sie hat ein paar schwere Monate hinter sich." Cole kniff die Augen zusammen. „Wie viel hat sie dir von dem Unfall erzählt, als sie dich in Washington angerufen hat?"

„Nur das Wesentliche." Jake spulte im Geiste die Unterhaltung ab, die er wenige Tage nach seiner Rückkehr aus dem Irak mit seiner Schwester geführt hatte, als er noch unter Jetlag gelitten und versucht hatte, sich von dem Druck zu erholen. „Ich habe von dem gebrochenen Bein gehört, und sie hat etwas von inneren Verletzungen gesagt. Ich habe ihr den Kopf gewaschen, weil sie es mir nicht früher erzählt hat, aber sie behauptete, ich würde überreagieren und ihr gehe es gut. Als ich mehr wissen wollte, musste ich mich mit dem Versprechen zufrieden geben, dass sie mir alle Einzelheiten berichten würde, wenn ich wieder in St. Louis bin. Sie wollte lieber über ihren neuen Welpen reden."

„Das dachte ich mir." Cole fuhr sich mit den Fingern durchs Haar. „Hör zu, ich habe – wenn auch widerwillig – versprochen, nicht viel zu sagen, bis sie eine Chance hat, dich zu sehen. Aber in Wahrheit geht es ihr gar nicht gut. Sie wurde viel schwerer verletzt, als sie zugegeben hat."

Jakes Magen zog sich zusammen. „Wie viel schwerer?"

Mehrere Sekunden lang schwieg Cole, während er seinen Bruder musterte. „Wir waren nicht sicher, ob sie überleben würde."

Ein Schock durchfuhr ihn, gefolgt von rasender Wut. „Und niemand hat mir das gesagt?"

„Alisons Anweisung. Sie wollte nicht, dass du dir Sorgen machst."

„Ich bin ihr großer Bruder. Das ist mein Job."

„Das lässt du sie besser nicht hören. Ihr Unabhängigkeitsdrang ist stärker denn je. Und so gern sie dich auch hat, sieht sie deinen Umzug hierher doch mit gemischten Gefühlen. Sie hat Angst, ihr Unfall könnte einer der Gründe sein, warum du plötzlich beschlossen hast, nach St. Louis zurückzukommen."

„Das war er auch. Er war eine Warnung für mich, dass ich mehr Zeit mit meiner Familie verbringen sollte. Ich sollte mehr für euch da sein."

„Dann ist hier noch eine Warnung – behalte dieses Detail besser für dich, wenn du keinen Streit willst. Alison hat sogar Mom nach Chicago zurückgeschickt, trotz energischer mütterlicher Proteste."

„In Ordnung. Also sag du mir, was los ist, da sie mir offensichtlich die bereinigte Fassung erzählt hat."

„Sie macht Fortschritte. Aber sie hat immer noch zweimal die Woche Krankengymnastik. Die Brüche in ihrem Bein heilen. Was den in ihrem Herzen angeht, bin ich mir nicht so sicher."

Jake runzelte die Stirn. „Was soll das denn heißen?"

Cole stieß hörbar die Luft aus und vergrub die Hände in den Hosentaschen. „Ich bringe mich hier in Teufels Küche. Alison wird in die Luft gehen, wenn sie herausfindet, dass ich dir das alles erzählt habe, bevor sie eine Chance hatte, selbst mit dir zu sprechen."

„Du steckst schon zu weit im Schlamassel, um einen Rückzieher zu machen. Also raus mit der Sprache."

„Ich nehme an, sie hat dir die Sache mit David nicht erzählt?"

„Was ist mit David?" Das Letzte, was er gehört hatte, war, dass es zwischen seiner Schwester und dem aufstrebenden jungen Anwalt, mit dem sie ausging, ernst wurde. Er war davon ausgegangen, dass eine Verlobung kurz bevorstand.

„Er hat mit ihr Schluss gemacht."

„Was? Warum?"

„Weil sie wegen der inneren Verletzungen, die sie dir gegenüber so beiläufig erwähnt hat, keine Kinder mehr bekommen kann. Und er wollte unbedingt eine Familie."

Jake presste die Lippen aufeinander, während er diese Nachricht verdaute. „Was für ein Mann verlässt eine Frau, weil ein betrunkener Autofahrer ihr die Fähigkeit genommen hat, Kinder zu bekommen?"

„Ein Idiot?“

„Mir fällt da ein anderes Wort ein. Aber wenigstens hat sie seinen wahren Charakter kennengelernt, bevor sie heiraten konnten.“

„Dieser Einschätzung wird sie sicherlich zustimmen. Jedenfalls theoretisch. Aber ruf sie doch an, wenn du mal fünf Minuten nichts zu tun hast.“

„Als würde das in absehbarer Zeit passieren.“ Jake fuhr sich mit den Fingern durchs Haar. „Weißt du, ich hatte irgendwie erwartet, dass es in St. Louis ruhiger wird.“

Wie üblich hatte sein Bruder eine passende Antwort parat. „Vielleicht hängt der Ärger sich ja einfach an deine Fersen.“ Er salutierte scherzhaft und ging in Richtung Flur. „Einer von den Jungs hat Kaffee geholt. Ich glaube, da bediene ich mich mal. Und wenn du mit Alison sprichst, tu mir einen Gefallen. Sag ihr nichts von dieser Unterhaltung.“

Während Cole sich zu den gedämpften Stimmen in der Küche gesellte, spielte Jake mit dem Gedanken, seine Schwester jetzt gleich anzurufen. Aber er wollte konzentriert sein, wenn er mit ihr sprach. Und im Moment war er noch zu sehr mit der Sicherheit einer bestimmten Richterin beschäftigt.

Wenn Liz erst einmal in der Wohnung war und er sich davon überzeugt hatte, dass die Sicherheitsvorkehrungen ausreichten, würde er für ein paar Stunden nach Hause fahren. Duschen. Essen. Schlafen. Dann, wenn er ausgeruht war und klar denken konnte, würde er seine Schwester anrufen. Und anstatt sie davon zu überzeugen, dass ihr Unfall nicht der Hauptgrund für seine Rückkehr nach St. Louis war, würde er sie ins Gebet nehmen, weil sie Cole so lange zum Schweigen verdonnert hatte.

Denn er hatte am eigenen Leib erfahren, dass bei Alison ein guter Angriff die beste Verteidigung war.

Kapitel 5

Jake trank den letzten Schluck von seinem Kaffee und sah auf seine Uhr. Wieder.

Liz brauchte zum Duschen und Packen viel länger, als er erwartet hatte. Cole war gegangen, und die Deputy Marshals in der Küche wurden allmählich unruhig.

So wie er.

Er stellte den Becher auf den Küchentisch und wandte sich an die anderen. „Ich werde mal nachsehen, ob ich die Sache etwas beschleunigen kann. Ich würde gerne in zehn Minuten aufbrechen."

Dreißig Sekunden später klopfte er an ihre Tür. „Liz? Ich bin's, Jake. Ist alles in Ordnung?"

„Ich glaube schon."

Ihr zweifelnder Tonfall gefiel ihm nicht.

„Kann ich reinkommen?"

„Ja."

Die Frau, die auf dem Bett saß, war eine Liz, die er noch nie gesehen hatte. Sie hatte ihre übliche Businessgarderobe gegen Jeans und ein schwarzes Feinstrick-Top eingetauscht, ihre Haare waren noch ein wenig feucht, und ein paar Strähnen an ihren Schläfen kräuselten sich leicht von der Luftfeuchtigkeit im Badezimmer. Sie war barfuß und hatte ein Bein untergeschlagen, und sie starrte auf das Mobiltelefon in ihrer Hand.

Es hätte ein attraktiver Anblick sein können, wäre da nicht ihre verstörte Miene gewesen.

Er durchquerte den Raum mit drei langen Schritten und bemerkte im Vorbeigehen, dass das Klebeband von zwei der verschlossenen Kisten entfernt worden war, als hätte sie nach Dingen gesucht, die sie mitnehmen konnte. Die beiden Koffer am Fußende des Bettes schienen gepackt zu sein.

Aber sie machte keine Anstalten, aufzubrechen.

„Liz? Was ist los?"

Ohne aufzublicken blinzelte sie. Zweimal. Noch einmal. „Ich hatte mein Telefon stumm geschaltet. Seit gestern Abend habe ich fünfundzwanzig Nachrichten bekommen. Ich muss meinen Boss anrufen. Mit meinen Referendaren sprechen. Die Beerdigung organisieren. Ein paar Termine absagen. Meinen Vermieter anrufen, damit er einen Klempner schicken kann, der den leckenden Wasserhahn im Bad repariert." Panik schwang in ihrer Stimme mit. Und ein Hauch von Hysterie. „Und die E-Mails auf meinem Computer habe ich noch gar nicht gelesen."

Sie war völlig überfordert. Überwältigt von den weitreichenden Entscheidungen, die von ihr erwartet wurden, und den Einzelheiten, um die sie sich kümmern musste. Wenn der Stress groß genug war, kamen selbst kompetente, gut organisierte, selbstbewusste Menschen wie Liz Michaels an ihre Grenzen.

Und sie hatte ihre Grenze eindeutig erreicht.

Er beugte sich hinunter und klappte ihr Handy zu. „Mit all dem können wir uns beschäftigen, wenn wir in der Wohnung sind. Und wir werden tun, was wir können, um dir zu helfen."

Sie hob den Kopf, und der brennende Schmerz in ihren Augen brachte die professionelle Distanz zum Einsturz, die er mühsam versuchte aufrechtzuerhalten. „Kannst du machen, dass dieser Albtraum aufhört?"

„Ich wünschte, das könnte ich." Er schluckte den Kloß hinunter, der plötzlich in seiner Kehle saß.

Sie warf noch einen Blick auf ihr Telefon und schob es dann

in ihre Handtasche. Sie holte tief Luft und atmete langsam aus. „Ich ziehe mir nur noch Schuhe an, dann können wir los."

Sie erhob sich, ging zu dem offenen Wandschrank und nahm ein Paar bequeme Schuhe aus einem Fach.

„Ist das alles?" Jake zeigte auf das Gepäck am Fußende des Bettes.

„Ich brauche meine Aktentasche. Und meinen Laptop."

„Wo sind die?"

„Auf dem Boden neben dem Schreibtisch in meinem Arbeitszimmer."

„Ich hole sie. Und die Jungs laden deine Koffer ins Auto. Komm in die Küche, wenn du so weit bist."

Jake machte einen Umweg durch Liz' Arbeitszimmer, fand die Aktentasche und den Computer und spähte durch die Jalousien, als er an dem Fenster vorbeikam, das nach vorne zur Straße hinausging. Zwei Übertragungswagen parkten jetzt vor dem Haus.

Na, klasse.

Wieder in der Küche, gab er das Gespräch den beiden Kollegen, die bei ihrer Ankunft hier auf sie gewartet hatten, und sprach eine Warnung aus.

„Wir haben Gesellschaft bekommen. Jemand hat der Presse verraten, dass wir hier sind."

Spence zerknüllte seinen Pappbecher und warf ihn in eine leere Donutschachtel, während die beiden Männer hinausgingen. „Ich habe vor ein paar Minuten eine Nachricht von der Gerichtsmedizin bekommen. Kein Problem mit der Organspende. Soll ich das Krankenhaus anrufen und Bescheid sagen?"

„Ja. Ich werde es Liz erzählen, sobald sie sich in der Wohnung ein bisschen eingerichtet hat."

„Ich lasse den Motor an." Dan warf seinen eigenen Becher weg und verschwand durch die Tür.

Drei Minuten später, als die beiden Marshals die Taschen verstaut hatten und wieder ins Haus kamen, erschien Liz im Türrahmen. Sie hatte einen Pullover übergezogen und trug eine

Jacke über dem Arm. Das bedeutete, dass sie seine nicht mehr brauchte.

Jake unterdrückte ein plötzliches Gefühl der Enttäuschung und zwang sich zur Sachlichkeit, als er sich an sie wandte. „Vor dem Haus steht die Presse, also werden wir einen schnellen Abgang machen. Dan sitzt schon im Auto."

Er nahm ihren Arm, und die übrigen Männer umringten sie dicht gedrängt.

„Gut, dass ich nicht unter Platzangst leide." Sie betrachtete den Ring aus Beamten.

„Nur zwei Minuten. Wenn du erst mal im Wagen bist, hast du wieder mehr Platz zum Atmen."

Auf Jakes Zeichen hin trat die Gruppe durch die Eingangstür und ging auf den Chevrolet Suburban zu.

In dem Augenblick, als sie erschienen, erwachte der stille Samstagmorgen zum Leben. Die Übertragungswagen spuckten Kameramänner aus und Reporter schwenkten Mikrofone und riefen Liz' Namen.

Jake umfasste ihren Arm fester und warf ihr einen Seitenblick zu. Erstaunt stellte er fest, dass sie sich von den gebrüllten Fragen und der zirkusartigen Atmosphäre nicht beeindrucken ließ.

Andererseits hatte sie in den vergangenen Jahren bei einigen medienwirksamen Fällen mitgewirkt. Doug hatte einmal erwähnt, dass einer dieser Fälle nationale Aufmerksamkeit auf sich gezogen hatte. Sie war sogar in der Zeitschrift *Newsweek* zitiert worden. Zweifellos hatte sie bereits reichlich mit der Presse zu tun gehabt.

Als sie in den Suburban stieg und er gerade die Tür schließen wollte, kam einer der jungen Polizeibeamten, die an der Grundstücksgrenze positioniert waren, herübergelaufen.

„Entschuldigen Sie, Sir, aber es gibt eine Nachbarin von gegenüber, die mit der Richterin sprechen möchte. Delores Moretti."

„Delores ist hier?" Liz drehte den Kopf und versuchte eine Lücke in der Mauer aus Männern zu finden. „Ich würde sie gerne sehen. Geht das, Jake?“ Sie berührte seinen Arm.

Er zögerte. Es war nicht gut, dass sie hier draußen war. Aber es fiel schwer, ihr nach allem, was sie durchgemacht hatte, diesen Wunsch abzuschlagen. Und solange sie einen menschlichen Schutzschild bildeten, müsste es eigentlich in Ordnung sein. Wenigstens sechzig Sekunden lang.

„Aber nur ganz kurz.“

„In Ordnung.“

„Also gut.“ Jake wandte sich an den Polizisten. „Bringen Sie sie her.“

Der Mann entfernte sich ein paar Meter und gab einer untersetzten, grauhaarigen Frau, die am Straßenrand stand, ein Zeichen. Sie duckte sich unter dem Absperrband der Polizei hindurch und lief die Auffahrt hinauf.

„Was hat sie da in der Hand?“ Jake betrachtete den flachen Aluminiumbehälter in ihrer Hand, während er die Frage an den Beamten richtete.

„Irgendetwas zu essen.“

Hinter sich hörte Jake ein leises belustigtes Glucksen von Liz. „Typisch Delores.“

Als die Frau näher kam, ergriff Jake wieder das Wort. „Das muss schnell gehen, Ma'am.“

„Es dauert keine Minute.“

Jake trat zur Seite und schuf so eine Lücke, die gerade groß genug war, dass die Frau sich hindurchzwängen konnte.

Während der kurzen Unterhaltung, die folgte, suchten seine Blicke unaufhörlich die Umgebung ab, und Spence tat es ihm gleich. Aber das Gespräch hinter ihnen war interessanter als der Anblick vor ihnen.

„Sizilianische Cannoli! Oh, Delores, du hättest dir keine Umstände machen sollen.“

„Das hat überhaupt keine Umstände gemacht. Vielleicht können sie dich ein klein wenig trösten. Worte nützen in so einer Situation gar nichts. Sie ändern nichts an dem, was mit deiner armen Schwester passiert ist, und sie ändern auch nichts an deiner Trauer. Also habe ich getan, was ich konnte. Ich bin in die Kirche gegangen, habe eine Kerze angezündet und einen Rosenkranz gebetet. Dann bin ich nach Hause und habe dein Lieblingsdessert gemacht. Du weißt, dass Harold und ich für dich da sind, wenn du irgendetwas brauchst, Liz. Du brauchst nur anzurufen."

„Ich weiß, Delores. Und ich kann gar nicht sagen, wie wichtig mir das ist!"

Jake spürte, wie die Frau hinter ihm sich bewegte, und wusste, dass sie sich vorbeugte, um Liz zu umarmen.

„Mach dir keine Gedanken über irgendetwas anderes, als auf dich aufzupassen. Halt dich bedeckt, bis die ganze Sache geklärt ist."

„Ich glaube, mir bleibt sowieso nichts anderes übrig. Wie du siehst, bin ich von U.S. Marshals umgeben. Sagst du Reverend Mike Bescheid, dass ich morgen nicht im Frauenhaus helfen kann?"

Jake runzelte die Stirn. Frauenhaus?

„Ich kümmere mich darum. Und ich gieße auch deine Blumen."

Jake ließ den Blick über die Veranda schweifen und sah die Töpfe, aus denen bunte Blüten quollen, die vor den kühlen Herbstnächten noch nicht klein beigegeben hatten. Auf ihrem Küchentisch hatte auch ein Blumenstrauß gestanden. Doug hatte nie erwähnt, dass Liz Blumen mochte.

Ein Ellenbogen in seiner Seite machte deutlich, dass das Gespräch hinter ihm beendet war, und er trat zur Seite, damit Delores sich vorbeiquetschen konnte.

„Danke, junger Mann." Sie senkte die Stimme. „Und passen Sie gut auf sie auf. Sie ist unser ganz besonderer Engel."

Engel?

Delores' fragendem Blick nach zu urteilen, hatte er seine

Überraschung nicht gut verborgen. „Kennen Sie Liz sehr gut, Marshal?"

„Nein, Ma'am."

Wieder senkte sie die Stimme ein wenig. „Wir kannten sie auch nicht, bis sie vor vier Monaten hierher zog. Eine Woche nachdem wir sie besucht hatten, um sie in der Straße zu begrüßen, fiel Harold von einer Leiter und brach sich das Handgelenk. Er musste operiert werden und konnte drei Wochen lang nicht Auto fahren. Ein paar Tage nach dem Unfall habe ich mir den Knöchel verstaucht und konnte auch nicht fahren. Liz hat uns sofort Hilfe angeboten und unsere Einkäufe und Medikamente geholt, obwohl sie so viel Arbeit hatte." Delores schüttelte den Kopf. „Sie ist eine erstaunliche junge Frau. Sorgen Sie dafür, dass ihr nichts passiert."

„Das haben wir vor, Ma'am."

Als Delores die Auffahrt hinunterging, drehte Jake sich zu Liz um. Sie war durch Metall und menschliche Körper abgeschirmt, und er bezweifelte, dass sie viel, wenn überhaupt etwas, von seinem leisen Gespräch mit der Nachbarin gehört hatte. Sie konzentrierte sich auf den Behälter, den Delores ihr gegeben hatte, und fuhr mit dem Finger über den Rand der Dose.

„Wir können jetzt los, Liz."

Sie hob den Kopf und er sah Tränen in ihren Augen glänzen. „Tut mir leid, dass ihr warten musstet. Aber Delores ist ein Schatz. Ich musste einfach mit ihr sprechen."

„Kein Problem. Wir sehen uns in der Wohnung."

Er schloss die Tür und wandte sich an Spence. „Wieder der Konvoi von vorhin?"

„Ja, es sei denn, du siehst einen Grund, das zu ändern."

„Nein. Ist mir recht so." Er reichte den beiden Marshals, die zur Verstärkung gekommen waren, die Hand. „Danke, Jungs."

Sie winkten und gingen zu ihren eigenen Fahrzeugen.

Als die kleine Kolonne sich erneut in Bewegung setzte, ignorierte Jake die Übertragungswagen und blickte zu dem Haus auf der anderen Straßenseite hinüber. Delores stand auf der Veranda und sah besorgt aus.

Sie machte sich Sorgen um ihren Engel.

In der Anfangszeit, als Doug zuerst mit Liz ausging, hatte er diesen Begriff einmal als Kosenamen für sie gebraucht, wie Jake sich erinnerte. Jake hatte das als die typische Unzurechnungsfähigkeit eines verliebten Mannes abgetan. Und mit der Zeit hatte Doug seine Frau in einem deutlich weniger engelhaften Licht gesehen. Selbstbezogen, kaltherzig, nur auf ihrer Karriere bedacht, auf Kosten aller anderen Dinge … und Menschen – das waren die Eigenschaften, die Jake nach den Gesprächen mit seinem Freund mit Liz in Verbindung gebracht hatte. Bevor Doug bei einem tragischen Unfall gestorben war.

Oder sich das Leben genommen hatte.

So weit er wusste, hatte es nie ein abschließendes Urteil gegeben, was die Ursache für den Unfall in jener kalten Winternacht betraf, in den nur das eine Auto verwickelt gewesen war. Aber Doug war verzweifelt gewesen, nachdem er eine lang ersehnte Beförderung nicht bekommen hatte. Jake hatte immer angenommen, dass es nicht zu der Tragödie gekommen wäre, wenn Liz ihrem Mann die emotionale Unterstützung gegeben hätte, die er brauchte, und wenn sie für ihn da gewesen wäre, anstatt zwölf Stunden täglich bei der Arbeit zu verbringen.

Jetzt arbeitete sie mehr denn je, als eine der jüngsten Bundesrichterinnen in den Vereinigten Staaten. Und trotzdem nahm sie sich die Zeit, ihren Nachbarn zu helfen. Und fürsorgliche Geschenke für die Frau eines Marshals zu besorgen, der zu ihrem Schutz abgestellt war. Und was war das mit dem Frauenhaus?

Es passte einfach nicht zusammen.

Jake blickte in den Rückspiegel und hielt nach möglichen Verfolgern Ausschau, während er weiter über die rätselhafte Richterin nachdachte, für die er verantwortlich war.

Hatte Liz sich verändert … oder war er all die Jahre von falschen Annahmen ausgegangen?

Und hatte er vielleicht seine eigene Schuld übersehen, während er ihr die alleinige Schuld an Dougs Tod gegeben hatte? Er hatte gewusst, dass sein Freund deprimiert gewesen war. Hätte er noch etwas tun können, um ihm zu helfen und die Tragödie vielleicht noch abzuwenden?

Das Bremslicht des Wagens vor ihm leuchtete auf, als die Ampel an der nächsten Kreuzung von Gelb auf Rot sprang. Jake bremste ebenfalls und lenkte seine Gedanken in eine weniger beunruhigende Richtung. Er war im Augenblick zu müde für ernsthafte Selbstkritik.

Aber er konnte die nagenden Gedanken nicht abstellen, dass er vielleicht – nur vielleicht – ein wenig zu unnachsichtig gewesen war, was Liz Michaels betraf.

Und vielleicht auch ein wenig zu nachsichtig mit sich selbst.

* * *

Die Stille war erdrückend.

Liz klappte ihr Telefon zu und lehnte sich auf der niedrigen grauen Couch im Wohnzimmer zurück, während sie sich wünschte, sie müsste noch mehr Anrufe erwidern. Noch mehr Dinge organisieren. Es war einfacher, sich mit logistischen Dingen zu beschäftigen, als die düstere Stille der unpersönlich möblierten Wohnung zu ertragen, die jetzt ihr Zuhause war.

An sich war die Wohnung gar nicht so schlecht. Die offene Bauweise verlieh der kompakten Dreizimmerwohnung ein Gefühl von Großzügigkeit. Das Wohnzimmer ging in den Essbereich über, der wiederum in eine kleine Küche führte. Moderne Kunst hing an den Wänden und sorgte für die einzigen Farbtupfer in der ansonsten neutral gehaltenen Farbpalette. Die geraden Linien waren angenehm und die Möbel waren elegant und schick.

Aber die Einrichtung entsprach trotzdem nicht ihrem Geschmack.

Und ganz bestimmt fühlte sich diese Wohnung nicht wie ein Zuhause an.

Vielleicht konnten die Marshals ihr helfen, es ein bisschen gemütlicher zu machen, wenn sie sie darum bat. Sie waren sehr hilfsbereit gewesen, als sie an diesem Nachmittag die Küche mit den Dingen bestückt hatten, die sie auf deren Bitte hin aufgelistet hatte.

Andererseits hoffte sie, sie würde nicht so lange hierbleiben müssen, dass Verschönerungsideen nötig waren. Sobald sie Alan gefunden hatten, konnte sie wieder nach Hause.

Allerdings war der Gedanke daran, in ihr gemietetes Haus zurückzukehren, auch nicht gerade verlockend. Wie konnte sie je wieder ins Wohnzimmer gehen, ohne Stephanies Blut vor sich zu sehen?

Entschlossen, sich abzulenken, stand sie auf und ging zu dem Fenster, das bis auf den Boden reichte. Wahrscheinlich hätte sie einen fantastischen Blick über die Innenstadt, wenn sie hinaussehen könnte. Doch die Jalousien waren heruntergelassen, seit sie hier eingetroffen war, und man hatte ihr gesagt, sie solle es so lassen. Aber ein kurzer Blick konnte doch bestimmt nicht schaden, oder?

Sie hob die Hand, um eine der Lamellen anzuheben, als es an der Tür klingelte. Sie zuckte zusammen und ließ den Arm sinken. Was für ein merkwürdiger Zufall.

Sie bemühte sich, ihren rasenden Puls zu beruhigen, während sie den Raum durchquerte und durch den Türspion sah, wie man es ihr aufgetragen hatte. Jake stand vor der Tür und winkte einladend mit einer Pizzaschachtel. Er war vor ein paar Stunden gegangen, nachdem eine gründliche Durchsuchung der Wohnung und der Kommandozentrale nebenan ihn davon überzeugt hatten, dass die Sicherheitsvorkehrungen ausreichend waren.

Er hatte nicht gesagt, dass er zurückkommen würde, aber aus irgendeinem Grund wunderte sie sich nicht darüber. Er machte auf sie den Eindruck eines Menschen, der in seinem Job sehr engagiert war und nicht gerade mit einer Stechuhr arbeitete. Das konnte sie nachvollziehen.

Was sie jedoch überraschte, war die Pizza.

Sie entfernte den Riegel und öffnete die Tür.

Jetzt, wo sie ihn nicht mehr durch die Fischaugenlinse des Spions verzerrt vor sich sah, fielen ihr andere Dinge an ihm auf. Und das Ergebnis gefiel ihr. Die Ringe unter seinen Augen waren verblasst, und seinem frisch rasierten Kinn und dem noch feuchten Haar nach zu schließen, hatte er geduscht und sich rasiert. Außerdem hatte er sich umgezogen. An diesem Abend trug er eine gut sitzende Jeans und ein Baumwollhemd mit hochgekrempelten Ärmeln. Die Agenten in der Kommandozentrale trugen Anzüge, also war dies kein dienstlicher Besuch.

„Ich wollte noch mal vorbeikommen und nach dir sehen, bevor ich Feierabend mache. Kann ich reinkommen?"

„Natürlich." Sie trat zur Seite, und nachdem er über die Schwelle getreten war, schloss sie die Tür und schob den Riegel wieder vor.

„Gibt es irgendwelche Probleme?"

„Nein. Es ist alles ruhig hier."

„So soll es sein." Er hob die Schachtel. „Kann ich dich für eine Pizza erwärmen?"

Den ganzen Tag über hatte sie keinen Appetit gehabt. Aber der Duft, den die Schachtel verströmte, ließ ihren Magen laut knurren.

Sie wurde rot und er grinste. „Ich nehme an, das ist ein Ja?"

„Ich weiß das Angebot wirklich zu schätzen. Aber entgegen allem Anschein habe ich eigentlich gar keinen Hunger. Die anderen haben heute Nachmittag Lebensmittel für mich eingekauft."

„Hast du etwas davon gegessen?"

Unter seinem prüfenden Blick trat sie verlegen von einem Fuß auf den anderen. Es war lange her, dass jemand außer Delores sich dafür interessiert hatte, was sie aß – oder ob sie überhaupt etwas aß. Obwohl sie wusste, dass Jakes Fürsorge beruflicher

Natur war – schließlich würde es schlecht aussehen, wenn einer seiner Schützlinge vor Hunger ohnmächtig wurde –, tat sie gut.

„Nein. Wie gesagt, ich hatte keinen Hunger."

„Na, ich bin jedenfalls kurz vor dem Verhungern, und ich esse nicht gerne alleine. Vielleicht kannst du ja ein kleines Stückchen probieren, während ich esse. Ich habe eine große Pizza mit allem bestellt, also dürfte irgendwas drauf sein, das du magst." Er zögerte und runzelte die Stirn. „Außer du bist Vegetarierin."

„Nein, ich mag Fleisch." Sie verschränkte die Arme. „Solltest du nicht eigentlich schon Feierabend haben?"

Jetzt war er es, der verlegen wirkte. Sie fragte sich, warum.

„Ich habe Feierabend. Aber ich wusste, dass ich besser schlafen würde, wenn ich mich noch mal vergewissert habe, dass du in Sicherheit bist."

Die Erklärung klang nicht so recht überzeugend, aber sie beließ es dabei. „Und hast du das schon getan?"

„Ja. Du brauchst dir keine Sorgen zu machen. Du bist hier sicher."

„Ich mache mir keine Sorgen. Alan hat erreicht, was er wollte. Ich bin sicher, er ist längst über alle Berge." Obwohl sie sich Mühe gab, beiläufig zu klingen, war ihre Stimme von Bitterkeit gefärbt. „Habt ihr schon etwas erreicht bei der Suche nach ihm?"

„Noch nicht. Aber der Bezirk St. Louis arbeitet mit voller Kraft an dem Fall. Die Kollegen in Springfield haben sein Haus und sein Büro im Visier, und nach seinem Auto wird landesweit gefahndet. Sie werden ihn finden, Liz."

„Da bin ich mir sicher. Aber es wird Stephanie nicht zurückbringen." Sie spürte einen Kloß in ihrer Kehle und sie bemühte sich, ihn zu ignorieren, während sie auf den Esstisch zeigte. „Setz dich doch. Ist eine Cola light okay? Was anderes habe ich nicht."

„Kein Problem."

Sie ging in die Küche, holte Teller und Servietten sowie zwei Coladosen und versuchte sich so lange zu beschäftigen, bis sie ihre Fassung wiedergewonnen hatte.

Als sie sich zu ihm an den Tisch setzte, klappte er die Schachtel auf und schob sie in ihre Richtung, damit sie das erste Stück nehmen konnte. Sie wählte das kleinste Stück auf ihrer Seite und legte es auf ihren Teller.

„Hast du heute Nachmittag ein bisschen geschlafen?" Jake nahm sich zwei große Stücke.

„Nein. Ich habe Dinge organisiert – berufliche und private. Ich habe lange mit dem vorsitzenden Richter gesprochen und mit meinen Mitarbeitern. Wir mussten überlegen, wie wir die ganze Prozessliste umstrukturieren. Ich habe auch mit Stephanies Chirurg gesprochen. Sie haben ihre Organe entnommen und die Maschinen abgeschaltet." Sie fühlte, wie der Druck hinter den Augen sich wieder aufbaute, und kämpfte gegen die Tränen an. „Außerdem hatte ich ein erstes Gespräch mit dem Mann vom Beerdigungsinstitut. Er kümmert sich um die Formalitäten. Unsere Eltern sind in Kansas City begraben, wo wir aufgewachsen sind. Doug liegt auf demselben Friedhof. Ich möchte gerne, dass sie bei den anderen liegt."

„Ich habe doch gesagt, dass wir dir bei all den Dingen helfen würden."

Sie zuckte mit der Schulter und fing an, die Oliven von ihrem Stück Pizza zu picken. „Es hat mir nichts ausgemacht, es zu tun. Tatenlosigkeit ist schwieriger als Geschäftigkeit."

Sie aßen ein paar Minuten schweigend. Er schlang mehrere Stücke Pizza hinunter, während sie an ihrem kleinen Stück knabberte. Seine Bemerkung, was das Verhungern betraf, war offensichtlich nicht übertrieben gewesen.

Irgendwann legte er eine Pause ein und wischte sich den Mund mit der Serviette ab. „Ist die Wohnung für dich in Ordnung?"

„Für die kurze Zeit, die ich wahrscheinlich hier verbringen werde, ist sie prima."

„Fehlt irgendetwas? Etwas, das du brauchst?"

Sie versuchte zu lächeln. „Ein Schaukelstuhl wäre schön. Mit einer Wolldecke über der Rückenlehne."

Er zog eine Augenbraue hoch, während er sich noch ein Stück Pizza nahm. „Komisch, ich hätte dich gar nicht für einen Schaukelstuhltyp gehalten."

Sie stützte das Kinn auf eine Hand und hörte auf, so zu tun, als würde sie essen. „Für was für einen Typ hältst du mich denn?"

Seine Hand an dem Pizzastück zögerte nur für den Bruchteil einer Sekunde. Aber es war lange genug, um ihr zu zeigen, dass er ihre Frage nicht beantworten wollte. Seine vage Erwiderung bestätigte das.

„Wir sind uns erst zweimal begegnet, Liz. Ich kenne dich nicht genug, um eine gute Vorstellung von deinem Geschmack zu haben." Er legte die Pizza auf seinen Teller und schob ihr die Schachtel zu. Vier Stücke waren noch darin.

„Danke, ich bin fertig. Hattest du genug?" Sie zeigte auf die Schachtel.

„Ja." Er warf einen Blick auf ihr kaum berührtes Stück Pizza und runzelte die Stirn.

Sie nahm seinen Teller und stand auf. „Wie wäre es mit Nachtisch? Delores macht großartige Cannoli, und ich habe vorhin Kaffee gekocht. Der müsste eigentlich noch gut sein."

„Ich nehme welche, wenn du mitisst."

„Auf jeden Fall. Diesem Meisterwerk kann ich nicht widerstehen. Es ist ein altes Familienrezept aus Sizilien."

Er erhob sich ebenfalls. „Ich hole den Kaffee und du das Dessert."

In der kleinen Küche war es eng und Jakes breite Schultern füllten einen Großteil des Raumes aus. Liz konnte sich nicht daran erinnern, dass ihr bei den zwei Begegnungen in früheren Jahren seine kraftvolle Ausstrahlung so aufgefallen wäre. Andererseits waren beide Gelegenheiten, die Hochzeit und die Beerdigung, für sie sehr emotional gewesen. Doch das war jetzt auch der Fall. Aber diesmal hatte sie viele Stunden mit ihm allein verbracht. Und trotz seiner anfänglichen Distanziertheit war seine

Beständigkeit für sie ebenso tröstlich gewesen wie die Kompetenz und Autorität, die er ausstrahlte.

Seine Haltung ihr gegenüber war etwas herzlicher geworden. Was auch immer der Grund dafür war, sie war froh darüber.

„Jemand hat sich schon über Delores' Geschenk hergemacht."

Auf Jakes Bemerkung hin betrachtete Liz die Dose mit Cannoli, die sie gerade geöffnet hatte. Es fehlten einige.

„Ich habe Dan eins zum Probieren gegeben, als er hier war, und kurz danach kam Larry vorbei. Er hat gesagt, er wollte auch nach mir sehen, aber ich glaube, er hatte eher die Cannoli im Sinn."

„Die sollten doch für dich sein!"

Sie zuckte mit den Schultern. „Ich würde sie sowieso nicht alle essen können, bevor sie schlecht werden."

Sie tat zwei auf seinen Teller und eins auf ihren, dann deckte sie den Behälter wieder ab und schob ihn in den Kühlschrank.

Nachdem sie wieder am Tisch Platz genommen hatten, inspizierte Jake die Teigrollen, die mit Puderzucker bestäubt und mit flüssiger Schokolade beträufelt waren. Dann machte er sich darüber her.

„Wow. Die sind fantastisch!"

„Stimmt." Liz stocherte mit ihrer Gabel in der cremigen Füllung. „Die Kombination der Aromen ist einfach unglaublich." Sie nahm einen Bissen und ließ den sahnigen, gesüßten Frischkäse auf ihrer Zunge zergehen.

Jake hatte seine beiden Cannoli aufgegessen, bevor sie auch nur die Hälfte ihres ersten geschafft hatte.

„Möchtest du noch etwas?"

„Nein, danke. Ich bin satt. Endlich." Er lehnte sich zurück und trank einen Schluck von seinem Kaffee, und zum ersten Mal, seit er am vergangenen Abend wieder in ihr Leben getreten war, sah er entspannt aus.

Sie nahm ihren eigenen Becher und legte beide Hände darum. „Tut mir leid, dass ich dir das Wochenende vermasselt habe. Du hattest mit deinem Samstag bestimmt etwas Besseres vor, als bei mir Babysitter zu spielen."

Sie konnte die leichte Veränderung in seiner Miene und das Aufflackern in seinen Augen nicht deuten.

„Ich bin unregelmäßige Arbeitszeiten gewöhnt. Und das Einzige, was an diesem Wochenende auf meiner To-do-Liste stand, war Kisten auspacken. Glaub mir, es ist kein Opfer, das zu verschieben."

Er blickte auf seine Armbanduhr, stellte seinen Becher ab und zog einen Stift und eine Visitenkarte aus seiner Brusttasche. Er drehte die Karte um, schrieb ein paar Ziffern darauf und schob sie über den Tisch.

„Du hast bereits die Nummer von der Kommandozentrale, aber das hier ist meine Handynummer. Wenn du mit mir über irgendetwas sprechen musst, ruf an. Jederzeit, Tag oder Nacht." Er trank einen letzten Schluck und stand auf. „Du musst jetzt schlafen."

Sie erhob sich langsam, während er ihre Teller einsammelte und in die Küche brachte. Der Gedanke daran, eine ganze, wahrscheinlich schlaflose Nacht lang allein in dieser Wohnung zu sein, behagte ihr gar nicht.

„Sehen wir uns morgen?"

„Ich komme vorbei." Er ging zur Tür und sie folgte ihm. „Du weißt ja, dass zwei Deputy Marshals rund um die Uhr in der Kommandozentrale Dienst haben und den Flur und alle Gebäudeeingänge überwachen. Sie können sich auch darum kümmern, wenn du etwas brauchst. Und vergiss die Regeln nicht. Keine Ausflüge. Mach die Tür nicht auf, es sei denn, du erkennst den Beamten. Und lass die Jalousien unten."

An der Tür drehte er sich noch einmal um, und einen Augenblick lang war sie versucht, ihn zum Bleiben zu überreden. Ihm zu sagen, dass sie die lange, dunkle Nacht alleine nicht durchstehen würde.

Aber das stimmte nicht. Sie würde sie überstehen. Obwohl

die letzten Jahre schwierig gewesen waren, hatte sie eines dabei gelernt: Sie war hart im Nehmen. Sie würde es alleine schaffen.

Auch wenn sie lieber jemanden an ihrer Seite gehabt hätte.

Kapitel 6

Jake schlief zwölf Stunden durch. Und als er schließlich am Sonntagmorgen um neun Uhr aufwachte, war er noch immer ganz benommen.

Das war nicht gut für einen Tag, an dem er kaum fünf Minuten zum Durchatmen haben würde. Er musste mit der Kommandozentrale neben Liz' Wohnung sprechen. Alison anrufen. Cole fragen, ob es etwas Neues wegen des vermissten Ehemannes gab. Seine letzten Kisten auspacken. Seinen Kühlschrank auffüllen.

Er seufzte und beschloss, sich noch fünf Minuten in der Horizontalen zu gönnen, bevor er seine To-do-Liste in Angriff nahm.

Zwei Minuten später machte sein vibrierendes BlackBerry auf dem Nachttisch diesen Plan zunichte.

Stöhnend streckte er die Hand danach aus und sah auf die Anruf-Erkennung.

Alison.

Zwei Sekunden lang überlegte er, ob er die Mailbox anspringen lassen sollte. Aber er hatte sie ohnehin heute anrufen wollen. Da konnte er genauso gut jetzt mit ihr sprechen.

„Morgen, Twiggie." Er grinste und wartete auf die empörte Reaktion, die dieser Spitzname aus ihrer Jugend, als sie dürr wie eine Bohnenstange gewesen war, hervorrufen würde.

Sie enttäuschte ihn nicht.

„Ich wollte mich eigentlich entschuldigen, falls ich dich geweckt habe, aber das habe ich mir gerade anders überlegt."

Er grinste, als er ihren schnippischen Tonfall hörte, während er sich aufsetzte und die Beine über die Bettkante schwang. „Keine Entschuldigung nötig. Ich war schon wach."

„Schade."

„Würdest du dich besser fühlen, wenn ich sage, dass ich halbwach war?"

„Vielleicht."

„Dann kann ich dich beruhigen. Vor fünf Minuten war ich noch im Tiefschlaf."

„Cole hat mir erzählt, dass du eine lange Nacht hinter dir hast."

„Hast du heute schon mit ihm gesprochen?"

„Ja. Ich habe angerufen, weil ich wissen wollte, ob er mit mir in die Kirche kommt. Hast du Lust?"

Ein schlechtes Gewissen machte sich in Jake breit, während er die Sonnenstrahlen betrachtete, die den Raum erleuchteten und helle Streifen auf das Parkett warfen. Er sollte mitgehen. Aber er und Gott hatten seit Jens Tod nicht mehr viel miteinander kommuniziert. Vielleicht würde er sich bessern, jetzt, wo Alison Einfluss auf ihn ausüben und ihm einen gelegentlichen Tritt versetzen konnte.

Aber nicht heute.

„Ich habe im Moment alle Hände voll zu tun. Und ich muss gleich bei der Richterin vorbeischauen. Vielleicht nächste Woche."

„Cole hat auch abgesagt." Sie klang nicht besonders glücklich.

„Wir hatten gestern beide einen langen Tag. Und wie es aussieht, wird es heute genauso hektisch."

„Ja. Sie berichten überall von dem Mord. Cole sagt, die Richterin war mit deinem Kumpel vom College verheiratet."

„Das stimmt."

„Merkwürdiger Zufall."

„Kann man wohl sagen." Er stand auf und ging auf nackten Füßen zum Fenster, um die Jalousien hochzuziehen. Der Himmel war blau und eine leichte Brise fuhr durch die Blätter der Bäume. Ein perfekter Tag zum Joggen.

Er fügte das zu seiner To-do-Liste hinzu. Und eine Stunde an den Fitnessgeräten nebenan – die ersten Dinge, die er ausgepackt und zusammengebaut hatte, als er eingezogen war. In seinem Beruf konnte man es sich nicht erlauben, nachlässig zu werden, was die Fitness betraf.

„Falls es heute Nachmittag ruhiger wird, willst du dann zu der Begrüßungslasagne kommen, bei der du mich vor zwei Wochen versetzt hast? Dann könntest du auch Bert kennenlernen."

„Wer ist Bert?"

„Mein neuer Hund. Ich habe dir von ihm erzählt. Er ist ein Charmeur."

„Stimmt, ich erinnere mich. In Ordnung, das klingt gut. Aber können wir früh essen? Am Abend möchte ich noch mal nach der Richterin sehen."

„Wie wäre es mit vier Uhr?"

„Das klingt gut."

„Ich freue mich darauf, dich zu sehen, Jake. Es ist schon viel zu lange her." Zuneigung schwang in ihrer Stimme mit.

„Ich wäre eher hier gewesen, wenn du Mom oder Cole erlaubt hättest, mir von dem Unfall zu erzählen."

Ihr Tonfall wandelte sich von herzlich zu defensiv. „Genau deshalb habe ich es nicht getan. Ich will nicht, dass mein Unfall das Leben von anderen Leuten durcheinanderbringt."

„Wir sind keine Leute. Wir sind deine Familie." Es war Zeit, etwas offensiver zu werden und an ihr Gewissen zu appellieren. „Hast du eine Ahnung, wie schlecht ich mich gefühlt habe, als ich es im Nachhinein erfahren habe?"

„Das tut mir leid. Aber du warst im Irak und hast versucht, am Leben zu bleiben. Das Letzte, was du gebrauchen konntest, war eine solche Ablenkung. Wenn dir etwas zugestoßen wäre, hätte ich mich für den Rest meines Lebens gefragt, ob es daran lag, dass du an mich gedacht hast, statt auf dich selbst aufzupassen. Mit so einer Schuld hätte ich nicht leben können. Aber mit dem, was du mir da gerade in die Schuhe schieben willst, kann ich sehr wohl leben."

So viel zu seiner Strategie. Zeit, die Taktik zu wechseln.

„Vielleicht sollten wir uns diese Diskussion für heute Nachmittag aufheben."

„Wie wäre es, wenn wir sie aufheben, bis du dich eingelebt hast. Oder sie ganz vergessen?"

„Von wegen! Du hast versprochen, mir die Einzelheiten zu erzählen, wenn ich in der Stadt bin. Dieses Versprechen musst du jetzt einlösen."

„Hm. Ich könnte meine Einladung zurücknehmen."

Schweigen, während er wartete.

Schließlich hörte er ein eingeschnapptes Schnauben. „Also gut. In Ordnung. Ich belasse es dabei, und wir sprechen uns, wenn du hier bist. Aber wenn irgendetwas dazwischenkommt und du absagen musst, ruf an. Du hast ein BlackBerry, denk dran!"

„Tut mir leid, dass ich dich neulich versetzt habe. Es war ziemlich hektisch."

„Das verstehe ich. Und alles ist vergeben. Es sei denn, es passiert noch mal."

Er grinste. „Botschaft ist angekommen. Bis nachher."

Nachdem das Gespräch beendet war, rief Jake in der Kommandozentrale an. Alles war ruhig. Gut. Ein schneller Anruf bei Cole bestätigte, dass der Ehemann immer noch nicht gefunden war. Nicht so gut.

Aber wenigstens bedeutete diese Nachricht, dass er Zeit für sein Jogging und etwas Krafttraining hatte, bevor er in die Stadt fuhr, um sich persönlich von der Sicherheit der Richterin zu überzeugen.

Was das Auffüllen des Kühlschranks und das Kistenauspacken

betraf – Ersteres konnte er erledigen, nachdem er bei Liz gewesen war. Und Letzteres konnte ruhig noch einen Tag warten.

* * *

Als es leise an der Tür klopfte, erhob Liz sich von dem mit einer Glasplatte versehenen Esstisch, auf dem sie den Inhalt ihrer Aktentasche ausgebreitet hatte. Sie rieb sich die Stirn und wünschte, der dumpfe Schmerz, der in ihrer schlaflosen Nacht begonnen und sich im Laufe des Vormittags noch verschlimmert hatte, würde endlich aufhören. Während sie in den kleinen Flur der Wohnung ging, rechnete sie damit, dass wieder ein Marshal aus der Kommandozentrale vor der Tür stehen würde. Sie sahen in regelmäßigen Abständen nach ihr.

Oder vielleicht hatte sich die Qualität von Delores' Cannoli auch bei der heutigen Besetzung herumgesprochen und sie waren auf eine Kostprobe aus. Ihre Lippen verzogen sich zu einem kleinen Lächeln, als sie zur Tür ging. Sie tat den Männern gerne einen Gefallen, aber sie hatte keine Lust, mit jemandem zu reden.

Durch den Spion hindurch sah sie jedoch Jake auf der anderen Seite der Tür stehen, wieder in Jeans und Baumwollhemd gekleidet. Das schien seine übliche Freizeitkluft zu sein.

Plötzlich hatte sie doch Lust auf etwas Unterhaltung.

Sie schloss die Tür auf und bat ihn herein. „Ich hatte dich erst später am Tag erwartet."

Er wartete im Flur, während sie die Tür verriegelte. „Bin ich zu früh?"

„Nein, ich war nur davon ausgegangen, dass du an einem Sonntagmorgen etwas Besseres zu tun hast."

„Meine Schwester hat mich gefragt, ob ich mit ihr in die Kirche gehe, aber ich habe abgelehnt."

„Ich hoffe, nicht wegen mir."

„Nicht nur. Seit Jen tot ist, war ich nicht mehr sehr oft in der Kirche."

Sie schob die Hände in die Taschen ihrer Jeans. „Das kann ich nachvollziehen. Ich bin nach Dougs Tod auch eine Weile nicht mehr zum Gottesdienst gegangen. Es ist schon eine komische Sache mit dem Glauben. Es ist einfach, wenn alles im Leben glattläuft. Aber wenn schlimme Zeiten kommen, ist die Versuchung groß, sich von Gott abzuwenden. Obwohl man ihn gerade dann am meisten braucht."

„Du klingst wie Alison."

„Deine Schwester?"

„Ja. Sie wird schon dafür sorgen, dass ich früher oder später wieder auf den rechten Weg komme." Er blickte sich kurz in ihrer Wohnung um. „Irgendwelche Probleme? Abgesehen von der Schlaflosigkeit?"

Sie zog die Augenbrauen hoch. „Ich habe nicht gesagt, dass ich nicht geschlafen habe."

„Das brauchst du auch nicht."

Unter seinem prüfenden Blick stieg die Röte in ihr Gesicht. „Sehe ich so schlimm aus?" Sie versuchte einen scherzhaften Tonfall, aber es gelang ihr nicht ganz.

„Schlimm nicht. Nur sehr müde. Und ziemlich gestresst. Du hast zwei heftige Tage hinter dir." Er zeigte auf den Esstisch. „Arbeit?"

„Ich versuche es. Normalerweise vergesse ich bei einem interessanten Fall alles andere. Heute funktioniert es allerdings nicht."

„Vielleicht hilft ein Nickerchen."

„Vielleicht." Sie sah ihn prüfend an. „Du siehst aus, als hättest du ein bisschen Schlaf nachgeholt."

„Zwölf Stunden an einem Stück! Und ich bin heute Morgen gejoggt und konnte außerdem eine Stunde Krafttraining unterbringen."

Kein Wunder, dass er in einer so guten körperlichen Verfassung war. „Du Glücklicher. Ich vermisse meinen täglichen Spaziergang schon jetzt."

„Du bist ein Geher?“

„Ja. Ich gehe jeden Tag eine halbe Stunde auf dem Laufband, egal, wie spät ich nach Hause komme. Wenn die ganze Sache vorbei ist, mache ich das auch wieder. Apropos … ich nehme an, ihr habt noch nichts von Alan gehört?“

„Noch nicht. Ich sage dir Bescheid, sobald es etwas Neues gibt.“

„Danke.“ Sie standen immer noch im Flur, und sie deutete in Richtung Wohnzimmer. „Du kannst gerne reinkommen.“

Der Hauch einer Emotion – vielleicht Bedauern? – lag in seinem Blick.

„Ich muss ein paar Dinge erledigen. Und heute Nachmittag bin ich mit Alison zum Essen verabredet. Ich habe sie versetzt, als ich ganz neu in der Stadt war, und wenn ich heute nicht erscheine, wird sie mir die Lasagne an den Kopf werfen, wenn ich sie das nächste Mal sehe.“

Sie versuchte, trotz eines plötzlichen Anflugs von Panik zu lächeln. Sie wollte nicht, dass er ging. Aus irgendeinem Grund wurde er immer mehr ihre Verbindung zur Normalität – und zur psychischen Gesundheit – in all diesem Wahnsinn.

Obwohl sie sich nicht rührte und kein Wort sagte, schien er ihre Gedanken zu erraten. „Ich komme heute Abend noch mal vorbei, um nach dir zu sehen, Liz.“

„In Ordnung.“ Erleichterung – und ein anderes Gefühl, das sie nicht identifizieren konnte – durchströmte sie. „Hör zu … wenn es Lasagne gibt, braucht ihr ein italienisches Dessert. Nimm etwas von den Cannoli mit.“ Sie ging in Richtung Küche.

„Wenn du sie alle weggibst, bleibt doch für dich nichts mehr übrig.“ Es war ein eher halbherziger Protest, während er ihr folgte.

Sie legte vier der Teigrollen auf einen Teller und bedeckte ihn mit Alufolie. „Gutes Essen und Freundlichkeit muss man teilen. Lasst sie euch schmecken.“ Sie hielt ihm den Teller hin.

Er nahm ihn schweigend und mit fragender Miene.

Eine merkwürdige Spannung in der Luft beunruhigte sie und sie wich ein paar Zentimeter zurück. „Was ist?"

„Ich bin nicht sicher. Aber ich komme noch darauf."

Mit dieser rätselhaften Bemerkung wandte er sich dem Flur zu, und er fügte im Gehen über die Schulter hinzu: „Schließ hinter mir ab. Ich bin gegen acht Uhr wieder da."

Er verschwand durch die Tür, bevor sie antworten konnte. Und während sie die Tür hinter ihm verriegelte, beschloss Liz, dass es vielleicht besser so war.

Denn er sprach in Rätseln. Und da die Müdigkeit und die Kopfschmerzen ihr das Denken erschwerten, war sie heute nicht in der Lage, Rätsel zu lösen.

Aber morgen würde sie sich vielleicht daranmachen, es zu knacken.

* * *

Alison war viel zu dünn.

Als Jake seine Schwester an der Tür umarmte, während ein goldener Plüschball um seine Füße sprang, konnte er ihre Knochen fühlen. Jeden einzelnen. So kam es ihm jedenfalls vor. Er lockerte seine Umarmung, weil er Angst hatte, er könnte sie zerbrechen, wenn er sie zu fest drückte.

Nachdem er gestern mit Cole gesprochen hatte, war ihm klar, dass der Unfall viel schlimmer gewesen war, als er erwartet hatte. Er wusste, dass die Genesung seiner Schwester langsam und zäh vorangeschritten war. Deshalb hatte er gewisse Nachwirkungen des Unfalls auch in ihrem äußeren Erscheinungsbild erwartet.

Er hatte jedoch nicht gedacht, dass er ihre Zerbrechlichkeit so deutlich spüren würde. Obwohl Alison nie ein Gramm Fett zu viel an ihrem Körper gehabt hatte, war sie immer sportlich und muskulös gewesen. Stark. Gesund. Energiegeladen.

Jetzt schien sie erschreckend zart.

Aber ihr feuriges Temperament schien ungebremst. Zumindest ließ sie sich ihm zuliebe nichts anderes anmerken.

„He!“ Sie wand sich in seinen Armen. „Ich freue mich ja auch, dich zu sehen, aber ich ersticke an deinem Brustkorb.“

Jake ließ sie los, als er ihren durch sein Hemd gedämpften Protest hörte. Sie schwankte ein wenig, als sie sich von ihm löste, und er hielt sie an den Schultern fest, bis sie sich gefangen hatte.

„Wenn das keine überschwängliche Umarmung ist.“ Sie grinste und tat so, als wäre ihre Gleichgewichtsstörung allein seiner stürmischen Begrüßung zuzuschreiben. Aber er sah Frustration und Schmerz in ihren Augen aufflackern und wusste es besser. „Jake, das ist Bert.“ Sie zeigte auf den Welpen zu ihren Füßen.

Er bückte sich und tätschelte den Hund geistesabwesend.

„Hast du ein Geschenk mitgebracht?“ Sie zeigte auf den mit Folie bedeckten Teller in seiner Hand, während er sich erhob.

Schon jetzt war deutlich, dass es schwierig sein würde, sie dazu zu bringen, über ihre Verletzungen zu sprechen. Und sie würde ihm wohl auch nicht erlauben, ihr zu helfen – Cole hatte ihn schon gewarnt. Alison war immer ein unabhängiger Mensch gewesen, und Widrigkeiten schienen diese Eigenschaft noch zu verstärken.

„Cannoli. Mit einem schönen Gruß von Liz Michaels. Ihre Nachbarin hat sie für sie gemacht, und sie teilt gerne mit anderen.“

„Hmmm.“ Alison nahm ihm den Teller ab und ging voran in die Küche, der Welpe dicht auf ihren Fersen. „Ich habe Spumoni, dreilagiges Eis mit Nüssen und Früchten, aber das ist noch viel besser. Ich stelle die Cannoli in den Kühlschrank.“

Jake folgte ihr und beobachtete, wie sie lief. Er sah, dass sie sich um einen normalen Gang bemühte, aber sie konnte das Hinken nicht vor ihm verstecken. Er hatte gesehen, wie sie Schmetterlinge gejagt hatte, auf Bäume geklettert und Seil gesprungen war. Er kannte jede Nuance lässiger Anmut und Kraft ihres früheren Ganges.

Es war schon schlimm genug gewesen, gestern von Cole zu hören, dass sie Alison beinahe verloren hätten.

Aber auch noch den Beweis dafür mit eigenen Augen zu sehen – das war wie ein Schlag in die Magengrube.

„Alison."

Als sie seine heisere Stimme hörte, blieb sie stehen und drehte sich um. „Ja?"

„Du bist nur noch Haut und Knochen. Und du hinkst."

Sie errötete. „Ich weiß. Ich hatte einen Unfall, weißt du noch?"

„Du hast gesagt, es gehe dir gut."

„Das wird es ja auch. Bald."

„Es war offenbar viel schlimmer als ein gebrochenes Bein und ein paar kleine innere Verletzungen."

„Ein bisschen."

„Ich kann nicht fassen, dass du niemandem erlaubt hast, es mir zu erzählen."

Ihre Schultern versteiften sich, und die Folie auf dem Teller knisterte unter ihren nervösen Fingern. „Das haben wir doch schon besprochen. Ich wollte nicht, dass du dir Sorgen machst. Und abgelenkt wirst."

„Ich weiß deine Rücksicht zu schätzen. Aber das ändert nichts daran, dass ich mich mies fühle. Ich hätte schon eine Möglichkeit gefunden, nach Hause zu kommen. Ich wäre gerne für dich dagewesen, so wie du es für mich warst, als Jen starb."

Er sah das plötzliche Glänzen in ihren Augen, bevor sie das Kinn senkte und so tat, als würde sie die Folie um den Teller glatt streichen. „Ich weiß, dass du das getan hättest. Und das bedeutet mir mehr, als ich sagen kann. Aber du hast genug eigene Sorgen. Außerdem hatte ich David."

„Das habe ich aber anders gehört."

Sie riss den Kopf hoch und presste die Lippen zusammen. „Cole hat mit dir gesprochen."

„Er hat erwähnt, dass ihr beide euch getrennt habt. Und warum. Das hast du mir auch nicht erzählt."

Sie ignorierte seine Bemerkung und ging wieder in Richtung Küche. „Ich muss das hier wegbringen."

Er folgte ihr, und der Duft von würziger Tomatensauce und Knoblauchbrot begrüßte ihn, als er den sonnigen Raum betrat. An dem kleinen Tisch in der Fensternische waren zwei Plätze mit rot karierten Servietten gedeckt, und in der Mitte des Tisches stand ein kleiner Strauß frisch gepflückter Blumen aus ihrem Garten. Sie hatte sich viel Mühe gegeben, um ihn willkommen zu heißen. Und er wollte das Abendessen, das sie geplant hatte, nicht verderben. Aber wenn sie diese Sache nicht klärten, würde wahrscheinlich keiner von ihnen die Mahlzeit, die sie zubereitet hatte, wirklich genießen können.

Sie schob den Teller mit Cannoli in den Kühlschrank und deutete mit einem Nicken auf eine Schüssel auf der Küchenzeile. „Du kannst den Salat mischen, während ich das Brot aus dem Ofen hole. Hier ist das Dressing." Sie holte eine Flasche aus dem Kühlschrank und hielt sie ihm hin, bevor sie die Tür schloss.

Anstatt die Flasche zu nehmen, wartete er, bis sie ihn ansah. „Ich will Einzelheiten über deine Verletzungen wissen, Alison. Und die Prognose. Wir können das jetzt abhandeln oder später. Aber sei versichert, dass ich hier nicht weggehe, bevor wir darüber geredet haben."

Sie stellte das Dressing auf die Arbeitsplatte und verschränkte die Arme vor ihrer Brust, während sie versuchte, seinem Blick standzuhalten.

Er blinzelte nicht einmal.

Sie kniff die Augen zusammen. „Falls du es noch nicht bemerkt hast: Ich versuche, die Sache hinter mir zu lassen und nach vorne zu blicken."

„Diese Botschaft habe ich gehört. Laut und deutlich. Und ich glaube, das ist eine kluge Strategie. Sich auf die Zukunft zu konzentrieren, ist eine gute Sache, und dabei werde ich dich hundertprozentig unterstützen. Sobald ich weiß, was in der Vergangenheit passiert ist."

Noch ein paar Sekunden lang hielt sie seinem Blick stand. Dann stieß sie einen Seufzer aus. „Also gut. Du willst ein Update? Ich gebe dir ein Update. Einen Monat nachdem du in den Irak gegangen warst, ist mir an einer Kreuzung auf meinem Heimweg von der Arbeit ein Auto in die Seite gerast, das viel zu schnell fuhr. Der andere Fahrer war betrunken. Er hat es nicht überlebt.

Bei mir waren Schienbein und Wadenbein gebrochen. Die Schienbeinfraktur war kompliziert, und eine Metallstange wurde eingebaut und festgeschraubt, um das Schienbein in der richtigen Stellung zu halten. Im Zuge deiner vollständigen Aufklärung sei hinzugefügt, dass man diese Prozedur als Osteosynthese bezeichnet. Eine Zeit lang hatte ich einen Gips von oberhalb des Knies bis unter den Knöchel und bin mit Krücken gelaufen. Jetzt sind beide Brüche beinahe verheilt.

Außerdem hatte ich einen instabilen Beckenbruch, der zu schweren inneren Blutungen geführt hat. Die Ärzte haben auf beiden Seiten meines Beckens lange Schrauben eingeführt und sie mit einem äußeren Gestell verbunden, um den Beckenbereich zu stabilisieren. Dadurch konnten sie das stumpfe Trauma im Unterleib behandeln. Die schlimmste Verletzung war die Uterusruptur, die eine Entfernung der Gebärmutter erforderlich machte. Danach haben die Ärzte mein Becken mit den Schrauben wieder zusammengefügt.

Was die Prognose betrifft, so ist sie sehr gut. Ich habe bereits fantastische Fortschritte gemacht, und mit der Zeit müsste ich eigentlich wieder normal laufen können. Abgesehen davon, dass ich keine Kinder bekommen kann, werde ich wieder ganz gesund." Sie lehnte sich an die Küchenzeile und ihre Knöchel traten weiß hervor, als sie die Arbeitsplatte umklammerte. „Und jetzt kennst du die ganze Geschichte, mit allen blutrünstigen Details. Zufrieden?"

Jake schwirrte noch der Kopf von den maschinengewehrartig vorgetragenen Informationen. Er konnte nur die Hälfte von dem, was sie beschrieben hatte, spontan nachvollziehen, aber er speicherte die Informationen ab, um sie später im Internet nachzulesen.

Ihm war aufgefallen, dass sie die Fakten mit einer nüchternen, sachlichen Stimme vorgetragen hatte – bis sie zu dem Teil gekommen war, in dem es darum ging, dass sie niemals Kinder haben würde. Da hatte ihre Fassung zu bröckeln begonnen.

Und das sprach Bände. Sie hatte sich vielleicht mit den körperlichen Folgen des Unfalls abgefunden und ihre zerbrochene Beziehung akzeptiert, aber noch nicht verarbeitet, dass sie keine Kinder mehr gebären konnte.

Als Cole ihm davon erzählt hatte, war ihm klar gewesen, dass Alison am Boden zerstört sein musste. Sie liebte Kinder. Und durch ihre Arbeit in sozialen Einrichtungen stellte sie ihr Leben in den Dienst von benachteiligten Kindern, damit ihnen Gerechtigkeit widerfuhr. Sie hatte immer davon gesprochen, dass sie selbst einmal eine große Familie gründen wollte.

Als er sie jetzt beobachtete, wie sie darum rang, ihre Fassung nicht zu verlieren, hatte er selbst einen Kloß im Hals. Instinktiv ging er auf sie zu und nahm sie in den Arm.

„Ach, Twiggie." Er räusperte sich, weil seine Stimme ganz belegt klang. „Es tut mir so leid, dass du das alles durchmachen musstest."

Er spürte, wie ein Zittern sie durchfuhr, bevor sie mit bebender Stimme antwortete. „Ich werde schon wieder. Aber ich muss zugeben, dass eine gelegentliche Umarmung ganz schön ist."

„Dafür werde ich in Zukunft sorgen."

Sie lehnte sich zurück und lächelte ihn mit Tränen in den Augen an. „Aber in Maßen, okay? Mom hat mich förmlich mit ihrer Fürsorge erdrückt, deshalb habe ich sie rausgeworfen. Und Cole ist mir mit seinem ständigen Beschützerinstinkt auch ziemlich auf die Nerven gegangen. Ich brauche meinen Freiraum."

„Ich werde versuchen, daran zu denken."

„Falls du es vergessen solltest, werde ich dich daran erinnern."

Er grinste. „Das bezweifle ich nicht."

„Sind wir jetzt quitt?"

„Ja, ich glaube schon. Aber es wäre dennoch schön gewesen, wenn du mir das alles früher erzählt hättest."

„Denk daran, ich habe es nur gut gemeint."

Er legte einen Arm um ihre Schultern und grinste sie an.

„Ich werde versuchen, daran zu denken."

Er lachte und drückte liebevoll ihre Schultern. „Es ist gut, wieder zu Hause zu sein." Er ließ sie los und nahm die Flasche mit dem Salatdressing. „Komm, wir essen."

Nach dem emotionalen Einstieg bemühte sich Jake, die Unterhaltung während des Essens unbeschwert und angenehm zu gestalten, während er Alisons Lasagne verschlang. Erst als sie beim Dessert angekommen waren, wandte er sich wieder ernsteren Themen zu.

„Es war nett von der Richterin, die Cannoli mit uns zu teilen." Alison machte sich mit Gusto über die Süßigkeit her, und schon nach dem ersten Bissen schloss sie selig die Augen. „Wow. Die sind genauso gut wie die aus dem besten Restaurant auf dem Hügel."

Es war Jahre her, dass Jake die berühmte Küche des italienischen Viertels von St. Louis probiert hatte, aber er widersprach Alisons Einschätzung nicht und verschlang seine eigene Portion von dem Nachtisch.

„Sie hat gesagt, sie würden nur schlecht werden, bevor sie sie alle essen kann. Das stimmt wahrscheinlich sogar. Ich glaube, sie hat seit Freitagabend so gut wie nichts gegessen."

„Glaubst du, ihr würde meine Lasagne schmecken? Du könntest ihr ein Stück mitnehmen, wenn du heute Abend wieder hinfährst."

„Es ist einen Versuch wert."

Alison stach mit ihrer Gabel ein Stück Cannoli ab. „Wie schlägt sie sich?"

„Besser, als die meisten Menschen es unter diesen Umständen

tun würden. Jedes Mal, wenn ich denke, sie kann nicht mehr, schafft sie es, sich zusammenzureißen. Sie ist ziemlich beeindruckend."

Alison kniff die Augen zusammen und sah ihn an, während sie den letzten Bissen ihres Desserts aufspießte. „Ich meine mich zu erinnern, dass du mal eine wenig schmeichelhafte Bemerkung über sie gemacht hast. Nachdem ihr Mann gestorben war."

Hatte er das? Jake konnte sich nicht daran erinnern. Aber möglich war es schon. Er und seine Schwester hatten einander ihre Meinungen immer offen mitgeteilt. Jetzt bereute er diese spezielle Bemerkung.

„Kann sein." Er spielte mit seinem Kaffeebecher. „Aber nachdem ich in den letzten zwei Tagen ziemlich viel Zeit mit ihr verbracht habe, ist mir klar geworden, dass ich vielleicht von falschen Voraussetzungen ausgegangen bin."

Alison bückte sich und kraulte Bert. „Du findest sie also nett?"

Das Gespräch hatte eine unerwartete Wendung genommen. Eine, die ihm nicht gefiel. Er hatte dieses Funkeln in den Augen seiner Schwester schon bei anderen Gelegenheiten gesehen. Trotz all ihrer Unabhängigkeit war sie eigentlich eine Romantikerin. Ihr eigenes Liebesleben mochte gerade eine Flaute erleben, aber das würde sie nicht davon abhalten, sich in das von Cole einzumischen. Oder in seines. Obwohl er ja gar keines hatte. Und auch nicht darauf aus war.

Schon gar nicht mit Liz Michaels.

Während er krampfhaft nach einem Weg suchte, wie er die Unterhaltung in eine weniger persönliche Richtung lenken konnte, fing sein BlackBerry an zu vibrieren.

Wie gut!

Während er Gott für das ideale Timing dankte, zog er sein Mobiltelefon vom Gürtel und blickte auf die Nummer.

„Das ist Cole. Kleinen Moment, ja?" Er nahm den Anruf entgegen und hob das Telefon ans Ohr. „Was gibt's?"

„Gute Neuigkeiten. Wir haben unseren Mann."

Kapitel 7

Irgendwo läutete es.

Liz bemühte sich, die Augen zu öffnen. Während sie allmählich den dämmrigen, ungewohnten Raum um sich herum wahrnahm, ertönte das Läuten wieder.

Die Türklingel.

Sie versuchte einen klaren Gedanken zu fassen und setzte sich auf, während ihr die gegenwärtige Situation Stück für Stück wieder bewusst wurde. Sie hatte in der Wohnung, in der sie sich aufhalten musste, einen Schriftsatz gelesen. Er lag jetzt auf dem Boden neben der Couch, auf der sie eingeschlafen war. Und dem Dämmerlicht im Zimmer nach zu urteilen, hatte sie bereits ein paar Stunden geschlafen.

Jetzt ertönte ein Klopfen an der Tür. Ein *lautes* Klopfen.

Laut genug, um den Eindruck zu vermitteln, dass die Tür gleich eingetreten würde, wenn sie nicht öffnete, und zwar bald.

„Liz?"

Die Anspannung in Jakes gedämpfter Stimme ließ sie auf die Füße springen.

Ihr Schienbein stieß gegen die Kante des Couchtisches mit seinem Granitfuß und der gläsernen Tischplatte, und sie stieß einen kleinen Schrei aus, als sie in Richtung Tür stolperte.

„Liz? Was ist los?"

Ein Anflug von Panik schwang in Jakes knapper Frage mit.

„Warte. Ich komme."

Im Flur blieb sie stehen, um durch den Spion zu sehen. Jake stand links, beinahe nicht zu sehen, mit einer Waffe in der Hand. Einer der Marshals aus der Kommandozentrale stand auf der rechten Seite, ebenfalls mit gezogener Waffe.

Ihre Wangen röteten sich vor Verlegenheit, als sie den Riegel entfernte und die Tür öffnete.

„Sorry, Jungs. Ich bin auf dem Sofa eingeschlafen und habe die Klingel nicht gehört."

Der Marshal neben Jake grinste sie an und schob seine Pistole wieder in sein Halfter. „Kein Problem."

Während er in die Wohnung nebenan zurückging, trat Liz zur Seite, um Jake hereinzulassen. Stattdessen bückte er sich und hob einen mit Alufolie bedeckten Teller auf, den er ihr reichte. Ein Blumenstrauß, der in Zeitungspapier gewickelt war, lag daneben, und den nahm er ebenfalls, bevor er ihre Wohnung betrat.

„Tut mir leid, dass ich nicht eher aufgemacht habe."

„Du brauchst dich nicht zu entschuldigen. Ich bin ja froh, dass du ein bisschen geschlafen hast. Was war das für ein Schrei, den ich vorhin gehört habe?"

Sie rümpfte die Nase und streckte die Hand aus, um sich das Schienbein zu reiben. „Ein Zusammenstoß mit dem Couchtisch. Was ist das?" Sie hob den Teller in ihrer Hand. „Und das?" Mit der anderen Hand zeigte sie auf das Zeitungsbündel.

„Ein kleines Geschenk von meiner Schwester. Ich habe die Blumentöpfe vor deinem Haus und den Strauß auf dem Küchentisch bemerkt, also habe ich Alison überredet, mich ihren Garten plündern zu lassen."

„Sie sind wunderschön." Sie nahm ihm den üppigen, nostalgisch wirkenden Strauß aus Rosen, Chrysanthemen, Zinnien und Farnen ab. Der Duft der Rosen war wie Balsam für ihre Seele, und sie atmete ihn tief ein.

„Sie hat ein Händchen für Blumen. Und für Lasagne." Jake

tippte auf den mit Folie bedeckten Teller in ihrer Hand. „Sie hat eine große Portion gemacht und dachte, du magst vielleicht etwas davon. Hast du schon zu Abend gegessen?“

„Noch nicht. Und selbst gemachte Lasagne klingt gut. Viel besser als ein Tiefkühlgericht. Ich wärme sie ein bisschen auf.“

Er folgte ihr in die Küche. Nachdem sie eines der zwei Lasagnestücke in den Ofen getan und die Uhr gestellt hatte, kramte sie einen Krug hervor, der gut als Vase für die Blumen dienen konnte.

Sie schob den Inhalt ihrer Aktentasche beiseite und stellte den Strauß auf den Esstisch. „Die helfen wirklich, diese Wohnung gemütlicher zu machen. Danke. Und sag deiner Schwester bitte auch einen lieben Dank.“

„Das mache ich.“ Er zeigte in Richtung Wohnzimmer. „Lass uns kurz reden. Ich habe Neuigkeiten.“

Sofort schoss das Adrenalin durch ihren Körper, als sie seinen ernsten Ton hörte. „Ihr habt Alan gefunden?“

„Ja.“ Er ging zum Sofa und bedeutete ihr, sie solle sich setzen.

Liz gehorchte und nahm angespannt auf der Sofakante Platz, während er einen Sessel wählte, der im rechten Winkel zur Couch stand.

„Der Mann deiner Schwester ist heute gegen fünf bei seinem Haus aufgetaucht. Die Polizei von Springfield hatte es die ganze Zeit unter Beobachtung und hat sofort zugegriffen. Ihrem Bericht zufolge schien die Nachricht vom Tod seiner Frau ihn zu überraschen, und er behauptet, er hätte nichts damit zu tun.“

„Ich habe auch nicht erwartet, dass er seine Schuld eingesteht.“ Liz ballte die Fäuste auf ihrem Schoß. „Hat er ein Alibi?“

„Keins, das sich beweisen lässt. Er behauptet, übers Wochenende angeln gewesen zu sein. Hat angeblich auf einem Stück Land gezeltet, das einem Freund gehört. Aber keiner hat ihn dort gesehen.“

„Was für eine Überraschung.“ Ihre Stimme triefte vor Sarkasmus.

Zwei steile Falten erschienen auf Jakes Stirn. Er stützte die Unterarme auf seinen Knien ab, verschränkte die Finger und beugte sich vor. „Die Sache ist die, Liz. Bis jetzt liefern die Spuren am Tatort keinen Anhaltspunkt dafür, dass er etwas mit dem Mord an deiner Schwester zu tun hat. Der Täter hat keine Spuren hinterlassen. Und wir haben die Fingerabdrücke, die man in Springfield von deinem Schwager gemacht hat, schon überprüft. Sie stimmen mit keinem der Abdrücke am Tatort überein."

Sie spürte, wie ihr Magen sich zusammenzog. Sie wusste, was das bedeutete.

„Ihr habt keinen Grund, Alan länger als vierundzwanzig Stunden festzuhalten, richtig?"

„Nein. Aber wir werden ihn nicht aus den Augen lassen. Und mein Bruder und ich fahren morgen zusammen mit einem FBI-Agenten nach Springfield, um ihn zu befragen. Er ist immer noch unser Hauptverdächtiger. Aber ohne Beweise können wir keine Anklage erheben. Das weißt du."

Liz versuchte, die Ruhe zu bewahren und vernünftig zu sein. Aber sie musste alle ihre Selbstbeherrschung zusammennehmen, um ruhig zu antworten. „Ich will nicht, dass er mit einem Mord davonkommt, Jake."

„Das wird er nicht. Dieser Fall hat oberste Priorität. Wir werden ihn lösen."

Seine Worte klangen fest. Und sein Blick war es ebenfalls. Sie erwiderte ihn, weil sie die Kraft, die sie in seinen Augen sah, selbst brauchte. Das Einzige, was sie durchhalten ließ, war die Überzeugung, dass Alan zur Rechenschaft gezogen werden würde. Dass er für das bezahlen würde, was er ihrer Schwester angetan hatte. Wenn sie sich daran nicht mehr festhalten konnte, was war ihr Leben dann noch wert?

Sie verdrängte schnell diesen Gedanken.

„In Ordnung." Sie holte tief Luft und atmete langsam wieder aus. „Ich muss mich wohl einfach darauf verlassen, dass ihr alle eure Arbeit macht."

„Das kannst du."

Er bückte sich, um ein Blatt Papier aufzuheben, das vom Tisch gerutscht war. Ihre Notizen über eine andere schmerzliche Angelegenheit, über die sie mit ihm sprechen musste.

„Ich habe heute Nachmittag mit dem Beerdigungsinstitut geredet." Liz nahm ihm das Blatt Papier aus der Hand und starrte darauf. Die Worte, die sie notiert hatte, verschwammen vor ihren Augen, und sie blinzelte, um wieder klar zu sehen. „Ich möchte gerne, dass die Beerdigung am Mittwoch stattfindet. Ich habe mit dem Pastor von Stephanies Kirche gesprochen, und er hat sich bereit erklärt, nach Kansas City zu fahren und einen kurzen Gottesdienst in der Friedhofskapelle zu feiern. Das Beerdigungsinstitut kümmert sich um die Formalitäten vor Ort. Wäre das in Ordnung für euch?" Jetzt, wo sie Alan unter Beobachtung hatten, rechnete sie nicht damit, dass die Pläne, die sie gemacht hatte, ein Sicherheitsrisiko für sie selbst darstellten.

„Das müsste gehen. Ich werde mich mit unserem Büro in Kansas City in Verbindung setzen und dafür sorgen, dass jemand den Friedhof absichert. Spence und ich fahren mit dir von hier aus hin, es sei denn, du willst unbedingt fliegen."

„Nein, wir können gerne mit dem Auto fahren."

„Um wie viel Uhr soll der Gottesdienst sein?"

„Um 13 Uhr. Ich habe versucht, ihn so zu legen, dass wir am selben Tag hin- und zurückfahren können."

„Würdest du gerne länger bleiben?"

„Nein, alle meine Lieben, die in Kansas City waren, sind tot." Ihre Stimme brach bei dem letzten Wort und sie senkte den Blick, während sie um Fassung rang.

Als sie schließlich wieder aufblickte, war Jakes Miene keine Hilfe dabei, ihre Gefühle im Zaum zu halten. Einfühlungsvermögen – und Mitgefühl – verlieh seinen Zügen eine ungewohnte Weichheit, und als sie die Zärtlichkeit in seinen braunen Augen sah, spürte sie wieder die Tränen in sich aufsteigen.

Im nächsten Augenblick jedoch kam wieder seine ruhige, professionelle Haltung zum Vorschein. „Gibt es noch irgendetwas anderes, wobei wir dir behilflich sein können?“

„Ich hätte gerne die Koffer meiner Schwester. Sie sind bei mir zu Hause im Gästezimmer. Ich muss Kleidung auswählen für … ich muss dem Beerdigungsinstitut etwas zukommen lassen.“

„Ich werde sie gleich morgen früh herbringen lassen.“

Die Eieruhr in der Küche klingelte und Jake erhob sich. „Ich weiß, dass du keinen Hunger hattest, Liz, aber du musst etwas essen. Probier wenigstens ein bisschen, okay?“

Sie zögerte, als sie seinen freundlich drängenden Tonfall hörte. Normalerweise würde der Duft italienischer Gewürze, der jetzt durch die Wohnung zog, ihre Geschmacksknospen auf Hochtouren bringen. Heute Abend jedoch drehte sich ihr bei dem Geruch der Magen um.

Aber die Geste von Jakes Schwester war sehr nett. Liz würde ein paar Bissen probieren, wenn er gegangen war.

„Es riecht köstlich.“ Sie stand auf und strich sich die ungekämmten Haare aus dem Gesicht. Nach ihrem zweistündigen Nickerchen sah sie wahrscheinlich völlig zerzaust aus. Sie hatte sich heute auch nicht die Mühe gemacht, Make-up aufzulegen. So viel zu dem Bild der immer adretten Richterin Elizabeth Michaels.

Sie ging auf die Tür zu, aber Jakes Stimme hielt sie zurück.

„Willst du nichts essen?“

Sie drehte sich um und sah, dass er sich nicht von seinem Platz neben dem Sofa erhoben hatte. „Willst du nicht gehen?“

„Nicht, wenn du mir einen Kaffee anbietest. Ich hatte nur eine Tasse bei Alison. Sie ist eine großartige Köchin, aber sie hat nie gelernt, wie man einen anständigen Kaffee macht. Solltest du das ihr gegenüber jedoch jemals erwähnen, würde ich diese Behauptung leugnen.“ Er grinste schief.

Sie musterte ihn. Wollte er wirklich einen Kaffee … oder wollte er sich nur vergewissern, dass sie tatsächlich etwas aß?

Aber wen kümmerten schon seine Motive? Sie war froh, dass

sie Gesellschaft hatte. Sobald er ging, würde die schwere, bedrückende Stille sich wieder über die Wohnung legen. Vielleicht müsste sie dann sogar den Fernseher einschalten – und das war nun wirklich ihr allerletztes Mittel, um sich abzulenken.

„Ich bin nicht gerade die beste Köchin der Welt, aber ich kann einen guten Kaffee brauen. Ich habe eine Kanne gemacht, bevor ich eingeschlafen bin, aber der ist wahrscheinlich zu stark."

„Stark ist am besten."

Er folgte ihr zurück in die Küche, und während sie die dunkle Flüssigkeit in einen Becher goss, holte er die Lasagne aus dem Ofen und trug sie ins Esszimmer.

Sie setzte sich auf ihren Stuhl und beäugte die großzügig bemessene Portion – während sie versuchte, ihren aufgeregten Magen zu beruhigen.

So als spürte er ihr Dilemma, fing Jake an zu reden, fragte sie nach ihrer Arbeit und nach den Morettis. Am Ende war sie abgelenkt genug, um einen ordentlichen Teil der leckeren Pasta zu essen, während sie auf seine entspannten, beiläufig gestellten Fragen antwortete. Es fühlt sich beinahe wie ein normales Essen zweier Freunde an.

„Ich habe notgedrungen mit angehört, wie Mrs. Moretti über ein Frauenhaus sprach." Jake trank einen Schluck Kaffee und legte die Hände um seinen Becher. „Klingt so, als wärest du bei einer Wohltätigkeitsorganisation aktiv."

„Ja. Es gibt eine ganze Reihe von Leuten aus Kirchen in der Stadt, die einen oder zwei Abende im Monat in einem Haus für misshandelte Frauen und ihre Kinder helfen. Wir tragen Essen auf, putzen, wechseln Windeln, hören den Frauen zu. Was immer gerade nötig ist. Es ist ein sicherer Ort, an dem sie eine Zeit lang bleiben können, bis sie sich überlegt haben, was sie wegen ihrer Situation unternehmen wollen. Ich konnte Steph nie dazu bewegen, diesen Schritt zu tun, aber wenigstens habe ich versucht, andere Frauen zu unterstützen, die sich dazu entschieden haben, wenn auch nur einen Abend im Monat."

Sie stocherte in dem letzten Rest Lasagne herum und legte dann ihre Gabel auf dem Teller ab, während sie versuchte zu verdauen, dass sich die Unterhaltung nun ernsteren Themen zuwandte.

„Ich staune, dass du für solche Dinge Zeit hast."

Die betonte Beiläufigkeit von Jakes Bemerkung sagte ihr, dass ihn ihre Antwort mehr interessierte, als er zugab.

Sie sah ihn direkt an. „Meine Erfahrung ist, dass Menschen sich die Zeit *nehmen*, wenn ihnen etwas wichtig ist."

Einige Sekunden verstrichen, während er noch einen Schluck Kaffee trank. Er schien zu überlegen, wie er seine nächste Bemerkung formulieren sollte. „Doug hat immer den Eindruck vermittelt, dass du sehr viel arbeitest."

Sie hatte sich oft gefragt, worüber die beiden Männer redeten, wenn sie gelegentlich miteinander telefonierten, und ob Doug viel über ihre Ehe gesprochen hatte. Jakes Äußerung gab ihr einen Hinweis darauf.

Jetzt war sie es, die ihre Worte sorgfältig abwägte. „Meine Arbeit nimmt mich sehr in Anspruch, und mein Arbeitstag ist lang. Aber ich habe immer Zeit in Dinge investiert, die mir wichtig sind. Und in Menschen, die ich liebe."

Eine ganze Zeit lang musterte er sie mit vorsichtigem Blick. Sie spürte, dass er mit zwei Dingen zu kämpfen hatte, die nicht zusammenpassten. Offenbar stimmte ihre Antwort nicht mit der Information überein, die Doug ihm gegeben hatte.

Weil die Information offensichtlich falsch gewesen war.

Eine tiefe Traurigkeit stieg in ihr auf. Ihr Mann hatte am Ende die Realität zunehmend aus den Augen verloren, und sie hatte ihm nach Kräften geholfen, sein Leben wieder in den Griff zu bekommen. Dennoch hatte er sich im Laufe der Wochen und Monate immer weiter von ihr entfernt. So weit, dass sie es mit der Angst zu tun bekam. So weit, dass sie drastische Maßnahmen ergreifen musste.

So weit, dass sie einen tragischen Fehler begangen hatte.

Anlässlich der Beerdigung hatte sie tief in ihrem Inneren gespürt, dass Jake ihr die Schuld für Dougs Tod gab.

Und so schwer die Wahrheit auch zu ertragen war, er hatte recht. Auch wenn er sich in Bezug auf andere Dinge irrte.

Aber das war eine Last, über die sie heute Abend nicht nachdenken konnte. Nicht zusätzlich zu allem anderen, was in den letzten achtundvierzig Stunden geschehen war.

Liz konnte das Schweigen, das zwischen ihnen hing, nicht länger ertragen. Sie schob energisch ihren Stuhl zurück und stand auf. „Bitte gib meinen Dank für die Lasagne an Alison weiter. Du hattest recht, sie war fantastisch."

Wenn er das abrupte Ende des Abends merkwürdig fand, ließ er es sich nicht anmerken. Stattdessen erhob er sich ebenfalls und warf einen schnellen Blick auf ihren Teller, auf dem nur noch ein kleiner Rest Pasta lag.

„Du hast ja auch ordentlich zugelangt." Er leerte seinen Becher und trug ihn in die Küche. „Wir brechen morgen ziemlich früh nach Springfield auf. Ich melde mich, wenn ich wieder da bin."

Als er zur Tür ging, folgte Liz ihm.

„Ich weiß nicht, was Doug dir über uns erzählt hat, Jake, aber wenn die Dinge sich ein wenig beruhigt haben, würde ich diese Unterhaltung gerne fortsetzen."

Sie hatte nicht vorgehabt, das Thema noch einmal anzuschneiden. Und Jake schien ebenso erstaunt über ihre Bemerkung zu sein, wie sie selbst es war.

Seine Schritte zögerten, und er blickte über seine Schulter zurück. Seine Augen waren im schwachen Licht der Diele nicht zu sehen, aber sein Tonfall ließ keinen Zweifel an seiner Ernsthaftigkeit zu, als er sagte: „Das würde ich auch gerne."

Er entriegelte die Tür. „Ich hoffe, du kannst heute Nacht besser schlafen."

„Danke, das hoffe ich auch."

Nachdem er noch eine Sekunde gezögert hatte, ging er. Sie

spähte durch den Spion, während sie die Tür wieder verriegelte, und bemerkte, dass er wartete, bis das Klicken ertönte, bevor er die paar Meter bis zur nächsten Wohnungstür zurücklegte.

Durch die Linse des Türspions war seine Sicht auf ihn verzerrt.

So wie seine Sicht von ihr verzerrt zu sein schien.

Aber sie hatte vor, die Missverständnisse aus dem Weg zu räumen, bevor seine Arbeit an ihrem Fall beendet war.

* * *

„Ich habe kein gutes Gefühl bei der Sache."

Jake blickte mit gerunzelter Stirn auf den Videobildschirm, während er diese Aussage des FBi-Spezialagenten Mark Sanders verdaute. Cole interviewte Alan Long seit zehn Minuten im Nebenraum des Hauptquartiers der Polizei von Springfield, und Jake kam inzwischen zu dem gleichen Schluss wie Mark.

Stephanies Mann saß neben seinem Anwalt Andrew Thomas und seine Hände umklammerten die Kante des runden Tisches vor ihm. Er war Mitte dreißig, hatte kurzes hellbraunes Haar und trug einen dunkelgrauen Anzug und Krawatte. Er sah nicht aus wie einer, der seine Frau schlug, geschweige denn wie ein Mörder.

Andererseits wirkten viele Gewaltverbrecher wie normale, gewöhnliche Leute, wenn sie zum ersten Mal von der Polizei befragt wurden.

Es war allerdings das Verhalten des Mannes und nicht sein Äußeres, das Jake zweifeln ließ. Seine Trauer über den Tod seiner Frau schien echt. Sie konnte gespielt sein, aber Jake hatte nicht das Gefühl.

„Ich auch nicht." Er wandte sich an den großen dunkelhaarigen Mann neben sich, der weiter auf den Bildschirm starrte.

Mark warf ihm einen Blick zu. Er hatte die erfahrenen Augen eines Mannes, der mehr als genug Gewalt und Verletzungen gesehen hatte. Ein Mann mit einem feinen Gespür. Ein Mann, dessen Urteil Jake schon jetzt vertraute.

„Wenn er nicht der Täter ist, dann haben wir es mit einem völlig anderen Szenario zu tun."

Das bedeutete, dass Liz die eigentliche Zielscheibe gewesen sein könnte.

Jake war bereits zu dem gleichen Schluss gekommen.

„Stimmt. Und das macht die Sache ungleich schwieriger." Und deutlich beunruhigender.

„Mein Gott, ich kann das alles gar nicht glauben! Was für ein Albtraum!"

Der Aufschrei auf dem Videomonitor ließ die Blicke der beiden Männer wieder zu dem Bildschirm zurückschnellen.

Alan hatte die Ellbogen auf den Tisch gestützt und das Gesicht in seinen Händen vergraben. Sein Anwalt legte eine Hand auf seine Schulter und sprach so leise, dass das Mikrofon seine Worte nicht aufnahm.

Nach ein paar Augenblicken fuhr Alan sich mit den Fingerknöcheln über die Augen und wandte sich an Cole. „Ich sage Ihnen doch, ich habe nichts damit zu tun! Ich habe Steph geliebt, auch wenn ich es nicht immer gezeigt habe. Und sie wusste, dass ich sie liebe. Aber als sie mir am Mittwoch gesagt hat, dass sie mich verlässt, bin ich ein bisschen durchgedreht."

„Sie haben sie geschlagen." Cole durchbohrte ihn mit seinem Blick.

„Ja, das habe ich. Und ich bin wahrlich nicht stolz darauf."

„Sie geben also zu, dass Sie ein Problem haben, sich zu beherrschen." Coles Tonfall blieb sachlich.

„Sie müssen darauf nicht antworten", warf der Anwalt Andrew Thomas ein.

„Es macht mir nichts aus, das zu beantworten. Es ist schließlich kein Geheimnis. Ja, ich habe ein Problem mit meiner Wut. Und Steph hat es abbekommen. Sie war eine Heilige, dass sie mich überhaupt so lange ertragen hat. Aber sie glaubte immer, ich könnte meine Probleme überwinden. Dass ich besser sein könnte, als ich war. Niemand hat jemals so an mich geglaubt wie sie." Seine Stimme brach, und Jake beobachtete, wie sein Adamsapfel auf und ab hüpfte und seine Augen feucht wurden. Noch einmal fuhr er sich mit der Hand über die Augen.

Als er weitersprach, klangen seine Worte rau. „Sie wollte schon länger, dass wir zu einer Beratung gehen. Und sie hat angedeutet, dass wir nur so unsere Ehe retten könnten. Aber ich hätte nie gedacht, dass sie mich wirklich verlassen würde – bis ich am Donnerstagabend nach Hause kam und ihre Nachricht fand. Sie hat mich beinahe umgebracht.

Zuerst war ich wütend. Ich wollte irgendetwas zerschlagen. Aber ich wusste, dass es genau diese Art von Reaktion war, die sie dazu gebracht hatte, mich zu verlassen. Also habe ich mich zusammengerissen. Ich ging am Freitag zur Arbeit, habe aber mittags Schluss gemacht, um zum See hinauszufahren. Da habe ich bis Samstagnachmittag gezeltet. Im Wald konnte ich schon immer besser denken, und es beruhigt mich, draußen zu sein. Mir wurde klar, dass ich sie nicht verlieren will, und auch nicht mein Kind. Dass ich ein besserer Ehemann und Vater sein will, als mein Vater es war. Und ich beschloss, dass ich zu der Beratung gehen würde, wie Steph es verlangt hatte. Aber nun konnte ich es ihr nicht mehr sagen."

Wieder brach der Mann zusammen.

Cole erhob sich, murmelte ein paar Worte zu den beiden Männern ihm gegenüber und ging. Dreißig Sekunden später gesellte er sich zu Jake und Mark.

„Wie seht ihr die Sache?" Er schloss die Tür hinter sich.

Mark überließ Jake das Wort.

„Wir haben kein gutes Gefühl dabei."

„Ich auch nicht." Cole wandte sich an Mark. „Es könnte sein, dass die Ermittlungen in deiner Abteilung landen."

„Sieht so aus."

„Willst du die Befragung weiterführen?"

„Ich glaube kaum, dass ich mehr aus ihm herausbekomme als du, aber es ist vielleicht nicht schlecht, wenn wir Mr. Long sagen, dass das FBI ebenfalls Interesse an diesem Fall hat. Wenn er irgendwas zu verbergen hat, könnte ihn das aus der Ruhe bringen."

„Es ist einen Versuch wert."

Cole trat von der Tür zurück und Mark ging hinaus.

„Auf mich macht er nicht den Eindruck eines Mörders." Cole musterte den Mann auf dem Bildschirm. „Er hat eine gute Arbeit als Ingenieur, sehr wenig Schulden und allem Anschein nach auch kein Verhältnis mit einer anderen Frau. Und der Tod seiner Frau scheint ihn ernsthaft mitzunehmen."

„Aber ich habe Stephanies blaues Auge gesehen." Jake beobachtete auf dem Monitor, wie Mark den Befragungsraum betrat. „Wut kann normale Menschen dazu bringen, andere zu misshandeln. Oder zu töten. Aber ich glaube, du hast recht: Irgendetwas stimmt hier nicht."

Mark stellte sich vor, und als er auf dem Stuhl Platz nahm, auf dem Cole vorher gesessen hatte, richtete Jake seine ganze Aufmerksamkeit auf das Gespräch, das im Befragungsraum geführt wurde.

„Warum hat das FBI mit der Sache zu tun?", wollte der Anwalt wissen.

„Der Mord wurde in dem Haus einer Bundesrichterin begangen. Das könnte die Ermittlungen in unsere Zuständigkeit bringen." Seine nächste Frage richtete er an Alan. „Mr. Long, wie ist Ihr Verhältnis zu Ihrer Schwägerin?"

Alan sah seinen Anwalt an.

„Inwiefern ist das für die Ermittlungen relevant?", fragte der Mann.

„Es könnte sehr relevant sein, wenn sie auch eine Zielscheibe war."

„Sie glauben, ich würde nicht nur meine Frau töten, sondern auch noch Liz?" Alan starrte ihn entgeistert an.

„Ich weiß nicht. Sagen Sie es mir."

Er fluchte leise. „Also schön, ich war nicht besonders gut auf sie zu sprechen. Sie wollte immer, dass Steph mich verlässt. Aber ich habe sie nicht gehasst. Ich wusste, dass sie Steph liebt und der Meinung war, das Richtige zu tun. Vielleicht hat sie das ja sogar, im Nachhinein betrachtet." Die letzten Worte klangen erstickt.

„Nach unserem Gespräch mit Detective Taylor scheint mir, dass Sie keinerlei Beweise haben, die meinen Mandanten mit diesem Mord in Zusammenhang bringen." Andrew Thomas faltete die Hände auf dem Tisch. „Sie haben lediglich Annahmen, die, wie wir beide wissen, nicht für einen Haftbefehl ausreichen, geschweige denn für eine Verurteilung. Deshalb gehe ich davon aus, dass mein Mandant jederzeit gehen kann – es sei denn, Sie haben noch etwas anderes."

Mark ließ sich mit der Antwort Zeit. „Das ist korrekt, Mr. Thomas. Allerdings muss Ihr Mandant sich darüber im Klaren sein, dass er für unsere Ermittlungen auch weiterhin wichtig ist. Es kann sein, dass wir noch mehr Fragen an ihn haben."

„Ich werde so gut helfen, wie ich kann. Ich will genauso wie Sie, dass Stephs Mörder gefunden wird." Alan wandte sich an seinen Anwalt. „Was ist mit der Beerdigung meiner Frau?"

„So weit ich weiß, kümmert die Schwester Ihrer Frau sich darum", erwiderte Mark.

„Ich würde sagen, das ist mein Stichwort." Jake warf Cole einen Blick zu. „Bleibst du hier?"

„Ja."

Dreißig Sekunden später stieß Jake die Tür zum Befragungsraum auf. Alle drei Männer wandten sich ihm zu.

„Wir haben gerade über die Beerdigung gesprochen", erklärte Mark ihm. „Meine Herren, dies ist Deputy U.S. Marshal Jake Taylor."

Jake nickte ihnen zu. „Richterin Michaels hat veranlasst, dass ihre Schwester in Kansas City in der Nähe ihrer Eltern beigesetzt wird. Ein Gottesdienst ist für Mittwoch in der Friedhofskapelle dort geplant."

„Nein!“ Das Wort brach aus Alan heraus und sein Gesicht rötete sich, als er aufsprang. „Sie ist meine Frau. Ich will, dass sie in Springfield beerdigt wird. Und ich will, dass der Gottesdienst in unserer Kirche stattfindet.“

„Alan.“ Der Anwalt legte eine Hand auf den Arm seines Mandanten.

Er schüttelte sie ab. „Das ist nicht richtig, Andrew. Ich bin ihr Mann, und ich sollte darüber entscheiden können.“ Er funkelte Jake und Mark wütend an.

„Alan.“ Der Anwalt erhob sich und wartete, bis der Mann ihn ansah. „Wir können später darüber sprechen. Wenn wir allein sind.“

Andrew Thomas hatte ganz ruhig gesprochen. Aber sein Blick war eindringlich. Jake fragte sich, ob sein Mandant die „Beruhige dich“-Botschaft verstehen würde.

Das tat er. Mit ungeheurer Kraftanstrengung, so schien es, zügelte Alan sein Temperament. „Sind wir hier fertig?“ Er hielt den Blick auf seinen Anwalt gerichtet.

„Ich glaube, das sind wir.“ Der Anwalt sah Mark an, dann Jake. „Gibt es heute noch irgendetwas zu klären, meine Herren?“

„Nein.“ Mark stand auf. „Aber ich rate Ihrem Mandanten dringend, sich in nächster Zeit zu unserer Verfügung zu halten – und in der Stadt zu bleiben.“

Andrew Thomas nickte und schob Liz’ Schwager zur Tür hinaus.

Kaum hatte die Tür sich hinter ihnen geschlossen, trat Cole ein. „Ich würde sagen, der Mann hat eindeutig ein Problem mit der Selbstbeherrschung.“

„Das kann man wohl sagen.“ Jake rieb sich den Nacken. „Aber das macht ihn noch nicht zum Mörder. Also, wie sieht es aus?“

Mark zeigte auf den Tisch und setzte sich wieder. Jake und Cole taten es ihm gleich. „Ich sehe das so: Er könnte immer noch unser Mann sein. Aber wenn er es ist, dann ist er ein hervorragender Schauspieler. Was durchaus möglich ist, wie wir alle wissen. Und das bedeutet, wir dürfen seine Überwachung nicht runterfahren. Cole, das übernimmt am besten die Bezirkspolizei. Wir helfen, wenn nötig, da das Opfer die Schwester einer Bundesrichterin war. Ergibt das einen Sinn?"

„Ja."

„Allmählich glaube ich, dass Stephanie Long vielleicht nicht das eigentliche Ziel des Anschlags war und dass sie nur zur falschen Zeit am falschen Ort war. Damit ist Liz Michaels im Fadenkreuz. Jake?"

So sehr ihn diese Möglichkeit auch beunruhigte, konnte Jake an Marks Logik nichts aussetzen. „Das sehe ich auch so."

„Wir haben sie am Anfang gefragt, ob sie irgendwelche Feinde hat, weil wir wussten, dass dieses Szenario zumindest möglich ist. Aber sie hat Nein gesagt." Cole tippte mit dem Zeigefinger auf die Tischplatte, während sich auf seiner Stirn zwei senkrechte Falten bildeten.

„Außer bekannten Feinden gibt es noch die Möglichkeit von unbekannten Feinden", bemerkte Jake.

„Und unbekannte Feinde sind weitaus gefährlicher." Mark runzelte die Stirn. „Meine Frau wurde vor einem Jahr von einem Stalker bedroht. Es wäre ihm beinahe gelungen, sie zu töten, obwohl wir unser Möglichstes getan haben, um sie zu beschützen."

Jake fröstelte. „Wir müssen mit der Richterin sprechen, sobald wir zurück sind, und noch einmal auf die Sache mit den Feinden zurückkommen."

„Sehe ich auch so." Mark erhob sich. „Seid ihr beide bereit aufzubrechen?"

„Ja." Cole stand ebenfalls auf. „Ich will mich nur noch bei den Jungs von Springfield bedanken. Wir sehen uns gleich beim Wagen."

Fünfzehn Minuten später betrachtete Jake gedankenverloren die Landschaft, die an ihm vorbeizog, als Cole auf die Interstate 44 in Richtung Osten auffuhr und Mark auf dem Rücksitz mit seinem BlackBerry E-Mails beantwortete. Die Felder waren von der erbarmungslosen Sonne und hohen Luftfeuchtigkeit eines Missouri-Sommers verbrannt, und die Maisstängel ausgedörrt und verschrumpelt. Ein einziger Funke könnte ein ganzes Feld in Brand stecken.

So ging es ihm im Moment, was die Sache mit Liz betraf. Ihre hoffnungsvollste Spur war ausgetrocknet, und zurück blieb eine unberechenbare Situation, die jeden Augenblick explodieren konnte.

Und er war alles andere als begeistert von der Vorstellung, diese Nachricht der Frau zu überbringen, für deren Sicherheit er verantwortlich war.

Kapitel 8

Jake traf Spence auf dem Flur vor der Kommandozentrale, als die Marshals gerade ihren Schichtwechsel vornahmen.

„Wie stehen die Dinge hier?"

„Ruhig wie in der Leichenhalle."

Jake zuckte angesichts der morbiden Analogie zusammen.

Sein Kollege musterte ihn. „Ich habe irgendwie das Gefühl, dass es in Springfield nicht gut gelaufen ist."

„Wenn du mit gut meinst, dass wir ein Geständnis haben, der Täter in Haft sitzt und dieser Personenschutzauftrag zu Ende ist, dann: Nein, es ist nicht gut gelaufen. Wir haben sogar alle drei ernsthafte Zweifel, dass Alan Long unser Mann ist. Und die fehlenden Beweise, die ihn mit dem Tatort in Verbindung bringen würden, scheinen das zu bestätigen."

Spence blinzelte erstaunt. „Ihr glaubt also, jemand hatte es auf die Richterin abgesehen?"

„Es sieht immer mehr danach aus. Mark Sanders vom FBI ist auf dem Weg hierher, um mit Liz zu sprechen. Kennst du ihn?"

„Wir sind uns schon begegnet. Er war ungefähr ein Jahr lang in der Außenstelle in St. Louis, nachdem er beim Geiselrettungsteam war."

„Das habe ich auch gehört."

„Er scheint in Ordnung zu sein. Brauchst du noch was, bevor ich Feierabend mache?"

„Einen Verdächtigen in U-Haft?"

„Schön wär's." Mit einem bedauernden Kopfschütteln zeigte er in Richtung Kommandozentrale. „Ich sage den Jungs Bescheid, dass Mark hier auftauchen wird." Mit einem scherzhaften Salut begab er sich wieder in die Nachbarwohnung.

Ein kurzer Blick auf die Uhr ließ Jake seine Schritte beschleunigen. Er hatte noch fünfzehn Minuten, bevor Mark erschien. Sie waren sich einig gewesen, dass es besser war, wenn Jake selbst Liz von dem Ergebnis ihres Besuchs in Springfield erzählte – und von ihrem Verdacht. Damit sollte er den Boden für das Erscheinen des FBIs bereiten.

Jake betätigte die Türklingel und wünschte, er hätte bessere Nachrichten im Gepäck.

Im Gegensatz zu seinem Besuch am vergangenen Abend, als Liz' verspätete Reaktion seinen Adrenalinspiegel in die Höhe schießen ließ, zog sie die Tür diesmal schon wenige Sekunden nach seinem Klingeln auf.

Als hätte sie auf ihn gewartet.

Jake ignorierte das angenehme Gefühl, das dieser Gedanke bei ihm erzeugte, und trat ein.

„Dein Timing ist gut." Liz verriegelte die Tür. „Ich habe gerade die Lasagne von deiner Schwester aufgegessen. Du musst ihr unbedingt noch einmal von mir danken."

„Mach ich. Ist alles in Ordnung?" Er betrachtete sie. Die dunklen Ringe unter ihren Augen waren nicht mehr ganz so ausgeprägt, aber er wusste nicht, ob das an einem erholsamen Schlaf lag oder an einem guten Make-up.

„Es war ruhig, wenn das deine Definition von ‚in Ordnung' ist." Sie bat ihn ins Wohnzimmer. „Ich habe den Vormittag damit verbracht, Stephanies Sachen durchzugehen und Kleidung auszuwählen. Außerdem habe ich mit dem Bestatter telefoniert. Für Mittwoch ist alles organisiert, und ich habe ihm gesagt, dass du noch die Sicherheitsvorkehrungen mit ihm besprechen wirst." Sie nahm einen Zettel vom Couchtisch, während sie sich aufs Sofa setzte. „Das hier ist seine Handynummer. Er sagte, du kannst jederzeit anrufen."

Jake steckte die Nummer ein. Dann öffnete er den Knopf seines Jacketts und nahm auf dem Sessel Platz. Wenigstens würden die Beerdigungspläne nicht durcheinandergebracht werden. Auf dem Rückweg von Springfield hatte Andrew Thomas bei Cole angerufen und erklärt, sein Mandant habe es sich anders überlegt und keine Einwände mehr gegen das, was Liz arrangiert hatte. Jake vermutete, dass der Anwalt Alan geraten hatte, so wenig Wind zu machen wie möglich.

Die schlechte Nachricht war, dass Stephanies Mann zur Beerdigung kommen wollte.

Jake malte sich lieber nicht aus, wie Liz reagieren würde, wenn er diese Bombe platzen ließ. Aber zuerst mussten sie über andere Dinge sprechen.

„Ich habe schon mit unserem Büro in Kansas City gesprochen, und sie überprüfen den Ort." Er hatte einen Großteil der Heimfahrt mit Telefonieren verbracht, um die Sicherheitsvorkehrungen mit seinen Kollegen auf der anderen Seite des Bundesstaates abzustimmen. „Sie werden uns während des Gottesdienstes Verstärkung geben."

„Ist das wirklich nötig, wenn wir doch wissen, wo Alan ist?"

Jetzt kam der schwierige Teil.

Jake faltete die Hände und beugte sich vor. „Nach unserem Gespräch mit ihm haben wir ernsthafte Zweifel, was seine Schuld betrifft."

Sie sah ihn verständnislos an. „Wie meinst du das?"

„Abgesehen davon, dass wir keinerlei Beweise haben, die ihn mit dem Tatort in Verbindung bringen, wirkte seine Trauer über Stephanies Tod sehr überzeugend."

Zorn flammte in ihren grünen Augen auf und verwandelte die goldenen Flecken in Funken. „Glaubst du ihm etwa?"

„Sagen wir mal, ich bin nicht von seiner Schuld überzeugt. Und Cole und Mark Sanders, der FBI-Agent, der mit uns hingefahren ist, sind es auch nicht. Er ist übrigens gerade auf dem Weg hierher. Wir müssen anfangen, uns ernsthaft mit anderen möglichen Szenarien auseinanderzusetzen."

„Zum Beispiel? Einen Raubüberfall habt ihr doch schon ausgeschlossen, oder?"

„Der steht jedenfalls ganz unten auf unserer Liste der Möglichkeiten."

Er wartete, um ihr die Gelegenheit zu geben, das, was er gesagt hatte, zu verdauen und selbst die offensichtliche Schlussfolgerung zu ziehen. An ihren sich plötzlich weitenden Augen erkannte er, dass dieser Moment gekommen war.

„Du glaubst, *ich* war die Zielscheibe?"

„Du hast selbst gesagt, dass deine Schwester keine Feinde hatte."

„Aber die habe ich auch nicht."

„Die meisten Richter haben welche."

„Jake, ich habe noch nie einen Drohbrief erhalten, im Gegensatz zu meinen Kollegen!" Sie stand auf, und ihre Erregung war spürbar, als sie die Arme über der Brust verschränkte und anfing, auf und ab zu gehen. „Das ergibt keinen Sinn. Wenn er es auf mich abgesehen hat, warum hat der Täter dann meine Schwester erschossen?"

„Vielleicht war sie einfach zur falschen Zeit am falschen Ort."

Er versuchte die niederschmetternden Worte so sanft zu sagen, wie er konnte, während er sich für die Reaktion wappnete, die unweigerlich folgen musste.

Sobald Liz bewusst wurde, was seine Worte bedeuteten, versetzte der große Schmerz in ihrem Gesicht Jake einen Stich.

„Gütiger Gott!" Die gequälten Worte, halb Vorwurf, halb Flehen, entwichen ihrer Kehle nur widerstrebend. „Wenn diese Kugel für mich gedacht war, sollte *ich* tot sein! Nicht Stephanie."

Mit einem Mal wich alle Farbe aus ihren Wangen. Sie schlug die Hand vor den Mund und rannte den Flur entlang in Richtung Schlafzimmer und Bad.

Jake erhob sich, unsicher, ob er ihr folgen oder ihr einige ungestörte Augenblicke geben sollte. Sekunden später hallte das Geräusch heftigen Würgens aus dem Bad wider, als sie die Lasagne von sich gab, die sie gerade gegessen hatte.

Hin und her gerissen zwischen Mitleid und der Notwendigkeit, Liz' Privatsphäre zu respektieren, entschied er sich für Ersteres und folgte ihr.

Auf halbem Weg zu ihrem Zimmer hielt die Türklingel ihn auf.

Mark.

Er ging zur Wohnungstür, sah durch den Spion, um sich zu vergewissern, dass es sich um den Agenten handelte, und entriegelte dann die Tür. Es war wieder still in der Wohnung, als der Mann eintrat, und Jake erklärte ihm mit leiser Stimme, was in den letzten Minuten geschehen war.

Mark warf einen mitleidigen Blick in Richtung Schlafzimmer. „Hoffentlich kann sie irgendwann akzeptieren, dass es nicht ihre Schuld war. Aber Schuldgefühle – auch die falschen – können sehr überwältigend sein."

„Stimmt." Jake wusste das aus eigener Erfahrung. Und der Tonfall des FBI-Agenten sagte ihm, dass Mark selbst auch aus Erfahrung sprach.

Er zeigte in Richtung Wohnzimmer. „Setz dich, während ich nach ihr sehe."

Als er durch den Flur ging, kam er an einem Zimmer vorbei, in dem geöffnete Koffer auf einem französischen Bett lagen. Ansonsten sah der Raum unbewohnt aus.

An der Tür zum Schlafzimmer am Ende des Flures blieb Jake stehen und blickte kurz hinein. Das Bett war gemacht, und drei Paar Schuhe standen ordentlich aufgereiht neben der Kommode. Die Tür des Wandschranks stand halb offen, und auf einigen der Bügel hingen Kleidungsstücke. Die meisten waren jedoch leer, so als gehe Liz nicht davon aus, lange hier zu bleiben. Eine Lesebrille lag auf einem Buch auf dem Nachttisch.

Doch was seine Aufmerksamkeit erweckte, waren die gerahmten Fotografien auf der Kommode.

Es war eine kleine Gruppe aus Bilderrahmen in verschiedenen Größen. Der Kleidung des Paares auf dem ersten Bild nach zu schließen, war es etwa dreißig Jahre alt. Das mussten Liz' Eltern sein. Es gab auch ein Foto von Liz und Doug, auf dem sie mit blumengeschmückten Gläsern in der Hand vor einem Hintergrund mit Palmen, einem weißen Sandstrand und blauem Meer standen. Ein Bild von der Hochzeitsreise nach Hawaii vielleicht? Wenn, dann war es zehn Jahre alt.

Aber das dritte Foto – ein DIN-A4-großes Bild neueren Datums – war es, das einen Adrenalinstoß durch seinen Körper jagte.

Eine lächelnde Liz saß auf einem Bootssteg, deren gebräunte Haut durch ein weißes, ärmelloses Top betont wurde. Die dünne Goldkette um ihren Hals glitzerte in der Sonne. Sie hatte die Arme um die Schultern einer anderen Frau gelegt, deren rechte Wange einen ganz schwachen bläulichen Schimmer aufwies.

Stephanie.

Selbst ohne den subtilen Hinweis auf die Misshandlung hätte Jake keine Schwierigkeiten gehabt, Liz' Schwester zu erkennen.

Denn die beiden hatten die gleichen grünen Augen. Die gleichen vollen Lippen. Die gleichen hohen Wangenknochen. Die gleichen langen, lockigen blonden Haare.

Von vorne war die Ähnlichkeit bemerkenswert.

Von hinten, so vermutete er, wäre es unmöglich, die beiden auseinanderzuhalten.

Und der Anblick von hinten war es, was der Mörder gehabt hatte.

Die Theorie, dass Liz die eigentliche Zielscheibe gewesen war, wurde für Jake innerhalb von einer Sekunde von einer Möglichkeit zu einer Wahrscheinlichkeit. Das hinterließ ein dumpfes Gefühl in seiner Magengegend. Und drei entscheidende Fragen.

Wer war der Täter?

Was war sein Motiv?
Würde er es noch einmal versuchen?

* * *

Liz wrang den kalten Waschlappen aus, presste ihn auf ihre Stirn und versuchte, das Zittern ihrer Beine zu unterdrücken, während sie sich auf den geschlossenen Toilettendeckel setzte.

Sie sollte tot sein. Nicht Stephanie.

Herr, wie soll ich mit dieser Schuld leben?

Sie holte zitternd Luft, lehnte sich gegen die Wand und starrte auf die Kacheln vor ihr.

„Liz? Bist du in Ordnung?"

Als sie Jakes besorgte Frage hörte, schloss sie die Augen und unterdrückte ein Stöhnen. Wie lange stand er schon dort auf der anderen Seite der geschlossenen Tür? Lange genug, um zu hören, wie sie die Lasagne seiner Schwester in die Toilette gewürgt hatte?

Wenn jemand die Richterin Elizabeth Michaels von ihrer unattraktivsten Seite kannte, dann war es Jake. Er hatte in den vergangenen zweiundsiebzig Stunden genug davon mitbekommen. Zweifellos verfluchte er den Tag, an dem er zu ihrem Schutz abgestellt worden war.

Und sie konnte es ihm nicht einmal verübeln. Die letzten traumatischen Tage würde sie niemandem wünschen. Weder als Opfer noch als Beschützer.

„Ja, ich komme gleich."

„Lass dir Zeit."

Wenn sie sich Zeit ließ, würde sie die ganze Nacht hier drin verbringen. Sich verstecken, weil es ihr so unangenehm war. Sie hatte noch nie viel von öffentlichen Gefühlsausbrüchen gehalten. Sie war eine Meisterin darin gewesen, der Welt eine gelassene, ruhige Fassade zu präsentieren. Fremde erfuhren nichts von ihrem privaten Kummer und ihrer Unsicherheit und ihren Problemen.

Ihr einziger Trost war, dass Jake gar nicht wie ein Fremder wirkte. Und das war merkwürdig. Zwei Begegnungen in fünf Jahren und ein paar Geschichten, die Doug erzählt hatte, dürften eigentlich keine solche Vertrautheit hervorrufen, geschweige denn dieses Gefühl der Verbundenheit, das sie in seiner Gegenwart hatte.

Aber gemeinsame traumatische Erfahrungen konnten dieses Gefühl auslösen, vermutete sie, während sie den Rand der Frisierkommode umklammerte, als sie sich langsam erhob. Und von solchen Erfahrungen hatten sie in den letzten drei Tagen jede Menge gehabt.

Liz griff nach ihrer Zahnbürste und versuchte einigermaßen erfolglos, den bitteren, anhaltenden Geschmack von Erbrochenem aus ihrem Mund zu vertreiben. Sie fragte sich, ob alle Personen, die Jake bewachte, sich so fühlten. Sich auf jemanden zu verlassen, der sowohl emotionale Unterstützung als auch ganz praktischen Schutz bot, konnte ein Gefühl der Intimität beschleunigen, das sich unter normalen Bedingungen viel langsamer entwickeln würde. Und es konnte durchaus einseitig sein.

Als sie die Tür öffnete, wusste sie jedoch instinktiv, dass die Wärme und die Fürsorge in seinem Blick nicht zum Standardprozedere des Personenschutzes gehörten.

Ihre Gefühle waren offenbar nicht einseitig.

Ein Teil ihrer Verlegenheit legte sich und wich einem tieferen Gefühl, mit dem sie sich noch nicht auseinandersetzen wollte.

„Du hattest einen guten Platz in der ersten Reihe und hast alles mitbekommen, nehme ich an." Sie hoffte, er würde das Zittern in ihrer Stimme nur der Wirkung ihrer heftigen Übelkeit zuschreiben ... auch wenn es andere Gründe gab. Gründe, die nichts mit ihrem Magen zu tun hatten und ganz viel mit ihrem Herzen.

„Nein. Ich war nur auf der Tribüne. Aber ich konnte vom Wohnzimmer aus genug hören, um mir auszurechnen, was los ist. Bist du fit genug, um mit dem FBI-Agenten zu sprechen? Er ist hier.“

Sie wollte sich eigentlich nur noch auf dem Bett zusammenrollen, sich die Decke über den Kopf ziehen und die Welt ignorieren. Sie wollte so tun, als wäre alles in Ordnung. Das hatte sie getan, als ihre Mutter gestorben war. Aber es hatte damals nichts an den Tatsachen geändert. Und es würde auch jetzt nichts daran ändern. Wie sie im Laufe der Jahre gelernt hatte, wurde man mit schwierigen Dingen am Ende auch nicht leichter fertig, wenn man sie vor sich herschob.

„Ich kann es genauso gut hinter mich bringen.“

Sie schaltete das Licht im Bad aus, und während sie durchs Schlafzimmer zurück zum Wohnzimmer ging, umfasste Jake ihren Arm mit festem, tröstlichem Griff – als wollte er sie daran erinnern, dass sie nicht alleine war.

Das half.

Mehr, als er jemals ahnen würde.

Er blieb stehen, als sie sich der Tür näherten, und beugte sich vor, um das Bild von ihr und Stephanie in die Hand zu nehmen. Das Foto, das ein Passant im letzten Sommer gemacht hatte, als sie ihre Schwester zu einem Mädchenwochenende am See überredet hatte.

„Darf ich mir das mal kurz ausleihen?“

„Klar. Warum?“

Er schaltete das Licht im Zimmer aus und führte sie den Gang hinunter. „Ich möchte es gerne Mark Sanders zeigen. Dem FBI-Agenten.“

Bevor sie ihn noch etwas fragen konnte, klingelte es an der Tür. Jake drückte ihren Arm zur Ermutigung ganz leicht, als sie das Ende des Flures erreicht hatten.

„Warte hier.“

Er ging durch den kleinen Eingangsbereich, spähte durch den Spion und öffnete die Tür. Sie hörte, wie er ein leises „Danke“ murmelte, bevor er die Tür wieder schloss und verriegelte. Als er zurückkam, hatte er einen Joghurtdrink in der Hand. Nachdem er ihr das Glas gegeben hatte, nahm er wieder ihren Arm.

„Vielleicht hilft das deinem Magen, sich zu beruhigen."

Seine freundliche Geste drohte ihre mühsam aufrecht erhaltene Fassung wieder ins Wanken zu bringen und sie musste ihre ganze Selbstbeherrschung aufbringen, um die Tränen zurückzuhalten.

Als sie ins Wohnzimmer kamen, erhob sich ein großer Mann mit braunen Haaren, der einen dunklen Anzug trug, vom Sofa. Nachdem Jake sie einander vorgestellt und Mark ihre Hand mit festem Griff umfasst hatte, setzten sie sich alle. Jake reichte dem FBI-Agenten das Foto.

„Ein Bild von Richterin Michaels und ihrer Schwester."

Der Mann betrachtete es genau, zog die Augenbrauen hoch und wechselte einen Blick mit Jake. „Die Ähnlichkeit ist auffällig. Es könnte gut sein, dass man Sie beide aus der Entfernung verwechselt. Oder von hinten."

Jetzt verstand Liz, warum Jake das Foto aufgefallen war. Noch ein Argument für die These, dass man es eigentlich auf sie abgesehen hatte. Sie trank einen Schluck von ihrem Joghurtdrink und hoffte, das Getränk würde ihren aufgewühlten Magen beruhigen.

„Ich habe mit Liz schon über unsere Theorie gesprochen, dass der Mörder sie im Visier gehabt haben könnte", erklärte Jake.

„Das scheint mir inzwischen eine sehr reale Möglichkeit zu sein." Er legte das Foto auf den Couchtisch. „Vielleicht ist Ihnen bewusst, dass damit die Ermittlungen in die Hände des FBIs übergehen, Richterin Michaels. Ich würde Ihnen gerne ein paar Fragen stellen, wenn Sie sich dazu in der Lage fühlen."

„Ich werde Ihnen helfen, so gut ich kann. Aber ich habe Jake und der Polizei schon erzählt, dass ich keine Feinde habe, von denen ich wüsste. In all den Jahren als Anwältin und Richterin habe ich keinen einzigen Drohbrief von einem enttäuschten Mandanten oder irgendeiner Partei bei einem Rechtsstreit erhalten." Sie trank noch einen Schluck.

„Trotzdem gibt es bei jedem Fall Verlierer. Und nicht jeder ist ein guter Verlierer." Mark schlug die Mappe auf, die auf seinem Schoß lag. „Unsere ersten Nachforschungen deuten darauf hin, dass Sie mit einigen Prozessen mit großer Öffentlichkeitswirkung betraut waren. Ein paar sind sogar landesweit in den Medien gewesen."

Sie zuckte mit den Schultern. „Die meisten dieser Fälle stammen noch aus meiner Zeit als Anwältin. Man sollte meinen, das wäre längst Geschichte."

„Wut kann manchmal lange gären." Er konsultierte wieder seine Akte. „Sie haben auch ein paar sehr kontroverse Fälle vor Gericht verhandelt."

„Das liegt in der Natur der Sache."

Mark schloss die Mappe. „Wir möchten Sie dann bitten, Ms. Michaels, dass Sie noch einmal die Fälle durchgehen, mit denen sie in den letzten fünf Jahren zu tun hatten, angefangen mit den jüngsten. Überlegen Sie, ob während der Verhandlungen irgendetwas passiert ist, das Ihnen vielleicht damals nicht weiter bedrohlich erschien, das aber im Lichte der jüngsten Ereignisse betrachtet bedeutsam sein könnte. Fallen Ihnen da spontan irgendwelche Fälle ein?"

Liz dachte nach, aber ohne Erfolg. „Nein. Aus dem Stand heraus kann ich mich nicht einmal an all die Fälle erinnern, die ich in diesem Zeitraum gehabt habe. Wenn mir einer davon gefährlich erschienen wäre, würde ich mich sicher daran erinnern. Aber ich werde meine Akten durchgehen und alle, die vielleicht von Interesse sein könnten, auflisten. Allerdings kommt es mir, ehrlich gesagt, wie die Suche nach einer Stecknadel im Heuhaufen vor."

„Man weiß nie. Wenn Sie die Fälle durchgehen, könnte das irgendwelche Erinnerungen auslösen." Mark zog eine Visitenkarte aus seiner Tasche und reichte sie ihr. „Ich werde mich regelmäßig mit der Polizei und den Marshals vor Ort in Verbindung setzen. Wenn Sie direkt mit mir sprechen wollen, können Sie aber gerne anrufen."

Sie nahm die Karte und er erhob sich. „Mein Beileid zum Verlust Ihrer Schwester, Richterin." Er reichte ihr die Hand und sie spürte seinen festen Griff.

„Danke."

„Ich bringe dich zur Tür." Jake stand auf und die beiden Männer gingen in den Flur.

Sie konnte das leise Murmeln ihrer Stimmen hören, während sie sich im Eingangsbereich unterhielten, auch wenn ihre Worte nicht zu verstehen waren. Sie hielt die Karte in der Hand und las, was darauf stand: *Special Agent Mark Sanders. Federal Bureau of Investigation.*

Die Vorstellung, dass sie die Zielscheibe eines tödlichen Anschlags sein könnte, erschien ihr vollkommen unwirklich.

Und doch waren die Beweise nur zu real. Die Sicherheit ihres Hauses war verletzt worden. Stephanie war tot. Und sie stand jetzt unter dem bewaffneten Schutz der U.S. Marshals, während das FBI die Person suchte, die ihren Tod wollte.

Sie hatte die Karte noch immer in der Hand und trank ihren Joghurtdrink, als Jake wieder erschien und sich auf den Sessel setzte, von dem Mark zuvor aufgestanden war.

„Das Zeug hat wirklich geholfen." Sie hob das Glas. „Danke."

Er nickte ihr zu. „Ich nehme an, du brauchst Unterlagen aus deinem Arbeitszimmer zu Hause, um die alten Fälle durchzugehen."

„Ja."

„Wir können dich hinbringen, oder du kannst mir sagen, was du brauchst, dann holen wir es."

„Mir wäre es lieber, wenn ihr die Sachen holt. Alle Kisten sind beschriftet, und ich kann dir sagen, wo ihr die Unterlagen findet, die ich brauche. Was die neueren Fälle betrifft, kann ich einen meiner Mitarbeiter bitten, mir die Unterlagen aus meinem Büro im Gericht zu bringen. Vieles ist auch auf meinem Computer."

Er zog ein kleines Notizbuch aus seiner Tasche. „Sag mir einfach, was du aus dem Haus brauchst."

Während sie das tat, trank sie ihr Glas aus.

„Möchtest du noch etwas?" Er zeigte auf das leere Glas und steckte das Notizbuch wieder ein.

„Nein, das war genau richtig so. Noch mal danke."

„Geht es dir jetzt besser?"

„Ein bisschen." Mehr wegen seiner Freundlichkeit als wegen dem Joghurtdrink, doch das sagte sie ihm natürlich nicht.

„Wir bringen dir gleich morgen früh diese Kisten. Gibt es sonst noch etwas, das ich für dich tun kann, bevor ich gehe?"

Eine Umarmung wäre schön.

Anstatt diesen unerwarteten Gedanken auszusprechen, schlang sie die Arme um ihre Taille und zwang ihre steifen Lippen zu einem halbherzigen Lächeln. „Nein, mir geht es gut. Danke für alles."

Jakes leicht verengte Augen sagten ihr, dass er ihr diese Versicherung nicht abkaufte. Aber er widersprach nicht.

„Es gibt noch eine Information, die ich dir weitergeben muss." Sein vorsichtiger Tonfall deutete auf noch mehr schlechte Nachrichten hin, und sie wappnete sich. „In Ordnung."

„Der Mann deiner Schwester will zur Trauerfeier kommen."

„Was?!" Das Wort explodierte förmlich auf ihren Lippen.

„Wir haben keinen Grund, es ihm zu verbieten, Liz."

„Nein!" Sie schüttelte den Kopf, sprang auf und stolperte zum Fenster. „Das verkrafte ich nicht." Die geschlossenen Jalousien verbargen den Blick auf die Skyline, aber an den Rändern drang Licht herein und versuchte sich einen Weg ins Zimmer zu bahnen.

Sie hörte, wie Jake aufstand und hinter sie trat.

„Ich weiß, dass du ihn dort nicht sehen willst. Aber er hat auch Rechte. Er wollte, dass die Beerdigung in Springfield stattfindet und deine Schwester dort beigesetzt wird. Sein Anwalt hat ihn davon überzeugt, dass er dir die Entscheidung überlässt."

Sollte sie dankbar sein für die Rücksicht eines Mannes, der

seine Frau misshandelt hatte? Und vielleicht ein Mörder war? Der bittere Geschmack kehrte in ihren Mund zurück.

Sie schloss die Augen und versuchte großherzig zu sein. Etwas Güte und Mitgefühl zu empfinden. Die Werte zu leben, die ihr Glaube sie lehrte.

Aber es gelang ihr nicht.

Andererseits hatte Jake recht. Sie hatte keine rechtliche Handhabe, Alan an der Teilnahme zu hindern. Sie konnte nur versuchen, ihn zu ignorieren.

„Ich will nicht mit ihm reden." Ihre Worte klangen brüchig.

„Das können wir verhindern."

Sie nickte steif. „Also gut. Danke." Sie drehte sich nicht um.

Ein paar Sekunden verstrichen, bevor er wieder sprach.

„Wenn du später noch etwas brauchst – zwei Deputys sind nebenan, das weißt du ja. Du kannst sie jederzeit rufen." Sein Tonfall änderte sich ein wenig, wurde weicher und dadurch persönlicher. „Und denk daran, du hast auch meine Handynummer, wenn du lieber mit mir sprechen möchtest."

Etwas von der Anspannung wich aus ihren Schultern. Es war nicht fair, Jake für Alans Entscheidungen verantwortlich zu machen. Er hatte schon viel mehr getan, als sein Auftrag von ihm verlangte. Sogar während seiner Freizeit war er für sie da. Sie sollte dankbar sein und nicht eingeschnappt.

Sie holte tief Luft und drehte sich zu ihm um. „Tut mir leid. Diese Entwicklung ist schließlich nicht deine Schuld."

„Ich würde ihn von der Beerdigung fernhalten, wenn ich könnte."

„Ich weiß." Jake meinte es wirklich gut mit ihr. „Und ich weiß es wirklich zu schätzen, dass du mir deine Privatnummer gegeben hast. Aber du hast sowieso schon jede Menge Überstunden gemacht. Ich habe nicht vor, dich auch noch in deiner Freizeit zu stören."

Das Braun seiner Augen wurde dunkler, als er ihren Blick erwiderte. „Du störst mich nicht, Liz. Das meine ich ernst."

Sie sah, dass er die Wahrheit sagte. Die Frage war, warum? Lag es daran, dass er seine Arbeit so ernst nahm – oder war da noch etwas anderes?

Er gab ihr nicht die Gelegenheit, über seine Bemerkung nachzudenken, sondern ging zur Tür. „Ich komme morgen früh wieder. Versuch ein bisschen zu schlafen. Und vielleicht probierst du es mal mit einer Scheibe Toast. Die müsstest du eigentlich bei dir behalten können."

„Ich glaube, ich hätte lieber etwas von der Hühnersuppe deiner Mutter."

Er grinste reumütig und entriegelte die Tür. „Stimmt. Es gibt nichts Tröstlicheres. Ich könnte gerade selbst ein bisschen davon gebrauchen. Bis morgen."

Mit diesen Worten schlüpfte er durch die Tür und schloss sie mit einem leisen Klicken hinter sich.

Sie ließ den Riegel zuschnappen, während sie über seine Bemerkung nachdachte. Warum brauchte er Trost?

Die Antwort war offensichtlich. Er machte sich Sorgen, ob er ihre Sicherheit gewährleisten konnte.

Und das war wenig hilfreich für ihre Gemütsruhe. Oder für ihren Magen.

Also doch keine Scheibe Toast.

Kapitel 9

Martin Reynolds bog in die Auffahrt des Backsteinbungalows ein, in dem er seit einem Jahr wohnte, und betrachtete das Haus in der Dämmerung flüchtig und desinteressiert. Mit seinen vier Zimmern war es eigentlich groß genug, und er hatte es in Schuss gehalten, seit er eingezogen war. Jeden Dienstag mähte er den Rasen – obwohl es dafür heute ein bisschen spät war. Aber das Gras wuchs ohnehin kaum noch in dieser Jahreszeit. Er schnitt die Sträucher zurück, wenn sie unordentlich aussahen. Vor ein paar Wochen hatte er sogar das Garagentor gestrichen.

Aber er kümmerte sich nicht liebevoll darum, so wie er es bei dem Haus gemacht hatte, in dem er und Helen fünfundzwanzig Jahre lang gelebt hatten. Das Haus, das sie im sechsten Jahr ihrer Ehe gekauft hatten, nachdem sie gespart und geknausert und so lange von Nudeln gelebt hatten, bis sie genug für das Eigenkapital zusammen hatten.

Das war ein Zuhause gewesen.

Dies war nur ein Haus.

Danke, Uncle Sam.

Martin kämpfte gegen die widerliche Bitterkeit an, die zu seinem täglichen Begleiter geworden war, und fuhr in die Einzelgarage, wo er die Handbremse anzog. Es hatte eine Zeit gegeben, da hatte er die Vereinigten Staaten geliebt. Aber das Land, das seine tiefe Zuneigung und Hingabe verdient hatte, verschwand jeden Tag ein bisschen mehr, während Big Brother Stück für Stück die Freiheiten beschnitt, für die die Gründerväter so tapfer gekämpft hatten. Wenn die Bürger nicht bald aufwachten und etwas unternahmen, um Amerika wieder unter ihre Kontrolle zu bringen, dann würde es irgendwann kein Amerika mehr geben.

Wenigstens hatte er seinen kleinen Beitrag geleistet. Er hatte sich gegen die „Terrokraten" im Staatsdienst, wie Jarrod sie nannte, gewehrt. Ein Gefühl der Befriedigung durchströmte ihn, als er die Auffahrt hinunter zu seinem Briefkasten ging.

„Hallo, Mr. Reynolds."

Die unerwartete Begrüßung ließ ihn ins Stolpern geraten. Er spähte in das abnehmende Dämmerlicht. Seine Nachbarin von nebenan – Molly Irgendwas – winkte ihm von ihrer Veranda aus zu, während sie ein Baby auf ihrer Hüfte balancierte.

Er hob die Hand zum Gruß und lief weiter. Seit er eingezogen war, hatte er sich nicht bemüht, sich mit seinen Nachbarn anzufreunden. Gegenüber lebte eine ältere Witwe, und ein Yuppie-Pärchen wohnte auf der anderen Seite neben ihm. Die Witwe kam nur aus dem Haus, um ihre Zeitung zu holen, und die Yuppies waren vom Morgengrauen bis spät abends geschäftlich unterwegs. Ihnen konnte man leicht aus dem Weg gehen.

Die junge Mutter war etwas anderes. Sie war mit einem Teller Kekse herübergekommen, um ihn willkommen zu heißen, als er eingezogen war. Trotz seiner Anstrengungen, sie zu entmutigen, begrüßte sie ihn immer fröhlich, wenn ihre Wege sich kreuzten.

„Ich habe schon nach Ihnen Ausschau gehalten", rief sie. „Ich wollte nicht, dass Sie denken, jemand hätte Ihre Zeitungen gestohlen. Ich habe bemerkt, dass sie sich in der Einfahrt stapeln, also habe ich sie aufgehoben und auf Ihre Veranda gelegt. Ich dachte, Sie wären vielleicht in Urlaub gefahren."

Er ignorierte die halbe Frage in ihrem Tonfall und ging schneller. „Danke."

„Ich hätte auch nach Ihrer Post gesehen, aber ich wollte nicht neugierig sein."

Ohne auf diese Bemerkung einzugehen, zog er Briefe, Werbung und Rechnungen von drei Tagen aus dem Briefkasten. Vor allem Rechnungen, stellte er angewidert fest.

„Na, dann einen schönen Abend."

Das Geräusch der sich schließenden Tür verriet ihm, dass sie aufgegeben hatte, ihn in ein Gespräch zu verwickeln.

Gut.

Als er wieder am Auto war, öffnete er die Tür zum Rücksitz und nahm den Reisekäfig heraus. Während er die Tür mit der Hüfte zuschlug, sah Josie ihn mit ihren mandelförmigen grünen Augen an. Er hatte die Katze im letzten Winter gefunden, als sie in seiner Mülltonne gewühlt hatte. Auch wenn er sich nie besonders für Haustiere interessiert hatte, empfand er eine gewisse Seelenverwandtschaft mit dem einsamen, ausgesetzten Kätzchen, das einen Freund nötig zu haben schien.

„Wir sind wieder zu Hause, Mädchen." Er steckte die Finger in den metallenen Käfig, um das goldene Fell zu streicheln, und wurde mit einem leisen, zufriedenen Schnurren belohnt.

Nachdem er den Käfig ins Haus getragen hatte, ließ er die Katze heraus und blätterte noch einmal in seiner Post. Zwischen Werbeprospekten fiel ihm ein Brief ins Auge, und er zog ihn heraus. Er betrachtete mit zusammengekniffenen Augen die vertraute Handschrift und die exotische Absenderadresse.

Nach drei Jahren hatte er immer noch keine Ahnung, was in seine sonst so vernünftige Schwester gefahren war. Sie war dreißig Jahre lang Lehrerin gewesen. Schon vor Jahrzehnten hatte sie sich ihr eigenes kleines Haus in Cincinnati gekauft, als ihr klar wurde, dass sie wahrscheinlich nie heiraten würde. Sie ging jede Woche in die Kirche und führte ein ruhiges, unauffälliges Leben.

Ihre einzige Macke war ihre Begeisterung für abgelegene Urlaubsorte gewesen. Von den meisten Gegenden, in denen sie ihren Jahresurlaub verbracht hatte, hatte er vorher noch nie etwas gehört.

Aber ihre Entscheidung, ihren Ruhestand im Friedenskorps zu verbringen – ausgerechnet in irgendeinem afrikanischen Land namens Sierra Leone – hatte ihn regelrecht schockiert. Er starrte wieder auf den Absender, ohne zu wissen, wie man das primitive Dorf, in dem sie jetzt lebte, aussprach.

Aber Patricia schien mit ihrem Leben glücklich zu sein.

Und das war mehr, als er von sich selbst behaupten konnte.

Nachdem er wieder die Stufen zur Veranda hinaufgestiegen war, sammelte er die Zeitungen ein, die von seiner Nachbarin in eine Ecke gelegt worden waren. Er hatte gute Gründe für seine Unzufriedenheit. Er war es leid, Opfer zu sein. War es leid, dass die Regierung sein Leben auf den Kopf stellte. War es leid, sich so hilflos zu fühlen.

Deshalb hatte er endlich etwas unternommen.

Patricia würde nie verstehen, was er getan hatte, geschweige denn, es gutheißen – das wusste Martin, während er seine Haustür aufschloss und wieder hinein ging.

Aber Jarrod würde es verstehen.

Dieser Mann war ein echter Patriot. In den Augen von Martin war er, der Anführer der Verfassungspatrioten, so mutig wie die Gründerväter selbst. Er tat alles, um die Amerikaner darauf aufmerksam zu machen, dass ihnen ihre Freiheiten genommen wurden und dass die Verfassung von der Regierung nach und nach zerstört wurde.

Jarrod war ein großer Verfechter des Gebrauchs von falschen juristischen Dokumenten, um Staatsvertreter einzuschüchtern und zu schikanieren. Papierterrorismus nannte er das. Aber Martin war davon überzeugt, dass Jarrod auch drastischere Schritte unterstützen würde, wenn sie nötig waren. Es war ein harter Kampf – Gideon gegen die Midianiter, hatte Jarrod gesagt –, aber ein Kampf, der sich lohnte.

Nachdem er monatelang den Reden des Anführers zugehört

hatte, war Martin jetzt endlich tatkräftig in den Kampf eingestiegen.

Er ging durchs Wohnzimmer, in dem es jetzt, wo der Tag sich seinem Ende zuneigte, dunkel war. In der Küche ließ er Zeitungen und Post auf die Arbeitsplatte fallen, goss sich ein Glas Wasser ein und leerte es in einem Zug. Er hatte nichts mehr getrunken, seit er die Hütte vor zwei Stunden verlassen hatte. Die sommerähnliche Hitze der vergangenen Tage war um keinen Deut besser geworden, auch wenn der Herbst schon vor drei Wochen begonnen hatte.

Er wäre noch länger auf dem Land geblieben, aber er wollte nicht Jarrods Versammlung morgen Abend verpassen. Trotzdem hatte der kurze Ausflug zu seinem Versteck seiner Seele gutgetan. Dort war er von dem Wahnsinn der Welt abgeschottet gewesen. Irgendwann würde er ganz dorthin ziehen.

Vielleicht schon bald.

Er goss sich noch ein Glas Wasser ein, öffnete eine Dose Futter für Josie und setzte sich an den Küchentisch, um Patricias Brief zu lesen. Wie üblich war ihr flotter Erzählstil gefüllt mit Anekdoten über ihren Alltag und die Kinder, die sie unterrichtete. Den Satz, in dem sie schrieb, sie habe gebratene Ameisen gegessen, las er gleich zweimal, weil er dachte, er hätte ihn beim ersten Mal falsch verstanden. Aber nein. Da stand es schwarz auf weiß. Und das war dieselbe Frau, die als Kind bei einem Familienurlaub an der Ostküste nicht einmal bereit gewesen war, gebratene Krabben zu probieren.

Menschen konnten sich ganz schön ändern.

Doch erst als er am Ende des Briefes angelangt war, fand er ihre wichtigste Neuigkeit.

„Ich komme in ein paar Wochen für eine kleine Auszeit nach Hause, Marty. Gerade noch rechtzeitig, um das letzte Herbstlaub mitzubekommen, hoffe ich. Ich will erst in Cincinnati vorbei, um nach meinem Haus zu sehen, aber den Großteil der drei Wochen möchte ich in St. Louis verbringen. Ich habe dich seit zwei Jahren nicht mehr gesehen, und wir müssen unbedingt mal wieder ausführlich reden. Ich muss doch schließlich mit meinem kleinen Bruder in Verbindung bleiben, und du bist nicht gerade der beste Briefeschreiber. Ich werde am Sonntag, den 27. Oktober, bei dir auftauchen. Wenn das nicht geht, ruf mich bitte unter der Nummer für Notfälle an, die ich dir gegeben habe. Ansonsten lasse ich dir noch meine Flugdaten zukommen, damit du mich dann vom Flughafen abholen kannst."

Ein Besuch von Patricia. In weniger als zwei Wochen. Martin klopfe gedankenverloren mit dem Briefumschlag auf die Tischplatte und überlegte, was er von dieser Nachricht halten sollte. Er war inzwischen ein ziemlicher Einzelgänger geworden. Aber sie war seine Familie. Und er hatte nach wochenlanger Planung die Arbeit erledigt, die er sich vorgenommen hatte. Wahrscheinlich war es in Ordnung, dass sie ihn besuchte.

Er zog die Zeitungen aus ihrer Plastikhülle und nahm zuerst die Ausgabe vom Samstag in die Hand. Als er die Schlagzeilen überflogen hatte, wusste er, dass er während seines kurzen Aufenthalts auf dem Land nicht viel verpasst hatte.

Aber als er die Sonntagsausgabe auseinanderfaltete und die Schlagzeile mit dem Untertitel las, schlug ihm das Herz bis zum Hals.

SCHWESTER EINER BUNDESRICHTERIN ERMORDET
Stephanie Long, die Schwester der Richterin am U.S.-Bezirksgericht Elizabeth Michaels, wurde am Freitagabend im Haus der Richterin erschossen.

Nein!

Die Zeitung in seiner Hand fing an zu wackeln und die Buchstaben verschwammen vor seinen Augen. Er legte das Blatt auf den Tisch und versuchte zu atmen, während die Erkenntnis ihn wie ein Schlag in die Magengegend traf und die Luft aus seinen Lungen presste.

Er hatte die falsche Frau getötet.

* * *

„Und ob ich schon wanderte im finstern Tal, fürchte ich kein Unglück, denn du bist bei mir. Dein Stecken und Stab trösten mich."

Während der Pastor Psalm 23 las, ließ Jake die Blicke durch die kleine Friedhofskapelle in Kansas City schweifen. Von seinem Standort im vorderen Teil der Kapelle aus konnte er die anderen drei Marshals aus St. Louis und alle vierzig oder fünfzig Trauernden sehen, die zu dem Gottesdienst gekommen waren. Die meisten waren Freunde von Stephanie aus Springfield. Zwei frühere Kollegen von Liz waren aus Jefferson City gekommen. Die übrigen Trauergäste waren Alans Verwandte. Sie hatten sich auf der linken Seite der Kapelle um ihn geschart.

Liz saß allein in der ersten Bank rechts. So nah, dass sie den Sarg hätte anfassen können. Sie war als Letzte eingetroffen, so wie sie es geplant hatten, und hatte sich hingesetzt, ohne auch nur in die Richtung ihres Schwagers zu blicken.

Als die wunderschönen, melancholischen Töne von *Amazing Grace* die Kapelle erfüllten und das Ende der Trauerfeier signalisierten, hob Jake den Arm und sprach leise in das Mikrofon an seiner Ärmelmanschette. „Wir nähern uns hier drin dem Ende. Wenn der Gottesdienst vorbei ist, bleiben wir wie besprochen hier, bis die Kapelle sich leert. Ist bei euch alles okay?"

Die vier Kollegen aus Kansas City, die draußen Dienst taten, meldeten sich einer nach dem anderen und bestätigten durch ihre miteinander verbundenen Mikrofone, dass alles ruhig war.

Jake gab Spence auf der anderen Seite der Kapelle ein Zeichen und trat neben Liz. Sie kannte den Plan und blieb sitzen, während die Trauergäste hinausgingen. Vor dem Gottesdienst hatte sie eine Handvoll Personen identifiziert, die vielleicht mit ihr würden sprechen wollen, und Jake sah jetzt, wie sie auf Liz zukamen. Er blieb in der Nähe, während sie ein paar Worte mit ihr wechselten, und konzentrierte sich mehr auf die sich leerende Kapelle als auf die gedämpfte Unterhaltung, die wenige Meter von ihm entfernt geführt wurde.

Keiner blieb lange. Einer nach dem anderen verließen auch Adams Angehörige die Kapelle. Jetzt waren Alan und Liz die Einzigen, die noch hier waren, abgesehen von den vier Marshals. Als ihr Schwager über Stephanies Sarg hinweg zu Liz herüberblickte, beschleunigte Jakes Puls sich ein wenig und er gab Spence ein Zeichen.

Der andere Marshal positionierte sich vor Liz, das Gesicht Alan zugewandt. Jake beugte sich zu ihr hinunter. „Können wir gehen?"

Sie nickte und fuhr sich mit einem Taschentuch über die Wangen, dann steckte sie das Taschentuch in ihre Handtasche und erhob sich.

„Liz."

Als sie Alans leises, aber eindringliches Flehen hörte, verlor sie das Gleichgewicht und sank wieder auf die Bank, und ihr Blick wanderte verzweifelt zu Jake.

Er nahm ihren Arm und zog sie auf die Füße, während er leise, aber mit fester Stimme sagte: „Du brauchst nicht mit ihm zu reden."

Sie folgte ihm und ging zum äußeren Ende der Bank.

„Liz, ich war es nicht."

Sie stolperte, und Jake stützte sie, während er Alan einen warnenden Blick zuwarf.

„Die Richterin möchte nicht mit Ihnen sprechen, Mr. Long." Spence schob seine Anzugjacke zurück, um eine Hand auf die Hüfte zu stemmen.

Die Geste gab zugleich den Blick auf die Glock-Pistole an

seinem Gürtel frei. Eine Einschüchterungstaktik, die Jake gelegentlich auch schon eingesetzt hatte. Spence wusste, was er tat.

Aber Alan ignorierte den Marshal. Und die indirekte Warnung. „Bitte, Liz!" Der nackte Schmerz in der Stimme des Mannes hallte in der leeren Kapelle wider.

Liz war am Ende der Bank angekommen, und Jake erwartete, dass sie so schnell wie möglich die Kapelle verlassen würde.

Stattdessen zögerte sie und umklammerte die hölzerne Rückenlehne der Bank. Dann drehte sie sich langsam zu dem Mann um, der ihre Schwester geheiratet hatte.

Alans Hände lagen auf dem Sarg, und Jake hörte, wie Liz scharf die Luft einsog. „Rühr meine Schwester nicht an."

Auf ihren heftigen, erstickten Befehl hin zog Alan die Hände zurück und schob sie in seine Hosentaschen. „Ich habe bei Stephanie eine Menge Fehler gemacht, Liz." Seine Worte klangen rau, und er räusperte sich. „Aber ich hatte vor, eine Therapie zu machen, so wie sie es wollte. Das hatte ich am Wochenende beim Zelten beschlossen. Ich wollte sie anrufen, sobald ich wieder zu Hause war, und es ihr sagen. Ich möchte, dass du weißt, dass ich die Therapie trotzdem machen werde. Sie hätte es so gewollt. Und ich will es auch. Was auch immer du von mir denkst, ich habe sie wirklich geliebt."

Sie starrte ihn an, und Jake konnte den Puls an ihrem Hals hämmern sehen, kurz über dem Kragen ihrer dunkelgrünen Seidenbluse. „Du hast sie geschlagen, Alan."

Sein Gesicht verzerrte sich vor Schmerz angesichts ihrer verächtlichen Anklage. „Und das tut mir leid. Mehr, als ich sagen kann." Er fuhr sich mit dem Handrücken über die feuchten Augen.

Jake fühlte, wie Liz neben ihm ganz starr wurde. „Erzähl das Gott." Sie wandte sich schließlich von Alan ab und blickte zu Jake auf. Sie zitterte, und in ihren Augen lag Verzweiflung. „Ich muss hier raus."

Er gab Dan und Larry am Ausgang ein Zeichen, nahm ihren

Arm und hob das Handgelenk mit dem Mikrofon an seinen Mund. „Wir kommen raus. Ist der Chevy da?"

„Genau vor dem Hauptausgang. Die Wagen davor und dahinter sind auch bereit."

Da die Gefahr für Liz jetzt höher war, nachdem Alan als wahrscheinlicher Tatverdächtiger in Betracht kam, waren sie von St. Louis mit einer kleinen Eskorte gekommen.

„Ist beim nächsten Haltepunkt alles klar?" Er blickte über die Schulter zu Alan hinüber. Der Mann hatte nicht versucht, ihnen zu folgen. Gut.

„Zwei von unseren Jungs sind vor Ort. Wir brechen auch dahin auf, sobald ihr in euren Wagen sitzt."

Jake war nicht begeistert von der Vorstellung, dass Liz über den weitläufigen Friedhof gehen wollte, aber sie hatte darum gebeten, Dougs Grab besuchen zu dürfen. Dann, nach der Beisetzung ihrer Schwester, die sofort nach der Trauerfeier stattfinden würde, wollte sie am Grab ihrer Familie vorbeigehen. Jake verstand ihr Bedürfnis nach einem Abschluss, und er war mit den Sicherheitsvorkehrungen zufrieden.

„Gut. Danke."

Als sie sich dem Ausgang näherten, verschwanden Dan und Larry nach draußen. Jake blieb auf der Schwelle stehen, bis einer der Kansas-City-Kollegen ihn herauswinkte. Der Einstieg in den Wagen verlief zügig, und innerhalb von dreißig Sekunden saß Liz auf der Rückbank, Spence hinter dem Steuer und Jake auf dem Beifahrersitz. Dan und Larry waren bereits in ihren Autos.

Als sie schließlich unterwegs waren, drehte Jake sich zu Liz um. „Tut mir leid wegen Alan."

Sie sah ihn an – ihre Augen zu groß, ihr Gesicht zu blass. „Du konntest ihn nicht daran hindern, etwas zu sagen. Aber ich hätte ihm nicht ins Gesicht sehen sollen. Das war ein Fehler."

Das bedeutete, dass sie den gleichen Eindruck gewonnen hatte, den er, Mark und Cole bei ihrem Besuch in Springfield vor zwei Tagen gehabt hatten: die Trauer des Mannes war echt.

„Wie kann ein Mann um eine Frau trauern, die er misshandelt hat?“

Er schüttelte den Kopf, als er ihre erstaunte Frage hörte. „Es ergibt für mich auch keinen Sinn, Liz. Ich verstehe Typen wie ihn nicht.“

Sie antwortete nicht, während der Suburban beschleunigte. Stattdessen wandte sie den Kopf dem verdunkelten Fenster zu. Aber genau in dem Moment, als er sich wieder nach vorne umdrehte, sprach sie. Ihre Stimme war so leise, dass es beinahe so klang, als spreche sie mit sich selbst. Er musste sich anstrengen, um ihre Worte aufzuschnappen, die sie mit Blick auf die vorüberziehenden Grabsteine aussprach.

„Darüber bin ich froh.“

Jake lehnte sich auf seinem Sitz zurück und dachte über ihre Bemerkung nach. Wahrscheinlich war sie nur ein Ausdruck der Erleichterung darüber, dass andere Alans Verhalten ebenso unverständlich fanden wie sie. Der Gedanke, jemandem, den man liebte, körperlich wehzutun, war für normale Menschen, die Liebe mit Zärtlichkeit und Schutz und nicht mit Brutalität und Gewalt verbanden, unvorstellbar.

Doch während sie die schmalen Wege des Friedhofs zu dem Grab des Mannes entlangfuhren, den Liz geheiratet hatte, ertappte er sich dabei, dass er wünschte, ihre Bemerkung wäre persönlicher gemeint gewesen. Dass sie froh darüber war, dass speziell *er* das Verhalten eines Mannes wie Alan Long nicht nachvollziehen konnte.

Denn das würde bedeuten, dass sie eine gute Meinung von ihm haben wollte.

Dass sie ihn mochte.

Verwirrt starrte er geradeaus, und einen Augenblick lang nahm er seine Umgebung gar nicht wahr – so etwas war ihm noch nie passiert, wenn er sich im Dienst befand. Die erstaunliche Wendung, die es in Bezug auf seine Einstellung zu Liz gegeben hatte, schockierte ihn.

Noch vor fünf Tagen, als er die Notaufnahme im Johanneskrankenhaus betreten hatte, war es ihm völlig gleichgültig gewesen, was Liz Michaels über ihn dachte.

Und jetzt war es ihm plötzlich wichtig.

Sehr wichtig.

Denn während der vergangenen Tage war ihm allmählich bewusst geworden, dass sein Freund ihm gegenüber ein verzerrtes Bild von seiner Frau gezeichnet haben musste. Er wusste nicht, warum Doug das getan hatte, und Liz hatte ihm keine Erklärung gegeben. Aber Jake vermutete, dass der Tod seines Studienkumpels noch viel komplizierter war, als er gedacht hatte.

Und er hatte vor, der Sache auf den Grund zu gehen – früher oder später.

* * *

Als der kleine Autokorso unweit von Dougs Grab hielt, umklammerte Liz die Handtasche auf ihrem Schoß. Sie war seit dem Tag, als man ihren Mann vor fünf Jahren zur letzten Ruhe gebettet hatte, nicht mehr hier gewesen. Gräber zu besuchen, hatte ihr noch nie viel Trost gegeben. Die Menschen, die sie liebte, waren nicht hier. Ihre sterblichen Überreste mochten in diesem ausgetrockneten Boden ruhen, aber ihre Seelen, ihr ganzes Wesen waren bei Gott.

Trotzdem schien es ihr angemessen, Dougs Grab zu besuchen, wenn sie schon einmal hier war.

„Bleib noch eine Minute sitzen, bis wir das Okay kriegen“, sagte Jake über die Schulter zu ihr.

Er fing an, in das Mikrofon an seiner Ärmelmanschette zu sprechen, während er die flache Gegend durch die verdunkelten Scheiben mit seinen Blicken absuchte. Eine halbe Minute später nickte er Spence zu, dann stieß er seine Tür auf und stieg aus. Dan und Larry gesellten sich zu ihm. Sie sprachen kurz miteinander, dann öffnete Jake ihre Tür und griff hinter ihren Sitz, um einen Regenschirm herauszuholen. Er öffnete ihn und reichte ihr die Hand, um ihr beim Aussteigen behilflich zu sein.

Seine Finger hielten ihre Hand mit festem Griff, als sie aus dem Wagen stieg. Wolken waren aufgezogen, während sie in der Kapelle gewesen waren, und jetzt fiel ein leichter Regen.

„Es ist da drüben." Sie zeigte auf einen grauen Granitgrabstein zu ihrer Rechten.

„Ich weiß."

Natürlich. Er hatte vor fünf Jahren hier gestanden, als sie Doug begraben hatten. So wie sie.

Er nahm ihren Arm und hielt den Regenschirm über sie, während Dan vorausging und Larry die Nachhut bildete. Sie entdeckte einige der anderen Agenten, die ein Stück entfernt positioniert waren.

Als sie sich dem Grabstein näherten, fielen Dan und Larry ein Stück zurück. Jake hielt ihr den Regenschirm hin. „Du sollst ein paar ungestörte Minuten haben."

Statt ihren Arm wegzuziehen und den Schirm zu nehmen, blickte sie jedoch zu ihm auf. Sie zögerte. Und wagte es. „Du kannst gerne bleiben, wenn du willst."

Er zog eine Augenbraue hoch, als überrasche ihn die Einladung. „Bist du sicher?"

„Ja. Es sei denn, du wirst aus dienstlichen Gründen woanders gebraucht."

Er schüttelte den Kopf. „Wir haben jede Menge Leute hier."

Der Nieselregen wurde heftiger und er trat näher, um den Regenschirm so zu halten, dass sie besser geschützt war.

Eine Minute lang standen sie schweigend da, während ihr Blick auf das Gras zu ihren Füßen gerichtet war. Es war brüchig und trocken von dem langen, heißen Sommer. Sie versuchte sich an die erste Zeit ihrer Ehe zu erinnern, als ihre Liebe zu ihrem Mann jung und frisch und voller Verheißungen gewesen war. Aber die schlimmen Erinnerungen hatten sich vor diese Zeit geschoben, sodass die glücklichen Tage im Schatten lagen, ihre Umrisse undeutlich und dunkel, wie kaum erinnerte Träume.

Sie hob das Kinn und las Dougs Namen, eingraviert in den Granitfuß des Grabsteins, der die Gräber von mehreren Familienmitgliedern der Staffords markierte. „Wahrscheinlich hätte ich für Doug einen eigenen Platz kaufen sollen."

Ein paar Sekunden verstrichen in Stille, bevor Jake antwortete. „Diesen Gedanken hatte ich damals auch."

Liz zuckte mit den Schultern. „Es gab einen leeren Platz im Familiengrab, und seine Mutter hat ihn mir angeboten. Es war die einfachste Lösung in dem ganzen Chaos. Eine Entscheidung weniger. Etwas, das ich nicht auch noch organisieren musste. Erst später wurde mir klar, dass es damit keinen Platz für mich geben würde. Dass Doug und ich im Tod getrennt sein würden … so wie wir es im Leben auch waren."

Liz brauchte Jake nicht anzusehen, um zu wissen, dass Jake sie mit gerunzelter Stirn betrachtete und sich über die geflüsterte Bemerkung wunderte, die sie noch hinzugefügt hatte. „Unsere Ehe war am Ende, Jake."

Wieder einmal verstrichen einige Sekunden schweigend, so als müsse er überlegen, wie er antworten sollte. Oder ob er es überhaupt tun sollte. „Das dachte ich mir."

Sie hob den Kopf und sah prüfend in sein Gesicht, während sie eng aneinander gedrängt unter dem Schirm standen. In den Tiefen seiner braunen Augen standen Fragen, aber auch eine Freundlichkeit, die bei ihrer letzten Begegnung an diesem Ort nicht da gewesen war. Sie nahm auch eine Offenheit wahr, die vermuten ließ, dass er erkannt hatte, wie fehlerhaft die Informationen von Doug gewesen waren.

„Er sagte, du hättest gedroht, ihn zu verlassen."

Davon wusste er also. „Hat er dir auch erzählt, warum?"

Er trat von einem Fuß auf den anderen, so als wäre ihm das Thema unangenehm. Oder der Ort. Sie befanden sich auf schwierigem Terrain. Im wahrsten Sinne des Wortes, wenn man bedachte, wie nahe die sterblichen Überreste von Doug in diesem Augenblick waren. Wie konnten sie über ein so sensibles Thema sprechen, ohne das Vertrauen und die Loyalität einer Freundschaft und einer Ehe zu verraten?

„Ich hatte den Eindruck, deine Entscheidung hätte etwas mit deinem Beruf zu tun." Jake wählte seine Worte vorsichtig. Mit der Sorgfalt eines Soldaten, der vermintes Gelände betritt.

Sie spürte einen Stich in ihrem Herzen und seufzte. „Wahrscheinlich hat er sich eingeredet, dass das der Grund war. Aber er hat sich geirrt. Was das betrifft – und noch eine Menge anderer Dinge. Wann hast du das letzte Mal mit ihm gesprochen?"

„Ein paar Tage vor seinem Tod. Da hat er mir erzählt, dass du ihn vielleicht verlassen würdest. Er war … ganz verzweifelt." Er verlagerte sein Gewicht wieder auf den anderen Fuß und schob seine freie Hand in die Hosentasche. „In den letzten paar Tagen ist mir allerdings der Gedanke gekommen, dass ich wahrscheinlich …" Er verstummte abrupt und sein Gesicht nahm einen konzentrierten Ausdruck an, als er die Hand hob, um den Empfänger in seinem Ohr zu berühren. Steile Falten erschienen auf seiner Stirn.

„Wir müssen gehen. Tut mir wirklich leid, dass ich drängeln muss, Liz."

Ohne ihr die Gelegenheit zu einer Antwort zu geben, gab er Dan und Larry ein Zeichen, nahm ihren Arm und ging mit schnellen Schritten zum Wagen zurück. Die hohen Absätze ihrer Pumps waren für eine schnelle Fortbewegung auf einem abfallenden Rasen nicht gedacht, und ohne seinen Arm wäre sie sicher gestürzt.

Bevor sie noch zu Atem kommen konnte, saßen sie wieder im Auto.

„Tut mir leid." Jake drehte sich vom Beifahrersitz zu ihr um. „Mehrere Autos waren in unsere Richtung unterwegs. Wahrscheinlich auch nur Leute, die ein Grab besuchen, aber ich wollte kein Risiko eingehen."

„Ist schon in Ordnung. Ich war hier fertig."

Er erwiderte ihren Blick. „Ich dachte, wir hätten gerade erst angefangen."

Spence warf ihm einen schnellen Blick zu, als er diese rätselhafte Bemerkung hörte. Dann sah er in den Rückspiegel. Sie spürte, wie ihre Wangen sich röteten, und wappnete sich für eine entsprechende Bemerkung. Aber zu ihrer Erleichterung sagte Jakes Kollege nichts.

„Wir fahren jetzt beim Grab deiner Schwester vorbei." Jake nahm den Faden ihrer Unterhaltung wieder auf und sein Tonfall war jetzt ganz sachlich. „Sie sind dort noch nicht fertig, aber der Regen verlangsamt die Sache etwas. Es wäre uns lieber, wenn du im Auto bleibst, weil hier auf dem Friedhof so viel los ist."

„Ist gut. Das Grab ist am Wegrand. Ich muss nicht aussteigen."

Zwei Minuten später, als der kleine Autokorso anhielt, rutschte Liz hinter den Fahrersitz und sah aus dem Fenster. Jemand musste den Arbeitern Bescheid gesagt haben, dass sie kommen würde, denn sie traten einige Schritte zurück und ließen ihre Schaufeln ruhen.

Das Grab war bereits halb voll mit Erde. Die Blumen, die während der Trauerfeier auf dem Sarg gelegen hatten, ein leuchtendes Gesteck aus süß duftenden Lilien, die Stephanie so geliebt hatte, lagen an der Seite und warteten darauf, auf dem Berg frischer Erde, der ihren letzten Ruheort markierte, drapiert zu werden.

Mehrere Minuten lang hielt Liz die Stirn an das kühle Glas gepresst und betrachtete den Flecken, der die sterblichen Überreste ihrer Familie beherbergte.

Jetzt war niemand mehr übrig, den sie begraben konnte.

Niemand mehr, den sie lieben konnte.

Sie spürte, wie sich ihr die Kehle zuschnürte und ihr Tränen in die Augen traten. Sie betete um die Kraft, durchzuhalten. Ihre Fassung nicht zu verlieren. Einen Weg zu finden, wie sie mit der Einsamkeit … und dem Kummer … und der Schuld leben konnte.

Sie hob eine Hand an ihre Lippen und küsste ihre Fingerspitzen. Dann berührte sie damit die Fensterscheibe und flüsterte einen letzten Abschiedsgruß.

„Leb wohl, Steph. Ich liebe dich."

Es dauerte noch zwei Minuten, bevor sie ihrer Stimme so sicher war, dass sie sprechen konnte. Sie rutschte an ihren Platz zurück und hielt den Kopf gesenkt, während sie den Sicherheitsgurt über ihre Brust zog und festschnallte. „Von mir aus können wir fahren."

Sie hörte, wie Jake Anweisungen in sein Mikrofon sprach, aber als der Chevrolet sich in Bewegung setzte und die Männer wieder an ihre Arbeit gingen, wandte sie den Kopf noch einmal um und warf einen letzten Blick auf das Grab, während sie erneut mit den Tränen kämpfte.

Und dann fühlte sie eine starke, tröstende Hand, die sich über ihre kalten Finger legte, die auf ihrem Knie ruhten.

Erschrocken blickte sie nach vorn.

Jake sagte nichts. Jedenfalls nicht mit Worten. Aber sein warmherziger offener Blick vermittelte eine ganze Menge – Mitgefühl, Fürsorge und genug Wärme, um die Kälte, die sich bei ihrem Abschied von Stephanie über ihr Herz gelegt hatte, zu vertreiben.

Liz vermutete, dass Jake im Dienst normalerweise ganz sachlich war. Er kam ihr wie jemand vor, der engagiert, gewissenhaft und distanziert war. Ein zuverlässiger Profi von höchster Integrität, der seine Arbeit nie von persönlichen Gefühlen beeinträchtigen ließ.

Am vergangenen Freitag jedenfalls hatte sie dieses Gefühl gehabt, als er in der Notaufnahme erschienen war. Trotz seiner Distanziertheit und ihrem Eindruck, dass er von diesem Auftrag nicht begeistert war, hatte sie vollstes Vertrauen gehabt, dass er sein Bestes geben würde, um sie zu beschützen.

Jetzt spürte sie, dass sein Engagement für ihre Sicherheit eine persönliche Note angenommen hatte. Sein Verhalten und die Hand, die auf ihrer ruhte, schienen dafür ein Beweis zu sein.

Aber vielleicht gab Jake jedem seiner Schützlinge die gleiche Art emotionaler Unterstützung.

Später würde genug Zeit sein, um das alles herauszufinden, sagte sie sich, als er ihre Hand drückte und sich wieder nach vorne drehte. Wenn ihre Emotionen nicht mehr ganz so angeschlagen waren und er nicht mehr damit beschäftigt war, einen Mörder zu fassen, der frei herumlief – und der vielleicht zu Ende bringen wollte, was er angefangen hatte. Im Moment hatten sie beide genug um die Ohren.

Aber sobald die Dinge sich ein wenig beruhigt hatten, würde Liz auf ihre abgebrochene Unterhaltung an Dougs Grab zurückkommen.

Und dann würde sie die Missverständnisse über ihre Ehe mit seinem besten Freund aus dem Weg räumen.

Kapitel 10

„Meine Freunde und Mitpatrioten, wir leben in schwierigen Zeiten. In gefährlichen Zeiten. Tag für Tag werden die unveräußerlichen Rechte, die unsere Gründerväter in ihren so sorgfältig vorbereiteten Dokumenten festgelegt haben, durch Gleichgültigkeit und Ignoranz untergraben. Auch wenn viele Leute sich beschweren, handeln nur wenige. Ich beglückwünsche Sie alle, weil Sie zu dieser Versammlung gekommen sind. Es bedeutet, dass Sie meine Sorge um das Schicksal unserer großartigen Nation teilen. Es bedeutet, dass Sie die Wahrheit erfahren wollen. Aber Bildung ohne Handeln ist sinnlos. Wie viele von Ihnen können hier und heute aufstehen und sagen: ‚Ich habe etwas getan'?"

Ein Raunen ging durch die Menge, als Jarrod Williams sich auf dem mit einer Flagge geschmückten Rednerpult im Hinterzimmer des geräumigen Kopierzentrums vorbeugte und die siebzig oder achtzig Menschen musterte, die vor ihm in Reihen auf Klappstühlen saßen.

Auf seinem Platz weiter hinten rutschte Martin unruhig auf seinem Stuhl hin und her. Er hatte versucht, etwas zu tun – aber er hatte es vermasselt. Und er hatte deswegen ein schlechtes Gewissen. Ein furchtbar schlechtes Gewissen. Nachdem er am vergangenen Abend den Bericht über die Schwester der Richterin gelesen hatte, hatte er die ganze Nacht kein Auge zugetan.

Aber Fehler passierten nun mal. Wenn man den Mut hatte, für seine Überzeugungen aufzustehen, bestand immer die Gefahr eines Kollateralschadens, wie Jarrod es einmal genannt hatte. Das war bedauerlich – aber dennoch gerechtfertigt, wenn es der Sache diente.

„Liebe Mitpatrioten, wir müssen die Verfassung und die Grundrechte retten, bevor es zu spät ist." Martin konzentrierte sich wieder auf Jarrod, der fortfuhr. „Die Justiz hat sich gegen uns verschworen, um uns zu unterdrücken. Trotz des zweiten Verfassungszusatzes wollen die Bundesgerichte alle Amerikaner entwaffnen. Sie wollen uns unser verfassungsgemäßes Recht verweigern, Waffen zu besitzen und zu tragen. Wenn Sie glauben, dass ich übertreibe, denken Sie nur daran, wie schwierig es geworden ist, ein Gewehr zu besitzen. Haben Sie in letzter Zeit einmal versucht, eine Waffe zu kaufen? Die Reglementierungen und Zulassungsvorschriften machen das zu einem frustrierenden Erlebnis."

Ein paar Zuhörer murmelten zustimmend und Martin nickte. Er hatte Glück. Er hatte seit Jahren eine ganze Reihe Waffen, die er jetzt alle in einem verschlossenen Schrank in seinem Keller aufbewahrte. Er hatte sie erworben, bevor die Gerichte und die Regierung angefangen hatten, den zweiten Verfassungszusatz zu untergraben. Schade, dass er seine Lieblingspistole Kaliber 45 in den Fluss hatte werfen müssen, als er am Freitagabend die Stadt verlassen hatte. Aber er hatte sie für einen guten Zweck eingesetzt. Und er hatte noch andere Pistolen.

Martin sah zu, wie Jarrod hinter dem Rednerpult hervorkam und näher an seine Zuhörerschar trat. Er war groß und schlank, immer in Anzug und Krawatte gekleidet, und sein Gesicht strahlte vor Intelligenz unter seinem üppigen weißen Haar. Er war ein charismatischer Redner, und Martin war Feuer und Flamme, seit Tom Harris, der Besitzer des Kopierzentrums, ihn zu der ersten Versammlung eingeladen hatte. Hier hatte er gleichgesinnte Menschen gefunden. Bürger, die ihr *Land* liebten – und nicht die korrupte Regierung.

„Freunde, die Presse und die Terrokraten haben Organisationen wie unsere als verärgerte Randgruppen und subversive Vereinigungen bezeichnet. Ich sage euch etwas – wir befinden uns in guter Gesellschaft. So wurden unsere Gründerväter nämlich auch genannt. Und genau wie damals ist unsere Sache heute eine gerechte Sache. Wir stehen an einem Scheideweg. Amerikas Untergang beschleunigt sich, und ich fürchte, dass noch zu unseren Lebzeiten das flackernde Licht der Freiheit für immer ausgelöscht werden könnte.

Denkt daran, liebe Mitpatrioten. Wir haben Wahrheit und Gerechtigkeit auf unserer Seite. Wenn unsere natürlichen Geburtsrechte verletzt werden, ist es unser Recht, von der Regierung eine Wiedergutmachung zu verlangen. Und wenn unsere korrupten Gerichte euch im Stich lassen, wenn unsere tyrannische Regierung euch im Stich lässt, dann seid ihr nicht verpflichtet, ihnen Treue oder Gehorsam entgegenzubringen."

Er legte seine Hände zusammen, sodass die Fingerspitzen sich berührten. Beinahe so, als würde er beten, dachte Martin.

„Ich möchte euch noch einen Gedanken mitgeben. Was auch immer ihr tut, um euer Land wieder in Besitz zu nehmen, tut es nicht im Geheimen. Wie Matthäus uns in der Bibel ermahnt, sollen wir unsere Taten vor der Welt offenbaren, damit alle das Licht sehen können. ‚Man zündet auch nicht ein Licht an und setzt es unter einen Scheffel, sondern auf einen Leuchter; so leuchtet es allen, die im Hause sind.' Verbreitet das Licht, Freunde. Und seid stolz darauf. Und wenn ihr verfolgt werdet, weil ihr euch für die Freiheit einsetzt, dann soll es eben so sein. Denn es liegt an uns, dafür zu sorgen, dass das Licht der Freiheit hell leuchtet. Das ist eine Sache, die des Martyriums würdig ist."

Applaus brach in dem Raum los und Martin tat es den anderen gleich, als sie aufstanden und Jarrod enthusiastisch Beifall klatschten.

Aber seine Gedanken überschlugen sich, als er über Jarrods Schlussbemerkung nachdachte.

Er hatte versucht, etwas Gutes zu tun, und er hatte vor, die Sache zu Ende zu bringen. Aber vielleicht war seine Methode falsch. Er hatte gedacht, *eine* Richterin aus dem Verkehr zu ziehen, würde genügen. Eine Richterin weniger in Amerika war schließlich eine gute Sache. Vor allem *diese* Richterin. Aber niemand hätte erfahren, warum sie sterben musste. Und das war wichtig. Um ihre Sache voranzubringen, musste die Welt den Grund für einen solchen Tod kennen. Dass es sich nicht um einen persönlichen Rachefeldzug handelte, sondern einem größeren Zweck diente.

Plötzlich sah er sein Versagen in einem neuen Licht – als eine gottgegebene Gelegenheit. Eine zweite Chance, es richtig zu machen. Das Licht seiner Taten in den Medien leuchten zu lassen, damit die Welt erkannte, dass es mutige Patrioten gab, die sich der Aufgabe verschrieben hatten, Amerika wieder zu seinem früheren Ruhm zu verhelfen.

„Er war heute Abend echt gut, oder?"

Während der Applaus verebbte und das Murmeln von Gesprächen Jarrods aufwiegelnde Rhetorik ersetzte, drehte Martin sich zu Tom Harris um. Wenn Tom nicht gewesen wäre, hätte er nie etwas von dieser Organisation erfahren. Zum Glück hatte Tom vor fünfzehn Monaten ein Gespräch mit ihm begonnen, als er in den Copyshop gekommen war, um Steuerunterlagen zu fotokopieren, nachdem das Finanzamt behauptet hatte, er hätte zu wenig Steuern bezahlt. Tom hatte zugehört, während er über das horrende Bußgeld geschimpft hatte, zu dem er verdonnert worden war, nur weil er einen unbeabsichtigten Fehler gemacht hatte. Daraufhin hatte Tom ihn zu einer Versammlung der Verfassungspatrioten eingeladen. Seitdem hatte er keines der Treffen verpasst.

„Stimmt. Er ist immer gut."

„Bleibst du zum Seminar? Das wird bestimmt interessant … Papierterrorismus auf lokaler Ebene." Er grinste. „Wir werden den Stadtrat wegen der Enteignungssache unter Briefen begraben."

Es war eine gute Sache, und es hätte ihm nichts ausgemacht, sich dabei zu engagieren. Schade, dass er von dieser Gruppe nichts gewusst hatte, als sein eigenes Haus vor anderthalb Jahren im Interesse des „Fortschritts“ zum Abriss bestimmt worden war. Als hätte die Welt wirklich noch ein Einkaufszentrum gebraucht. Seine Lippen verzogen sich verächtlich.

Aber er konnte heute Abend nicht bleiben.

Er musste Pläne schmieden.

„Ich würde ja gerne, aber meine Schwester kommt zu Besuch, und ich muss noch einiges erledigen, bevor sie anreist.“

„Kein Problem.“ Tom schlug ihm freundschaftlich auf den Rücken. „Hattest du inzwischen Glück bei der Jobsuche?“

Das war noch so ein unangenehmes Thema.

Und noch ein Tritt in den Hintern von Uncle Sam.

Nach sechs Monaten konnte er immer noch nicht so recht fassen, dass seine vierundzwanzig Jahre lange berufliche Karriere am Ende war. Aber so kam es, wenn eine Firma Personal abbauen musste, nachdem die Regierung ihre Rüstungsverträge nicht erneuert hatte. Also saß er mit dreiundfünfzig Jahren auf der Straße. Zu jung, um in Rente zu gehen, und zu alt, um eine neue Stelle zu finden. Und es gab niemanden, der ihn bedauerte, seit Helen nicht mehr da war.

Eigentlich hätte sie da sein sollen. Sie wäre es auch noch, wenn der Arzt in der Notaufnahme vor drei Jahren seine Arbeit ordentlich gemacht hätte. Das Gericht hatte es allerdings anders gesehen.

Er kämpfte gegen die aufsteigende Wut und Bitterkeit an, die von diesen schmerzlichen Erinnerungen immer ausgelöst wurde, und bemühte sich, beiläufig zu klingen. „Nein. Die Wirtschaft läuft nicht gut.“

„Ja, da hast du recht. Ich wünsche dir jedenfalls viel Glück. Kommst du zu der nächsten Versammlung?“

„Das habe ich vor.“ Er würde irgendeine Ausrede für Patricia erfinden. Vielleicht würde er sagen, dass er zum Bowling ging.

Früher hatte er das oft getan. Das war lange her, aber sie würde es ihm abkaufen.

„Sprichst du noch mit Jarrod, bevor du gehst?"

Das hatte er eigentlich vorgehabt. Er hatte sich darauf gefreut, den Anführer wissen zu lassen, dass er nicht einer von diesen Feiglingen war, die am Rand standen und sich beschwerten, ohne jemals selbst in den Ring zu steigen. Er würde keine Einzelheiten erzählen, sondern den Mann nur wissen lassen, dass seine Worte ihn dazu inspiriert hatten, aktiv zu werden.

Aber zuerst musste er seine Arbeit erledigen. Richtig.

Anschließend … würde er mit Jarrod sprechen.

„Nicht heute Abend."

„Okay, Kumpel. Bis zum nächsten Mal dann. Halt die Ohren steif."

Als Tom in der Menge verschwand, ging Martin zur Hintertür des Kopierzentrums. Ein großer, dunkelhaariger Mann um die dreißig in Jeans und T-Shirt ging vor ihm und hielt Martin die Tür auf, als dieser näher kam. Martin hatte ihn schon öfter bei den Versammlungen bemerkt. Ein Bauarbeiter, vermutete er. Oder vielleicht hatte er einen der wenigen Jobs in der Landschaftspflege, die nicht von illegalen Mexikanern besetzt waren. Diese Art Bizeps bekam man nicht, wenn man nur am Schreibtisch saß.

„Danke."

„Gern geschehen." Der Mann ließ die Tür hinter ihnen zufallen und blieb an Martins Seite, als sie um das Gebäude herum und auf ihre Autos auf dem Parkplatz vor dem Laden zugingen. „Sieht aus, als würde es ein Gewitter geben."

Martin blickte zum Nachthimmel hinauf. Der Mond war nicht zu sehen und kein einziger Stern funkelte durch die Wolken. Ein Donnergrollen erklang tief und unheilvoll in der Ferne.

„Ja. Machen wir uns lieber auf den Heimweg, bevor es losgeht. Bis bald."

„Ich komme wieder. Bist du regelmäßig hier?"

Er zog eine Schulter hoch. „Ich bin seit ungefähr einem Jahr dabei."

„Ich bin noch neu. Mark." Er streckte die Hand aus.

Die Geste überrumpelte Martin. Die meisten Leute bei diesen Treffen stellten sich nicht vor. Es schien eine Art ungeschriebenes Gesetz zu sein. Aber er sah kein Problem darin. Es war ja nur der Vorname.

Er erwiderte den festen Händedruck des anderen Mannes. „Martin."

„Alles klar, Martin. Komm gut nach Hause." Er hob die Hand und schlenderte zu einem älteren Toyota Camry auf dem Parkplatz.

Martin ging in die andere Richtung, auf seinen Honda Accord neueren Datums zu, und beschleunigte seine Schritte, als wieder ein Donner ertönte. Diesmal klang es näher.

Keine Frage.

Da kam ein Unwetter auf sie zu.

* * *

„Danke fürs Vorbeibringen, Neil. Sie können sie da abstellen." Liz ging voran ins Esszimmer der Wohnung und zeigte auf den Tisch.

Der jüngere ihrer beiden Mitarbeiter folgte ihr mit der Kiste auf dem Arm. Nachdem er sie auf dem Tisch abgestellt hatte, klopfte er sich die Hände ab. „Kaum zu glauben, dass Sie nach nur vier Monaten im Dienst schon so viele Akten angesammelt haben. Ich habe noch fünf Kisten im Auto."

Ein schwaches Lächeln zog an ihren Lippen. Mit seinen sechsundzwanzig Jahren und der noch nicht ganz trockenen Tinte auf seinem Juraexamen musste Neil Clark noch eine Menge lernen.

„Das Rechtswesen ist gleichbedeutend mit Papierbergen, Neil. Und mit Büchern. Das hört nicht auf, wenn man das Studium hinter sich hat. Es wird höchstens schlimmer."

Er zog eine Grimasse. „Gut, dass Sie hier nicht schon *acht* Monate Ihren Job machen. Dann hätten wir ein Umzugsunternehmen engagieren müssen."

„Ich kann die Beamten nebenan bitten, die restlichen Kisten von der Tiefgarage heraufzubringen, wenn Sie wollen."

„Nein, das geht schon. Ich mache auch die Erfahrung, dass das Rechtswesen meiner Figur zusetzt. Auf dem Campus herumzurennen, hat mich in Form gehalten." Er tätschelte seinen flachen Bauch. „Ich habe schon ein paar Pfund zugenommen, seit ich diese Stelle habe. Zu viel Zeit am Schreibtisch."

Sie unterdrückte ein Grinsen. Sie mochte Neil. Von den wilden blonden Haaren, die ihm immer wieder in die Stirn fielen, über die gelehrt wirkende Hornbrille, die er trug, bis zu seiner beständig erstaunten Miene erinnerte er sie an einen eifrigen Schuljungen, der immer sein Bestes gab. Wer ihn sah, würde nicht glauben, dass er einen unglaublich scharfen Verstand und eine gute Intuition hatte. Sie war froh, dass sie ihn zwei Wochen nach ihrem Amtsantritt eingestellt hatte.

„Wenn Sie zugenommen haben, seit Sie für mich arbeiten, habe ich es nicht bemerkt."

„Victoria aber." Er lächelte reumütig.

Ihre andere Mitarbeiterin war schon ein Jahr lang in ihrem Büro tätig gewesen, bevor Liz ernannt worden war, den Richter zu ersetzen, der in Ruhestand ging. Sie wusste die Erfahrung der Frau zu schätzen. So war der Einstieg für sie einfacher gewesen. Sie hatte auch amüsiert beobachtet, wie Neil Victoria ganz und gar verfallen war – obwohl Victoria ihn in keiner Weise ermutigte, so weit Liz das beurteilen konnte. Die Frau war ganz und gar professionell und auf ihre Arbeit konzentriert. Sie erinnerte Liz daran, wie sie selbst in diesem Alter gewesen war, bevor sie sich in ein aufstrebendes Finanzgenie verliebte, das ihr Herz gestohlen und ihre Prioritäten verschoben hatte.

Doch dann war ihre Bilderbuchehe nur allzu schnell gescheitert und sie hatte sich zum Trost wieder der Arbeit zugewandt.

Ihr Lächeln erstarb.

„Ich bin gleich wieder da." Neil ging zur Eingangstür.

Während er die restlichen Kartons aus seinem Auto heraufbrachte, verdrängte Liz die traurigen Erinnerungen und öffnete den ersten Karton. Halbherzig stöberte sie in dem Inhalt und seufzte. Die alten Fälle durchzugehen, um eine Stecknadel im Heuhaufen zu finden – wie sie es Mark Sanders gegenüber formuliert hatte –, war eine abschreckende und wenig verlockende Aussicht.

Aber der FBI-Agent schien ebenso wie Jake zu glauben, dass es sich lohnte. Und das stimmte wohl auch. Wenn sie irgendwelche Feinde hatte, war es logisch, anzunehmen, dass des Rätsels Lösung irgendwo in den dreizehn Jahren ihrer juristischen Tätigkeit verborgen war. Und dabei war die Wahrscheinlichkeit, sie in einem jüngeren Fall zu finden, viel größer als bei den älteren Fällen.

Neil kam und ging einige Male, während einer der Marshals, die in der Kommandozentrale Dienst hatten, an ihrer Wohnungstür Wache stand. Der junge Jurist keuchte, als er den letzten Karton durch die Wohnung trug und mit einem Knall auf dem Boden abstellte. Ihr fiel auf, dass er bei seinem letzten Gang die Anzugjacke im Auto gelassen hatte.

„Das war mein Sport für heute." Er holte ein Taschentuch aus der Hosentasche und wischte sich damit über die Stirn.

„Vielen Dank, dass Sie mir die Sachen gebracht haben."

„Kein Problem. So konnte ich wenigstens für eine Stunde aus dem Büro verschwinden." Er grinste, während er das Taschentuch wegsteckte, dann wurde er ernst. „Ich wollte Ihnen noch sagen, wie schrecklich leid mir die Sache mit Ihrer Schwester tut, Richterin. Ich kann mir kaum vorstellen, was Sie durchgemacht haben. Ich hoffe, Sie finden den Täter schnell."

„Das hoffe ich auch." Liz schloss die Kiste, in der sie gerade gekramt hatte. Seit sie gestern am frühen Abend von der Beerdigung zurückgekehrt war, hatte sie versucht, sich auf ihren Beitrag zur Lösung des Falles zu konzentrieren. Sie war noch lange aufgeblieben und hatte die Fallakten sortiert, die die Marshals am Dienstagnachmittag aus ihrem Arbeitszimmer zu Hause geholt hatten. Aber sie würde die genaue Durchsicht bei den jüngsten Fällen beginnen, so wie Mark es erbeten hatte. Die Fälle, die ihre ersten Monate als U.S.-Bundesrichterin am Bezirksgericht in St. Louis bestimmt hatten.

Dann würde sie sich die Fälle vornehmen, die sie in ihren drei Jahren als Richterin beim Berufungsgericht in Jefferson City verhandelt hatte. Nur, wenn sich dabei keine Spur ergab, würde sie bis zu ihren Jahren als Anklägerin vor Gericht zurückgehen.

Sie hoffte, dass es dazu nicht kommen würde. Jake hatte angedeutet, dass sie abgeschirmt bleiben musste, bis sie die Aufgabe, die sie ihr gegeben hatten, erledigt hatte, und das Eingesperrtsein gefiel ihr nicht. Am liebsten würde sie nächste Woche wieder ins Gericht gehen. Sich in die Arbeit stürzen, so wie sie es immer gemacht hatte, wenn es Schwierigkeiten in ihrem Leben gab. Es war einfacher, sich mit den Problemen anderer Leute zu beschäftigen als mit den eigenen.

„Haben Sie schon eine Ahnung, wann Sie wieder im Büro sein werden, Richterin?"

Sie sah Neil belustigt an. „Sie können anscheinend meine Gedanken lesen."

„Noch nicht ganz. Dafür bin ich noch nicht lange genug bei Ihnen. Aber ich arbeite daran." Er grinste. „Das wäre doch eine praktische Fähigkeit für einen Juristen, meinen Sie nicht?"

Sie erwiderte sein Lächeln. „Ich erwarte keine Wunder. Machen Sie einfach das, was Sie bisher auch gemacht haben. Ich bin sehr zufrieden mit Ihrer Arbeit."

„Danke." Seine Wangen röteten sich.

„Gute Arbeit sollte anerkannt werden." Um ihm weitere Verlegenheit zu ersparen, sprach sie weiter. „Aber um Ihre Frage zu beantworten: Ich habe am Dienstag mit Richter Shapiro gesprochen. Ich weiß, dass meine Abwesenheit für alle Beteiligten schwierig ist." Sie fuhr sich mit den Fingern durchs Haar und atmete frustriert aus, während sie an das Gespräch zurückdachte, das sie mit dem Obersten Richter geführt hatte.

„Es sind schließlich besondere Umstände."

Auch wenn sie Neils Loyalität zu schätzen wusste, besänftigte sie den Anflug von Empörung in seiner Stimme mit einem Lächeln. „Richter Shapiro war sehr freundlich. Aber Tatsachen sind Tatsachen. Wir sind mit den Terminen schon im Verzug und ich habe einen vollen Prozessplan."

Sie warf einen Blick auf die Kartons mit Unterlagen, die Neil ihr gebracht hatte, und die Kisten, die von den Beamten aus ihrem Haus geholt worden waren. Und dann waren da noch die Daten auf ihrem Computer ... es war erdrückend. Aber sie hatte vor, sich an die Arbeit zu machen und so schnell wie möglich alles zu sichten.

„Ich hoffe, dass ich ab Montag wieder im Büro sein kann. Wenigstens halbe Tage. Ich muss heute mit den Marshals und dem FBI darüber sprechen. In der Zwischenzeit halten Sie die Stellung, in Ordnung?"

„Wir tun, was wir können. Brauchen Sie sonst noch etwas?"

„Ein ganz normaler Tag wäre schön."

„Stimmt." Er nickte mitfühlend. „Normal ist schön."

Als sie ihn zur Tür begleitete, dachte Liz über seine Bemerkung nach. Sie konnte sich an eine Zeit erinnern, als sie dachte, normale, berechenbare Tage wären langweilig.

Jetzt nicht mehr. Langweilig würde ihr nie mehr banal erscheinen. Sie würde „langweilig" sehr begrüßen.

Leider hatte sie das Gefühl, dass dieses Wort noch lange nicht ihren Alltag beschreiben würde.

* * *

Jake betätigte die Taste des Aufzugs im Foyer zu Liz' Wohnung und wippte ungeduldig mit dem Fuß. Er hatte früher hier sein wollen, aber sein Vormittag war anders verlaufen als geplant. Und daran waren seine Geschwister schuld.

Er ärgerte sich immer noch über Alison. Und sie war auch nicht besonders gut auf ihn zu sprechen, nachdem er darauf bestanden hatte, sie zur Arbeit zu fahren, und mit Cole verabredet hatte, dass der sie abholen würde. Wenn er gestern Abend nach seiner Rückkehr aus Kansas City nicht noch bei ihr vorbeigefahren wäre, hätte er nie erfahren, dass ihr Auto nicht funktionierte und sie mit dem Bus zur Arbeit fahren wollte. Doch zur Bushaltestelle müsste sie erst mehrere Häuserblocks weit laufen. Oder besser gesagt: hinken.

Er stieß frustriert die Luft aus und drückte noch einmal auf die Taste. So etwas sollte sie nicht tun müssen, wenn sie doch zwei Brüder hatte, die ihr helfen wollten und konnten. Aber so sah Miss Unabhängig das natürlich nicht. Wenn er nicht im Morgengrauen vor ihrem Haus aufgetaucht wäre, hätte sie ihre Drohung mit Sicherheit wahr gemacht und einen früheren Bus genommen.

Die Türen des Aufzugs öffneten sich, er trat ein und wählte den fünften Stock an. Dieser erste Umweg hatte ihn eine Stunde gekostet. Dann, als er Alison gerade abgesetzt hatte, war ein Anruf von Cole gekommen. Also hatte er einen zweiten Umweg über das Büro seines Bruders gemacht, wo Mark sich zu ihnen gesellt hatte. Das Labor der Bezirkspolizei hatte ein paar goldfarbene Haare analysiert, die das Team von der Spurensicherung auf dem Teppich in Liz' Haus sichergestellt hatte, wenige Meter hinter der Stelle, an der Stephanie erschossen worden war. Und dabei hatte sich eine interessante Neuigkeit ergeben.

Es handelte sich um Katzenhaare.

Bedeutsam an dieser Tatsache war, dass Liz keine Katze hatte. Und Alan auch nicht. Mark hatte ihn von Coles Büro aus angerufen, und Alan hatte ihm erzählt, dass Stephanie Katzen gemieden hatte wie die Pest, da sie gegen die Hautschuppen der Tiere allergisch war. Ein zweiter Anruf bei dem Besitzer von Liz' Haus bestätigte, dass im Mietvertrag keine Haustiere vorgesehen waren. Das bedeutete, es war auch höchst unwahrscheinlich, dass die Katzenhaare von den Vormietern stammten – es sei denn, sie hatten gegen ihren Mietvertrag verstoßen. Mark war gerade dabei, mit ihnen Kontakt aufzunehmen, um sich zu vergewissern, dass das nicht der Fall war.

Die Aufzugtür öffnete sich und nach einem schnellen Stopp in der Kommandozentrale und einem kurzen Wortwechsel mit Spence ging Jake weiter zu Liz' Tür und drückte mit dem Finger auf den Klingelknopf.

Es war möglich, dass Liz oder Stephanie Katzenhaare an ihren Schuhen hereingetragen hatte. Aber als er heute Morgen mit Cole und Mark darüber sprach, waren sie sich einig gewesen, dass der Mörder mit einiger Wahrscheinlichkeit eine Katze hatte. Haare waren heimtückisch und hingen schnell an Kleidung und Schuhen.

Es war keine fantastische Spur, aber bis jetzt war es alles, was sie hatten. Wenn – oder solange – Liz nicht etwas Alarmierendes in ihren früheren Fällen fand.

Er betätigte die Türklingel erneut.

Das FBI war schon dabei, Informationen über die Streitparteien zu beschaffen, die an einigen der medienträchtigeren Fälle beteiligt gewesen waren. Die waren allesamt älter – Geschichte, wie Liz sie genannt hatte – und er neigte dazu, ihre Skepsis zu teilen, was ihre Bedeutung betraf. Aber das FBI würde bei diesen Ermittlungen nichts unversucht lassen. Nicht, wenn eine Bundesrichterin betroffen war.

Als er ein drittes Mal auf die Klingel drückte, runzelte er sorgenvoll die Stirn. Vielleicht schlief Liz ja, so wie beim letzten Mal, als sie erst mit Verspätung die Tür geöffnet hatte. Er weckte sie nur ungern auf, aber eine verschlossene Tür – selbst in einer Wohnung, die seiner Meinung nach sicher war – hinterließ kein gutes Gefühl bei ihm. Ein kleiner Adrenalinstoß ließ seine

Wachsamkeit noch ein wenig steigen, aber er versuchte, sich zu beherrschen. Kein Grund, übertrieben zu reagieren.

Als er die Hand hob, um anzuklopfen, öffnete sich die Tür plötzlich – und er erstarrte.

Nur ein Wort fiel ihm ein, als er Liz sah.

Wow.

Selbst damals, als seine Gefühle ihr gegenüber kühler gewesen waren als eine eisige Februarnacht in St. Louis, war ihm aufgefallen, dass sie eine schöne Frau war. Das war gleich bei ihrer ersten Begegnung gewesen, der Hochzeit von Liz und Doug.

Aber heute sah sie geradezu umwerfend aus.

Sie hatte die Haare zu einem Pferdeschwanz gebunden, aber ein paar Strähnen hatten sich gelöst und hafteten an ihrer glänzenden Stirn. Ihr leuchtend pinkfarbenes ärmelloses Top war tief genug ausgeschnitten, um einen verlockenden Dekolleté-Ansatz zu zeigen, und die Shorts aus Stretchmaterial offenbarten lange, gut geformte Beine.

Dies war nicht der Körper der typischen Achtunddreißigjährigen in seinem Bekanntenkreis. Sie sah eher wie ein Hollywoodstar aus, der für ein Fitnessstudio Werbung machte, und nicht wie eine Bundesrichterin.

„Jake?"

Als er ihren fragenden Blick sah, vergewisserte er sich, dass er nicht mit offenem Mund dastand. Okay, das war nicht der Fall. Aber er hatte nicht mitbekommen, was sie vorher gesagt hatte.

„Tut mir leid. Ich habe mir Sorgen gemacht, weil du nicht aufgemacht hast." Er ging an ihr vorbei, um Zeit zu schinden und sich wieder einigermaßen unter Kontrolle zu bekommen.

„Ich bin es, die sich entschuldigen sollte." Sie schloss die Tür und ließ die Verriegelung zuschnappen. „Als ich heute Morgen aufstand, habe ich das Laufband entdeckt, das du hast liefern lassen, während wir gestern in Kansas City waren, und damit habe ich mich beschäftigt, seit mein Mitarbeiter gegangen ist. Ich habe mit dem Kopfhörer Musik gehört und dein Klingeln erst bemerkt, als ich mir etwas zu trinken holen wollte. Wartest du schon lange?"

„Nein."

„Gut."

Sie lächelte ihn an und er konzentrierte sich auf ihr Gesicht. Das war besser. Und vielsagend. Trotz ihrer schlanken Figur und ihres noch immer jugendlichen Körpers deuteten die Sorgenfalten in ihren Augenwinkeln und die dunklen Ringe unter ihren Augen darauf hin, dass sie älter war, als sie aussah. Und dass sie immer noch nicht schlief.

„Ich wollte dir dafür danken, dass du mitgedacht hast. Hier eingesperrt zu sein, ist schon schlimm genug, aber am meisten habe ich die Bewegung vermisst. Das Laufen hält mich in Form."

Er ließ seinen Blick noch einmal über ihre Figur wandern.

Das war ein Fehler.

Sein Puls beschleunigte sich erneut und er riss den Blick los.

Sag irgendetwas Unverfängliches.

„Du hast einen tollen Körper."

Sie errötete, und er wäre am liebsten im Erdboden versunken.

Sehr gut, Taylor. Das war wirklich unverfänglich.

„Ich meine, man sieht, dass dir deine Fitness wichtig ist." Es war ein lahmer Versuch, seinen Fuß aus dem Fettnäpfchen zu ziehen, und er wusste es.

„Danke." Sie zog verlegen am Saum ihrer Shorts, was ihm verriet, dass es ihr ebenfalls bewusst war. „Gib mir ein paar Minuten, ich bin gleich wieder da. Nimm dir Saft oder Kaffee, wenn du magst." Sie zeigte auf die Küche und floh.

Er wartete, bis er hörte, dass die Tür zu ihrem Zimmer sich schloss, dann ging er in die Küche und rieb sich den Nacken. Was war nur mit ihm los? Noch nie – nicht ein einziges Mal – in all den Jahren bei den U.S. Marshals waren ihm persönliche Gefühle bei seiner Arbeit in die Quere gekommen. Es war dumm. Und es war gefährlich.

Er öffnete den Kühlschrank, holte eine Packung Orangensaft

heraus und goss sich ein Glas ein, während er über sein merkwürdiges Dilemma nachdachte. Er brauchte dringend etwas logisches Denken. Und seine Emotionen musste er erst mal zur Seite schieben. Er musste die Tatsachen mit nüchternem Blick analysieren.

Gut. Das konnte er. Er tat das bei seiner Arbeit jeden Tag. Kein Grund, warum er es mit persönlichen Dingen nicht auch schaffen konnte.

Tatsache Nummer eins: Liz Michaels war eine äußerst attraktive Frau.

Tatsache Nummer zwei: Er hatte sie bereits vor fünf Jahren kennengelernt, deshalb war eine größere Vertrautheit als bei anderen Schützlingen in ihrem Fall ganz natürlich.

Tatsache Nummer drei: Dass seine festgefahrene Meinung über sie sich als unhaltbar herausstellte, hatte ihn überrumpelt.

Tatsache Nummer vier: Seine Hormone spielten verrückt.

Tatsache Nummer fünf: Es war entschieden zu heiß in dieser Wohnung.

Er fuhr mit einem Finger hinter den Kragen seines Anzughemdes und leerte das Glas Orangensaft mit wenigen Schlucken.

Ihm war immer noch zu heiß.

Obwohl er im Dienst normalerweise sein Jackett anbehielt, gab er diese Regel auf und ließ es von seinen Schultern gleiten.

Besser.

Er hängte die Jacke über einen Stuhl und betrachtete den Stapel Kisten im Esszimmer und die Unterlagen, die auf dem Tisch ausgebreitet waren, in ordentlichen Stapeln, die jeden Quadratzentimeter der Tischplatte bedeckten, abgesehen von dem kleinen Flecken mit Alisons Blumen, die er ihr mitgebracht hatte. Prozessakten, stellte er fest, als er die Dokumente rasch überflog. Was bedeutete, dass Liz begonnen hatte, sie durchzugehen.

„Es ist ein ziemlicher Berg."

Als er ihre Stimme hörte, drehte er sich zum Flur um. Sie hatte eine Jeans angezogen und ein weites Sweatshirt Diese Art von

Kleidung sollte ganz klar ihre Figur verstecken. Daraus schloss er, dass seine anerkennenden Blicke nicht gut angekommen waren.

Wenn sie das nächste Mal in einem Outfit erschien, das dermaßen ins Auge stach – falls es ein nächstes Mal geben sollte –, würde er darauf achten, dass seine Augen in ihren Höhlen blieben.

„Stimmt. Du musst aber nicht alles an einem Tag erledigen."

„Das könnte ich gar nicht, auch wenn ich wollte." Sie trat zum Tisch und berührte eine Mappe. „Aber ich möchte so schnell wie möglich alles durchgehen. Ich werde hier drin noch verrückt. Gestern bin ich lange aufgeblieben, um alles zu sortieren, damit ich mich jetzt richtig reinknien kann."

Das erklärte die Ringe unter ihren Augen.

„Vielleicht solltest du heute wenigstens einen Mittagsschlaf machen."

Sie blickte zu ihm auf. „Ich würde lieber ein paar Akten aus den letzten Monaten durchgehen, die mein Mitarbeiter heute Morgen vorbeigebracht hat. Jake .... ich möchte nächste Woche wieder arbeiten gehen. Ganztags, wenn ich mit den jüngeren Fällen am Wochenende fertig werde, oder wenigstens halbe Tage, wenn nicht."

„Überstürzt du die Sache nicht ein bisschen?" Er schob die Hände in die Hosentaschen und runzelte die Stirn. „Du hast in der letzten Woche wirklich eine Menge durchgemacht, Liz. Niemand wird etwas sagen, wenn du dir noch eine Weile frei nimmst."

„Ich habe eine volle Prozessliste, Jake. Ich bin sowieso schon im Verzug, und das nach nur vier Monaten."

Er musterte sie. „Ist das der wahre Grund?"

Sie biss sich auf die Unterlippe und verschränkte die Arme vor der Brust. „Einer der Gründe."

„Willst du über die anderen reden?"

Einige Sekunden verstrichen, während sie über seine Frage

nachdachte. Schließlich holte sie tief Luft und zeigte aufs Wohnzimmer. „Setz dich. Willst du einen Kaffee?“

„Nein, danke. Ich hatte ein Glas Saft, während du dich umgezogen hast.“

„Ich bin gleich wieder da.“

Sie verschwand in der Küche und er hörte, wie sie mit der Kaffeekanne hantierte, als er sich auf den Sessel neben der Couch setzte.

Während er es sich bequem machte, versuchte er sich zu wappnen. Er hatte das untrügliche Gefühl, dass sie ein für alle Mal alle Missverständnisse ausräumen wollte, denen er in Bezug auf die Frau, die sein bester Freund geheiratet hatte, noch erlegen war.

Und wenn das geschah, würde es schwerer sein denn je, professionelle Distanz zu wahren. Wenn er bedachte, was er schon jetzt für sie empfand, würde er vielleicht bald einen noch zwingenderen persönlichen Grund haben, für ihre Sicherheit zu sorgen.

Kapitel 11

„Du siehst ein bisschen durcheinander aus."

„Durcheinander?"

Jake blinzelte und versuchte sich zu konzentrieren, als sie auf dem Sofa Platz nahm und ihren Kaffeebecher mit beiden Händen umschloss. So hatte ihn noch nie jemand bezeichnet.

Aber heute passte es. Dank der anziehenden Frau, die ihm da gegenübersaß. Eine Tatsache, die er für sich behalten würde.

„Ich hatte einen vollen Vormittag. Angefangen mit meiner starrsinnigen Schwester."

Ihre Lippen zuckten, als sie einen Schluck Kaffee trank. „Was ist passiert ... wenn ich fragen darf?"

Er schlug ein Bein über und schüttelte den Kopf. „Sie ist sturer, als ihr guttut."

Das Zucken wich einem zarten Lächeln. „Wie meinst du das?"

Er atmete ungehalten aus. „Gestern Abend habe ich herausgefunden, dass sie ihr Auto zur Werkstatt bringen musste. Und heute wollte sie mit dem Bus zur Arbeit fahren, anstatt Cole oder mich zu bitten, sie zu fahren."

„Und was ist da das Problem?"

„Sie hatte vor ein paar Monaten einen schlimmen Unfall. Ihr linkes Bein war an zwei Stellen gebrochen und sie hatte schwere innere Verletzungen. Sie hat immer noch zweimal die Woche Krankengymnastik. Sie meint, das Hinken wird mit der Zeit verschwinden. Aber sie braucht jetzt wirklich nicht zum Bus zu laufen. Also habe ich sie mehr oder weniger gezwungen, sich heute Morgen von mir zur Arbeit fahren zu lassen. Cole wird sie heute Nachmittag abholen."

„Klingt so, als wäre sie sehr unabhängig."

Er sah sie missmutig an. „Es gibt eine feine Grenze zwischen unabhängig und unvernünftig. Und die hat sie überschritten."

„Hast du ihr das gesagt?"

Er schnipste einen imaginären Fussel von seinem Hosenbein, als er ihren belustigten Blick auffing. „Mehr oder weniger."

„Ich wette, das kam richtig gut an."

Er kniff die Augen zusammen und sah sie prüfend an. „Ich hätte mir denken können, dass ihr Frauen zusammenhaltet."

Sie zuckte mit der Schulter. „Ich bewundere Unabhängigkeit nun mal. Und Stärke. Ich vermute, deine Schwester hat beides."

„Das hat sie. Und damit wir uns nicht missverstehen: Ich bewundere diese Eigenschaften auch!" Er hielt ihrem Blick stand, bis die aufsteigende Röte in ihren Wangen ihm bestätigte, dass die Botschaft angekommen war. „Alison braucht sie auch. Denn zu allem Überfluss hat ihr Freund, den sie heiraten wollte, sie kurz nach dem Unfall sitzen lassen."

Liz' Augen waren voller Mitgefühl. „Das ist echt gemein."

„Kann man wohl sagen."

„Kam er mit dem ganzen medizinischen Kram nicht klar?"

„Das war ein Teil des Problems." Dabei ließ er es bewenden. Alisons Liebesleben ging nur sie etwas an. Und ihn und Cole.

„Habt ihr zwei euch versöhnt, bevor sie ausgestiegen ist?"

„Ja, so einigermaßen. Heute Morgen war sie ein bisschen zugänglicher. Wahrscheinlich, weil sie weiß, dass ich immer noch sauer bin. Sie hatte meinem Bruder und meiner Mutter verboten, mir von ihrem Unfall zu erzählen, bis ich wieder aus dem Irak zurück bin."

„Du warst im Irak?" Liz' Augen weiteten sich und ihre Hand erstarrte mit dem Becher auf halbem Weg zum Mund.

Das hatte er eigentlich nicht erwähnen wollen. Aber jetzt war es zu spät, um zurückzurudern. „Ja. Einen Großteil der letzten sechs Monate. Der Marshals Service hat seine Spezialeinheit für eine Weile dorthin geschickt."

Sie sah ihn verständnislos an. „Was für eine Spezialeinheit?"

„Eine strategische Einheit, die bei Fällen mit hohem Risikofaktor und bei nationalen Notfällen eingesetzt wird. Zwischendurch sind wir wie normale Marshals in den jeweiligen Büros vor Ort tätig."

Sie brauchte ein paar Sekunden, um diese Neuigkeit zu verdauen. „Und wie passt der Irak dazu?"

„Die Mannschaften dieser Spezialeinheit sind schon seit beinahe zehn Jahren dort und versuchen, das Rechtssystem zu stärken und den Zeugenschutz zu verbessern. Und das Ganze mit dem Ziel, die Regierung zu unterstützen und eine demokratischere Justiz zu gewährleisten."

„Wow. Ich bin beeindruckt."

Er zuckte mit der Schulter. „Brauchst du nicht zu sein. Unsere Truppen dort machen die eigentliche Arbeit. Jedenfalls behauptet Alison, sie wollte nicht, dass ich das Ausmaß ihrer Verletzungen erfahre, weil sie Angst hatte, ich könnte dadurch abgelenkt werden und im Irak in Gefahr geraten."

„Ich kann ihren Standpunkt verstehen." Liz trank noch einen Schluck Kaffee und ihre Miene war nachdenklich.

„Ich auch. Aber gefallen muss er mir trotzdem nicht."

Liz starrte in die schwarzen Tiefen ihres Bechers. „Es ist schon merkwürdig, dass Dinge, die man tut, um einen geliebten Menschen zu beschützen, auch nach hinten losgehen können."

Er wartete, denn er hatte das Gefühl, dass ihre Unterhaltung sich jetzt dem Thema zuwandte, über das er mehr wissen wollte: ihre Beziehung zu seinem Collegefreund.

Sie hob den Kopf und suchte seinen Blick. Er bemühte sich, Einfühlungsvermögen und Unterstützung zu signaliseren.

„Deshalb habe ich gedroht, Doug zu verlassen. Es war eine verzweifelte Maßnahme, von der ich hoffte, dass sie ihn zur Vernunft bringen würde. Ich dachte, er würde dann endlich etwas unternehmen, um sein Leben wieder in den Griff zu bekommen. Stattdessen … ist er gegen einen Baum gefahren." Sie schluckte und ließ den Kopf sinken.

Er war versucht, sich vorzubeugen und ihre Hand zu drücken, aber er hielt sich zurück. Trotz seiner wachsenden Gefühle für sie musste er professionelle Distanz halten. So wie Alison sich Sorgen gemacht hatte, eine Ablenkung im Irak könnte ihn verwundbar machen, konnte Liz verwundbar werden, wenn er sich ablenken ließe. Das durfte er nicht zulassen.

Als das Schweigen andauerte, nahm Jake vorsichtig den Faden wieder auf. „Ich dachte, es hätte kein abschließendes Urteil darüber gegeben, was in jener Nacht passiert ist."

„Stimmt, das gab es nicht. Aber für mich sind die Tatsachen eindeutig. Sein Alkoholpegel war ausnahmsweise nicht über dem Limit. Das heißt, seine Reflexe müssten gut gewesen sein. Die Straße war trocken. Es gab keine Spuren, aus denen man hätte schließen können, dass er gebremst oder versucht hat, dem Baum auszuweichen. Und ich kannte seine seelische Verfassung." Sie schluckte. „Es war kein Unfall, Jake."

Er kannte ebenfalls alle Fakten dieser Nacht. Er hatte sich extra eine Kopie des Polizeiberichts besorgt. Und die Beweise legten nahe, dass ihre Vermutung begründet war. Aber die absolute Überzeugung in ihrer Stimme erschütterte ihn.

„Warum hätte er das tun sollen, Liz?"

Sie beugte sich vor, um ihren Becher auf den Couchtisch zu stellen. Die Flüssigkeit schwappte über und sie umfasste den Becher mit beiden Händen, während sie ihn vorsichtig auf die Glasplatte setzte.

Sie zitterte. Und zwar heftig.

„Weil sein Leben in den dreieinhalb Jahren vor seinem Tod eine einzige Katastrophe war." Sie schob ein paar Haarsträhnen zurück, die sich aus dem Pferdeschwanz gelöst hatten. „Hat Doug im College getrunken, Jake?"

Die Frage überrumpelte ihn. Es war Jahre her, dass er über ihre Zeit auf dem Campus nachgedacht hatte, und dazu hatten viele wilde Partys der Studentenverbindungen gehört. Er und Doug waren jeden Samstagabend durch die Gegend gezogen, hatten kostenlosen Alkohol getrunken und mit den Studentinnen geflirtet.

„Das haben wir beide."

„Exzessiv?"

O ja. Öfter, als er sich erinnern wollte, waren sie in den frühen Morgenstunden nach Hause gewankt, sich gegenseitig stützend, und betrunken in ihre Betten gefallen.

„Manchmal. Die Verbindungsleute waren ganz groß im Feiern. Ich will es nicht rechtfertigen, aber es gehörte zum Leben auf dem Campus."

Liz beugte sich vor und ihre Haltung war angespannt. „Und nach dem College?"

„Nachdem wir mit dem Studium fertig waren, habe ich Doug nicht mehr oft gesehen."

„Aber ihr hattet doch Kontakt. Hat er mit dir jemals übers Trinken gesprochen?"

„Nein. Das war eine Collegesache. Ich leugne nicht, dass es seitdem Gelegenheiten gegeben hat, bei denen ich ein paar Bier zu viel hatte, aber meine Arbeit erlaubt nicht, dass ich mir ein solches Verhalten zur Gewohnheit mache. Und das will ich auch gar nicht. Ich habe jede Menge Adrenalinzufuhr bei meinem Job. Ich brauche keinen Alkohol, um mein Leben aufzupeppen. Ich bin davon ausgegangen, dass Doug das auch nicht nötig hatte."

Als sie sich auf dem Sofa zurücklehnte, blickte Liz nachdenklich vor sich hin. „Leider doch. Obwohl ich das erst merkte, als wir schon über ein Jahr verheiratet waren."

Jetzt lehnte er sich vor, die Hände zwischen den Knien gefaltet. „Willst du damit sagen, dass er ein ernsthaftes Alkoholproblem hatte, Liz?"

„Ja. Und das wurde durch Depressionen noch verschärft. Die wiederum wurden schlimmer, als er herausfand, dass unsere Familienplanung scheiterte, weil er ein medizinisches Problem hatte."

Jake war wie vor den Kopf geschlagen. Doug hatte immer angedeutet, ihre Kinderlosigkeit sei Liz' Entscheidung. Weil ihr der Beruf wichtiger sei als eine Familie.

„Du wolltest Kinder?"

Sie presste die Hände auf ihrem Schoß zusammen, bis ihre Knöchel weiß hervortraten. „Hat er dir erzählt, ich wollte keine?"

Hin und her gerissen zwischen Ehrlichkeit und Loyalität seinem verstorbenen Freund gegenüber wich er der Frage ein wenig aus. „Nicht so direkt."

Traurigkeit füllte ihre Augen und sie trank einen langen, langsamen Schluck von ihrem kalt gewordenen Kaffee. „Ich hatte immer den Verdacht, dass er unsere Situation falsch darstellt. Und das war mir nicht recht. Aber ich kann jetzt keine Wut mehr darüber empfinden. Er hatte viele Probleme, mit denen er einfach nicht fertig wurde." Sie schlang die Finger um den Becher, als wollte sie sie wärmen. „Hast du damals im College jemals Anzeichen einer Depression bei ihm bemerkt, Jake?"

Er überlegte und kramte in seinen Erinnerungen. Doug war am Boden zerstört gewesen, nachdem die Beziehung zu einer Freundin in die Brüche gegangen war. In den Wochen danach hatte Jake ihn beinahe aus dem Bett zerren müssen. Und es hatte noch andere Zeiten gegeben, in denen sein Freund ein paar Tage lang verzweifelt gewesen war. Aber nichts, was er als unnormal bezeichnet hätte. Oder als klinische Depression.

Andererseits war er kein Psychologe.

„Ich habe ihn damals ein paarmal ziemlich niedergeschlagen

erlebt. Aber ich dachte nicht, dass ich mir deswegen Sorgen machen müsste."

„Vielleicht musstest du das damals ja auch nicht." Sie holte Luft und fuhr mit dem Finger über den Rand ihres Bechers, dann richtete sie ihre Aufmerksamkeit auf die zugezogenen Jalousien im Zimmer, die das Sonnenlicht aussperrten.

„Die Krise fing im zweiten Jahr unserer Ehe an, nachdem sein Vater gestorben war. Sie hatten sich sehr nahe gestanden und er hat den Verlust nicht gut verkraftet. Er trank Alkohol, um diese Zeit zu überstehen, aber das verschlimmerte die Depression nur noch. Von da an ging es stetig bergab. Am Anfang trank er nur an den Wochenenden. Aber zum Schluss war er nie weit von einer Flasche entfernt.

Er konnte sich allerdings nach außen hin gut verstellen und es fiel den Leuten auch nicht auf, dass er trank. Aber seine Arbeit litt darunter, wie ich bei der Beerdigung feststellen musste. Sein Chef erzählte mir, dass Doug einige Wochen vorher eine Stelle als Assistant Controller nicht bekommen hatte, weil er bei irgendwelchen wichtigen Finanzierungsunterlagen Fehler gemacht hatte. Und an dem Tag, als er starb, war er abgemahnt worden."

Als sie ihn ansah, brachen die Tränen in ihren Augen ihm fast das Herz. „Ich habe ihn angefleht, sich helfen zu lassen. Ich habe ihm angeboten, einen Termin mit seinem Internisten zu machen oder mit einem Psychiater. Mit ihm hinzugehen, wenn er das wollte. Aber er weigerte sich zu akzeptieren, dass er ein Problem hatte. Ich betete mehr, als ich je in meinem Leben gebetet hatte. Ich habe Gott gebeten, ihm den richtigen Weg zu zeigen und ihm die Kraft zu geben, damit er sich den bösen Kräften stellen konnte, die ihn zerstörten. Ich habe sogar in Erwägung gezogen, meine Arbeit aufzugeben." Sie senkte den Kopf und er sah, dass ihr Kinn bebte. „Aber am Ende hat meine Arbeit mich davor bewahrt, verrückt zu werden. Wenn es zu schlimm wurde, konnte ich mich in einen Fall vergraben und dem Albtraum eine Zeit lang entfliehen. Aber vielleicht hätte ich …"

Ihre Worte verloren sich und sie stand abrupt auf, den Kopf immer noch gesenkt. „Ich glaube, ich hole mir noch einen Kaffee."

Ohne ihm die Gelegenheit zu einer Antwort zu geben, ging sie um den Tisch herum und in Richtung Küche.

Einen Augenblick lang überlegte er, ob er ihr nachgehen sollte, aber er entschied sich dagegen. Es war klar, dass sie ein paar Minuten brauchte, um sich zu sammeln.

Ihm ging es ebenso.

Gleich zu Beginn dieses Auftrags hatte Jake den Verdacht gehabt, dass die Frau, die seinen besten Freund geheiratet hatte, die Frau, die Doug als kaltherzigen Workaholic verleumdet hatte, nicht so war, wie er sie dargestellt hatte. Jetzt bestätigte sich dieser Verdacht. Die Eheprobleme seines Freundes hatte er zum größten Teil selbst zu verantworten.

Liz hatte offenbar dreieinhalb Jahre lang in einem Albtraum gelebt.

Wie konntest du ihr das nur antun, Doug? Wie konntest du die Frau, die du geliebt hast, solchen Qualen aussetzen?

Die stille Anklage kam tief aus seinem Herzen. Doch noch während das Echo dieser Gedanken verhallte, wusste er, dass sein Freund zwar Kritik verdient hatte, aber auch Hilfe gebraucht hätte.

Im Grunde genommen hatte er diesen Verdacht schon während ihres letzten gemeinsamen Telefonats gehabt. Doug hatte sehr deprimiert geklungen. Jake erinnerte sich daran, wie er versuchte, seinen Freund aufzumuntern, indem er ein paar ihrer Studienabenteuer wieder aufleben ließ. Aber die Geschichten hatten nur die gegenteilige Wirkung gehabt. Sie sprachen nicht lange miteinander, aber Jake erinnerte sich, dass er sich vorgenommen hatte, am nächsten oder übernächsten Tag noch einmal anzurufen. Stattdessen hatte er die Woche verstreichen lassen. Und sein nächstes Gespräch mit Jefferson City war der Anruf von Liz gewesen, die ihm erzählte, dass Doug tot war.

„Kann ich dir irgendetwas zu trinken bringen?“

Er blickte auf. Liz stand in der Tür zur Küche, die Augen verquollen und die Schatten darunter deutlicher zu sehen als bei seinem Eintreffen vorhin.

„Nein, danke.“

Sie setzte sich wieder und befingerte den Henkel ihres Bechers. „Tut mir leid, dass ich dir die Fakten so um die Ohren gehauen habe. Es ist wahrscheinlich mehr, als du wissen wolltest.“

„Ehrlich gesagt ist es genau das, was ich wissen wollte.“

Sie warf ihm einen fragenden Blick zu, erwiderte aber nichts.

„Ich muss dir etwas gestehen.“ Er umfasste den Fußknöchel, den er auf das andere Knie gelegt hatte. „Ich habe dich nicht immer im vorteilhaftesten Licht gesehen. Aber ich habe mich geirrt. Es tut mir leid, dass ich dich falsch eingeschätzt habe. Und Doug auch.“ Er fuhr sich mit den Fingern durchs Haar und schüttelte den Kopf. „Außerdem tut es mir leid, dass ich nach meinem letzten Gespräch mit ihm nicht eher angerufen habe. Ich hatte das Gefühl, dass etwas nicht stimmte, und wollte ihn zurückrufen. Wenn ich es getan hätte, vielleicht –“

„Tu das nicht, Jake.“ Sie beugte sich vor und legte eine Hand auf seine, und ihre schmalen Finger wirkten auf seiner sonnengebräunten Haut blass und zerbrechlich, aber ihr Blick war eindringlich. „Zu diesem Zeitpunkt hätte es nichts mehr genützt. Ich habe mit ihm zusammengelebt. Ich habe ihn geliebt. Ich habe getan, was ich konnte, um ihm zu helfen. Einmal habe ich sogar meinen Pastor zur Verstärkung geholt. Nichts hat geholfen. Du hättest das Geschehene nicht verhindern können. Und ich fange allmählich an zu akzeptieren, dass ich es auch nicht konnte, auch wenn ich die Schuldgefühle nicht ganz abschütteln kann. Oder die gelegentlichen ‚Was wäre gewesen, wenn‘-Fragen.“

„Ja.“ Er kannte sich mit Schuldgefühlen aus. Und mit „Was wäre, wenn“-Fragen. „Und wie wirst du dann damit fertig?“

„Nicht sehr gut. Manchmal weine ich nachts noch immer. Ich

arbeite zu viel, versuche mich mit meiner Arbeit abzulenken. Das hilft am besten. Und es tröstet mich, zu wissen, dass Gott immer da ist, egal, wie dunkel alles ist."

„Darum beneide ich dich."

Sie trank einen Schluck Kaffee und stellte den Becher dann vor sich auf den Tisch. „Ich schätze, Alison konnte dich noch nicht dazu überreden, wieder in den Gottesdienst zu gehen?"

„Nein." Er stand auf. Die Wendung, die das Gespräch nahm, gefiel ihm nicht. Seine Beziehung zu Gott – oder was davon übrig war – war etwas, das er nicht mit jedem diskutierte.

Er trat an die Jalousien und hob eine Lamelle, um in die Sonne hinauszusehen. Diese Unterhaltung sollte sich um Liz und Doug drehen. Nicht um ihn – und Jen. Er musste wieder die Kurve zu ihrem eigentlichen Thema kriegen.

„Es ist dir unangenehm, über den Glauben zu reden, oder?"

Der Knoten in seinem Magen zog sich noch mehr zusammen. Vielleicht würde sie die Sache fallen lassen, wenn er ehrlich war. „Stimmt. Das ist ein sehr persönliches Thema."

Er hielt die Luft an. Als sich das Schweigen im Zimmer in die Länge zog, atmete er aus, froh darüber, dass sie den Hinweis offenbar verstanden hatte.

„Du hast einmal erwähnt, dass du nicht mehr in die Kirche gegangen bist, nachdem Jennifer gestorben war."

Er schob die Hände in die Hosentaschen und drehte sich nicht zu ihr um. Er schwieg eisern.

„Wenn du deine Beziehung zu Gott wieder belebst, könnte das dein Leben positiv verändern, Jake", sagte sie leise. Offenbar war sie nicht gewillt, das Thema auf sich beruhen zu lassen. „Bei mir war es jedenfalls so. Vor allem, wenn du noch Wut- oder Schuldgefühle wegen dem hast, was geschehen ist."

Von beidem hatte er jede Menge. Und einen Augenblick lang war er versucht, das Thema mit der Frau auf der anderen Seite des Raumes, die irgendwie sein Herz erobert hatte, zu erörtern. Aber er sprach nicht über solche Dinge. Es war zu riskant. In gewisser Hinsicht viel riskanter, als im Irak irgendwelchen Geschossen auszuweichen. Deshalb hatte er seine Gefühle tief in einem verborgenen Winkel seines Herzens vergraben. Nicht einmal Alison oder Cole oder seine Mutter kannten sie.

Aber in den dunklen Morgenstunden, wenn er manchmal aufwachte und unbewusst die Hand nach Jen ausstreckte, deren Liebe sein Leben zwei kurze, zu schnell vergangene Jahre lang mit Freude gefüllt hatte, machten diese Gefühle ihm immer noch zu schaffen.

Vielleicht war es an der Zeit, sie ans Licht zu holen.

Er nahm all seinen Mut zusammen und drehte sich zu Liz um. Sie blieb auf der Couch sitzen und trank ihren Kaffee, während sie ihn beobachtete. Und wartete.

„Ich habe Gott auf Distanz gehalten, nachdem er mir Jen weggenommen hatte.“ Er räusperte sich, weil seine Stimme heiser klang. „Ich war wütender als je zuvor. Aber gleichzeitig hatte ich auch Schuldgefühle.“

„Warum?“ Der Ton ihrer leisen Frage war eher neugierig als wertend.

„Ich habe sie bei der letzten Abfahrt an dem Tag damals zu sehr unter Druck gesetzt.“ Plötzlich konnte er nicht mehr stillstehen, also wandte er sich vom Fenster ab und fing an, im Raum auf und ab zu gehen. „Ich wusste, dass sie keine Sportlerin war. Aber ich liebte das Skilaufen, also überredete ich sie in dem zweiten Jahr nach unserer Hochzeit, mit mir ins Skigebiet nach Breckenridge in Colorado zu fahren. Dort wollte ich ihr das Skifahren beibringen. Ich weiß nicht, was ich erwartet hatte … dass sie nach einem Tag Unterricht olympische Fähigkeiten entwickeln würde, wahrscheinlich. Aber so war es nicht. Sie hatte Angst. Und war zögerlich. Und ihre Fortschritte gingen mir viel zu langsam voran.“

Er sah zu, wie ein Sonnenstrahl versuchte, die Lamellen der Jalousie zu durchdringen und die Schatten im Zimmer zu zerstreuen. „Wenn du die Wahrheit wissen willst, war ich ein echter Idiot. Ich hatte das Gefühl, dass sie mich bremste. Ich habe gedrängelt und genörgelt und die Geduld verloren. Mehr als einmal war sie den Tränen nahe. Am Ende sagte sie zu mir, ich solle ein paar schwarze Abfahrten machen, sie selbst wolle bei den blauen bleiben. Wir vereinbarten, dass wir uns am Fuß eines Anfängerhanges zum Mittagessen treffen wollten."

Er ballte die Fäuste und starrte die nackte Wand der Wohnung an. Die cremefarbene Oberfläche erschien ihm wie eine Leinwand, während sich die letzten Minuten des Dramas vor seinem geistigen Auge abspielten.

„Ich war etwas früher beim Restaurant und beschloss, mit dem Lift hinaufzufahren und zu sehen, ob ich sie irgendwo am Hang treffe. Auf dem Weg nach oben entdeckte ich sie auf der Kuppe eines kleinen Hügels, und als ich winkte, sah sie mich. Sie zeigte den Hang hinunter, so als wollte sie mir sagen, ich solle zusehen. Und das tat ich. Ich sah zu, wie sie schneller startete, als sie es hätte tun sollen. Sie wollte mich offenbar mit ihren Fortschritten beeindrucken – ich sollte stolz auf sie sein. Und dann habe ich gesehen, wie sie ungebremst gegen einen Baum am Rand der Abfahrt rutschte."

Er schloss die Augen und holte tief Luft. Dann blinzelte er, um die Tränen loszuwerden, die seine Sicht trübten.

„Ich konnte nicht einmal zu ihr." Seine Worte waren jetzt nur noch ein heiseres Flüstern. „Ich musste mit dem Lift ganz nach oben fahren, während das Leben sie langsam verließ, dort unten im kalten Schnee." Er schluckte und versuchte, sich wieder zu fassen. „Sechs Stunden später erlag sie ihren schweren Kopfverletzungen, ohne noch einmal das Bewusstsein wieder zu erlangen."

Stille legte sich über den Raum, nur unterbrochen von dem Geräusch seines rauen Atmens. Es hatte in den vergangenen vier Jahren viele Augenblicke gegeben, in denen er sich alleine gefühlt hatte. Verloren. Leer. Aber plötzlich überfiel ihn eine Einsamkeit, die so heftig war, dass sie ihn fast erdrückte. Er fühlte, wie seine Welt wieder aus den Fugen geriet, so wie damals, als der Arzt in der Notaufnahme ihm gesagt hatte, dass Jen tot war.

Eine sanfte, stützende Hand legte sich auf seinen Arm. Während ihre tröstliche Wärme durch den Stoff seines Hemdes drang, fand die Welt wieder ihren festen Platz.

„Es tut mir so leid, Jake."

Als er Liz' tränenerstickte Stimme hörte, schluckte er den Kloß in seinem Hals hinunter und drehte sich langsam um.

Ihre Blicke begegneten sich und Liz' grüne Augen waren voller Mitgefühl, als sie ihre Hand sinken ließ. Er war froh, dass sie nicht zu rechtfertigen versuchte, was er getan hatte. Sie hatte einfach zugehört und hingenommen und verstanden. Das war auf eine Weise befreiend, die er nicht erwartet hatte.

Würde es dasselbe sein, wenn er das alles Gott sagte?

Der unerwartete Gedanke überrumpelte ihn.

„Danke, dass du mir deine Geschichte erzählt hast, Jake. Und mich daran erinnert hast, wie leicht wir nur um unsere eigenen Verletzungen kreisen und vergessen, dass auch andere Menschen gelitten haben."

„Du hattest mehr als genug Drangsal."

Ihre Mundwinkel gingen fast unmerklich nach oben. „Drangsal. Wenn das kein biblisches Wort ist!"

„Meine Gedanken waren dabei aber nicht sehr christlich." Seine zusammengepressten Lippen formten eine grimmige Linie.

„Gib Gott nicht die Schuld für all die schlimmen Dinge, die geschehen, Jake."

„Wem soll ich denn sonst die Schuld geben?" Abgesehen von sich selbst, in Jens Fall.

„Bei dir klingt es so, als würde Gott im Himmel sitzen und willkürlich Blitze schleudern, um das Leben von Menschen in Aufruhr zu versetzen."

Er verschränkte die Arme vor der Brust. „So fühlt es sich ja auch meistens an."

„Schlimme Dinge geschehen, weil die menschliche Natur unvollkommen ist und wir einen freien Willen haben."

„Und was ist mit Naturkatastrophen? Warum verhindert er die nicht?"

„Darauf habe ich auch keine Antwort. Aber ich verlasse mich darauf, dass er eine hat. Ein wichtiger Teil des Glaubens ist, etwas anzunehmen, ohne es zu verstehen."

Das wusste er. Er war in einer christlichen Familie aufgewachsen. Und er hatte es auch geglaubt. Bis von *ihm* verlangt worden war, etwas zu akzeptieren, das er nicht verstand.

„Durch meinen Glauben kann ich annehmen, dass das Leiden zur Erfahrung eines Menschen dazugehört, Jake. Selbst Jesus hat gelitten, viel mehr, als wir es jemals tun werden. Ich glaube, dass Gott Leid zulässt – aber nicht, um uns zu bestrafen, sondern um etwas Gutes herbeizuführen. Wenn ich jemandem helfe, der verletzt ist, dann sieht er vielleicht Gottes Liebe in meiner Unterstützung – und ich kann lernen, Jesus im anderen zu sehen." Liz' ernster Blick suchte seinen. „Warum nimmst du das Angebot deiner Schwester nicht an? Geh mit ihr zum Gottesdienst. Vielleicht findest du ja mehr Antworten, als du erwartest."

„Ich werde darüber nachdenken." Wenigstens würde es Alison zufriedenstellen. „Ich wollte dir eigentlich noch etwas sagen, bevor wir vom Thema abgekommen sind."

Diesmal schien sie zu akzeptieren, dass das Thema Glaube für ihn nun abgeschlossen war.

„Willst du dich wieder setzen?" Sie zeigte auf die Couch.

„Nein. Es dauert nicht lange. Und ich müsste längst einen der Jungs in der Kommandozentrale ablösen." Er erzählte ihr von den Haaren, die das Labor identifiziert hatte – und von ihrer Schlussfolgerung, dass der Mörder eine Katze besaß.

Sie zuckte mit den Schultern. „Ich sehe nicht, wie uns das helfen kann. Millionen Menschen haben Katzen."

„Stimmt. Aber jedes Beweisstück, das wir finden, ist Teil eines

Puzzles. Wenn man genug zusammen hat, nimmt das Bild Gestalt an."

„Habt ihr noch irgendwelche anderen Teile?"

„Noch nicht. Aber die Sache hat für das FBI oberste Priorität. Und vielleicht ergibt die Suche in deinen Prozessakten ja noch eine Spur."

„Was ist mit meiner Arbeit? Kann ich wieder in mein Büro gehen?"

Er verstand ihren Wunsch, zu ihrer Routine zurückzukehren. Wieder etwas Normalität in ihr Leben zu bringen. Aber er wusste auch, dass sie sich auf ihren eigenen Fall konzentrieren musste. „Uns wäre es lieber, wenn du der Aktendurchsicht deine ganze Aufmerksamkeit widmen würdest, Liz. Wenigstens, bis du die letzten fünf Jahre durchgegangen bist. Lass uns doch abwarten, wie es am Sonntag damit aussieht."

„Ich weiß, dass ich am Wochenende die fünf Jahre schaffe."

Er kniff die Augen zusammen. „Hast du auch Zeit fürs Schlafen eingebaut?"

Eine sanfte Röte färbte ihre Wangen. „Ein bisschen. Könntest du dir ab Montag halbe Tage vorstellen, während ich die restlichen Fälle durchgehe? Ich habe eine volle Prozessliste, Jake."

Er war nicht sicher, was Mark von diesem Kompromiss halten würde, aber er konnte sehen, wie wichtig es ihr war. Und tagein tagaus hier eingesperrt zu sein, konnte auch nicht gesund sein. „In Ordnung. Planen wir es so. Immer unter Vorbehalt, falls es neue Entwicklungen gibt."

Ein dankbares Lächeln war sein Lohn. „Danke."

„Brauchst du noch etwas, bevor ich gehe?"

Sie warf einen Blick in die Essecke voller Kisten und auf die Aktenstapel, die ordentlich auf dem Tisch aufgereiht lagen, und rümpfte die Nase. „Eine Begnadigung?"

„Tut mir leid." Er grinste. „Darüber kann ich nicht entscheiden. Das fällt nicht in meine rechtliche Zuständigkeit."

„Sehr witzig."

Die schlagfertige Antwort und ihr verschmitzter Gesichtsausdruck boten Jake einen Vorgeschmack auf Liz' verspieltere Seite – und weckten seine Sehnsucht nach mehr.

„Hast du Hunger?"

Überrascht von dem Timing ihrer Frage, starrte er sie an. „Wie bitte?"

Sie legte den Kopf zur Seite und sah ihn verständnislos an. „Ich habe gefragt, ob du Hunger hast. Ich habe noch ein paar Cannoli, die weg müssen."

Sie sprach von Cannoli.

Reiß dich zusammen, Taylor.

„Klar doch. Die Jungs werden bestimmt auch was davon wollen."

„Warte einen Augenblick."

Während sie in der Küche verschwand, holte er die Jacke, die er abgelegt hatte, und hängte sie sich über den Arm. Es war immer noch viel zu heiß hier drin.

„Lasst sie euch schmecken." Sie erschien hinter ihm und hielt ihm einen mit Frischhaltefolie abgedeckten Teller hin.

Er nahm das Geschenk und folgte ihr zur Tür. Sie sah durch den Spion, ließ die Verriegelung aufschnappen und zog die Tür auf.

„Ruf an, wenn du etwas brauchst." Er blieb auf der Schwelle stehen.

„Mach ich." Sie rieb sich die Oberarme und er sah, wie sie fröstelte.

„Kalt?"

„Ein bisschen. Ich muss das Thermostat höher stellen."

Er konnte sich eine angenehmere Art vorstellen, sie aufzuwärmen.

Raus hier, Taylor.

Er trat rückwärts auf den Gang hinaus und hob den Teller mit Cannoli. „Noch mal danke."

Irgendeine Emotion, die er nicht einordnen konnte, huschte über ihr Gesicht und veränderte ihre Züge kaum merklich. „Kein Problem."

Bevor er ihre Miene entziffern konnte, schloss sie die Tür. Das Schloss klickte.

Er drehte sich um und sah, dass Spence ihn von der Kommandozentrale aus beobachtete, eine Schulter an den Türrahmen gelehnt, ein ironisches Grinsen im Gesicht. Jake hatte keine Mühe, *diesen* Ausdruck zu entziffern.

„Ich wollte gerade sehen, wo du bleibst. Dan will nach Hause. Streng genommen hat er seit" – Spence sah auf seine Uhr – „zwei Stunden Feierabend."

„Tut mir leid. Ich wurde aufgehalten." Als Spence nicht aus dem Weg ging, sah Jake ihn skeptisch an. „Ich dachte, Dan will unbedingt nach Hause?"

„Das will er auch. Aber *ich* will wissen, was zwischen dir und der Richterin läuft."

Jake gab sich Mühe, die Röte zu verbergen, die seinen Hals hinaufkroch, während er beiläufig erwiderte: „Was meinst du?"

„Du kannst mich nicht für blöd verkaufen. Ich bin ein erfahrener Beobachter der menschlichen Natur. Und ich habe ein paar ziemlich interessante Schwingungen zwischen euch beiden bemerkt."

Die Röte stieg höher. „Das habe ich dir doch letzte Woche schon erklärt. Sie war mit meinem besten Kumpel verheiratet."

„Ja. Aber du hast auch gesagt, dass du ihr vorher nur zweimal begegnet bist. Das passt nicht zu der Intensität, die mein Radar hier aufschnappt."

„Vielleicht ist dein Radar kaputt."

„Das glaube ich nicht. Aber deiner ist es vielleicht, wenn du die Schwingungen nicht mitkriegst."

„Hier, du magst doch gerne Süßes." Verärgert hielt Jake seinem Kollegen den Teller mit Cannoli hin.

Spence stieß sich vom Türrahmen ab und nahm den Teller mit einem Grinsen in Empfang. „Gerne. Du hattest ja offensichtlich schon was Süßes." Er zwinkerte und verschwand in der Kommandozentrale.

Eine ganze Minute lang blieb Jake wie angewurzelt stehen. Er arbeitete erst seit einer Woche mit Spence zusammen, aber zwischen ihnen beiden stimmte die Chemie, und schon jetzt wussten sie jeweils, was der andere dachte. Sie gingen locker und humorvoll miteinander um, was einem die langen Stunden bei Personenschutzaufträgen angenehmer machte. Er mochte Spence. Der Mann war klug, fähig, professionell und einfühlsam.

Jake respektierte alle diese Eigenschaften und wusste sie zu schätzen.

Aber was seine Beziehung zu Liz betraf, könnte er gut und gerne auf das Gespür von Spence verzichten.

Er würde lieber selbst verstehen, was zwischen Liz und ihm lief, bevor Spence noch zu weiteren geistreichen Bemerkungen hingerissen würde.

Denn *dass* da etwas lief, war klar.

Eins zu null für Spence.

Kapitel 12

Liz legte die Akte zur Seite, die sie in den letzten Minuten durchgegangen war, und rieb sich die müden Augen. Sie blickte auf die Uhr: 17.30 Uhr.

Ein stechender Schmerz durchfuhr sie.

Am letzten Freitag hatte sie um diese Uhrzeit die letzten Dinge im Gericht erledigt und sich auf ein italienisches Essen und eine ausgiebige Unterhaltung mit ihrer Schwester gefreut. Sie hatte keine Ahnung gehabt, welcher Albtraum auf sie zukam.

Alles, was in der vergangenen Woche geschehen war, fühlte sich unwirklich an. So, als würde sie jeden Augenblick aufwachen und feststellen, dass es nur ein böser Traum gewesen war.

Aber es war leider die Wirklichkeit.

Tränen trübten ihren Blick und sie stand abrupt auf, entschlossen, ihnen nicht nachzugeben. Sie war es leid zu weinen, denn sie hatte das Gefühl, dass sie in den stillen, einsamen Stunden, die sie abgeschottet in dieser Wohnung verbracht hatte, nichts anderes getan hatte, außer Tränen zu vergießen.

Sie streckte den Rücken, ließ den Kopf kreisen und versuchte die Verspannungen zu lösen, während sie in die Küche ging. Sie war seit gestern Vormittag dabei, ihre Akten zu sichten, und hatte ihre Arbeit nur unterbrochen, um nachts ein paar unruhige Stunden zu schlafen und etwas Obst oder ein Schälchen mit trockenen Cornflakes zu essen, wenn ihr Magen vor Hunger protestierte. Heute Abend brauchte sie etwas Herzhafteres. Vielleicht eine von den Tiefkühlmahlzeiten, die sie bei ihrer Ankunft im Gefrierschrank verstaut hatte.

Sie zog die erste Packung heraus, die ihr in die Hände fiel, und las das Etikett. Gebratene Hähnchenbrust, Pilawreis und Broccoli. Das sollte reichen. Nachdem sie das Tablett in die Mikrowelle geschoben hatte, lehnte sie sich an die Küchenzeile und versuchte, sich nicht durch die Aktenberge entmutigen zu lassen, die immer noch auf dem Esstisch lagen.

Aber es war gar nicht so einfach, zuversichtlich zu bleiben. Ihre Suche war bislang erfolglos geblieben. Marks Bemerkung, dass es bei jedem Fall einen Verlierer gab und dass nicht jeder ein guter Verlierer war, stimmte. Das bedeutete aber, jeder Verlierer bei jedem Fall, den sie verhandelt hatte, könnte beschlossen haben, Rache zu üben. Woher sollte sie wissen, wer einen Hang zur Gewalt haben könnte? Das Erscheinungsbild täuschte oft. Jemand, der völlig normal aussah, hatte vielleicht ein Drogenproblem. Oder Wutanfälle. Oder Depressionen. Ein Pfeiler der Gesellschaft konnte seine Frau schlagen. Oder ein Mörder sein.

Vor dem Hintergrund dieser Gedanken hatte sie einen ziemlich hohen Stapel Akten für das FBI zusammengestellt. Viel zu viele. Am Ende hatte sie radikal ausgesiebt und beschlossen, nur diejenigen Fälle zu berücksichtigen, in denen jemand einen deutlich negativen Eindruck hinterlassen hatte.

Ausgehend von diesem Kriterium und nachdem sie die Fälle von fast zwei Jahren durchgegangen war, hatte sie nur drei für weitere Ermittlungen markiert. Einen Banküberfall, den sie während ihres ersten Monats im Bundesgericht verhandelt hatte, außerdem einen Fall von häuslicher Gewalt und einen Drogenfall aus ihrer Zeit am Berufungsgericht. Die hatte sie Mark an diesem Nachmittag übergeben, als er und Jake vorbeigekommen waren.

Beim Gedanken an den großen, dunkelhaarigen Marshal geriet ihr Puls aus seinem stetigen Takt und ihre Hand hielt in der

Bewegung inne, mit der sie die Besteckschublade aufzog. Seit ihrer Begegnung am gestrigen Vormittag war sie verunsichert. Vor allem nach ihrem Abschied an der Tür, bei dem es nur so geknistert hatte und sie beinahe erwartete, dass Jake den Teller mit den Cannoli abstellen und sie in seine Arme ziehen würde.

Sie hatte sich sogar gewünscht, dass er es tat.

Genau genommen – auch wenn es sie schockierte, das zuzugeben – hätte sie nicht einmal etwas dagegen gehabt, wenn er sie geküsst hätte.

Das hohe Piepsen der Mikrowelle durchbrach die Stille wie ein Alarm und sie zuckte unwillkürlich zusammen.

Sie schob die Schublade mit der Hüfte wieder zu, nahm ihr Abendessen und setzte sich auf einen Hocker an der Küchenzeile. Der Alarmton der Mikrowelle war wie ein Symbol für ihre gegenwärtige Situation. Es war nicht klug, romantische Gedanken in Bezug auf Jake zu hegen. Nach der emotionalen Achterbahnfahrt der letzten Woche sollte sie ihren Gefühlen im Moment lieber nicht vertrauen. Sie war zu verletzlich und anfällig dafür, Zuwendung überzubewerten – und vielleicht misszuverstehen.

Sie dachte an das Aufleuchten in seinen Augen, als sie in ihrem Sportoutfit an der Tür erschienen war. Wahrscheinlich hatte das gar nichts zu bedeuten. Sie hatte eine gute Figur, und Männer bemerkten so etwas. Ein bewundernder Blick war da ganz normal.

Am besten war es, in dieser Situation eine Weile auf Abstand zu gehen.

Aber als sie einen Bissen von ihrem Hühnchen aufspießte und der warme Duft des Essens ihr in die Nase stieg, musste sie daran denken, wie sie sich gestern gefühlt hatte, als Jake in der Tür stand. Der Blick seiner braunen Augen schien bis auf den Grund ihrer Seele gegangen zu sein. Ihr war ganz warm geworden, aber das hatte nichts mit der Temperatur im Zimmer zu tun gehabt.

Jake war der Grund dafür gewesen.

Der Duft, der von ihrer Mahlzeit ausging, ließ ihren Magen knurren und sie schob das Stück Fleisch in den Mund – und verbrannte sich gleich die Zunge. Sie öffnete den Mund wieder, fächelte sich Luft zu und griff nach ihrem Wasserglas. Sie nahm einen Schluck und spülte sich den Mund aus.

Als der Schmerz nachließ, beschloss sie, den Vorfall als Warnung zu sehen: Wenn man etwas Heißes probierte, sollte man vorsichtig sein – man konnte sich schnell daran verbrennen.

* * *

Fünfzehn Minuten später, als es an der Tür klingelte, saß Liz noch immer über ihrem Teller. Sie hatte nicht vor, sich noch eine Blase auf der Zunge zuzuziehen. Vorsicht war ab jetzt ihr Motto.

Sie legte die Gabel ab, rutschte von ihrem Hocker und ging zur Tür. Durch den Spion sah sie Jake auf der anderen Seite der Tür stehen, mit seinen breiten Schultern und einem strahlend weißen Hemd unter dem dunklen Anzug. Auch wenn ihr Entschluss noch in ihren Gedanken widerhallte, konnte sie nicht verhindern, dass ein Anflug von Freude sie wärmte, als sie die Tür öffnete.

„Hi." Sie zwang ihre Lippen zu einem etwas zittrigen Lächeln. „Möchtest du reinkommen oder bist du hier für heute fertig?"

„Ich habe Feierabend und habe versprochen, mit Cole zu Abend zu essen. Ich wollte nur Gute Nacht sagen und nachfragen, wie deine Aktendurchsicht läuft."

Sie zog eine Grimasse. „Langsam. Und ich sehe nicht viele mögliche Kandidaten, auch wenn es durchaus möglich ist, dass es einen Schläfer gibt, den ich in diesen Fällen nicht bemerkt habe." Sie lehnte sich an den Türrahmen und schob die Hände in die Taschen ihrer Jeans. „Um ehrlich zu sein, fühlt es sich wie eine sinnlose Beschäftigungsmaßnahme an."

„Bleib dran. Die Chancen stehen gut, dass unser Mörder irgendwo in einem deiner Fälle drinhängt. Es sei denn, du hast Feinde, von denen du uns nichts erzählt hast."

„Nein. Mir fällt niemand ein, der mich so gehasst hat, dass er sich meinen Tod wünschen würde."

„Hast du den ganzen Tag gearbeitet?" Er zeigte mit dem Daumen auf den Essbereich.

„Ja. Abgesehen von der Zeit, als du und Mark hier wart."

„Hast du etwas gegessen?"

„Ich bin gerade fertig. Das Gericht des Tages war Gummihuhn aus der Mikrowelle mit undefinierbarer Sauce." Sie lächelte.

Anstatt ihr Lächeln zu erwidern, runzelte er die Stirn. „Das klingt nicht nach einem guten Abendessen. Wir können dir auch was kommen lassen, wenn dir das lieber ist."

„Ist schon in Ordnung. Ich hatte sowieso keinen großen Hunger." Das Klingeln ihres Handys ertönte aus dem Wohnzimmer und sie zog die Tür auf. „Hast du etwas dagegen, wenn ich kurz rangehe?"

„Nein, mach ruhig." Er trat ein und schloss die Tür hinter sich.

Liz lief zu ihrem Telefon und stellte erfreut fest, dass es sich bei dem Anrufer um Delores handelte.

„Ich störe doch nicht, oder, Liebes?"

„Überhaupt nicht." Liz gab Jake ein Zeichen, ihr ins Wohnzimmer zu folgen. „Wie geht es euch?"

„Uns geht es gut. Aber die entscheidende Frage ist: Wie geht es dir? Harold und ich müssen immerzu an dich denken."

„Ich komme schon klar. Die Marshals kümmern sich wirklich rührend um mich." Sie lächelte Jake zu und formte lautlos die Worte „Delores Moretti."

„Das tun sie bestimmt. Aber es ist nicht dasselbe, wie Freunde um sich zu haben. Also haben Harold und ich uns gefragt, ob wir dich vielleicht besuchen können? Wir könnten morgen vorbeikommen, wenn wir unterwegs sind und Besorgungen machen. Vorausgesetzt, du darfst uns sagen, wo du bist."

„Das wäre wunderbar. Warte, ich frage nach. Einer der Beamten steht gerade neben mir." Sie schaltete das Gespräch stumm und berichtete Jake von Delores' Vorschlag. „Wäre das möglich?“

„Ich sehe nicht, was dagegen spricht. Wir müssen die Morettis zur Sicherheit überprüfen, aber ich gehe davon aus, dass das unproblematisch ist. Kannst du Delores morgen früh Bescheid sagen?“

„Ich denke schon.“ Liz machte die Stummschaltung rückgängig. „Delores? Das müsste funktionieren. Sie müssen aber eine Sicherheitsprüfung durchführen. Kann ich dich morgen früh anrufen?“

„Natürlich. Sicherheitsprüfung? Denkst du, sie werden das Knöllchen von vor zwei Jahren gegen mich verwenden?“

Liz lächelte, als sie den ernsten Tonfall von Delores hörte, und wandte sich an Jake. „Ich bin sicher, ein Knöllchen wegen Falschparkens wird kein Problem sein, Delores.“ Jakes Lippen verzogen sich zu einem schiefen Grinsen. „Ich melde mich wieder, ja?“

„Ist gut. Pass auf dich auf.“

Während Liz auflegte, ging Jake zur Tür. „Ich sage kurz in der Kommandozentrale Bescheid, bevor ich gehe, damit sie mit der Überprüfung anfangen können.“

Sie folgte ihm in den Flur. „Hast du dieses Wochenende frei?“

„Ja. Aber ich komme ein, zwei Mal vorbei. Und du kannst mich immer auf dem Handy anrufen. Am Sonntag sprechen wir dann über deinen Prozessplan.“

„Ist gut. Danke.“

„Kein Problem. Wir sehen uns irgendwann morgen. Gute Nacht.“

Sie schloss die Tür und verriegelte sie. Dann sah sie durch den Spion, bis er aus ihrem Blickfeld verschwunden war.

Wieder an die Arbeit.

Aber als sie die Reste ihres Abendessens in den Mülleimer warf und ins Esszimmer zurückging, war sie plötzlich froh über die Aufgabe, die ihre Trauer, ihre Einsamkeit – und den Gedanken an Jake – in Schach halten würde.

* * *

Als die Sonne am Samstag über den Horizont spähte, nahm Martin seinen Kaffee aus der Becherhalterung neben dem Fahrersitz und trank einen Schluck, während er den Wohnblock im Central West End betrachtete, in dem Neil Clark wohnte. Es war erstaunlich, wie viel man herausfinden konnte, indem man sich einfach hinsetzte. Und wartete. Beobachtete. So hatte er auch die Informationen bekommen, um seinen ersten Plan zu schmieden, mit dem die Welt von Richterin Elizabeth Michaels befreit werden sollte.

Auch wenn der Plan nicht erfolgreich gewesen war, gut war er dennoch gewesen. An dem Resultat waren nicht fehlerhaftes Denken oder Planen schuld gewesen. Er war immer gründlich und genau. Deshalb war er in seinem Job auch so gut gewesen. Und deshalb hatten seine Vorgesetzten ihn beim Zusammenbau des Space Shuttles eingesetzt. Und bei dem Apache-Helikopter-Projekt. Und dem Harrier-Auftrag. Sie wussten, sie konnten sich darauf verlassen, dass Martin Reynolds seine Sache gut machte.

So wie er diese Sache gut machen würde.

Die Tür zur Wohnung ging auf und Neil kam heraus, die Inliner bereits an den Füßen. Der Junge wirkte wie fünfzehn, mit seinem wilden Haar, das ihm ins Gesicht fiel, und seinem schlaksig jugendlichen Körperbau. Und er war so berechenbar wie die Glocken, die jede Stunde im Glockenturm der Kirche in Martins Straße läuteten. Jeden Samstagmorgen um sieben Uhr fuhr Neil mit den Inlinern los. Dann ging er für ein paar Stunden zum Gericht, immer in Jeans und T-Shirt gekleidet und mit einem Rucksack auf dem Rücken.

Während er beobachtete, wie der Junge die Straße hinunter und in Richtung Forest Park fuhr, ließ Martin den Wagen von der Bordsteinkante losrollen und folgte ihm. Als er seinen Plan zuerst skizziert hatte, hatte er gedacht, er könnte Neil benutzen, um an die Richterin heranzukommen. Nachdem er gesehen hatte, wie die beiden zusammen das Gerichtsgebäude verließen, war er ihnen zu Fuß gefolgt, als sie zu einem überfüllten Café gegangen waren. Der Mittagsbetrieb machte es ihm leicht, sich den beiden so weit zu nähern, dass er ihr Gespräch belauschen konnte, ohne aufzufallen. Aus dem Gespräch hatte er geschlossen, dass der Junge ihr Angestellter war.

Aber am Ende hatte er Neil gar nicht gebraucht. Es war einfach gewesen, der Richterin bis nach Hause zu folgen, und noch einfacher, ihren abgeschirmten Garten zu erkunden. Ein Besuch hatte ihm gezeigt, dass das Kellerfenster im Dunkeln einen problemlosen Zugang zum Haus ermöglichen würde. Und durch das Fenster der Waschküche hatte er einen guten Blick auf den Tastaturblock der Alarmanlage werfen können. Es war eine einfache Anlage, die man nachts einschaltete oder wenn man das Haus verließ. Er hatte in seinem Job mit genügend ausgeklügelten Sicherheitssystemen und geheimen militärischen Entwicklungen zu tun gehabt, um ein Standardmodell zu erkennen.

Außerdem hatte er zwei Wochen lang vor ihrem Haus gesessen, um ihre Gewohnheiten zu studieren. Wann sie morgens ging, wann sie zurückkam, wann sie Besorgungen machte, mit wem sie sprach. Besonders befreundet schien sie mit den Nachbarn von gegenüber zu sein – Delores und Harold Moretti.

Nein, an seinem Plan war nichts auszusetzen gewesen. Er hatte das Haus ohne Probleme betreten und verlassen, und die Polizei hatte keine Ahnung, wer der Täter war.

Sein einziger Fehler war es gewesen, die falsche Frau zu töten.

Beim nächsten Mal würde es keinen Fehler geben.

Er fuhr in den Park und folgte Neil weiter in sicherer Entfernung. Bei einem zweiten Versuch würde es nicht so einfach sein. Die Richterin war nicht mehr in ihrem Haus. Sie war in einem Hochhaus unweit vom Gericht, abgeschottet und umgeben von Marshals. Wenigstens war er ziemlich sicher, dass sie dort war, nachdem er Neil vor zwei Tagen vom Gericht aus gefolgt war und gesehen hatte, wie er ein halbes Dutzend Kisten aus seinem

Auto geladen und zum Haus getragen hatte. Irgendwann würde sie mehr Dinge aus ihrem Büro haben wollen, und der junge Grünschnabel schien ihm derjenige zu sein, der am ehesten den Botenjungen spielen musste. Also hatte er sich an ihn gehängt wie eine Klette.

Und es hatte sich gelohnt.

Er hoffte, der Junge würde noch einmal dorthin fahren, nur um den Aufenthaltsort der Richterin zu bestätigen.

Anderthalb Stunden später, während er vor dem Parkhaus des Gerichts in seinem Auto saß und die Zeit totschlug, landete er einen Volltreffer. Der Wagen des Jungen fuhr keine Viertelstunde nach seiner Ankunft im Gericht aus dem Parkhaus, und anstatt nach Westen, zu seiner eigenen Wohnung zu fahren, schlug er die südliche Richtung ein. Dort lag die Wohnung der Richterin.

Genau wie bei seinem ersten Besuch parkte er vor dem Haus. Dann holte er eine Kiste aus dem Auto und ging zur Tür.

Zehn Minuten später kam er wieder heraus, ging zu seinem Auto und fuhr weg.

Martin trommelte auf das Lenkrad und überlegte, was er als Nächstes tun sollte. Er hatte keinen Grund, dem Assistenten weiter zu folgen. Der Junge hatte seine Schuldigkeit getan. Seine beiden Ausflüge zu diesem Haus waren ein ziemlich überzeugender Beweis dafür, dass die Richterin sich hier aufhielt.

Aber er konnte noch eine Weile hierbleiben. Er hatte beim ersten Mal eine Menge dabei gelernt, das Haus der Richterin zu observieren. Es konnte schließlich sein, dass er noch mehr nützliche Informationen aufschnappte. Und in der Planungsphase konnte man gar nicht genug Informationen haben.

Vor allem, wenn viel auf dem Spiel stand.

* * *

Liz zog die nächste Akte zu sich und trank einen Schluck Kaffee. Sie hatte am gestrigen Abend noch lange gearbeitet, nachdem Jake gegangen war, hatte sich dann ein paar Stunden im Bett hin und her gewälzt und war im Morgengrauen aufgestanden, um sich wieder an die Arbeit zu machen. Sie war entschlossen, an diesem Wochenende die Durchsicht der letzten fünf Jahre abzuschließen. Gerade hatte Neil noch eine Kiste gebracht, nachdem sie bemerkt hatte, dass eine fehlte. Es war nicht gerade ihre Vorstellung von einem schönen Samstag, aber sie wollte diese Aufgabe so schnell wie möglich hinter sich bringen.

Ihr Magen knurrte angesichts der stetigen Kaffeeinfusion und sie stellte den Becher ab. Nach dieser Akte würde sie aufhören und ein Brötchen essen. Oder eins der fertigen Frühstücks-Sandwichs, die im Gefrierschrank verstaut waren. Sie hatte an diesem Morgen Mühe, sich zu konzentrieren – bei ihr ein seltenes Problem. Wahrscheinlich lag es an ihrer momentanen Ernährungsweise, gegen die jeder Ernährungsspezialist protestieren würde. Und natürlich an ihrer völligen Erschöpfung.

Sie stützte den Kopf auf eine Hand und las den Aufkleber auf der Akte. Martin Reynolds vs. Dr. John Voss, St. Gregory Hospital. Ganz spontan hatte sie keine Erinnerung an diesen Fall, aber als sie ihr Urteil überflog, fiel ihr alles wieder ein.

Der Kläger hatte einen Notarzt und das Krankenhaus, in dem dieser arbeitete, verklagt, nachdem die akute Blinddarmentzündung seiner Frau als Dickdarmentzündung fehldiagnostiziert worden war. Sie war drei Tage später gestorben.

Liz las sich den Vorgang genauer durch, um ihre Erinnerung aufzufrischen.

Martin Reynolds und seine Frau Helen hatten Helens Schwester in der Nähe von Eldon besucht, wo Helen nach dem Genuss von Popcorn schlecht geworden war. Ihre Symptome hatten sich verschlimmert und ihr Mann hatte sie nach Jefferson City ins Krankenhaus gefahren. Nachdem man dort ihre Krankengeschichte aufgenommen hatte, zu der eine jahrelange Dickdarmentzündung gehörte – und nachdem einige Tests gemacht worden waren, die einen akuten Entzündungsschub bestätigten –, hatte der Notarzt sie entlassen. Sie hatte die Anweisung bekommen, sich auszuruhen, vierundzwanzig Stunden lang nur klare Flüssigkeiten zu trinken und ein frei verkäufliches Schmerzmittel zu nehmen. Man hatte ihr auch geraten, sich wieder zu melden, wenn ihr Zustand sich nicht schnell besserte.

Acht Stunden später, nachdem alle Symptome deutlich schlimmer geworden waren, hatte Reynolds seine Frau wieder in die Notaufnahme gebracht. Ein CT wurde gemacht und die Diagnose wurde auf Dickdarmentzündung *und* akute Blinddarmentzündung geändert. Bevor sie jedoch in den Operationssaal gebracht werden konnte, brach ihr Blinddarm. Eine Bauchfellentzündung und dann eine Blutvergiftung waren die Folge. Dies wiederum führte zu einem kompletten Kreislaufversagen, multiplem Organversagen und Tod. Mehrere Monate später hatte Reynolds Anklage wegen eines ärztlichen Kunstfehlers erhoben.

Während Liz das Material durchging, erinnerte sie sich an die Einzelheiten des Falls, z. B. auch an den bodenlosen Kummer des Klägers. Er war deutlich in seinen Augen zu sehen gewesen – neben Wut und Frustration. Sie hatte seine Gefühle verstanden und sogar nachempfunden. Aber der sogenannte Experte, den Reynolds Anwalt hinzugezogen hatte, hatte beim Kreuzverhör zugeben müssen, dass er gar nicht die Qualifikation besaß, um eine Aussage über die Versorgungsqualität bei Ärzten in der Notaufnahme machen zu können. Da der Kläger nicht in der Lage gewesen war, genug Beweise zu erbringen, war der Prozess schon vorbei, bevor der Angeklagte sich hatte verteidigen müssen. Ihr war nichts anderes übrig geblieben, als für den Arzt zu entscheiden. Die Berufungsinstanz hatte ihre Entscheidung bestätigt.

Sie hatte jedoch im Rahmen des Gesetzes versucht, ihr Möglichstes für Reynolds zu tun. Als der Anwalt des Arztes vor dem Prozess einen Antrag gestellt hatte, den Experten des Klägers wegen mangelnder Qualifikation nicht zuzulassen, war sie eigentlich seiner Meinung gewesen. Aber sie hatte den Antrag abgewiesen, um die Zeugenaussage des sogenannten Experten vor Gericht abzuwarten. Sie hatte jedoch Reynolds Anwalt darauf hingewiesen, dass sein Experte möglicherweise nicht die nötige Qualifikation haben könnte, um auszusagen. Sie hatte ihn gebeten zu überlegen, ob er den Zeugen nicht zurückziehen und einen ausreichend qualifizierten Experten benennen wollte. Er hatte abgelehnt.

Liz schloss die Akte und trommelte mit den Fingern auf den Pappdeckel. Sie hatte in ihrer Zeit beim Bezirksgericht mit mehreren Kunstfehlerprozessen zu tun gehabt, und die meisten waren gut vorbereitet gewesen. Dieser jedoch nicht. Es gab eine Menge schlechter Anwälte da draußen, und leider hatte Martin Reynolds einen von ihnen engagiert – und damit seinen Fall zum Scheitern verurteilt.

Liz war bei dem Urteil gar nicht wohl gewesen. Aber ihr Vater hatte ihr schon früh beigebracht, nicht jedem Fall in Gedanken hinterherzuhängen. Das kostete zu viel Kraft. Er war der mitfühlendste Mann gewesen, den sie kannte, und seine Leidenschaft für das Recht hatte ihn angetrieben, für jeden seiner Mandanten alles zu geben, ob sie zahlten oder nicht. Aber er hatte auch gewusst, wie man etwas hinter sich ließ, wenn man die Bürotür schloss. Sie hatte immer versucht, seinem Beispiel zu folgen.

Sie wog die Akte in der Hand und überlegte, auf welchen FBI-Stapel sie die Mappe legen sollte – ja, nein, vielleicht. Letzterer war für die zweite Runde gedacht, enthielt also die Akten, die sie dem FBI geben wollte, wenn die Fälle aus dem ersten Stapel nicht zu einer Spur führten.

Es war kein Ja, entschied sie. An dem Fall war nichts Besonderes, das die Alarmglocken klingeln ließ. Andererseits war etwas an Martin Reynolds irgendwie beunruhigend gewesen. Nichts, das sie genauer identifizieren konnte. Keine Drohungen. Kein

Wutanfall in ihrer Gegenwart. Keine wütenden Gesten. Aber sein vernichtendes Schweigen und seine bohrenden Blicke hatten sie verunsichert.

Ihr Handy klingelte und sie legte die Akte zwischen den Nein-Stapel und den Vielleicht-Stapel. Sie würde sich später entscheiden.

Sie stand auf, streckte sich, ging zum Couchtisch und nahm das Telefon in die Hand.

„Tut mir leid, dass ich so früh anrufe." Jakes angenehme Baritonstimme sandte ein Flattern durch ihren Bauch. „Habe ich dich geweckt?"

„Nein." Sie sah auf ihre Uhr. „Ich bin schon seit einigen Stunden auf und lese Akten."

„Du bist wirklich entschlossen, bis morgen Abend fertig zu sein, oder?"

„Das habe ich vor."

„Könntest du dir vorstellen, heute Abend eine oder zwei Stunden Pause zu machen?"

Neugierig setzte sie sich auf die Sofakante. „Vielleicht. Woran dachtest du denn?"

„Eine Pizzaparty aus dem Hause Taylor."

Sie lächelte. „Dass du Pizza holen kannst, weiß ich schon. Aber was hat es mit der Party auf sich?"

Er lachte leise. „Alison, Cole und ich wollten uns heute Abend bei ihr zu Hause treffen, aber Pizza ist tragbar. Und ich glaube, du wirst Alison mögen."

Sie versuchte, der rücksichtsvollen Geste nicht zu viel Bedeutung beizumessen. Jakes Beruf verlangte von ihm, dass er ihre Sicherheit gewährleistete. Und dass sie sich wohl fühlte. Das konnte zumindest ein Grund für seinen Vorschlag sein.

Jedenfalls war er verlockend. Äußerst verlockend.

„Ich will aber nicht bei einem Familienabend stören. Bist du sicher, dass sie nichts dagegen haben?"

„Sie sind ganz meiner Meinung. Ich habe sie nämlich gefragt, bevor ich dich angerufen habe. Irgendwelche besonderen Wünsche, was die Pizza betrifft?"

„Ich esse alles. Außer Oliven."

„Ist bereits notiert. Daran erinnere ich mich noch vom letzten Mal. Ist sieben Uhr okay?"

„Prima. Hast du schon Nachricht wegen der Morettis?"

„Das ist auch ein Grund, warum ich anrufe. Der Besuch bei dir ist abgesegnet."

„Ich konnte mir auch nicht vorstellen, dass es da Probleme gibt. Delores' größtes Vergehen ist, dass sie kalorienreiche Desserts macht. Abgesehen von dem Knöllchen fürs Falschparken natürlich."

Er stieß einen belustigten Laut aus. „Genieß deinen Besuch. Und wir sehen uns heute Abend."

Nachdem sie sich verabschiedet hatten, legte Liz auf, ging in die Küche und schob ein gefrorenes Baguette mit Schinken und Ei in die Mikrowelle. Sie war nie ein Mensch gewesen, der besonders viel Gesellschaft brauchte. Aber diese Woche war viel zu still gewesen. Und einsam. Sie war nur zu bereit für eine Unterhaltung, die sich nicht darum drehte, einen Mord aufzuklären und einen Mörder zu finden, der vielleicht in diesem Augenblick einen zweiten Versuch plante.

Die Morettis zu sehen, würde eine nette Abwechslung sein. Und sie vermutete, dass die Taylors an diesem Abend auch jede Menge Ablenkung bringen würden. Cole schien ein netter Kerl zu sein, und von dem, was Jake ihr über Alison erzählt hatte, konnte sie sich gut vorstellen, dass sie beide sich verstehen würden.

Und dann war da noch Jake selbst. Es war ohnehin schon Ablenkung genug.

Es bestand kein Zweifel daran: Sie freute sich eindeutig auf heute Abend.

* * *

Seine Geduld hatte sich ausgezahlt.

Martin rutschte tiefer hinter sein Lenkrad und beobachtete, wie die Morettis den Gehweg entlang bis zu dem Hochhaus gingen, in dem Neil drei Stunden zuvor die Kiste abgeliefert hatte. Die Frau trug einen Regenmantel und hatte ein großes Backblech in der Hand, das aussah, als wäre Kuchen darauf. Der Mann trug eine kurze Jacke und eine Baseballmütze. Und beide gingen durch die Glastür ins Foyer.

Das war der letzte Beweis, den er brauchte.

Die Richterin war hier.

Und sie bekam Besuch.

Ein Adrenalinstoß beschleunigte seinen Puls, als sich eine Idee in seinem Kopf formte. Eine Idee, die eine Menge Potenzial hatte.

Martin ließ sein Auto an und fädelte sich in den Verkehr ein. Er wollte so schnell wie möglich nach Hause und sich die Details überlegen.

Es war an der Zeit, Plan B auszuarbeiten.

* * *

„Ich kriege keinen Bissen mehr herunter." Alison stöhnte und schob ihren Teller von sich.

„Wird auch Zeit. Ich dachte schon, wir müssten noch eine Pizza bestellen." Jake nahm sich eines der drei letzten Stücke aus der Schachtel auf dem Tisch, den Liz aus gegebenem Anlass von Akten befreit hatte.

„Ich warne dich, Bruderherz. Wenn du mit Alison essen gehst, solltest du zu einem Restaurant mit Mittagsbüffet gehen. Ansonsten ist dein Magen anschließend zwar voll, aber dein Portemonnaie leer." Cole grinste seine Schwester an und nahm sich auch noch ein Stück Pizza.

„Brüder!" Alison warf Liz einen leidenden Blick zu und griff nach ihrer Limonade. „Gut, dass du hier bist, sonst würden sie mich *richtig* fertig machen."

Liz kicherte und beugte sich über die Schachtel, die Hand über dem letzten Stück schwebend. „Möchte noch jemand?"

„Bedien dich", antwortete Jake im Namen seiner Geschwister. Er hatte gehofft, dass ein entspannter Abend mit Essen und Gesprächen etwas von der Anspannung in ihrer Miene lösen und sie dazu bringen würde, etwas Ordentliches zu essen. In beiden Punkten war er angenehm überrascht. Zuerst hatte sie nicht viel zu der Unterhaltung beigetragen, aber sie hatte viel gelächelt und sogar ein wenig gelacht.

Im Laufe des Abends hatte sie sich mehr an dem Geplänkel beteiligt. Jetzt, als die Mahlzeit sich dem Ende zuneigte, plauderte sie mit Alison, als würden sie sich seit Jahren kennen. Zum ersten Mal, seit er vor acht Tagen die Notaufnahme betreten und sie in Schockstarre vorgefunden hatte, das Blut ihrer Schwester noch an den Händen, sahen ihre Augen lebendig aus.

Auftrag ausgeführt.

„Warum nicht? Jake geht auch."

Als Alison seinen Namen erwähnte, schaltete er sich wieder in die Unterhaltung ein. „Gehen? Wohin?"

„In die Kirche. Cole sträubt sich immer noch:"

„Ich sträube mich nicht. Ich habe zu tun." Cole wandte seine Aufmerksamkeit seinem älteren Bruder zu. „Wie hat Alison es denn geschafft, dich dazu zu bewegen, dass du wieder hingehst?"

„Du gehst mit Alison in die Kirche?" Liz warf ihm einen überraschten – aber erfreuten – Blick zu.

Jake zuckte mit den Schultern und hoffte, die Röte, die seinen Hals hinaufzukriechen drohte, bliebe, wo sie war. „Es wird Zeit."

„Seit wann das denn?" Cole legte den Kopf zur Seite und sah Jake prüfend an. Dann wandte er sich an Liz. „Bist *du* eine Kirchgängerin, Liz?"

Der Tonfall seines Bruders mochte unschuldig klingen, aber das spekulative Funkeln in seinen Augen war es nicht. Jake warf ihm einen warnenden Blick zu.

„Ja. Wenn ich nicht gerade eingesperrt bin."

„Ah." Ein selbstgefälliges Lächeln flog über Coles Lippen. „Allmählich verstehe ich." Er verputzte seinen letzten Bissen Pizza. „Ihr zwei habt eine Menge Zeit zusammen verbracht, nicht wahr?"

Jake wollte gerade eine Antwort knurren, aber Alison kümmerte sich darum, indem sie Cole unter dem Tisch trat.

„Au!" Cole bückte sich und rieb sich das Schienbein, während er Alison mit gerunzelter Stirn ansah. „Wofür war das denn?"

„Überleg mal."

„Danke." Jake hob seine Getränkedose in Richtung seiner Schwester und prostete ihr zu.

„Gern geschehen." Alison schüttelte den Kopf und sah Liz an. „Wie schon gesagt: Brüder. Aber was auch immer du getan hast, um Jake dazu zu bringen, einen Besuch im Gottesdienst zu erwägen – Hut ab!" Sie hob ihr eigenes Getränk zu einem Toast auf ihre Gastgeberin.

Liz' Blick begegnete seinem, und Jake sah die Entschuldigung in ihren Augen. Er konnte schlecht seinem Impuls nachgeben und ihre Hand nehmen, um ihr zu versichern, dass er die Neckereien seiner Geschwister nicht übel nahm. Stattdessen entschied er sich für ein Augenzwinkern.

Zu seiner Überraschung breitete sich eine leichte Röte auf ihren Wangen aus, bevor sie den Kopf senkte, um den Saum ihrer Serviette glatt zu streichen. Es war eine schüchterne, ausgesprochen reizende Seite an ihr, die er noch nicht gesehen hatte. Aber sie faszinierte ihn.

Als das Schweigen anhielt, riss Jake seinen Blick von Liz los und blickte kurz zu seinen Geschwistern hinüber. Alison grinste, und Coles Mund war süffisant verzogen.

Ein Themenwechsel war angesagt.

„Wer ist für Nachtisch zu haben?"

Alisons Augen weiteten sich. „Das ist nicht dein Ernst, oder? Nach all der Pizza?"

„Kein Problem für mich." Cole verschränkte die Arme vor der Brust. „Was gibt es denn?"

„Wie wäre es mit Ted Drewes?"

„Immer her damit", erklärte Cole.

„Also gut, ich find noch ein Plätzchen dafür", kapitulierte Alison.

Liz zog die Augenbrauen hoch. „Was ist denn Ted Drewes?"

„Die beste gefrorene Eiscreme der Welt. Er verkauft das meiste davon an einem kleinen Stand in der Innenstadt, eine Sehenswürdigkeit von St. Louis", erklärte Alison.

„Das klingt gut. Und ich kann selbstgebackene italienische Mandelkekse beisteuern, die meine Nachbarin heute vorbeigebracht hat."

„Ist das die Dame mit den Killer-Cannoli?", fragte Alison.

„Genau die."

Sie stöhnte erneut. „Dann weiß ich, dass sie fantastisch schmecken werden. Hüfte, pass auf!"

„Du kannst es dir leisten, ein bisschen zuzunehmen." Jake schob seinen Stuhl zurück und stand auf, bevor sie antworten konnte. „Ich habe Ted Drewes im Gefrierschrank in der Kommandozentrale nebenan verstaut. Ich bin in zwei Minuten wieder da."

Es dauerte gar nicht so lange, bis er zurück war und eine Tüte auf dem Tisch abstellte, aus der er vier Pappbecher holte. „Ihr habt die Wahl. Ich habe Erdbeere und Schoko mit Stückchen. Liz?"

„Erdbeere."

„Gute Entscheidung." Er reichte ihr den Becher, während seine Geschwister die anderen Becher aufteilten.

„Wow." Beim ersten Löffel riss Liz die Augen auf. „Das ist umwerfend. Mit Ted Drewes kannst du mich jederzeit bombardieren."

„Das werde ich mir merken." Jake zwinkerte wieder und kam erneut in den Genuss von Liz' reizendem Erröten.

Während sie ihre Eiscreme und die Kekse aßen, erzählte Alison eine schöne Begebenheit mit einem kleinen Jungen, den sie an diesem Tag in eine Pflegefamilie gebracht hatte. Jake hatte noch nie verstanden, wie seine gefühlvolle Schwester es schaffte, so positiv zu bleiben, obwohl sie bei ihrer Arbeit für das Jugendamt jeden Tag mit misshandelten und vernachlässigten jungen Menschen zu tun hatte. Aber er bewunderte ihr Engagement, diesen Kindern ein besseres Leben zu ermöglichen.

Liz ergänzte ein paar humorvolle Bemerkungen über den Besuch der Morettis und ihre Reaktion darauf, dass sie mit einem Sicherheitssensor abgetastet worden waren. Als der Stab über Delores Dose mit Gebäck laut piepste, hatte sie großzügige Portionen an die Dienst habenden Marshals verteilt, um zu beweisen, dass ihr Mitbringsel ungefährlich war.

„Also, auch wenn es ein lustiger Abend war, muss ich morgen früh aufstehen, um zum Gottesdienst zu gehen.“ Alison kratzte den letzten Rest Eiscreme aus ihrem Becher, leckte den Löffel ab und zeigte damit auf Jake. „Und du auch.“

„Ich wünschte, ich könnte mitkommen.“ Liz leerte ebenfalls ihren Becher.

„Wir können es einrichten, dass du in die Kirche gehen kannst, wenn du willst“, bot Jake an.

Sie ließ den Löffel in ihren leeren Becher fallen und sah ihn an. „Das wäre doch bestimmt ein riesiger Sicherheitsaufwand für euch.“

„Wir haben schon kompliziertere Aufträge bewältigt.“

„Das bezweifle ich nicht. Aber ich sehe auch nicht ein, warum ich eure Arbeit schwieriger machen soll, als sie ohnehin schon ist. Ich bin sicher, Gott versteht es, wenn ich ein paar Sonntage von einem anderen Ort aus mit ihm kommuniziere.“

„Ich weiß deine Rücksicht zu schätzen. Aber solltest du es dir anders überlegen, sag mir Bescheid.“ Er stand auf, um die leeren Pappbecher einzusammeln, und bemerkte zufrieden, dass sie ihre Portion ganz aufgegessen hatte. So weit er wusste, war dies die erste richtige Mahlzeit, die sie seit einer Woche zu sich genommen hatte.

Als er in der Küche verschwand, erhoben Alison und Cole sich ebenfalls. Alison holte ihre Handtasche und Liz begleitete sie zur Tür, wo Jake wieder zu ihnen stieß.

Nachdem sich alle voneinander verabschiedet hatten, fand Jake sich allein mit Liz im Flur vor ihrer Wohnung wieder. „Ich sollte auch gehen."

Sie nickte und legte die Hand um die Türkante. „Danke für heute Abend. Ich habe die Zeit genossen … trotz der Schuldgefühle."

Er runzelte die Stirn angesichts des Nachsatzes. „Welche Schuldgefühle?"

Sie zuckte mit den Schultern und betrachtete den Abtreter unter ihren Füßen, während sie die Stimme senkte. „Nach allem, was letzte Woche geschehen ist, scheint es mir irgendwie nicht richtig, zu lachen oder glücklich zu sein."

Jakes Kehle schnürte sich zu. „So ging es mir auch, nachdem Jen gestorben war."

Sie hob den Kopf und sah ihn prüfend an. „Geht es dir manchmal immer noch so?"

„Ja." Er schluckte und schob die Hände in die Hosentaschen. „Aber ich versuche daran zu denken, wie sehr sie das Leben geliebt hat. Und dass für sie jeder Tag ein Geschenk war, das sie würdigen und genießen wollte. Und dass sie nie die Hoffnung verloren hat, auch wenn es nicht gut lief. Es würde ihrem Andenken nicht gerecht werden, wenn ich für immer im Schatten der Trauer leben würde."

„Jen scheint einiges mit Steph gemeinsam zu haben. Ich bewundere, wie du das Leben ohne sie bewältigst."

„Meiner Meinung nach ist es in Ordnung, wenn du jeden Glücksmoment ergreifst, den du jetzt finden kannst, Liz." Die Worte klangen zärtlich, heiser. Und sie offenbarten mehr, als er beabsichtigt hatte.

Mehrere Sekunden lang sagte keiner von ihnen beiden etwas. Als Liz schließlich antwortete, überraschte ihn ihre leise Bemerkung. „Du bist ein guter Mann, Jake Taylor."

Diese Offenheit und die unerwartete Sehnsucht in ihrem Blick berührten ihn auf eine Weise, wie es lange nicht mehr geschehen war. Und nicht zum ersten Mal war er versucht, sie an sich zu ziehen und die Arme tröstend um sie zu legen. Aber er war in Sichtweite der Überwachungskameras, die auf ihre Tür gerichtet waren und in diesem Augenblick die Bilder in die Kommandozentrale übertrugen. Außerdem war er entschlossen, ihre Beziehung rein beruflich zu halten, bis dieser Auftrag beendet war.

Das bedeutete allerdings nicht, dass er ihr nicht einen Hinweis geben konnte, was seine Gefühle betraf.

„Liz … wenn das hier vorbei ist … möchte ich den Kontakt zu dir nicht verlieren. Was würdest du davon halten, wenn wir unsere Bekanntschaft dann auf einer privaten Ebene fortsetzen würden?"

Ihre geröteten Wangen und ihr Lächeln gaben ihm eine Antwort, noch bevor sie sprach. „Das fände ich schön, Jake."

Er lächelte und genoss den Hauch von Wärme, der einen seit langem erkalteten Teil seines Herzens aufzufallen begann. „Dann tun wir das." Nur mit viel Willenskraft behielt er die Hände in den Hosentaschen und trat einen Schritt zurück. „Wir sprechen morgen miteinander. Schlaf gut."

„Ich glaube, heute Nacht werde ich das."

Als sie die Tür mit einem leisen Klick und einem letzten Lächeln schloss, hoffte er, dass ihre Unterhaltung ihr wirklich helfen würde, besser zu schlafen. Aber bis sie den Mörder geschnappt hatten, der sie umbringen wollte, würde ihm ein friedlicher Schlummer verwehrt bleiben.

Kapitel 13

Als am Sonntagabend um halb sieben jemand an ihre Tür klopfte, legte Liz gerade die letzte Akte aus den vergangenen fünf Jahren auf den Nein-Stapel für das FBI.

Wenn es sich um Jake handelte, der gekommen war, um die Pläne für den nächsten Tag zu besprechen, dann hätte sie das Ende ihrer Arbeit nicht besser planen können.

Ein Blick durch den Spion bestätigte, dass ihr Besucher tatsächlich der große, dunkelhaarige Marshal war, und sie entriegelte die Tür, um ihn hereinzulassen.

Er lächelte, als er an ihr vorbei die Wohnung betrat. „Hast du gedacht, ich hätte dich vergessen?"

Ein Hauch seines Rasierwassers wehte in ihre Richtung und ließ ihr Herz ein kleines bisschen schneller schlagen. „Nein. Du hast doch gesagt, dass du vorbeikommst, und ich habe den Eindruck, dass du ein Mann bist, der seine Versprechen hält."

„Immer." Er sah sie an und schlenderte dann in Richtung Essbereich, wo er die ordentlichen Stapel auf dem Tisch betrachtete. „Hast du dein Ziel erreicht?"

„Gerade so. Dein Timing ist wirklich perfekt."

Sein Mund verzog sich zu einem ironischen Grinsen. „Alison sieht das anders. Wann immer ich anrufe, ist sie gerade dabei, sich die Haare zu fönen oder ihren neuen Hund einzufangen oder das Haus zu verlassen. Und, hast du noch irgendwelche Akten für Mark gefunden?"

„Sechs Stück." Sie zeigte auf den niedrigsten Stapel.

„Er wird sie sicher mit dir durchgehen wollen, wie er es bei den ersten Fällen gemacht hat. Ich würde mal tippen, gleich morgen früh, aber das kann ich später noch mal bestätigen. Willst du mir erzählen, was diese Woche bei dir anliegt?"

„Okay. Ich wollte mich gerade mit Delores' Keksen belohnen. Magst du welche?"

Er zog eine Grimasse und klopfte sich kopfschüttelnd auf den Bauch, der für Liz allerdings eher durchtrainiert aussah. „Wenn ich weiter ihre Leckereien esse, muss ich meine morgendlichen Trainingseinheiten verdoppeln. Aber na gut … bevor ich mich schlagen lasse."

Sie grinste. „Wie wäre es mit einem Kaffee dazu?"

„Klingt gut. Den hole ich, während du dich um die Kekse kümmerst."

Er folgte ihr in die Küche, holte zwei Becher aus dem Schrank und füllte sie aus der Thermoskanne, während sie die Keksdose öffnete. Mit einem Becher in jeder Hand warf er durch die Durchreiche einen skeptischen Blick auf den Esstisch. „Ich glaube, im Esszimmer ist kein Platz für Kekse *und* Akten."

Sie blickte selbst zum Tisch hinüber. Beinahe die ganze Glasplatte des Tisches war mit ordentlich aufgereihten Aktenstapeln bedeckt.

„Wir können hier essen, wenn es dir nichts ausmacht."

„Kein Problem." Er stellte die Becher auf die Granitarbeitsplatte und setzte sich auf einen Barhocker. „Das mache ich in meiner Wohnung auch – obwohl ich noch nicht oft dort gegessen habe, seit ich wieder hierher gezogen bin."

„Es war für dich nicht gerade ein langsamer Einstieg, oder?" Sie setzte sich auf den Hocker neben seinem.

Er zuckte mit den Schultern. „So ist das bei meinem Job nun mal. Er wird nie langweilig." Er trank einen Schluck Kaffee und blickte wieder zum Esstisch hinüber. „Sieht so aus, als würdest du eine Weile brauchen, um alles wieder zu ordnen."

„Ob du es glaubst oder nicht, die Stapel ergeben für mich tatsächlich einen Sinn. Es wird nicht lange dauern."

Er zeigte auf einen kleinen, ordentlichen Stapel Akten, der am Rand lag. „Was sind das für welche?"

„Die zweite Runde. Wenn das FBI bei den ersten Fällen nicht fündig wird, sind das die nächsten, die ich weitergeben will. Weißt du, ob sie bei der ersten Runde etwas Interessantes gefunden haben?"

„Bis jetzt noch nicht."

Sie biss in den gehaltvollen, mürben Keks mit seiner Füllung aus gemahlenen Mandeln und genoss die plötzliche Süße, als der Puderzucker auf dem Gebäck auf ihrer Zunge schmolz. „Das wundert mich nicht. Um ehrlich zu sein, habe ich die Akten rein instinktiv ausgewählt. Es gibt keinen rationalen Grund, warum sie etwas Besonderes sein sollten."

„Unterschätz deinen Instinkt nicht. Mir hat meiner schon mehr als einmal die Haut gerettet."

Sie hätte gerne gewusst, was er mit dieser Bemerkung meinte, doch er wechselte das Thema, bevor sie eine Frage formulieren konnte.

„Also gut, reden wir über die kommende Woche. Wie würde dein idealer Plan aussehen?"

Sie stützte die Ellenbogen auf die Küchenzeile, legte das Kinn auf eine Hand und seufzte wehmütig. „Auf die Bermudas fliegen, einen Badeanzug anziehen und den ganzen Tag an einem Sandstrand in der Sonne liegen, umgeben von tropischen Blumen und dem blauen Meer."

Ein kleines Lächeln umspielte seine Mundwinkel. „Du magst die Bermuda-Inseln?"

„Ich bin noch nie da gewesen. Aber mir gefällt, was ich darüber gehört habe. Irgendwann vielleicht mal." Sie trank einen Schluck Kaffee, faltete die Hände auf der Arbeitsplatte und wurde wieder ernst. „In der Zwischenzeit habe ich vor, den Vormittagmorgen damit zu verbringen, die Akten zurückzubringen, die ich durchgesehen habe, und mit Mark über die neuen Fälle zu sprechen, die ich herausgesucht habe. Am Nachmittag würde ich gerne ins Gericht fahren und mich mit Walter Shapiro, dem Obersten Richter, treffen. Wir haben miteinander telefoniert, aber ich muss mich mit ihm zusammensetzen und einen vernünftigen Plan ausarbeiten, der mir erlaubt, bei meiner Arbeit am Ball zu bleiben, während ich nebenbei meine Fälle für das FBI sichte. Wie klingt das?“

„Machbar. Ich wusste, dass du wieder arbeiten gehen wolltest, also habe ich entsprechende Sicherheitsvorkehrungen eingeleitet.“

„Zum Beispiel?“

„Zum einen werden Spence und ich im Gericht nicht von deiner Seite weichen. Wir werden vor deinem Büro stehen und dich zum Gerichtssaal begleiten. Außerdem werden wir bei allen Verhandlungen dabei sein, die du dort führst. Auf dem Weg von hier zum Gerichtsgebäude und wieder zurück werden Spence und ich bei dir im Wagen sein, mit jeweils einem weiteren Fahrzeug davor und dahinter, so wie am Anfang, als wir dich hierher gebracht haben. Außerdem werden in der Kommandozentrale zwei Marshals rund um die Uhr im Einsatz sein.“

Sie runzelte die Stirn, während sie einen Keks durchbrach und ihn mit ihrem rot lackierten Fingernagel bearbeitete. „Dieser große Sicherheitsaufwand ist ziemlich beeindruckend. Und ziemlich beunruhigend.“

„Du brauchst dir um deine Sicherheit keine Sorgen zu machen, Liz. Wir machen unsere Arbeit sehr gut.“

Sie schüttelte den Kopf. „Das meine ich nicht. Ich vertraue euch voll und ganz, was meinen Schutz betrifft. Ich meine nur, dass die Vorstellung, jemand da draußen könnte noch ein Attentat planen, mich nervös macht.“

„Wenn der oder die Betreffende das tut, gedenken wir sie zu

finden, bevor sie auch nur die leiseste Chance haben, ihre Pläne in die Tat umzusetzen."

„Katzenhaare sind kein besonders hilfreicher Anhaltspunkt."

„Wir haben außerdem die Fälle, die du uns gegeben hast, damit wir sie näher untersuchen."

„Ich mache mir keine großen Hoffnungen, dass sie viel nützen." Sie legte den Keks hin und schob die Krümel mit dem Finger zu einem ordentlichen Häuflein zusammen.

„He, Liz."

Sie blickte auf, als sie seinen ermutigenden Tonfall hörte. Seine Miene war zuversichtlich und tröstend, als ihre Blicke sich begegneten.

„Ich weiß doch, dass es schwer für dich ist. Aber bald ist das alles vorbei. Mark Sanders ist einer der besten Leute im ganzen FBI, und diese Ermittlungen haben für ihn oberste Priorität. Außerdem wirst du vom U.S. Marshals Service beschützt. Ganz zu schweigen davon, dass Delores Moretti dich mit ihren fantastischen Desserts versorgt. Kopf hoch, okay?" Sein Gesichtsausdruck wurde weicher und er beugte sich vor, um mit den Fingerspitzen über ihre Wange zu streichen. „Puderzucker."

Liz stockte der Atem.

Seine Finger blieben viel länger auf ihren Wangen liegen, als es nötig gewesen wäre. Sie sah, wie die Muskeln in seinem Gesicht zuckten, und wusste, dass er sie küssen wollte.

Doch er versuchte angestrengt, eine professionelle Distanz zu wahren – trotz des Knisterns zwischen ihnen. Sie konnte den Konflikt in den Tiefen seiner braunen Augen sehen, wo Pflichtbewusstsein und Sehnsucht miteinander rangen.

Sie rührte sich nicht, weil sie ihn weder anspornen noch ihn entmutigen wollte. Sie überließ die Entscheidung ihm, obwohl ihr das Motto *Vorsicht* durch den Kopf schoss.

Am Ende siegte die Professionalität. Jake zog seine Hand zurück, wischte den Puderzucker an seiner Serviette ab und zerknüllte sie in seiner Faust, bevor er sie auf die Arbeitsplatte fallen ließ. „Ich muss gehen."

Noch während er das mit rauer Stimme sagte, ging er in Richtung Wohnungstür. Liz folgte ihm langsam und blieb ein wenig entfernt stehen, als er eine Hand auf dem Türknauf ruhen ließ, mit dem Rücken zu ihr. „Ich habe morgen in der Kommandozentrale Dienst. Dann können wir die Einzelheiten über die Fahrt zum Gericht besprechen."

„Ist gut."

Als er ihre leise Erwiderung hörte, drehte er sich zu ihr um. Er bemerkte die Entfernung, die sie zwischen ihnen hatte entstehen lassen, und lächelte gequält. „Keine Sorge. Ich bin zu sehr Profi, um mich von meinen Hormonen bestimmen zu lassen. Aber ich muss zugeben, dass dieser Einsatz meine Willenskraft ganz schön auf die Probe stellt."

Sie schlang die Arme um ihren Oberkörper. „Wenn es dich tröstet – mir geht es genauso."

Die Anspannung in seinem Lächeln ließ nach. „Gut zu wissen. Für mich ist es auf jeden Fall ein Anreiz, diesen Fall so schnell wie möglich zu lösen." Er ließ den Riegel zurückschnappen. „Schließ hinter mir ab, ja?"

Er trat auf den Gang hinaus und zog die Tür hinter sich zu. Wie üblich wartete er, bis er das Geräusch der Verriegelungsanlage hörte, und ging erst dann den Flur hinunter. Sie sah ihm durch den Spion nach, bis er aus ihrem Blickfeld verschwunden war.

Dann ging sie in die Küche zurück, um die Reste ihres Imbisses wegzuräumen. Nachdem sie die Arbeitsplatte abgewischt hatte, spülte sie die Becher aus und stellte sie in die Spülmaschine.

Aber sie war mit den Gedanken nicht bei der Sache. Stattdessen dachte sie an den Tag, an dem sie wieder ein normales Leben führen könnte.

Doch seit Jake in ihr Leben getreten war, veränderte sich ihre Definition dessen, was normal war, langsam. Zum Besseren.

In Gedanken drückte sie den Finger in das kleine Häuflein aus puderzuckrigen Krümeln, die sie zusammengeschoben hatte, und leckte ihn ab, um noch einmal die Süße zu schmecken. Sie hatte das ungute Gefühl, dass noch ein paar unangenehme Tage vor ihr lagen, bevor ihr Leben sich wieder im Aufwind befinden würde.

* * *

Vier Häuser weiter die Straße hinunter saß Martin hinter dem Lenkrad seines Wagens und beobachtete, wie Harold Moretti aus seiner Ausfahrt zurücksetzte. Das Ehepaar schien alles gemeinsam zu unternehmen, außer wenn Harold Delores jeden Sonntag nach dem Gottesdienst nach Hause brachte und dann zum nahe gelegenen Park ging, um eine Stunde spazieren zu gehen. Nichts schien ihn von dieser allein verbrachten Stunde abzuhalten, nicht einmal heftiger Regen. Heute fuhr der Mann offenbar alleine zum Einkaufen.

Das war kein Problem. Es könnte sogar ein Vorteil sein.

Er ließ den Motor an, löste die Handbremse und legte den ersten Gang ein. Als Harold das Stoppschild am Ende der Straße erreicht hatte, hängte Martin sich an seine Fersen. Jetzt, wo sein Plan Gestalt annahm, wollte er keinen Fehler machen, sodass irgendjemand Verdacht schöpfte. Die Information, die er heute brauchte, war wichtig, und um sie zu bekommen, musste er dichter an Harold herankommen. Aber wenn er seine Karten klug und am richtigen Ort ausspielte, würde niemand sein Verhalten verdächtig finden.

Harolds erster Halt war ein Friseur, der mittwochs Rabatte für Senioren anbot, wie ein Schild im Fenster ankündigte. Martin bewunderte die Sparsamkeit des Mannes. Aber dies war kein guter Ort, um an die Information zu kommen, die er brauchte. Er fuhr auf dem gut gefüllten Parkplatz in eine Bucht ein paar Autos entfernt und wartete.

Fünfundvierzig Minuten später kam Harold mit einem extremen Kurzhaarschnitt wieder heraus, sodass die grauen Haare ordentlich in Reih und Glied vom Kopf standen. Ehemaliger Soldat wahrscheinlich. Martin nahm seine Digitalkamera, betätigte das Zoom und schoss ein Foto von Harolds Gesicht. Ein schneller Kontrollblick auf das Bild zeigte, dass es für seine Zwecke gut genug war. Er legte die Kamera neben sich auf den Beifahrersitz, legte den Gang ein und machte sich bereit, dem anderen Mann weiter zu folgen.

Harolds nächster Halt – ein Baumarkt – war vielversprechend, und Martins Puls beschleunigte sich.

Wieder parkte er ein Stück von Harold entfernt. Dann zog er sich die Baseballkappe tief ins Gesicht und folgte dem Mann in den Laden, wo er sich ihm immer weiter näherte, bis er so nah war, dass er ihn ansprechen konnte.

Aber er war heute nicht hier, um mit Harold zu sprechen.

Er musste nur wissen, wie groß der Mann war.

Die ideale Gelegenheit bot sich, als Harold in die Sanitärabteilung ging. Während der Nachbar der Richterin mit einem Angestellten sprach, schob Martin sich näher und tat so, als würde er die Verarbeitung eines Badezimmerschranks überprüfen. Auf der anderen Seite des Ganges, wo eine Reihe von Spiegeln stand, sah er das genaue Abbild von sich und den anderen beiden.

Und damit hatte er die Antwort, die er brauchte.

Er schlenderte ein Stück weiter, schlängelte sich durch die Gänge und ging auf den Ausgang zu.

Wenn alles andere sich ebenso einfach fügte, müsste er bald in der Lage sein, seinen Plan in die Tat umzusetzen.

Und dann würde es eine Terrokratin weniger auf der Welt geben.

* * *

Als die Tür zu Liz' Kanzlei am Freitagabend aufging und sie auf der Schwelle erschien, beendete Jake sein Gespräch mit Spence. Auch wenn sie behauptete, dass sie in ihrer ersten Arbeitswoche nur halbtags gearbeitet hatte, waren es lange, voll gestopfte und ermüdende halbe Tage gewesen, für die meisten Leute eher ein Ganztagsjob. Die dunklen Schatten unter Liz' Augen zeugten davon.

„Auf nach Hause?"

„Ja." Sie nickte müde.

„Wir brauchen zehn Minuten, um unsere Leute zu positionieren."

„Kein Problem. Ich muss sowieso noch Delores anrufen."

Nachdem sie die Tür wieder geschlossen hatte, zog Spence eine Augenbraue hoch. „Die Dame sieht ziemlich fertig aus."

„Stimmt." Jake zog sein Handy vom Gürtel und tippte ein paar Nummern ein. Während er den Marshals, die für den Autokonvoi zuständig waren, Bescheid gab, blickte er auf die Uhr. 19.30 Uhr. Ihre Abfahrtszeit variierte nie mehr als ein paar Minuten.

Liz war ein Gewohnheitsmensch, das hatte er in dieser Woche festgestellt. Sie hatte gerne einen festen Ablaufplan und mochte keine Überraschungen. Die Folge davon war, dass ihre Tage eine bestimmte Struktur hatten. Vormittags ging sie in ihrer Wohnung die alten Fälle durch, mittags fuhr sie ins Gericht, wo sie ihren Nachmittag mit der Lektüre von Schriftsätzen, Anhörungen und Besprechungen mit dem Obersten Richter und ihren Mitarbeitern verbrachte. In der nächsten Woche wollte sie wieder bei Verhandlungen den Vorsitz führen.

Er wusste nicht, ob sie schon immer eine Tendenz dazu gehabt hatte, ein organisiertes, durchgeplantes Leben zu führen. Aber nach all den Schwierigkeiten, die sie mit Doug gehabt hatte, und nach dem Trauma des Mordes an Stephanie konnte er verstehen, warum sie ein geordnetes, vorhersehbares Leben haben wollte.

Da er jedoch für ihre Sicherheit verantwortlich war, empfand er diese Vorhersehbarkeit als gefährlich. Deshalb änderte er jeden Tag ihre Route zwischen Wohnung und Gericht. Nachdem er den heutigen Heimweg mit dem Fahrer des ersten Wagens besprochen hatte, schob er das Telefon wieder in seine Halterung und warf Spence einen Blick zu.

„Bereit?"

„Mehr als das. Es war eine lange, langweilige Woche."

„Mir ist Langeweile lieber als die Alternative."

„Ach ja?" Spence' Ton war skeptisch. „Und warum bist du dann zur Spezialeinheit gegangen?"

Während Jake noch nach einer Antwort suchte, beantwortete Spence seine Frage selbst.

„Ich vermute, dass du Action und den Adrenalinschub der Gefahr schon magst, nur nicht dann, wenn eine gewisse hübsche Richterin betroffen ist."

Jake sah seinen Kollegen finster an und überlegte, wie er dessen Behauptung widerlegen konnte. Ihm fiel nichts ein, sodass er nur eine Möglichkeit hatte.

Er ignorierte ihn und klopfte an die Tür.

Spence lachte leise und vielsagend. In der kurzen Zeit, die sie jetzt zusammen arbeiteten, war es seinem Kollegen gelungen, beinahe so viel über Jakes Persönlichkeit herauszufinden wie sein Bruder und seine Schwester. Es hatte ihn nicht überrascht, dass seine Geschwister sein Interesse an seinem Schützling sofort aufgeschnappt hatten, aber es ärgerte ihn, dass Spence ihn ebenfalls durchschaute.

Liz öffnete die Tür, ihren Mantel über dem Arm, den Aktenkoffer in der Hand. Jake nahm ihr den schweren Koffer ab und reichte ihn an Spence weiter. Als sie auf den Gang hinaustrat, schoben die beiden Männer sich rechts und links an ihre Seite und führten sie mit schnellen Schritten in Richtung Aufzug.

„Welchen Ausgang nehmen wir heute?" Sie blickte zu ihm auf.

„Den hinteren Personaleingang."

„Ich bin noch nicht lange genug hier, um zu wissen, wo der ist.“ Sie wollte ihren Mantel anziehen, während sie weitergingen, aber Jake hielt sie mit einer Berührung am Arm davon ab. „Draußen ist es fünfundzwanzig Grad warm.“

„Wow. Da passt ja der Ausdruck Indian Summer.“

„Genießen Sie ihn, solange er dauert“, schaltete Spence sich ein. „Nächste Woche können wir schon Schnee haben. Das Wetter in St. Louis muss man einfach lieben.“

Die Aufzugtür öffnete sich wenige Sekunden nachdem Jake den Knopf betätigt hatte und er schob Liz hinein. Er und Spence folgten und stellten sich vor sie, während er den Code eingab, der es ihnen ermöglichen würde, ohne Zwischenhalt bis ins Erdgeschoss zu fahren.

„Delores möchte am Sonntag noch mal vorbeikommen. Ist das in Ordnung? Ich habe das Gefühl, dass sie vorhat, meinen Cannoli-Vorrat aufzustocken.“

Er lächelte ihr über die Schulter hinweg zu. „Ich habe nichts dagegen.“

„Ich auch nicht. Solange Sie ein paar für mich aufheben“, unterstützte Spence das Votum. „Jake und ich haben dieses Wochenende frei, und *ich* werde Sie erst am Montag wieder sehen. Ich will schließlich nicht leer ausgehen.“ Er ignorierte den finsteren Blick, den Jake ihm zuwarf.

„Keine Sorge. Es wird genug für alle geben“, versprach Liz. Wenn sie Spences Andeutung mitbekommen hatte, ließ sie es sich nicht anmerken.

„Was steht bei dir heute Abend auf dem Programm?“ Jake warf ihr die Frage über seine Schulter hinweg zu, während er den Blick auf die Fahrstuhlanzeige gerichtet hielt.

„Abendessen und dann schlafen. Ich bin völlig k.o.“

„Klingt nach einem guten Plan.“ Spence schob seine Anzugjacke zur Seite und ließ die Hand auf seiner Glock-Pistole ruhen, als der Aufzug anhielt und die Tür sich öffnete. Er trat als Erster auf den Flur hinaus, dann gab er Jake und Liz ein Zeichen, ihm zu folgen. Jake sorgte dafür, dass der Einstieg in das wartende Auto zügig über die Bühne ging. Keine halbe Minute später setzte der Wagen sich in Bewegung.

„Weißt du, was traurig ist? Allmählich gewöhne ich mich an diese ganze Prozedur." Liz legte ihren Sicherheitsgurt an.

Im dunklen Innenraum des Wagens konnte er ihre Züge nicht genau erkennen, aber Jake hatte keine Mühe, den melancholischen Klang in ihrer Stimme zu identifizieren.

Es war keine Bemerkung, die eine Antwort erforderte, also sagte er nichts. Außerdem dachte er immer noch über Spence' Bemerkung nach, dass er zur Spezialeinheit der U.S. Marshal Services gegangen war, weil er Action mochte. Sein Kollege hatte den Nagel auf den Kopf getroffen. Nach Jens Tod hatte er Action gebraucht. Er hatte eine Arbeit gebraucht, die intensive Konzentration erforderte. Nur so hatte er den Schmerz in Schach halten können. Und diese Strategie war aufgegangen. Bei der Spezialeinheit brauchte er jedes bisschen Energie und Konzentration, das er aufbringen konnte.

In den beinahe vier Jahren, die er jetzt schon Teil der Elitetruppe war, hatte er mit vielen Situationen zu tun gehabt, in denen es um Leben und Tod ging. Ihm waren unzählige Menschenleben anvertraut gewesen. Und er hatte sein Bestes getan, um jeden, der ihm anvertraut war, zu beschützen. Er hatte es genossen, die bösen Jungs zu überführen. Die Herausforderungen, bei denen so viel auf dem Spiel stand, hatten ihm gefallen.

Diesmal gefiel ihm die Sache nicht.

Und das lag an Liz – so wie Spence es gesagt hatte.

Und so sehr sie sich auch nach Routine und Vorhersehbarkeit sehnte, würde doch niemand so glücklich sein wie er, wenn die Dinge endlich wieder ihren normalen Gang gingen.

* * *

Das Wetter spielte nicht mit.

Vom Wetterbericht enttäuscht, schaltete Martin mit der Fernbedienung seinen Fernseher aus und lehnte sich auf seinem Sessel zurück, während er Josie streichelte, die sich auf seinem Schoß zusammengerollt hatte. Du liebe Güte, es war Ende Oktober! Morgen sollten es eigentlich fünf Grad sein und nicht fünfundzwanzig. Kalt genug, um Mantel und Hut zu tragen. Aber als er den Morettis an diesem Vormittag zur Wohnung der Richterin gefolgt war und beobachtet hatte, wie sie den nächsten Behälter mit Essen überbrachten, hatte Harold kurze Hosen getragen!

Martin hatte gehofft, seinen Plan umsetzen zu können, bevor Patricia eintraf. Jetzt musste er entweder warten, bis sie in drei Wochen wieder abreiste, oder er musste einen Weg finden, wie er es tun konnte, während sie hier war.

Andererseits war ihre Anwesenheit vielleicht gar nicht so schlecht. Er hatte nicht vor, den Behörden irgendwelche Hinweise zu hinterlassen, aber ein Alibi war immer gut. Und was das betraf, konnte er sich auf Patricia verlassen. Er mochte sie für verrückt halten, weil sie nach Sierra Leone gegangen war, aber er hatte nie einen Grund gehabt, ihre Loyalität in Frage zu stellen. Sie hatte immer hinter ihm gestanden, immer seine Partei ergriffen. Wenn er jemanden brauchte, der für ihn eintrat, würde Patricia ihn nicht im Stich lassen.

Er tätschelte Josie ein letztes Mal, setzte sie auf den Boden und stand auf. Er würde noch einmal seine Ausrüstung überprüfen und die Briefe durchgehen. Je besser er vorbereitet war, desto weniger Raum gab es für Fehler. Und er wollte keine Fehler mehr.

Denn wenn er das nächste Mal auf Jagd nach Richterin Elizabeth Michaels ging, durfte er nicht versagen.

* * *

Ach, du liebe Güte!

War das Patricia?

Martin betrachtete mit zusammengekniffenen Augen die Frau, die ihm in der Wartehalle des Ankunftsterminals am Lambert International Airport entgegenkam. Sie war schlanker und ihre Haut hatte offensichtlich eine dauerhafte tiefe Bräunung angenommen. Die Falten um ihre Augen waren neu, ebenso wie der männlich kurze Schnitt ihrer silbergrauen Haare. Wenn er nicht nach ihr Ausschau gehalten hätte, wäre sie vielleicht wenige Meter an ihm vorbeigegangen, ohne dass er sie erkannt hätte.

Sie schien ebenfalls Mühe zu haben, ihn in der Menge zu entdecken, wenn er ihre suchenden Blicke richtig interpretierte.

Das war keine Überraschung. Er sah jeden Tag in den Spiegel und wusste, dass sein Gesicht in den letzten zwei Jahren faltig und hager geworden war. Außerdem hatte er ziemlich viel abgenommen. Und die grauen Haare und der militärische Kurzhaarschnitt würden sie aus der Fassung bringen. Als sie das letzte Mal in St. Louis gewesen war, hatte er eine eher wilde Frisur gehabt und mehr dunkle als graue Haare. Seit jenem Besuch war er deutlich ergraut, aber nicht genug für seinen Plan. Doch dieses Problem hatte ein Haarfärbemittel gelöst.

Plötzlich sah er an ihrem Blick, dass sie ihn erkannt hatte. Zuerst schien sie schockiert, doch dann lächelte sie und hob die Hand, um ihm zu winken.

Er winkte zurück und zwang seine Mundwinkel zu einem Lächeln. Es war nicht so, dass er seine Schwester nicht gerne sehen wollte, aber das Timing gefiel ihm immer noch nicht. Auch wenn er einige Vorteile hatte, barg ihr Besuch trotzdem gewisse Schwierigkeiten. Zum Beispiel das Problem, sich davonzuschleichen, ohne dass sie Verdacht schöpfte.

Als sie durch die Sicherheitskontrolle geschleust wurde und den Wartebereich verließ, hoffte er, dass es ihr ernst damit gewesen war, dass sie ihn nicht stören wollte. Als sie angerufen hatte, um ihm ihre Flugdaten mitzuteilen, hatte er ihr versprechen müssen, ihretwegen keinerlei Pläne zu ändern. Das war gut. Mit dem Erledigen seines Auftrags zu warten, bis sie wieder abreiste, war keine Option.

Unerledigte Dinge konnte er nicht leiden.

Das war bei ihm schon immer so gewesen. Damals in der Schule, wenn er einen Aufsatz hatte schreiben müssen, hatte er sich gleich darangesetzt und erst den Stift weggelegt, wenn die Arbeit erledigt war. Dieser Zwang hatte mit dem Alter nicht nachgelassen. Damit er wieder ruhig schlafen konnte, musste er mit der Richterin so bald wie möglich abrechnen.

„Marty!" Patricia blieb vor ihm stehen, stellte ihre Reisetasche ab und schlang die Arme um ihn. „Drück deine große Schwester mal so richtig."

„Hallo Patricia."

Er tätschelte unbeholfen ihren Rücken, wie immer verlegen bei öffentlichen Zuneigungsbekundungen. Selbst als er in jener letzten Nacht in der Notaufnahme Helens Hand gehalten hatte, war ihm das unangenehm gewesen, trotz des wortlosen Flehens, mit dem sie ihn angesehen hatte. Sein Vater hatte öffentliche Zuneigungsbekundungen immer verächtlich als sentimental bezeichnet. „Weibisch" hatte er es genannt. Und Martin wollte nie weibisch sein. Was er wollte, war die Anerkennung seines Vaters. Seine Achtung. Irgendeinen greifbaren Beweis für seine Liebe.

Aber so sehr er sich auch bemühte, nichts, was er getan hatte, war gut genug gewesen, um ihm die Anerkennung seines Vaters einzubringen. An anderer Stelle hatte er sie gefunden. Bei Patricia. Und Helen. Auch im Job hatte er sich eine gute Dosis Respekt verschafft.

Seine Regierung hatte ihm allerdings keinen Respekt entgegengebracht, so viel stand fest.

Er schluckte die Bitterkeit hinunter, löste sich aus Patricias Umarmung und bückte sich, um ihre Tasche aufzuheben. Es gab keine Rechtfertigung dafür, dass man einem Mann das Haus wegnahm, für das er sechsundzwanzig Jahre lang gespart und sich krummgelegt hatte. Oder ihm die Arbeit entzog, die ihn ausmachte. Oder ihm ein exorbitantes Bußgeld auferlegte, nur weil er einen unbeabsichtigten Fehler gemacht hatte.

Das war nicht nur respektlos. Das war Diebstahl.

Dadurch fühlte ein Mann sich wie ein Opfer.

Und es gefiel ihm nicht, Opfer zu sein.

Er schlurfte in Richtung Gepäckausgabe, während seine Finger die Henkel der Tasche umklammerten. Das war vorbei. Er konnte die Vergangenheit nicht ändern. Aber er konnte seinen Teil dazu beitragen, das kaputte Rechtssystem zu reparieren und eine Regierung in ihre Schranken zu weisen, die einen Mann bestahl und einen Arzt in der Notaufnahme mit einem Mord davonkommen ließ. Das sagte Jarrod immer –

„Marty!"

Er drehte sich um, als er Patricia seinen Namen rufen hörte. Sie stand noch immer am selben Platz und blickte ihn fragend an.

Er kehrte um und ging wieder zu ihr. „Was ist?"

„Ich habe dich gerade etwas gefragt und du bist einfach weggegangen." Sie warf ihm einen prüfenden Blick zu. „Ist alles in Ordnung?"

„Natürlich. Ich bin nur ein bisschen in Gedanken, das ist alles." Die Hitze stieg ihm ins Gesicht und er suchte krampfhaft nach einer glaubhaften Erklärung dafür, dass er sie einfach ausgeblendet hatte. „Ich habe nur gerade überlegt, ob ich Josies Wassernapf heute Morgen gefüllt habe."

Sie sah ihn verständnislos an. „Wer ist Josie?"

„Meine Katze."

Ihr fiel die Kinnlade herunter. „Du hast eine Katze?"

„Ja. Sie ist mir letzten Winter zugelaufen."

„Ich dachte, du magst keine Tiere. Als ich nach Helens Tod vorschlug, dass du dir ein Haustier zulegst, hast du gesagt, sie machten mehr Arbeit, als die Sache wert ist."

Sie starrte ihn an, als hätte er auf einmal zwei Köpfe bekommen, und er trat verlegen von einem Fuß auf den anderen. Das hier würde kniffliger werden, als er gedacht hatte. Patricia kannte ihn seit dreiundfünfzig Jahren. Seine Gewohnheiten und Eigenarten waren ihr bestens bekannt. Er würde vorsichtig sein müssen, um keinen Verdacht zu erregen, sonst würde sie ihn beobachten. Und das wäre nicht gut.

„Ein Mann kann doch seine Meinung ändern, oder etwa nicht? Und sie ist wirklich eine gute Gefährtin. Komm, wir holen dein Gepäck." Ohne ihr die Gelegenheit zu einer Antwort zu geben, ging er wieder los in Richtung Gepäckband.

Sie holte ihn ein und er stellte fest, dass er sich nicht so viele Gedanken machen musste, was er sagen sollte, solange er ihr Fragen über ihre Reise stellte. Patricia hatte schon immer gerne geredet. Selbst als Kind war sie nicht auf den Mund gefallen gewesen, so hatte es ihre Mutter immer formuliert, bevor die Grippe ihr Leben vorzeitig beendete, als Martin gerade einmal zehn Jahre alt gewesen war. Keine Frage, seine Schwester war mit einem sozialen Gen geboren worden.

Komisch, dass er derjenige war, der geheiratet hatte, während sie Single geblieben war.

Das Leben war manchmal ziemlich schwer zu verstehen.

Als das Gepäckband zwanzig Minuten später ihre Koffer mit sich trug, hatte er bereits die ganze Saga ihrer Reise gehört und sie plauderte über das Leben in dem winzigen Dorf, das sie ihr Zuhause nannte.

Wieder schweiften Martins Gedanken ab. In den letzten drei Jahren hatte er ein ruhiges, einsames Leben geführt. Er bezweifelte, dass er mit irgendjemandem ein rein privates Gespräch geführt hatte, das über fünf Minuten hinausging. Und das war ihm durchaus recht so. War es immer gewesen. Zum Glück hatte er eine Frau gefunden, die das verstand. Helen hatte keinen Mann gebraucht, der viele Worte machte. Und seine Arbeit hatte auch nicht viel Kommunikation erfordert.

Seit Helen gestorben war und er seine Stelle verloren hatte, waren seine minimalen sozialen Fähigkeiten jedoch völlig verkümmert. Das machte ihm nichts aus. Aber er hatte das Gefühl, dass es Patricia etwas ausmachen würde.

Er seufzte.

Es würden drei lange Wochen werden.

Kapitel 14

Sie hätte sich doch einen Wagen mieten sollen.

Patricia hob Josie hoch, stieß frustriert die Luft aus und blickte durch die Lamellen der Jalousien auf die Straße hinaus, wo gerade die Rücklichter von Martys Wagen verschwanden. Sie hatte nicht erwartet, dass ihr Bruder während ihres Besuchs jede Minute mit ihr verbringen würde, aber der Mann war ja immerzu unterwegs. Und er reagierte gereizt, wenn sie ihn nach seinen Aktivitäten fragte.

So wie heute Abend. Beim Essen hatte er ihr erzählt, dass er einem Bowlingclub beigetreten war und an diesem Abend ein Treffen hatte. Das hatte sie mit Begeisterung erfüllt. Er war schon immer zu sehr ein Eigenbrötler gewesen, und sie hatte befürchtet, nach Helens Tod würde er sich noch mehr zurückziehen. Sie war froh, dass er unter Leute kam. Nach den vergangenen drei Tagen im Haus wäre sie auch für einen geselligen Abend in Stimmung gewesen. Aber als sie fragte, ob sie mitkommen und zusehen könne, war er fast an seinem Kaffee erstickt.

Es war ein Männerabend, hatte er ihr erklärt. Frauen waren nicht eingeladen.

So viel also zu diesem Plan.

Jetzt musste sie einen ganzen Abend totschlagen. Sie vermisste schon jetzt ihr Dorf und die reizenden Kinder, die ihr neuen

Lebensmut gegeben hatten, nachdem sie sich im Ruhestand beraubt und nutzlos gefühlt hatte.

Sie kraulte die Katze unterm Kinn, was mit einem Schnurren belohnt wurde. „Sieht so aus, als wären wir auf uns gestellt, Kleines. Was hältst du von fernsehen?"

Josie schmiegte sich an sie und vergrub ihren Kopf.

„Ja. Sehe ich genauso."

Das plötzliche Klingeln an der Tür ließ Patricia zusammenzucken. Sie schob die Lamellen der Jalousie erneut mit den Fingern auseinander, um von der Seite zur Haustür hinüberzusehen. Eine junge Frau mit einem Baby stand auf der Veranda.

Angesichts der Aussicht auf Gesellschaft besserte sich Patricias Laune sofort und sie eilte zur Tür, wo sie Josie absetzte und öffnete.

„Hi." Die junge Mutter, die um die dreißig war, lächelte. „Tut mir leid, dass ich störe, aber der Postbote hat heute versehentlich das hier bei mir eingeworfen." Sie hielt einen Umschlag in der Hand. „Ich dachte, es ist vielleicht eine Rechnung, und bin vorbeigekommen, um den Brief persönlich zu bringen, anstatt ihn in Mr. Reynolds' Briefkasten zu werfen. Ich bin übrigens Molly Stephens. Von nebenan."

Patricia nahm den Brief. „Freut mich, Molly. Ich bin Patricia Reynolds, Martys Schwester. Danke, dass Sie den hier rübergebracht haben."

„Kein Problem. Ich wollte sowieso gerade einkaufen gehen. Sind Sie von auswärts zu Besuch?"

„Ja. Ziemlich auswärts. Ich bin beim Friedenskorps in Afrika."

Die Frau riss die Augen auf. „Echt? Das muss ja spannend sein. Ich würde gerne etwas darüber hören, während Sie hier sind. Im Moment komme ich wegen meinem kleinen Stinker hier nicht viel raus. Er heißt übrigens Jack." Sie rückte den kleinen Jungen auf ihrer Hüfte zurecht und auf ihren Lippen lag ein zärtliches Lächeln, während sie ihm den Rücken rieb. „Ich habe mir nach seiner Geburt sechs Monate frei genommen, und mein

Mann reist viel. Ich sehne mich nach einem Gespräch unter Erwachsenen."

Halleluja!, dankte Patricia innerlich. Diese junge Frau könnte eine Gebetserhörung sein.

„Ich sitze im selben Boot. Marty scheint eine Menge zu unternehmen, und da ich mir keinen Mietwagen genommen habe, sitze ich fest. Heute Abend ist er schon wieder weg. Sie können jederzeit vorbeikommen."

„Das mache ich. Vielleicht morgen, wenn es Ihnen recht ist. Aber kann ich Ihnen jetzt was vom Supermarkt mitbringen?"

Patricia zögerte. Sie war noch nie der forsche Typ gewesen, aber während ihrer Zeit beim Friedenskorps war sie bestimmter geworden. Warum sollte sie allein einen langen, langweiligen Abend verbringen, wenn die Chance auf Abwechslung bestand?

„Ich brauche tatsächlich ein paar Dinge. Martys Speisekammer ist in einem jämmerlichen Zustand. Der Mann lebt offenbar von Cornflakes und Fertiggerichten. Würde es Ihnen etwas ausmachen, wenn ich mitkomme?"

„Überhaupt nicht. Um ehrlich zu sein, würden Sie mir damit einen großen Gefallen tun. Mein Mann macht sich immer Sorgen, wenn ich nach Einbruch der Dunkelheit noch einkaufen gehe, und er wird froh sein, zu hören, dass ich Begleitung hatte."

„Wunderbar. Ich hole nur meine Handtasche und schließe ab, dann komme ich in zwei Minuten rüber."

Als sie sich kurz darauf zu Molly gesellte, saß Jack schon in seinem Autositz und gurgelte fröhlich auf dem Rücksitz vor sich hin.

„Er scheint ein sehr zufriedenes Baby zu sein." Patricia lächelte dem Kleinen zu, setzte sich dann auf den Beifahrersitz und schnallte sich an.

„Das ist er. Nachdem ich ein paar Horrorgeschichten von meinen Freundinnen gehört hatte, wie quengelig ihre Neugeborenen waren, weiß ich, was für ein Glück ich habe." Molly setzte rückwärts aus der Ausfahrt und fuhr dann die Straße hinunter.

„Ich will morgen alles über Ihre Arbeit in Afrika hören, aber wie wäre es schon heute mit einem kleinen Vorgeschmack?"

Patricia war gerne bereit, ihr den Gefallen zu tun. Sie wurde es nie müde, von ihren Erfahrungen zu berichten, vor allem, wenn sie einen interessierten Zuhörer hatte. Marty hatte ihr ein paar oberflächliche Fragen gestellt, aber es war nicht einfach, Begeisterung an den Tag zu legen, wenn man ein gleichgültiges Publikum hatte. Molly entschädigte sie für die Apathie ihres Bruders, denn sie bestürmte Patricia regelrecht mit Fragen, und so erzählte sie weit mehr, als sie eigentlich vorgehabt hatte.

Sie war mitten in einer Geschichte über einen ihrer Schüler, als die junge Mutter auf den Parkplatz fuhr.

„Du liebe Güte, ich habe Ihnen ja die ganze Zeit das Ohr abgekaut."

„Ich habe jede Minute genossen."

„Ich sollte mir lieber ein bisschen für …"

Sie verstummte, als sie vor einem Copyshop einen dunkelblauen Honda Accord neueren Datums entdeckte, der genauso aussah wie der von Marty. Sie blinzelte und versuchte, das Nummernschild zu erkennen. Normalerweise achtete sie nicht auf solche Einzelheiten, aber sein Nummernschild war ihr am Flughafen aufgefallen, weil es seine Initialen enthielt. Sie hatte ihn mit dem Zufall aufgezogen und ihn darauf hingewiesen, dass er ein kostenloses Wunschkennzeichen bekommen hatte.

Die Sicherheitslampen auf dem Parkplatz boten nicht genügend Licht, damit ihre zweiundsechzigjährigen Augen das ganze Nummernschild lesen konnte, aber als sie vorbeifuhren, erkannte sie drei Buchstaben.

MTR.

Es war Martys Auto.

Verwirrt suchte sie die Einkaufsmeile mit den Blicken ab. Nirgendwo war ein Bowlingcenter zu sehen.

„Patricia? Ist alles in Ordnung?"

Als sie merkte, dass sie mitten im Satz verstummt war, versuchte sie, den Faden wieder aufzunehmen. „Ja, Entschuldigung – ich war einen Moment lang abgelenkt. Gibt es hier einen Bowlingclub?"

„Nein. Bowlen Sie gerne?"

„Nein, eigentlich nicht." Sie warf dem Auto ihres Bruders über die Schulter noch einen geistesabwesenden Blick zu. „Aber ich habe früher diverse Bälle in die Regenrinne geworfen."

Molly kicherte und lenkte den Wagen in eine Parkbucht. „Klingt wie eine Beschreibung meiner eigenen kurzen und ereignislosen Bowlingkarriere." Sie zog die Handbremse an und öffnete die Tür. „Ich brauche nur eine Sekunde, um Jack aus seinem Sitz zu holen."

„Lassen Sie sich Zeit. Wie wäre es, wenn wir uns in fünf Minuten in der Gemüseabteilung treffen? Ich will noch kurz im Copyshop vorbei." Sie zeigte auf den Laden nebenan, der das Ende der Einkaufszeile bildete.

„In Ordnung. So machen wir's."

Patricia ließ Molly und Jack zurück und ging zu dem Laden. Als sie die Tür aufdrückte, bemerkte sie den unbekannten Namen. Kopier-Express. Es musste sich um ein unabhängiges Unternehmen handeln, denn das Logo sah nicht wie das einer Kette aus.

Das Mädchen im Highschoolalter, das hinter der Theke stand, war mit einem Kunden beschäftigt und Patricia nutzte die Gelegenheit, durch die Gänge mit Schreibwaren und Büromaterialien zu schlendern. Ein paar Leute liefen herum, aber nicht annähernd so viele, wie der volle Parkplatz vor dem Laden vermuten ließ.

Und Marty war nirgends zu sehen.

Hatte er aus einem anderen Grund beim Einkaufszentrum geparkt? Vielleicht war er auf dem Weg zum Bowlen einkaufen gegangen.

„Kann ich Ihnen helfen, Ma'am?"

Auf diese Frage hin drehte Patricia sich zu dem jungen Mädchen um und setzte ein Lächeln auf. „Nein, danke. Ich sehe mich nur ein wenig um."

„Sagen Sie Bescheid, wenn Sie Hilfe brauchen." Das Mädchen ging weiter den Gang hinunter und auf einen anderen Kunden zu.

Nachdem sie sich bis in den vorderen Bereich des Ladens vorgearbeitet hatte, ging Patricia auf den Ausgang zu. Als sie die Tür aufstieß, hielt ein Auto auf einem freien Parkplatz ein Stück entfernt, und obwohl sie abgelenkt war, bemerkte sie unwillkürlich den großen, dunkelhaarigen Mann, der ausstieg. Sie dachte, er würde in den Copyshop gehen, aber dann sah sie erstaunt, dass er an der Eingangstür vorbei und um das Gebäude herum ging.

Obwohl sie sich ein bisschen wie in einem Mantel-und-Degen-Film vorkam, ging Patricia ebenfalls zum Ende des Hauses und spähte um die Ecke. Die kräftigen Lampen, die den asphaltierten Parkplatz erleuchteten, reichten nicht bis hierher und so konnte sie nur die Umrisse des Mannes sehen, als er hinter dem Gebäude verschwand.

Wie merkwürdig.

Die meisten Menschen, die im Schatten herumlungerten, hatten nichts Gutes im Sinn. Aber dieser Typ war ihr nicht wie eine zwielichtige Gestalt erschienen. Er war gepflegt, und Jeans und T-Shirt waren weder schmutzig noch schäbig. Und er hatte sich auch nicht hinter dem Haus herumgetrieben, als hätte er etwas zu verbergen.

War Marty auch dort hinten?

Wenn ja, was tat er dort?

Und warum hatte er gelogen, was seine Pläne für den heutigen Abend betraf?

Gedankenverloren drehte sich Patricia um und ging auf die Suche nach Molly. Wahrscheinlich machte sie sich völlig grundlos Gedanken. Es konnte schließlich sein, dass ihre erste Vermutung stimmte und Marty auf dem Weg einfach ein paar Lebensmittel einkaufen wollte.

Aber sie sah ihn nirgendwo im Laden, als sie und Molly durch die Gänge wanderten.

Und als sie, beladen mit Plastiktüten, wieder auf dem Parkplatz ankamen, stand der Wagen ihres Bruders immer noch vor dem Copyshop.

Was blieb, war ein ungutes Gefühl, das Patricia abschütteln konnte.

* * *

Liz war gut.

Richtig gut.

Während Jake am Freitagnachmittag die Verhandlung in ihrem Gerichtssaal beobachtete, stiegen seine Bewunderung und sein Respekt vor dieser Frau noch etwas mehr. Jeder der Fälle, bei denen sie in dieser Woche den Vorsitz gehabt hatte, war kompliziert gewesen. Und doch hatte sie jedes Mal rasiermesserscharfe Schlüsse gezogen und es geschafft, die Verhandlung auf den Punkt zu bringen und keine belanglosen Verzögerungen zu dulden.

In dem Unfallprozess von gestern, in den zwei LKWs aus zwei Bundesstaaten verwickelt waren, hatte sie dem aufgeblasenen, herablassenden Anwalt, der ihr alle Einzelheiten erklären wollte, kurzerhand das Wort abgeschnitten. „Ich habe meine Hausaufgaben bereits gemacht“, hatte sie gesagt. „Ich kenne die Fakten. Reden wir über rechtliche Fragen.“

Jake hatte ein Grinsen unterdrücken müssen, als er das Unbehagen des Mannes sah. Und innerlich applaudierte er Liz. Wie sie dem arroganten Chauvi treffend gezeigt hatte, schlossen sich ein umwerfendes Aussehen und ein präziser, klar denkender Verstand nicht gegenseitig aus.

Am Ende hatte sie den Fall an das Berufungsgericht zurückverwiesen.

Heute stand ein Haftungsfall auf dem Programm, bei dem es um ein fehlerhaftes Fahrrad einer Firma ging, die in Konkurs gegangen war. Liz hatte die Sachlage am Vormittag mit ihren Mitarbeitern besprochen und nach dem Mittagessen hatten sie und die Anwälte sechs Schöffen und sechs Stellvertreter ausgewählt. Dann begann der Prozess.

Liz verschwendete keine Minute ihres Tages.

Jetzt, als fünf Uhr näher rückte, vertagte sie den Fahrradfall auf Montag.

Als sie sich erhob, traten er und Spence näher. Bis sie die Tür hinter dem Richterstuhl erreicht hatte, die in ihre Kanzlei führte, waren sie bereits hinter ihr. Nach zwei Wochen war Liz nun so an die Prozedur gewöhnt, dass sie darauf wartete, dass Spence voranging und ihr das Okay gab.

Im Flur angekommen, der zu ihrem Büro führte, atmete sie langsam aus, als die Tür sich hinter ihnen schloss. Obwohl sie müde aussah, waren ihre Augen mit jedem Tag, der verging, lebendiger geworden. Auch wenn er sich zunächst nicht sicher gewesen war, ob sie wirklich so schnell wieder an ihre Arbeit gehen sollte, musste Jake nun einsehen, dass es für Liz die richtige Entscheidung gewesen war. Sie liebte ihre Arbeit und es hatte sich als heilsam erwiesen, dass sie wieder in ihrer vertrauten Umgebung sein konnte.

„Machst du Feierabend?“ Sie war noch nie vor sieben Uhr nach Hause gegangen, aber er beschloss, trotzdem zu fragen. „Es ist Freitagabend.“

Sie ging voran zu ihrer Kanzlei und ein wehmütiges Lächeln umspielte ihre Lippen. „Ich kann nicht behaupten, dass ich irgendwelche aufregenden Pläne fürs Wochenende habe, außer einer längst fälligen Maniküre.“ Sie wedelte mit ihren roten Fingernägeln, deren Lack an einigen Stellen Macken hatte. „Aber ich bin froh, endlich alle Fälle für das FBI durchgesehen zu haben. Ich war erleichtert, als ich gestern Abend die letzte Akte zuklappen konnte.“

„Das solltest du feiern.“ Er folgte ihr zu ihrem Büro, während Spence an der Tür stehen blieb.

Sie zog den Reißverschluss ihrer schwarzen Robe auf und ließ sie über ihre Schultern gleiten. „Vielleicht gönne ich mir eine doppelte Portion Cannoli. Und ich glaube, ich gehe früh nach Hause.“

„Fünf Uhr ist nicht früh.“

„Für mich schon.“

„Richterin Michaels? Neil möchte mit Ihnen sprechen.“

Auf Spence' Bemerkung hin drehte Jake sich zur Tür um. Der gelehrt wirkende Jurist wartete hinter dem anderen Marshal.

„Kein Problem, Spence. Kommen Sie rein, Neil.“ Liz zog ihre Robe wieder über die Schultern.

Spence trat zur Seite, und der Mitarbeiter schob sich an ihm vorbei, während er die Brille auf seiner Nase höher schob und der Pistole des Marshals einen nervösen Blick zuwarf.

„Tut mir leid, dass ich Sie so spät am Freitag noch belästige, Richterin, aber der Verteidiger in dem Drogenverschwörungsfall, den wir heute Morgen besprochen haben, ist mit seinem Mandanten und dem Staatsanwalt erschienen. Er möchte Ihnen anbieten, auf schuldig zu plädieren. Sie sind im Gerichtssaal.“

Mit einem resignierten Nicken schloss Liz ihre Robe wieder. „Ist gut. Tut mir leid, Jungs.“ Ihr entschuldigender Blick galt beiden Marshals. „Ich bin sicher, ihr könnt euch was Schöneres für euren Freitagabend vorstellen.“

„Kein Problem.“ Jake gab Spence ein Zeichen, und gemeinsam begleiteten sie Liz wieder zum Gerichtssaal.

Fünfundvierzig Minuten später war sie wieder in ihrer Kanzlei und legte ihre Robe ab. „Ich glaube, wir sollten uns schnell aus dem Staub machen, bevor noch etwas dazwischenkommt.“

„Ganz meine Meinung.“ Spence ging zur Tür.

„Eine heiße Verabredung?“ Jake zog die Augenbrauen hoch.

Spence grinste. „Stimmt. Da wirst du blass vor Neid, was, Kumpel?“

„Und ich wollte euch eigentlich beide zu Cannoli einladen.“ Liz warf Spence einen neckenden Blick zu.

„Das könnte mich fast dazu bringen, meine Pläne zu ändern. Aber“ – er täuschte einen tiefen Seufzer vor – „ich kann doch eine Dame nicht enttäuschen. Ich könnte mir allerdings vorstellen, dass Jake sich überreden lässt. Ich habe das Gefühl, er weiß nicht so recht, was er mit sich anfangen soll.“

Er würde bald ein ernstes Wörtchen mit seinem vorlauten Kollegen reden müssen, beschloss Jake. Sehr bald.

„Ich habe meiner Schwester versprochen, dass ich ihren neuen Hund in die Hundepension bringe. Sie arbeitet heute lange, und morgen brechen wir alle früh nach Chicago auf. Meine Mutter wird siebzig und wir wollen sie überraschen.“

Abgesehen davon brauchte er nicht die Versuchung eines Freitagabends allein mit Liz in ihrer Wohnung. Warum sollte er seine Selbstbeherrschung unnötig einer solchen Prüfung unterziehen?

„Das ist aber eine schöne Idee.“

Liz’ Worte ließen seinen Blick zu ihr wandern. Die Zärtlichkeit ihres Lächelns überwältigte ihn und er hatte Mühe, neutral zu klingen.

„Ich glaube, sie wird sich freuen. Es ist ein paar Jahre her, seit ihre drei Kinder alle da waren, um ihren Geburtstag mit ihr zu feiern.“ Er wandte sich Spence zu. „Willst du den anderen Bescheid sagen?“

„Schon geschehen. Wir können los. Ms. Michaels?“ Er zeigte auf die Tür.

Sie nahm ihren Mantel vom Kleiderbügel. „Ich glaube, den werde ich brauchen. Wie ich höre, fällt die Temperatur schon den ganzen Tag.“

„Kann ich dir helfen?“ Jake nahm ihr den Aktenkoffer aus der Hand und reichte ihn Spence. Als er ihr den Mantel hinhielt, wehte ein schwacher, angenehm blumiger Duft in seine Richtung. Der Duft, den er inzwischen mit Liz in Verbindung brachte.

Er widerstand der Versuchung, sich vorzubeugen und tief einzuatmen.

„Danke, Jake."

Er ließ den Mantel los. „Gern geschehen."

„Bist du sicher, dass ich dich nicht überreden kann, wenigstens so lange zu bleiben, bis du ein paar Cannoli probiert hast?"

Sie drehte sich um, und als sie zu ihm aufblickte und lächelte, musste er sich ermahnen, das Atmen nicht zu vergessen. Wie sie es in so kurzer Zeit geschafft hatte, ihn derart zu verzaubern, war ihm völlig unverständlich. Aber er konnte die Anzeichen nicht leugnen. Sein Herz schlug mit doppelter Geschwindigkeit.

„Heute Abend nicht, Liz." Seine Stimme klang rau und er räusperte sich. „Danke für die Einladung."

„Ist gut. Aber du verpasst was."

Sie meinte die Cannoli, das wusste er. Für ihn war es vor allem ein Abend in ihrer Gesellschaft, den er verpasste.

Aber er wusste, wenn er die Einladung annahm, würde er versucht sein, weitaus mehr zu kosten als nur die Cannoli.

Und angesichts des spöttischen Grinsens, das Spence ihm über Liz' Kopf hinweg zuwarf, während sie neben ihr den Flur entlanggingen, vermutete er, dass seinem Kollegen diese Tatsache nur allzu bewusst war.

* * *

An diesem Wochenende war es so weit.

Martin wischte sich die Hände an den Hosenbeinen ab und nahm den kurzläufigen Revolver Kaliber 38, den er in seiner Kommode aufbewahrte. Er hatte noch nie die Gelegenheit gehabt, ihn zu benutzen, aber er war immer gerne vorbereitet. Die Welt wurde mit jedem Tag gefährlicher. Da konnte ein Mann gar nicht vorsichtig genug sein.

Und ein Mann sollte auch keine Angst haben, Unrecht wieder gutzumachen.

Wie Jarrod immer sagte: Wenn friedliche Mittel zur Wiederherstellung der Gerechtigkeit versagten, hatten Bürger das absolute Recht, Gewalt anzuwenden, um eine die Menschenrechte missachtende Regierung abzusetzen und die Welt von einem maroden Rechtssystem zu befreien. Oder vielleicht hatte er das in einem der Bücher gelesen, die er sammelte. Jedenfalls war sein Auftrag klar. Und an diesem Wochenende würde er –

„Marty?"

Als er das Klopfen an seiner Schlafzimmertür und Patricias ärgerliche Stimme hörte, rutschte ihm die Waffe aus der Hand. Sie fiel auf den Teppich zu seinen Füßen und er hob sie eilig auf. Er hatte die ganze Zeit befürchtet, dass ihr Besuch die Dinge verkomplizieren würde, und diese Befürchtungen waren eingetreten. Sie stellte zu viele Fragen und sah ihn jedes Mal so merkwürdig an, wenn er das Haus verließ.

Er hätte seinen Plan aufgeschoben, wenn er gekonnt hätte, aber er würde nicht ruhig schlafen können, bis die Sache erledigt war. Außerdem konnte es sein, dass diese Marshals die Richterin an einen neuen Ort brachten, und dann müsste er wieder ganz von vorne anfangen und herausfinden, wo sie war. Aber der entscheidende Faktor war das Wetter. Endlich spielte es mit.

Nein, er würde nicht warten. Dies war sein Zeitfenster.

„Marty?" Sie klopfte wieder.

Er schob den Revolver unter ein paar T-Shirts in seiner Kommode und schloss die Schublade. Nachdem er den Raum durchquert hatte, betätigte er den Türknauf.

„Ich habe dich schon beim ersten Mal gehört, Patricia."

Sie stemmte die Hände in die Hüften und sah ihn aus zusammengekniffenen Augen mit einem Blick an, den er noch aus seiner Kindheit kannte. Die Art Blick, mit dem sie ihn festnageln wollte, wenn sie sein Verhalten missbilligte.

„Willst du wirklich den ganzen Abend in deinem Zimmer verbringen?"

„Nein. Ich musste nur ein paar Dinge erledigen." Josie rieb

sich an seinem Bein und er bückte sich, um sie auf den Arm zu nehmen. Als Hausgenossin erwies sie sich als deutlich angenehmer als seine Schwester. Sie stellte keine Forderungen und erwartete keine Kommunikation von ihm.

„Du hast den Apfelkuchen, den ich zum Nachtisch gemacht habe, noch nicht einmal probiert."

„Ich war einfach zu satt von deinem genialen Hackbraten. Aber jetzt esse ich ein Stück Kuchen."

Das schien sie zu besänftigen. Ein Teil der Anspannung wich aus ihrem Gesicht und sie gab ihm ein Zeichen, ihr in die Küche zu folgen.

„Der Kaffee ist noch heiß. Setz dich." Sie deutete auf den Tisch.

Er setzte Josie auf den Boden und nahm dann auf seinem Stuhl Platz. Nachdem sie die Kuchenteller und zwei Becher auf den Tisch gestellt hatte, gesellte sie sich zu ihm.

„Weißt du, Marty, ich bin seit fünf Tagen hier, und ich habe mehr von deiner Nachbarin Molly gesehen als von dir. Ich hatte ja keine Ahnung, dass du so vielbeschäftigt bist. Ich dachte, da du arbeitslos bist, könnten wir ein bisschen Zeit miteinander verbringen."

Er brach mit der Gabel ein Stück Apfelkuchen ab. „Du hast mit Molly gesprochen?"

„Ja." Ihre Miene war besorgt. „Das habe ich dir gestern beim Abendessen schon erzählt. Dass sie am Mittwochabend vorbei kam und ich mit ihr im Supermarkt war. Und dass sie gestern zu Besuch hier war. Weißt du das nicht mehr?"

Er erinnerte sich vage daran, dass sie die Nachbarin erwähnt hatte. Aber er schenkte Patricias langen Monologen nicht viel Aufmerksamkeit. In Gedanken war er mit seinem Plan für die Richterin beschäftigt. Trotzdem durfte er nicht riskieren, dass sie glaubte, er wäre senil. Immerhin war ihr Vater im Anfangsstadium einer Alzheimererkrankung gestorben.

„Natürlich weiß ich das noch. Ich wundere mich nur, dass ihr beide euch versteht. Sie ist doch so ein junges Ding. Ich hätte nicht gedacht, dass ihr viel gemeinsam habt."

„Sie ist eine sehr nette junge Frau. Und meine Geschichten über Afrika findet sie faszinierend."

Ah. Eine willige Zuhörerin. Das erklärte einiges. Marty nahm noch einen Bissen von dem Kuchen.

„Jedenfalls war ich heute wieder mit ihr aus, während du … was hast du noch mal gemacht?"

Er versuchte sich an den Grund zu erinnern, den er ihr für seine vierstündige Abwesenheit gegeben hatte, während der er die Strohballen gekauft hatte und aufs Land gefahren war, um sie zu verstauen. Ein Besuch bei der Arbeitsvermittlung, das war es.

„Ich habe an meinem Lebenslauf gearbeitet und Bewerbungsgespräche bei der Jobagentur geübt, zu der die Firma alle entlassenen Angestellten geschickt hat."

„Ach ja, jetzt erinnere ich mich." Sie trank einen Schluck Kaffee, ließ ihn aber nicht aus den Augen. Als wäre dies ein Test oder so etwas. „Jedenfalls warst du den ganzen Tag über so beschäftigt, dass ich dachte, ich leihe mir einen Wagen für die Zeit, in der ich hier bin. So kann ich etwas unternehmen, wenn du weg bist."

Perfekt! Das hätte er schon früher vorschlagen sollen. Wenn sie beschäftigt war, bestand weniger Gefahr, dass sie sich für seine Aktivitäten interessierte.

„Das ist eine gute Idee. Ich fahre dich gleich morgen früh zur Autovermietung. Habe ich übrigens erwähnt, dass ich dieses Wochenende auf die Jagd gehe?"

Sie starrte ihn an. „Nein."

„Ja. Joe Abernathy und ich gehen im Herbst immer zusammen. Er hat eine Hütte im Hinterland. Wir fahren am Sonntagvormittag, und Dienstagabend bin ich wieder zurück."

„Ich dachte, du hättest das Jagen vor Jahren aufgegeben."

Er drückte die Kuchenkrümel mit der Gabel zusammen. „Das habe ich auch. Helen hielt nicht viel davon, und nach unserer

Hochzeit habe ich mit der Jagd aufgehört. Aber jetzt, wo sie nicht mehr da ist, bin ich mit Joe wieder losgezogen. Seine Frau hatte nie ein Problem mit dem Jagen.“ Die Saison fing erst in zwei Wochen an, aber er bezweifelte, dass Patricia das wusste.

„Ich habe nie verstanden, was Leute daran finden, ein unschuldiges Tier zum Spaß zu jagen. Und ich mag keine Waffen.“

„Die Regierung auch nicht.“

„Was meinst du damit?“ Sie warf ihm einen verständnislosen Blick zu, während sie den letzten Bissen ihres Kuchens aufspießte.

Martin unterdrückte einen ungehaltenen Seufzer. Das war bei den meisten Amerikanern das Problem. Die Regierung untergrub ihre Rechte an allen Ecken und Enden und sie merkten es nicht einmal.

„Weißt du, wie schwierig es heutzutage ist, an eine Waffe zu kommen?“

„Ich weiß, dass es diesbezüglich Regeln gibt. Um die Bevölkerung zu schützen.“

Er schnaubte verächtlich. „Das ist doch ein Haufen …“ Er verkniff sich das letzte Wort. Stattdessen beugte er sich vor. „Wach auf, Patricia. Die Regierung will die Rechte des zweiten Verfassungszusatzes vernichten. Sie wollen alle Amerikaner entwaffnen. Unsere Freiheit wird durch genau die Regierungseinrichtungen bedroht, die sie gewährleisten sollen, vor allem durch unsere Gerichte und unsere Richter.“

„Du liebe Güte, Marty.“ Sie sah ihn mit großen Augen an. „So aufgebracht habe ich dich seit deinem Enteignungsprozess nicht mehr gesehen. Seit wann machst du dir denn Sorgen wegen der Regierung?“

Lass gut sein. Reg dich nicht auf.

Als die Warnung ihm durch den Kopf schoss, biss er sich auf die Zunge. Patricia war keine Kandidatin für Jarrods Gruppe. Sie verbrachte ja nicht mal viel Zeit in den Vereinigten Staaten. Und er durfte nicht noch mehr Verdacht erregen, indem er sich ungewöhnlich benahm.

„Ich habe in letzter Zeit eben viel gelesen, das ist alles." Er versuchte beiläufig zu klingen. „Wie mir scheint, gibt es im Land im Moment viele Probleme. Wahrscheinlich bekommst du in Afrika nicht so viel davon mit."

„Ich informiere mich durchaus, aber ich habe nichts davon gehört, dass die Leute sich scharenweise wegen des Waffenkontrollgesetzes aufregen."

„Ich würde sagen, das hängt davon ab, mit wem du sprichst. Soll ich dich morgen nach dem Frühstück zu der Autovermietung fahren?"

„Das wäre nett."

„Guter Kuchen, Patricia." Er schob seinen Teller von sich. „Der beste, den ich seit Helens Tod gegessen habe."

„Ich freue mich, dass er dir geschmeckt hat, Marty. Ich weiß, dass du Apfel immer besonders gerne mochtest. Als du acht Jahre alt warst, hatte Mom einen Kuchen zum Abkühlen auf der Küchenzeile stehen lassen, und du hast die ganze obere Teigschicht runtergegessen." Sie kicherte und schüttelte den Kopf. „Mom hat fast einen Herzinfarkt bekommen."

„Daran kann ich mich gar nicht mehr erinnern."

„Na ja, es ist lange her, und du warst ja noch klein. Erinnerst du dich überhaupt an Mom?"

„Nicht an Einzelheiten. An Dad habe ich viel klarere Erinnerungen."

Auf Patricias Stirn erschienen zwei steile Falten. „Ich bin nicht so sicher, dass das gut ist. Er war immer so streng und herrisch. Und er hat dir das Leben wirklich schwer gemacht. Ich werde nie den Tag vergessen, an dem du einen ersten Platz beim Kunstwettbewerb gemacht hattest und er dich nicht zur Preisverleihung gehen ließ, weil du in der Mathearbeit keine Eins geschrieben hattest."

Daran erinnerte er sich auch. Es war eine seiner bittersten Enttäuschungen gewesen. Aber er hatte seit Jahren nicht mehr daran gedacht und würde auch jetzt nicht damit anfangen.

„Das ist doch längst verjährt, Patricia."

„Vielleicht. Aber ich fand es immer schade, dass du danach nicht mehr gezeichnet hast, weil er zu dir gesagt hat, das sei keine männliche Tätigkeit. Du hattest eine Menge Talent."

Er zog eine Schulter hoch. „Wahrscheinlich hat er es einfach praktisch gesehen. Vom Bilderzeichnen kann man schließlich nicht leben."

„Manche Leute schon."

„Aber es ist ganz schön schwierig. Außerdem war es ja hinterher auch in Ordnung. Ich habe meine Arbeit gerne gemacht."

„Vermisst du sie noch?"

„Ja. Es war eine gute Stelle. Ich hatte das Gefühl, etwas Wichtiges zu tun, etwas zu bewirken." Er spürte, wie die Wut in ihm aufstieg. „Dumm nur, dass die Regierung das nicht fand."

Sie streckte den Arm aus und tätschelte seine Hand. „Die Prioritäten verändern sich, Marty. Die Zeiten ändern sich. Man muss sich anpassen."

„Wenn wir uns immer weiter anpassen, geht das Land irgendwann unter."

„Hey! Ich glaube, mein zurückhaltender Bruder wird auf seine alten Tage noch radikal."

Sie lächelte, aber er sah die Fragen in ihren Augen.

Irgendwie brachte er selbst ein Lächeln zustande. „Ich würde mir an deiner Stelle keine Sorgen machen. Du weißt doch, was man über alte Hunde und neue Tricks sagt." Er stand auf, nahm seinen Teller und trug ihn zur Spüle. „Was hältst du davon, wenn wir heute Abend einen alten Film gucken? Ich habe *Der unsichtbare Dritte* auf DVD."

„Cary Grant! Das nenne ich einen Augenschmaus." Sie lächelte ihn dankbar an. „Vielleicht können wir nachher ja auch Popcorn machen."

„Klar, das klingt gut."

Sie trat neben ihn an die Küchenzeile und legte einen Arm um seine Schultern. „Ich hatte seit meiner Ankunft hier den Eindruck, dass du dich ziemlich verändert hast, Marty. Aber heute Abend sehe ich wieder den kleinen Bruder, den ich kenne."

„Er steckt immer noch in mir, Patricia. Ich habe nur ein paar schwere Jahre hinter mir."

„Das weiß ich. Hoffen wir, dass es von jetzt an nur noch bergauf geht."

Das würde es, dachte Martin mit grimmiger Entschlossenheit, als er die DVD holte.

Vor allem, wenn es darum ging, Richterin Elizabeth Michaels zu erledigen.

Kapitel 15

„Happy birthday to you!"

Als die drei Taylor-Geschwister ihren von Herzen kommenden, wenn auch schief gesungenen Geburtstagsgruß beendet hatten und der Kellner einen Kuchen brachte, der über und über mit Kerzen bedeckt war, strahlte Eleanor Taylor sie alle an. „Das ist der schönste Samstagabend, den ich seit Jahren hatte. Und ein besseres Geburtstagsgeschenk könnte ich mir gar nicht wünschen – alle meine Kinder sind hier, um mit mir zu feiern."

Jake grinste seine Mutter an. Er freute sich, sie so glücklich zu sehen. „Du hast wohl gedacht, du könntest uns loswerden, indem du nach Chicago ziehst. So schnell lassen wir uns nicht abwimmeln."

Sie lächelte und schüttelte den Kopf. „Als ob ich das wollte!"

„Wünsch dir was, Mom", drängte Alison sie.

„Und überleg dir was Gutes", fügte Cole hinzu. „Du hast jedes Jahr nur eine Chance."

Sie blickte in die Runde. „Mein Wunsch ist schon in Erfüllung gegangen. Aber ich glaube, ich wünsche mir etwas für euch drei." Sie holte tief Luft und blies die Kerzen aus.

„Wow! Jetzt weiß ich, woher Alison die ganze heiße Luft hat." Cole zwinkerte seiner Mutter zu und grinste zu seiner Schwester hinüber.

Alison parierte die Bemerkung mit einem Ellenbogenstoß in die Rippen.

„Autsch!" Er tat so, als wäre er schwer verletzt. „Pass auf, sonst nehme ich dich wegen Tätlichkeit gegenüber einem Beamten fest."

„Du kannst es ja mal versuchen." Alison schnitt eine Grimasse. „Was hast du dir denn gewünscht, Mom?"

„Ich glaube, ich weiß es."

Sie alle drehten sich zu Eleanors Schwester um. Sie war sechs Jahre älter als Eleanor, groß und dürr wie eine Bohnenstange, und trug ihr schneeweißes Haar zu einem lockeren Knoten aufgesteckt, seit Jake denken konnte. Seine Mutter dagegen war kleiner, untersetzter und hatte immer noch einen natürlichen Braunschimmer in ihrer eleganten, ergrauten Frisur. Niemand würde vermuten, dass die beiden miteinander verwandt waren.

„Catherine! Wenn du ihn aussprichst, geht der Wunsch nicht in Erfüllung", tadelte Eleanor ihre Schwester.

„Ich wette, deine drei schlauen Kinder finden es sowieso selbst heraus." Tante Catherine ließ den Blick über den Tisch und dann zu einem jungen Pärchen wandern, das in der Nähe saß und sich an den Händen hielt.

Als er Alisons plötzlich versteinerte Miene sah, wollte Jake einspringen, aber Cole war schneller.

„Also, wenn du dir wünschst, was ich glaube, dann könnte dein ältester Sohn dir vielleicht bald deinen Wunsch erfüllen."

Seine Mutter sah ihn mit Interesse – und einem hoffnungsvollen Blick – an, und Jake spürte, wie ihm warm wurde. Sein Bruder war genauso schlimm wie Spence.

„Hast du Neuigkeiten, Jake?"

„Nein, Mom. Habe ich nicht. Und Cole hat eine große Klappe." Er warf Cole einen finsteren Blick zu.

„Ach komm, erzähl ihr von Liz." Alison mischte sich in den Spaß ein und bemühte sich, ihre Melancholie abzuschütteln. „Wenn du es nicht tust, tu ich es."

„Welche Liz?“ Die Frage seiner Mutter war an Jake gerichtet.

Er saß in der Klemme. Vier Augenpaare waren gebannt auf ihn gerichtet. Und ihm war lieber, dass seine Mutter seine Version von seiner Beziehung zu Liz hörte als die ausgeschmückte Fassung, die seine Geschwister zweifellos zum Besten geben würden.

„Liz Michaels, Mom. Sie ist Bundesrichterin. Ich bin mit ihrem Personenschutz beauftragt. Sie war früher mit Doug Stafford verheiratet, aber sie hat ihren Mädchennamen behalten.“

„Ich erinnere mich noch gut an deinen Freund Doug aus der Collegezeit. Ein netter junger Mann. Es war eine Tragödie, als er bei dem Autounfall vor einigen Jahren ums Leben kam.“

„Ja, das war es. Jedenfalls genießen Liz und ich es, uns jetzt besser kennenzulernen. Sie ist eine sehr nette Frau.“

Er warf seinen Geschwistern einen warnenden Blick zu. Alison grinste, während sie den Geburtstagskuchen anschnitt. Cole lehnte sich zurück, die Arme vor der Brust verschränkt, und beobachtete genüsslich das Schauspiel.

„Ist sie in Gefahr, Jake?“

Er konzentrierte sich wieder auf seine Mutter. Im Gegensatz zu dem spöttischen Grinsen seiner Schwester und seines Bruders, die es genossen, ihn aufzuziehen, runzelte sie ein wenig die Stirn und lehnte sich aufmerksam vor.

Er hatte seiner Mutter nie viel über die Gefahren seiner Arbeit erzählt. Wenn sie sich unterhielten, versuchte er die humorvolleren oder glamouröseren Aspekte zu betonen, damit sie sich keine Sorgen machte.

Ein bisschen so, wie Alison es bei ihm gemacht hatte, als er im Irak gewesen war.

Diese plötzliche Erkenntnis zwang Jake, das Verhalten seiner Schwester milder zu beurteilen.

Bevor er antworten konnte, berührte seine Tante die Schulter seiner Mutter. „Eleanor … Elizabeth Michaels ist die Richterin, über die wir in der *Tribune* gelesen haben.“

Seine Mutter wurde blass. „Ach du liebe Güte." Sie streckte die Hand aus und drückte seine. „Machst du dir Sorgen, dass hinter ihr auch jemand her ist?"

„Es könnte sein. Aber wir haben eine ganze Einsatztruppe aus Marshals auf den Fall angesetzt und das FBI arbeitet auf Hochtouren, um denjenigen zu finden, der ihre Schwester getötet hat."

„Dann bin ich sicher, dass sie in guten Händen ist. Aber ich glaube, ich werde trotzdem für ihre Sicherheit beten."

Alison verteilte die Kuchenstücke und die Unterhaltung wandte sich wieder leichteren Themen zu. Aber während er seinen Kuchen aß, war Jake froh, dass seine Mutter versprochen hatte, für Liz zu beten.

Denn auch wenn im Moment alles ruhig schien, sagte ihm sein Instinkt, dass die Gefahr noch nicht vorüber war.

Und wie er Liz vor gar nicht langer Zeit anvertraut hatte, folgte er immer seinem Instinkt.

* * *

„Bist du sicher, dass du nicht mit mir zum Gottesdienst kommen willst, Marty?"

Martin, der gerade Cornflakes in ein Schüsselchen füllte, hielt in seiner Tätigkeit inne und musterte Patricia, die sich für die Kirche fein gemacht hatte. Als Helen noch gelebt hatte, war er jede Woche gegangen. Jetzt schaffte er es einmal im Monat. Vielleicht. Und heute hatte er etwas anderes zu tun.

„Ganz sicher, Patricia. Ich muss die Sachen für meinen Jagdausflug zusammenpacken. Wenn du nach Hause kommst, bin ich schon weg, aber falls irgendetwas ist und du mich brauchst, ruf mich auf dem Handy an. Die Nummer lasse ich auf dem Tisch in der Küche liegen."

„Ich komme schon zurecht. Mollys Mann ist nächste Woche wieder unterwegs, deshalb gehen wir morgen Mittag gemeinsam essen. Und ich dachte, am Dienstag könnte ich mal Touristin spielen. Den Gateway Arch ansehen und das Kunstmuseum."

„Klingt doch gut."

„Stimmt. Du kommst Dienstagabend wieder, richtig?"

„Ja."

„Gut. Ich gehe dann mal." Sie trat näher und umarmte ihn. „Viel Erfolg bei der Jagd."

„Danke."

Er blieb an der Küchenzeile stehen, die Cerealien in der Hand, bis er ihre Autotür in der Auffahrt zuschlagen hörte. Dann stellte er die Schachtel ab und eilte durch die Küche und das Wohnzimmer zum Fenster, das nach vorne hinausging. Während sie zurücksetzte und auf die Straße hinausfuhr, beschleunigte sein Puls.

Jetzt war es so weit.

Plötzlich hatte er keinen Hunger mehr, also schüttete er die Cornflakes in die Schachtel zurück und ging ins Schlafzimmer. Nachdem er die flache Kleiderkiste unter dem Bett hervorgezogen hatte, überprüfte er schnell den Inhalt. Latexhandschuhe. Normale Handschuhe. Ein dickes Seil. Ein paar Lumpen. Eine große runde Dose, gefüllt mit Keksen, die er gestern in der Bäckerei gekauft hatte. Der Schnurrbart und der Hautklebstoff, die er Anfang der Woche in einem Laden für Theaterrequisiten erstanden hatte, und eine graue Frauenperücke. Sonnenbrille. Mehrere Paar Nylonhandfesseln, die ein befreundeter Polizist ihm vor Jahren zum Spaß geschenkt hatte. Die beiden Briefe. Große Planen aus transparentem, dickem Plastik. Adressierte, mit Briefmarken versehene Umschläge. Zusätzliche Munition.

Das Einzige, was noch fehlte, war die Waffe aus seiner Kommode. Sein Gewehr befand sich schon in der Hütte – versteckt unter den Bodendielen, für den Fall, dass irgendjemand dort einbrach.

Er zog die Schublade auf, holte den Revolver heraus und schob ihn in seine Tasche. Dann nahm er die Plastikplane und eine Rolle Isolierband und begab sich in die Garage, wo er sich daranmachte, den Vordersitz des Autos mit der Folie zu bedecken, die er anschließend mit Klebeband fixierte.

Es war wichtig, keine Spuren zu hinterlassen. Er kannte das alles aus den Krimis im Fernsehen. Es war erstaunlich, wie sie Leute mit den kleinsten Dingen überführen konnten. Sogar mit einem Fingernagel. Deshalb war er besonders vorsichtig gewesen, als er in das Haus der Richterin eingedrungen war, hatte Latexhandschuhe und eine Strumpfmaske getragen, sodass seine Haare nicht zu sehen waren. Kurz bevor er gegangen war, hatte er die schwarze Kleidung, die er tragen wollte, noch gewaschen, für den Fall, dass eins von Josies Haaren daran klebte.

Aber als er wieder zu Hause gewesen war, hatte er ein Stück Kaugummi unter dem Absatz seines Schuhs gefunden. Und er hatte sich kurz gefragt, ob vielleicht Katzenhaare daran geklebt hatten. Aber selbst wenn es so war, gab es Tausende Katzen mit goldenen Haaren in der Stadt. Es gab keinen Grund, warum irgendjemand ihn aufgrund eines Katzenhaares im Haus der Richterin mit dem Mord in Verbindung bringen sollte.

Aber um auf Nummer sicher zu gehen, hatte er Josie an diesem Morgen in den Keller gesperrt. Es war besser, kein Risiko einzugehen.

Nachdem er die Plastikfolie festgeklebt hatte, bedeckte er auch den Teppich im Fußraum mit einem Stück Plane. Nach der Tat würde er das Zeug beseitigen.

Zufrieden richtete er sich auf, öffnete die Tür, die von der Garage ins Haus führte – und erstarrte.

Es klingelte an der Haustür.

Sein Puls fing an zu hämmern, als er ins Haus ging. Sonntagmorgens klingelte nie jemand bei ihm.

Eigentlich klingelte überhaupt nie jemand bei ihm.

Er ging durchs Haus, schlich zur Tür und blickte durch den Spion.

Es war die junge Frau von nebenan. Auf der Suche nach Patricia, vermutete er.

Während er sie musterte, drückte sie wieder auf den Klingelknopf.

Er konnte sie ignorieren. Aber sie mischte sich überall ein und beobachtete, was in der Nachbarschaft vor sich ging. Wahrscheinlich wusste sie, dass er zu Hause war. Wenn er nicht aufmachte, dachte sie vielleicht, er wäre krank oder verletzt. Und sie war jemand, der die Polizei rufen würde, um sich als barmherzige Samariterin aufzuspielen.

Ein Anflug von Panik krampfte seinen Magen zusammen. Er sollte sie besser abfertigen und loswerden.

„Guten Morgen, Mr. Reynolds." Sie lächelte fröhlich, als er die Tür öffnete. „Ich wollte eigentlich Ihre Schwester abfangen, bevor sie fährt, aber es war schon zu spät. Sie hat gesagt, ich könne mir eine Gugelhupfform ausleihen. Ich mache nämlich für ein Mitbringbuffet einen Kuchen, und da dachte ich, vielleicht können Sie mir ja helfen. Das ist so eine Form mit einem Loch in der Mitte, wissen Sie? Sie sagte, sie hat eine in einer Kiste im Keller gesehen, am Fuß der Treppe."

Eine Gugelhupfform.

Er widerstand der Versuchung, die Augen zu verdrehen.

„Ich sehe mal nach." Er wollte sich gerade umdrehen, zögerte aber dann. Die Höflichkeit gebot, sie herein zu bitten. Die Temperatur war unter zehn Grad gesunken und ein kalter Wind schlug ihr ins Gesicht. „Wollen Sie drinnen warten?"

„Das wäre nett. Es ist plötzlich ganz schön kalt geworden, nicht wahr?"

Sie schob sich an ihm vorbei. Die Haustür führte direkt ins Wohnzimmer des kleinen Hauses und sie blieb unmittelbar hinter der Tür stehen.

„Ich bin gleich wieder da." Er lud sie nicht ein, sich zu setzen.

Ohne eine Antwort abzuwarten, ging er in Richtung Kellertür. Josie hasste es, dorthin verbannt zu werden, und saß normalerweise gleich auf der obersten Stufe und miaute laut, bis er sie herausließ. Heute war sie jedoch ruhig gewesen.

Er öffnete vorsichtig die Tür und sah, dass die Luft rein war. Sie saß nicht auf der Stufe, um sofort an ihm vorbeizuschießen und ihrem dunklen Gefängnis zu entfliehen.

Er brauchte keine dreißig Sekunden, um die Backform zu finden. Nachdem er eingezogen war, hatte er nur die wichtigsten Dinge aus den Kisten mit den Küchenutensilien geholt. Aber er hatte alle Kisten durchgewühlt, um die Sachen zu finden, die er brauchte, und er hatte die anderen Dinge nicht sehr sorgfältig wieder verstaut. Patricia musste die Backform gesehen haben, als sie hier heruntergekommen war, um Wäsche zu waschen.

Als er die Backform nahm, sah er, dass Josie ein paar Meter entfernt hinter ein paar Kisten an der Wand saß. Sie beachtete ihn gar nicht, was ungewöhnlich war, und er konnte nicht widerstehen nachzusehen, was sie dort tat. Er quetschte sich zwischen den Kisten hindurch und beugte sich vor, blieb aber auf Distanz.

Sie spielte mit einer toten Maus.

Rätsel gelöst.

Er schob sich zurück, ging die Treppe hinauf und schloss die Tür.

Molly hatte sich nicht weit von der Tür wegbewegt. „Bitte sehr."

„Danke, Mr. Reynolds. Ich hebe für Sie und Patricia ein Stück auf. Ihre Schwester ist wirklich nett."

„Das ist sie." Er öffnete die Tür.

„Bis bald."

Kaum war sie über die Schwelle getreten, schloss er die Tür wieder hinter ihr.

Er ging ins Schlafzimmer zurück, zog die Stiefel mit den dicken Sohlen an, die er noch von dem Squaredance-Kurs hatte, zu dem Helen ihn vor fünf Jahren mitgeschleift hatte. Der Unterricht hatte ihm keinen Spaß gemacht, aber es hatte ihm gefallen, ein paar Zentimeter größer zu sein. Heute hatte die zusätzliche Größe einen ganz praktischen Nutzen.

Nachdem er die Nylonfesseln und ein paar Lappen in seine Taschen geschoben hatte, trug er die Kleiderkiste mit der Ausrüstung zum Auto und verstaute sie auf dem Beifahrersitz. Dann schloss er die Tür zum Haus ab und schob sich hinters Lenkrad.

Heute war der Tag X.

* * *

Martin lächelte.

Harold war absolut pünktlich.

Obwohl der stürmische Wind die Blätter in dem verlassenen Park über den Kiesweg wirbelte, marschierte der Nachbar der Richterin zügig weiter. Er ging immer genau vier Runden auf dem gewundenen Pfad, der durch freie Felder und kleine Baumgruppen führte. Jetzt hatte er gerade die erste Runde zur Hälfte hinter sich.

Als der Mann hinter einem kleinen Hain verschwand, holte Martin Kleber und Schnurrbart aus der Schachtel neben ihm. Er hatte zu Hause geübt, und so brauchte er keine Minute, um den kleinen, ordentlichen Oberlippenbart zu befestigen. Anschließend nahm er die Sonnenbrille und zog eine Strickmütze tief in seine Stirn. Nachdem er ein Paar enge Einmalhandschuhe übergestreift hatte, zog er die Lederhandschuhe darüber. Eine schnelle Berührung seiner Manteltasche bestätigte, dass die Waffe an ihrem Platz war.

Martin wartete, bis Harold weniger als hundert Meter entfernt war, bevor er aus dem Wagen stieg. Er blickte sich kurz um, vergewisserte sich, dass sie in dem Park immer noch allein waren, und umfasste den Revolver. Dann ging er den Weg hinunter auf Harold Moretti zu, der einen dicken Wintermantel und einen Schal um den Hals trug und seine Baseballkappe in der Hand hielt.

Er blieb stehen, als der Mann näher kam. „Guten Morgen, Harold."

Harold blieb ebenfalls stehen und sah ihn fragend an. „Tut mir leid ... kennen wir uns?"

„Nein. Aber Sie werden mir gleich einen Riesengefallen tun." Martin bewegte den Arm, sodass der Mann die Waffe sehen konnte.

Harold wurde blass und trat einen Schritt zurück. „Hören Sie ... I-ich habe nicht viel Geld dabei, aber was ich habe, ist in meiner Hosentasche."

„Ich will Ihr Geld nicht, Harold."

Panik machte sich in den Zügen des Mannes breit und er sah sich schnell im Park um.

„Hier ist heute niemand, Harold. Und ich habe auch nicht vor, Ihnen *oder* Delores wehzutun, wenn Sie kooperieren."

Harolds Kopf fuhr mit einem Ruck zurück und die Angst in seinen Augen war beinahe greifbar. „Was haben Sie mit Delores gemacht?"

„Noch gar nichts. Und das werde ich auch nicht, wenn Sie beide tun, was ich sage. Jetzt gehen wir ganz entspannt zu Ihrem Auto, so als hätten Sie gerade einen alten Freund getroffen und wir würden uns ein bisschen unterhalten."

Der Mann gehorchte, obwohl seine Schritte steif waren, als Martin neben ihm ging.

Als sie am Wagen ankamen, der wie immer am Ende des Parkplatzes geparkt war, zeigte Martin auf den Kofferraum. „Öffnen Sie ihn."

Harold kramte in seiner Tasche nach den Schlüsseln und schob einen davon in das Schloss, während ihm der Schweiß auf der Stirn stand und an seinen Schläfen herunterzurinnen begann. Es schien nicht fair, dem Mann das Leben schwer zu machen.

Andererseits gab es jede Menge Leute, die ihm in den letzten Jahren das Leben schwer gemacht hatten. Und er war ebenfalls unschuldig gewesen. Wenigstens würde Harolds Notlage nur kurz dauern. Im Gegensatz zu seiner.

„Klettern Sie rein. Legen Sie sich auf die Seite, mit dem Rücken zu mir und die Hände auf dem Rücken."

Auf diesen Befehl hin warf Harold ihm einen flehenden, verängstigten Blick zu. „Bitte tun Sie das nicht, Mister."

„Ich will Ihnen nichts tun, Harold. Sie müssen nur für ein paar Stunden verschwinden. Aber wenn Sie nicht reinklettern, muss ich das hier benutzen." Er wiegte die Waffe in der Hand.

„Schon gut, schon gut." Der Mann hob die Hand in einer beschwichtigenden Geste und kletterte umständlich in den Kofferraum.

Nachdem er in der richtigen Position lag, steckte Martin seinen Revolver weg und band Harolds Handgelenke hinter seinem Rücken mit einer der Plastikfesseln zusammen. Dann band er die andere um die Fußgelenke des Mannes und legte ihm einen langen Stoffstreifen über den Mund, den er am Hinterkopf verknotete. Zum Schluss zog er den Ehering des Mannes von dessen Finger und schob ihn in seine eigene Manteltasche. Er hätte Harolds Schlüsselbund genommen, wenn der Ring sich nicht hätte abziehen lassen, aber dies war persönlicher. Und überzeugender.

„Entspannen Sie sich, Harold. Sie werden rechtzeitig zum Abendessen wieder zu Hause sein. Bleiben Sie einfach ruhig liegen, bis jemand kommt, um Sie rauszulassen. Denn wenn Sie vorher irgendwelche Schwierigkeiten machen, werden Sie Delores nie wiedersehen. Haben Sie verstanden?"

Der Mann nickte heftig.

„Gut."

Martin schloss die Kofferraumklappe und sah sich noch einmal im Park um. Angesichts des beißenden Windes und der Kälte bezweifelte er, dass irgendjemand in nächster Zeit in die Ecke des kleinen Parkplatzes kommen würde. Selbst wenn Harold versuchte, Alarm zu schlagen, würde niemand da sein, der ihn hören konnte.

Aber nachdem er die Angst in Harolds Miene gesehen hatte, als Martin Delores bedroht hatte, glaubte er nicht, dass er Schwierigkeiten befürchten musste.

Während er in seinen eigenen Wagen stieg, warf er einen schnellen Blick auf den Blumenstrauß im Beifahrerfußraum neben sich, eingewickelt in buntes Papier, wie Floristen es benutzten. Das war heute Morgen sein einziger Halt auf dem Weg zum Park gewesen.

Und jetzt wurde es Zeit, dass die Blumen ihren Part übernahmen.

* * *

Als es an der Tür klingelte, legte Delores das Messer ab, mit dem sie die Kartoffeln für den Sonntagsbraten in Stücke geschnitten hatte, und wischte sich die Hände an ihrer Schürze ab. Merkwürdig. Sie und Harold bekamen sonntagvormittags nie Besuch.

Sie spähte an den halb transparenten Gardinen im Wohnzimmer vorbei, von wo aus sie schräg auf die Veranda blicken konnte. Ein Mann stand vor der Tür mit einem Blumenstrauß in grün geblümtem Papier.

Liz. Die mussten von ihr sein. Das war genau die Art Geste, die ihrer reizenden Nachbarin einfallen würde, um sich für die Leckereien zu bedanken, die sie in der Wohnung vorbeigebracht hatte.

Lächelnd ging Delores zur Tür und riss sie auf.

„Guten Morgen, Ma'am." Der Bote war hinter dem großen Strauß kaum zu sehen. „Die hier sind für Delores Moretti."

„Das bin ich." Sie streckte die Hand nach den Blumen aus. „Was für eine schöne Überraschung an einem grauen Sonntagmorgen. Seit Jahren hat mir niemand mehr Blumen geschickt. Danke für …" Die Worte erstarben in ihrer Kehle, als sie ihm den Blick zuwandte.

Der Mann hatte eine Waffe auf sie gerichtet!

„Treten Sie zurück, Mrs. Moretti."

Panik erfüllte sie. Aber ihr war eines klar: Sie durfte den Mann nicht ins Haus lassen, denn dann war sie ihm völlig ausgeliefert.

Sie umfasste die Vase fester, hob sie ein wenig hoch, holte tief Luft und machte Anstalten, sie dem Mann an den Kopf zu werfen und die Tür vor seiner Nase zuzuknallen.

„Das würde ich an Ihrer Stelle nicht tun, Mrs. Moretti. Nicht, wenn Sie Ihren Mann lebend wiedersehen wollen."

Sie starrte ihn an und sah, wie er Harolds Ehering aus der Manteltasche zog und auf der Handfläche balancierte.

„Gütiger Gott!" Die Worte waren nur ein ersticktes Flüstern und ihr Blick war starr auf den vertrauten breiten Reifen aus poliertem Gold mit der kleinen Macke am Rand gerichtet.

„Treten Sie zurück, Mrs. Moretti."

Zu schockiert, um klar zu denken, stolperte sie ein paar Schritte rückwärts. Er schlüpfte ins Haus und schloss die Tür hinter sich, die Waffe unverändert im Anschlag.

„Stellen Sie die Blumen ab, Mrs. Moretti."

Sie gehorchte stumm.

„Ihrem Mann geht es gut. Im Moment jedenfalls. Ob das so bleibt, liegt an Ihnen. Warum setzen Sie sich nicht, während ich Ihnen erzähle, was ich von Ihnen will."

Während der Mann mit der Waffe ihr seinen Plan erläuterte, legte sich eine eisige Kälte über Delores. Hier ging es nicht um sie und Harold. Sie waren nur Spielfiguren in seinem ruchlosen Plan, an Liz heranzukommen. Und der Gedanke, ihre Nachbarin zu verraten, indem sie diesem Mann half, drehte ihr den Magen um.

Aber was hatte sie für eine Wahl? Sie konnte sich nur seinen Plänen fügen und beten, dass ihr etwas einfiel, um sie zu durchkreuzen, bevor er sie zu Ende ausführen konnte.

Denn wenn ihr nichts einfiel, blieb Harold vielleicht am Leben.

Aber Liz würde mit Sicherheit sterben.

Kapitel 16

„Was! Wann ist das passiert?“ In der Kommandozentrale der Marshals neben der Wohnung von Liz sprang Larry Olsen auf, die Augen vor Entsetzen geweitet.

Mit dem Handy am Ohr lauschte er, während seine Schwägerin ihm von der Blutung berichtete, wegen der seine schwangere Frau ins Krankenhaus gebracht worden war. Zum gleichen Zeitpunkt erschienen die Morettis auf dem Monitor. Die Überwachungskameras hatten sie am Haupteingang erfasst, dick eingemummt gegen die Kälte, und er wusste, dass sie auf dem Weg zu Liz waren. Aber das Timing hätte schlechter nicht sein können.

Noch komplizierter wurde die Sache dadurch, dass Dan in der Küche mit ihrem Boss über einen anstehenden Prozess sprach, bei dem die Marshals mit einer schwierigen Sicherheitssituation konfrontiert sein würden.

Er nahm den Metalldetektor vom Tisch im Flur und sprach ins Telefon. „Ich muss dich für ein paar Sekunden wegdrücken, Trish. Leg nicht auf.“

Als er auf den Gang hinaustrat, blieb das Ehepaar stehen. Harold hatte den Kopf gesenkt und machte sich an dem Deckel des Behälters zu schaffen, der den aktuellen Nachschub an italienischen Desserts enthielt. Eine Sonnenbrille verbarg seine Augen. Delores hatte der Richterin erzählt, dass er am Freitag eine Augenoperation gehabt hatte, und Liz hatte die Marshals darauf hingewiesen, dass er eine Sonnenbrille tragen würde. Außerdem hatte der Mann eine Baseballmütze tief in die Stirn gezogen. Aber sein auffälliger grauer Schnurrbart war klar zu erkennen.

„Hallo, Mr. und Mrs. Moretti. Die Richterin erwartet Sie schon." Er tastete sie mit dem Detektorstab schnell von oben bis unten ab, während er in Gedanken bei seiner Frau war. Ihr erstes Baby hatten sie in einem fortgeschrittenen Schwangerschaftsstadium verloren, und keiner von ihnen war auf einen zweiten Verlust vorbereitet. Sobald er die Morettis überprüft hatte, musste er jemanden finden, der ihn in der Kommandozentrale ablöste, und dann ins Krankenhaus fahren. Schnell.

Der Stab piepste, als er damit über den Metallbehälter fuhr. Das war nichts Neues. Die Behälter, die Delores mitbrachte, lösten immer ein Signal aus.

„Darf ich mal kurz da reinsehen, Mr. Moretti?"

„Natürlich."

Er hob den Deckel an und Larry warf einen Blick auf die mit Puderzucker bestäubten Plätzchen. „Danke. Sie können reingehen."

Mit einer Handbewegung in Richtung Liz' Wohnung kehrte er in die Kommandozentrale zurück.

Dan kam gerade ins Esszimmer geschlendert, wo die Monitore standen, als Larry wieder hereinkam. „Was gibt's?"

„Die Morettis sind hier." Larry deutete auf den Monitor, auf dem zu sehen war, wie das Ehepaar vor Liz' Tür wartete. „Ich bin gleich bei dir." Er beendete das Gespräch mit seiner Schwägerin und erklärte Dan anschließend die Situation. „Ich brauche also so schnell wie möglich eine Ablösung."

Dans Miene war besorgt. „Das tut mir echt leid, Larry. Ich helfe dir beim Rumtelefonieren." Während er sprach, zog er schon sein BlackBerry heraus.

„Danke." Larry scrollte die Kurzwahlliste der Deputy Marshals durch. Vielleicht konnte er einen von den neueren Jungs bekommen, der erpicht darauf war, einen guten Eindruck zu machen. Für diese Sache brauchten sie nicht die Topleute.

Denn wenn alles wie gewohnt lief, würde es ein langer, langweiliger Sonntag werden.

* * *

Als es an der Tür klingelte, lächelte Liz. Jetzt, wo sie die Aktendurchsicht beendet hatte, gab es an den Wochenenden nicht viel zu tun. Jake war zum Geburtstag seiner Mutter nach Chicago gefahren, also konnte sie keine Spontanbesuche von ihm oder Pizzaeinladungen seiner Geschwister erwarten. Obwohl sie den Großteil ihres Samstags und Sonntags damit verbracht hatte, Schriftsätze für anstehende Prozesse zu lesen und die letzten Ausgaben der juristischen Fachzeitschriften durchzugehen, hatte sie sich irgendwann nicht mehr konzentrieren können. Die unerwartete Ankündigung eines Besuchs von den Morettis war ein Geschenk des Himmels gewesen.

Sie spähte durch den Spion und sah, dass Delores unter ihrem breitkrempigen weichen Regenhut die Stirn runzelte. Das war kein gutes Zeichen. Normalerweise sprühte die Frau nur so vor grenzenlosem Optimismus. Aber am Telefon hatte sie auch etwas angespannt geklungen. Hatte es bei Harolds Augenoperation Schwierigkeiten gegeben? Er stand mit gesenktem Kopf hinter Delores und sie konnte seine Sonnenbrille sehen. Komisch, dass Delores ihr nicht schon früher von dem Star und der Operation erzählt hatte. Sonst erzählte sie solche Dinge immer.

Nachdem sie die Tür entriegelt hatte, öffnete sie und ließ die beiden herein.

„Ich freue mich schon auf euren Besuch, seit du angerufen hast, Delores." Sie wartete, bis das Ehepaar eingetreten war, dann schloss sie die Tür und ließ den Riegel wieder zuschnappen. Als sie sich umwandte, hörte sie, wie der Deckel der Keksdose geöffnet wurde. „Es war den ganzen Tag schrecklich still hier …“

Sie verstummte und sog scharf die Luft ein. Harold warf die Kekse auf den Boden, nahm einen Revolver aus der Dose und richtete ihn auf sie.

Nur … es war gar nicht Harold. Der Schnurrbart stimmte nicht ganz, und sein Körper war kantiger als der ihres Nachbarn.

„Es tut mir leid, Liz.“ Delores' Stimme zitterte. „Aber er hat Harold, und er hat gesagt, wenn ich nicht kooperiere, sehe ich Harold nie wieder.“

Liz konzentrierte sich auf ihre Nachbarin, als sie die tränenerstickte Entschuldigung hörte. Die Frau zitterte und hatte ein aschfahles Gesicht.

„Das stimmt, Richterin“, warf der Eindringling ein. „Und für Sie gilt dasselbe. Harolds Schicksal liegt in Ihren Händen. Und das von Delores auch. Wenn Sie kooperieren, bleiben die Morettis am Leben. Wenn nicht, sterben die beiden.“

Zwischen der Brille und der Baseballmütze und einem Schal, den der Mann bis übers Kinn hochgezogen hatte, war von seinem Gesicht nicht viel zu sehen. Liz hatte keine Ahnung, wer er war.

Aber eins war klar.

Vor ihr stand der Mann, der ihre Schwester getötet hatte.

Der Mann, der sie umbringen wollte.

Während Angst ihr die Kehle zuschnürte – und die Fassung raubte –, versuchte sie krampfhaft, die aufsteigende Panik niederzukämpfen. Sie musste die Ruhe bewahren, um klar denken zu können.

Ihr Leben hing davon ab.

Sie zwang sich, nur die Fakten zu berücksichtigen, so wie sie es im Gerichtssaal tat, und möglichst jede Emotion außen vor zu lassen.

Und die Fakten waren eindeutig.

Der Eindringling war intelligent. Er hatte einen Plan geschmiedet, mit dem er an den Marshals in der Kommandozentrale vorbeigekommen war, und das war keine Kleinigkeit.

Er war fest entschlossen, das zu erledigen, was er vor drei Wochen in ihrem Haus hatte tun wollen, sonst wäre er nicht das Risiko eingegangen, zurückgekommen.

Und da er es auf sie abgesehen hatte und nicht auf die Morettis, musste sie alles tun, was in ihrer Macht stand, um die Sicherheit der beiden zu gewährleisten. Sie hatte schon genug unschuldiges Blut von Doug und Stephanie an ihren Händen – auf keinen Fall wollte sie auch noch die Verantwortung dafür tragen, dass den Morettis etwas zustieß.

„Haben Sie mich verstanden, Richterin?"

Liz nickte ruckartig. „Ja."

„Gut. Jetzt gehen Sie beide ins Wohnzimmer und setzen sich." Er zog seine Lederhandschuhe aus und zeigte mit einer latexbedeckten Hand in die entsprechende Richtung, und die beiden Frauen gingen voraus. Liz ließ sich auf der Sofakante nieder und Delores setzte sich neben sie. Der Mann blieb stehen. „Ziehen Sie Mantel, Hut, Handschuhe, Schuhe und Rock aus, Delores. Richterin, Sie ziehen Ihre Jeans aus und Delores' Rock an. Und stecken Sie sich eins von diesen flachen Kissen in den Rockbund. Und beeilen Sie sich!"

Er wollte, dass sie sich für Delores ausgab, so wie er sich für Harold ausgegeben hatte.

Und das bedeutete, dass er sie nicht hier töten wollte.

Warum nicht? Das wäre die schnellste, sauberste Methode für ihn, die Sache zu erledigen. Es gab eine Menge lautlose Möglichkeiten, jemanden zu töten. Warum ging er das Risiko ein, sie an einen anderen Ort zu bringen? Es war unlogisch. Und wenn man bedachte, wie methodisch der Mann die ganze Sache durchgezogen hatte, handelte es sich nicht um einen durchgedrehten Psychopathen. Er hatte einen Grund für sein Handeln.

Was auch immer es war, sie war froh über die Verzögerung.

Denn dadurch hatte sie mehr Zeit, sich einen Fluchtplan zu überlegen.

Delores sah sie ängstlich an und sie drückte ermutigend die Hand der älteren Frau, während sie aufstand.

Nachdem sie ihre Nachbarin mit sich vom Sofa gezogen hatte, half sie ihr, die Kleidungsstücke auszuziehen, die der Mann genannt hatte. Dann zog sie Delores' Rock über ihre eigenen Hüften, öffnete den Reißverschluss ihrer Jeans und streifte sie ab, bis sie um ihre Fußgelenke herum auf dem Boden lag. Sie bückte sich und warf die Hose auf einen Stuhl. Aber als sie nach dem flachen Sofakissen griff, hielt der Mann sie zurück.

„Bevor Sie das tun, gehen Sie ins Schlafzimmer – beide." Er deutete mit dem Revolver in Richtung Flur.

Als Liz ihm einen erschrockenen Blick zuwarf, lachte er spöttisch. „Bilden Sie sich nur nichts ein, Richterin. Los." Wieder schwenkte er die Waffe.

Liz nahm Delores' Arm und schob sie in den Flur. Als sie das Gästezimmer erreicht hatten, sprach der Mann wieder.

„Da rein."

Er folgte ihnen in das Zimmer und sah sich um, bis sein Blick an dem Wandschrank mit den Schiebetüren hängen blieb, der an der Wand zum Flur stand. „Das geht. Delores, gehen Sie da rein und legen Sie sich auf den Boden."

Die grauhaarige Frau stolperte auf den Schrank zu, öffnete die Tür und ließ sich ungelenk auf dem Boden nieder, wobei die Kleiderbügel über ihr gegeneinanderklackerten.

Während Liz ihr zusah, holte der Mörder zwei lange Plastikstreifen aus einer Tasche und warf sie auf den Boden neben Delores. „Binden Sie ihr die Handgelenke hinterm Rücken zusammen und dann die Fußgelenke."

Liz sank auf die Knie, nahm eine der Fesseln und berührte ihre Freundin an der Schulter. „Tut mir leid, Delores."

„Nicht reden." Der scharfe Befehl des Mannes hallte im Zimmer wider. „Und machen Sie schneller."

Liz folgte seinen Anweisungen, so schnell es ihre zitternden Hände erlaubten, dann wollte sie wieder aufstehen.

„Warten Sie." Der Mann warf ihr einen Stoffstreifen zu. „Knebeln Sie sie. Öffnen Sie den Mund, Delores. Richterin, Sie binden den Stoffstreifen um ihren Mund und binden ihn hinten zusammen. Fest."

Liz schluckte die Galle hinunter, die ihre Kehle hinaufstieg. Sie hasste es, ihrer Nachbarin das anzutun. Aber wenn es ihr das Leben rettete, war es ein geringer Preis.

Nachdem sie den Knebel befestigt hatte, stand Liz auf.

„Da rüber." Der Mann zeigte auf die andere Seite des Zimmers. „Legen Sie sich mit dem Gesicht nach unten auf den Fußboden und nehmen Sie die Hände über den Kopf."

Nachdem sie seinem Befehl Folge geleistet hatte, trat er neben Delores. Liz hörte, wie die ältere Frau nach Luft schnappte, und aus dem Augenwinkel sah sie, wie der Mann die Fesseln und den Knebel fester zurrte. Viel fester. Sie sah auch, dass er neben der Frau einen Zettel auf den Boden warf.

Als er fertig war, stand er auf und schloss die Tür des Wandschranks. „Also gut, Richterin. Stehen Sie auf." Als sie stand, zeigte der Mann auf den Flur. „Holen Sie ein paar dicke Pullover oder Sweatshirts aus Ihrem Zimmer."

Er hielt Abstand, während sie auf den Flur trat und in ihr Schlafzimmer ging. Aber er stand dicht genug, um zuzusehen, wie sie in der Schublade kramte. Als hätte er Angst, sie könnte eine Waffe zwischen ihren Kleidern aufbewahren.

Sie wünschte, das hätte sie.

Nachdem sie ein dunkelbraunes Sweatshirt herausgezogen hatte, nahm sie sich möglichst viel Zeit, um einen Pullover auszusuchen. Sie musste irgendeinen Hinweis zurücklassen.

Aber was? Sie wusste nicht einmal, wer der Kerl war. Vielleicht, wenn sie ein bisschen herumstocherte …

Sie drehte sich halb zu ihm um und betrachtete sein Gesicht. „Warum tun Sie das?"

„Sie sind hier nicht im Gerichtssaal, Richterin." Seine Lippen verzogen sich zu einem spöttischen Grinsen. „Ich muss Ihre Fragen nicht beantworten. Und Sie können mich auch nicht mundtot machen. Diesmal müssen Sie *mir* zuhören." Er zeigte mit der Waffe auf den schwarzen Pullover mit V-Ausschnitt in ihrer Hand. „Der tut's. Und jetzt zurück ins Wohnzimmer."

Diesmal musste sie ihm zuhören. Das bedeutete, dass sie sich schon einmal bei Gericht begegnet waren. Aber während sie wieder durch den Flur zurückging, erinnerte sich Liz beim besten Willen nicht daran, um welchen Fall es sich handeln könnte.

„Wir sind uns schon mal begegnet, nicht wahr?" Sie blieb vor dem Sofa stehen und drehte sich zu ihm um.

„Das spielt keine Rolle. Ich bin nicht hier, weil Sie den Mann, der meine Frau umgebracht hat, haben laufen lassen. Ich bin hier, weil das ganze Rechtssystem durch und durch schlecht ist und jemand damit anfangen muss, es zu säubern, damit nicht noch andere Menschen darunter leiden."

Martin Reynolds.

Der Name schoss ihr durch den Kopf, als sie in seine hasserfüllten Augen blickte. Dieselben Augen, deren Blick sich in sie gebohrt hatte, als sie in dem Kunstfehlerprozess das Urteil zugunsten des Arztes gesprochen hatte.

„Ihr Anwalt hat in Ihrem Fall versagt, Mr. Reynolds. Nicht das Rechtssystem."

Sein Gesicht wirkte einen Moment lang überrascht. Dann verhärtete sich seine Miene wieder. „Es spielt keine Rolle. Hier geht es nicht um mich. Es geht darum, Amerika zu retten, indem die Gerichte daran gehindert werden, als Mittel der Unterdrückung zu dienen. Die Macht der Verfassung muss gestärkt werden. Der Respekt vor Leben und Besitz und Freiheit muss wieder etwas gelten."

Als sie hörte, wie er sich ereiferte, spürte Liz, wie ihr Magen sich zusammenzog. Mit einem Mörder zu tun zu haben, war eine Sache. Jemanden, der von persönlichen Motiven angetrieben wurde, konnte man unter Umständen zur Vernunft bringen. Oder man konnte einen Handel mit ihm schließen.

Wenn man es jedoch mit einem Eiferer zu tun hatte, war das etwas anderes. Menschen, die etwas für eine „gute Sache" taten, machte es nichts aus, Märtyrer zu werden. Es gab nur wenig, das sie von ihrer Mission abbringen konnte.

„Ziehen Sie die Kleider an. Sie haben eine Minute."

Sein kalter Befehl riss sie in die Gegenwart zurück und sie zog den Pullover über ihre Bluse, während sie verzweifelt überlegte, welchen Hinweis sie den Marshals hinterlassen konnte.

„Welches Sicherheitsprotokoll gibt es, wenn jemand die Wohnung verlässt?" Er bellte die Frage, während sie den Pulli herunterzog.

Konnte sie ihm Angst einjagen? Ihn so nervös machen, dass er etwas Verdächtiges tat, etwas, das die Aufmerksamkeit der Marshals erregte?

„Sie überprüfen die Leute genauso wie beim Hereinkommen."

Er beugte sich vor, bis die Waffe nur noch wenige Zentimeter von ihrer Schläfe entfernt war, und ihr stockte der Atem. „Sie lügen. Ich habe Delores gefragt. Sie hat gesagt, sie sind einfach rausgegangen. Und da sie mir die Wahrheit erzählt hat, was das Prozedere beim Reinkommen betrifft, glaube ich ihr." Er drückte den kalten Lauf gegen ihre Haut. „Im Gerichtssaal würden Sie jemanden, der lügt, bestrafen. Jetzt muss ich wohl dasselbe mit Ihnen machen. Später. Machen Sie weiter."

Liz zog sich zu Ende an. Mit all den Polstern, die sie hinzufügte, bezweifelte sie, dass irgendjemand einen großen Unterschied zwischen ihrer Figur und der von Delores bemerken würde. Abgesehen von den Haaren.

Als hätte er ihre Gedanken gelesen, griff er in die Tiefen seiner Manteltasche, zog eine graue Perücke heraus und warf sie ihr zu. „Setzen Sie die auf."

Ihr Herz wurde schwer. Er hatte an alles gedacht.

Während sie die Perücke auffing, fiel ihr Blick auf den kleinen

Stapel zweitrangiger Akten, die sie dem FBI zukommen lassen wollte, falls der erste Stapel zu nichts führte. Die Zweitauswahl lag immer noch am Rand des Esszimmertisches. Am Ende war Reynolds Fall auf diesem Stapel gelandet. Wenn sie die Akte irgendwie hervorheben könnte …

„Worauf warten Sie?"

Auf seine scharfe Frage hin zeigte sie auf die Küche und sagte das Erste, was ihr einfiel. „Ich brauche ein Gummiband, um mir die Haare zusammenzubinden. Und eine Sicherheitsnadel für den Rock. Er ist zu groß. Ich glaube, ich habe beides in der Schublade da drin."

„Gut. Holen Sie die Sachen. Und machen Sie keine Dummheiten."

Sie nahm den langen Weg und er folgte ihr. Als sie an dem Aktenstapel vorbeiging, ließ sie die Perücke fallen. Sie bückte sich, um die Perücke aufzuheben, und stützte sich dabei am Esstisch ab. Mit einer schnellen Bewegung stieß sie die Akten zu Boden.

„Was machen Sie da?"

Zum ersten Mal entdeckte sie einen Anflug von Angst in der Stimme des Mannes.

„Tut mir leid. D-die Perücke ist mir runtergefallen." Sie sammelte die Akten auf, so schnell sie konnte, und versuchte, seine Aufmerksamkeit nicht darauf zu lenken. Sie legte Reynolds Akte nicht nach oben, aber ein Blatt Papier zog sie ein paar Zentimeter heraus. Und sie ließ die Mappen in einem ungewohnt unordentlichen Haufen liegen, in der Hoffnung, dass sie jemandem auffallen würden.

Zum Beispiel Jake.

Es war nicht viel. Aber es war alles, was sie tun konnte.

Er kam um den Tisch und musterte die oberste Akte. Gott sei Dank hatte sie nicht seine zuoberst gelegt. „Beeilen Sie sich."

Sie holte das Gummi, band ihre Haare zu einem Pferdeschwanz zusammen und setzte die Perücke auf. Dann befestigte sie ihren Rock.

„Jetzt der Hut. Und ziehen Sie ihn weit herunter."

Nachdem sie seinen Befehl befolgt hatte, trat er näher. „Jetzt sage ich Ihnen, was wir tun, Richterin. Wir gehen zusammen durch diese Tür da. Ich halte Ihren Arm. Ich will, dass Sie den Kopf gesenkt halten. Kramen Sie in Ihrer Handtasche, so als würden Sie Ihre Schlüssel suchen. Wenn Sie eine falsche Bewegung machen, endet die Sache gleich hier. Für Sie und für Harold. Ich bin der Einzige, der weiß, wo er ist. Verstanden?"

„Ja."

„Gut. Gehen wir."

Während er sie zur Tür schob, öffnete sie Delores' Handtasche. Er hakte sich unter und schob die Hand mit dem Revolver unter ihre verschränkten Arme, den Lauf in ihre Seite gedrückt. In der Nähe des Herzens.

Und als sie auf den Flur hinaustraten, war Liz eines ganz klar: Wenn nicht ein Wunder geschah, würde Martin Reynolds die Sache zu Ende bringen, die er vor drei Wochen begonnen hatte.

* * *

Brett Holmes lehnte sich auf seinem Stuhl vor der Reihe von Monitoren zurück, auf denen das Treppenhaus und die Ein- und Ausgänge zum Wohnblock zu sehen waren, in dem Liz Michaels untergebracht war. Sonntags war nicht sein Lieblingsdienst, aber als einer der neuesten Deputy Marshals in St. Louis war er es gewohnt, die weniger attraktiven Schichten abzubekommen.

Wenigstens wohnte er nur fünf Minuten von hier entfernt. Und das hier war ein wichtiger Fall. Eine Bundesrichterin zu beschützen, deren Leben akut bedroht wurde, war entschieden besser, als irgendeinen miesen Gefangenen zum Flughafen zu bringen.

Die Tür zur Wohnung der Richterin öffnete sich und er beugte sich vor. Bevor Larry vor etwa drei Minuten gegangen war, hatte er das Band von der Ankunft der Morettis zurückgespult und Brett eine gute Beschreibung des Ehepaars gegeben. Der Mann und die Frau, die jetzt die Wohnung verließen, entsprachen dieser Beschreibung bis aufs i-Tüpfelchen.

„Irgendwas los?" Dan streckte den Kopf aus der Küche, wo er sich ein Sandwich machte.

„Die Morettis gehen."

„Ja?" Dan kam hereingeschlendert und warf einen schnellen Blick auf den Monitor, während er in einer Hand ein Messer und in der anderen ein Glas Senf hielt. „Ich frage mich, was für Leckereien sie diesmal mitgebracht hat."

„Was meinst du?"

„Hast du noch nicht von den Cannoli gehört?"

„Nein."

„Ach so."

Während Dan in die Küche zurückkehrte, beobachtete Brett, wie das Paar in den Aufzug stieg. Die Tür ging zu. Er lehnte sich zurück.

„Kommen heute noch irgendwelche anderen Besucher?"

„Nö." Dan erschien wieder und warf ihm eine Tüte Chips zu. „Die Richterin führt ein ziemlich ruhiges Leben. Aber Jake wird wahrscheinlich vorbeischauen, wenn er aus Chicago zurückkommt."

„Ich habe ihn bis jetzt noch nicht kennengelernt. Aber ich habe gehört, er war im Irak. Die Leute von der Spezialeinheit kriegen die ganzen actionreichen Jobs."

„Weißt du was? Sie können sie haben. Mir ist ein schöner, ruhiger Personenschutz allemal lieber. So wie dieser hier." Er zeigte auf den Monitor, der den leeren Flur zeigte.

„Stimmt auch wieder."

Aber zwei Minuten später, als Brett auf dem Bildschirm sah, wie das ältere Ehepaar das Gebäude verließ, wünschte er doch, es wäre ab und zu ein bisschen mehr los in seinem Job.

Aber er bezweifelte, dass bei diesem Einsatz noch irgendetwas passieren würde.

* * *

Um Viertel nach fünf, als Jake die Tür zur Kommandozentrale öffnete, stellte er überrascht fest, dass ein ihm unbekannter Kollege dort Dienst tat.

„Du bist ja früher aus Chicago zurück, als ich erwartet hatte." Dan erhob sich vom Sofa und streckte sich.

„Ich bin gefahren, nachdem wir mit meiner Mutter in der Kirche waren." Er und seine Geschwister hatten eigentlich zusammen fahren wollen, aber in letzter Minute hatte er sich doch entschieden, seinen eigenen Wagen zu nehmen. Er wusste nicht genau, warum. Und er wusste auch nicht, warum er das Bedürfnis gehabt hatte, nach der Kirche sofort aufzubrechen und nicht zum Brunch mit seiner Familie zu bleiben. Es stimmte, dass er einen Teil des Abends mit Liz verbringen wollte. Aber eine merkwürdige Unruhe hatte ihn dazu veranlasst, die Heimreise noch früher anzutreten als geplant.

Der blonde Kerl vor den Monitoren stand auf und streckte die Hand aus. „Brett Holmes."

„Jake Taylor." Er erwiderte den festen Händedruck des anderen Mannes. „Wo ist Larry?"

„Im Krankenhaus." Dan erklärte ihm die Situation.

„Wie geht es seiner Frau?"

„So weit gut. Sie haben die Blutung unter Kontrolle und sie hat das Baby nicht verloren."

„Gut." Jake überprüfte die Bildschirme. „Alles ruhig hier?"

„Sehr ruhig. Die Morettis waren gegen ein Uhr hier. Das war die einzige Aktivität." Dan ging in die Küche. „Möchtest du was zu trinken?"

„Nein, danke. Ich gehe rüber und sehe nach der Richterin."

„Wie kommt es, dass mich das nicht wundert?", warf Dan ihm grinsend über die Schulter zu.

Jake ignorierte die Bemerkung. Offensichtlich hatte der Mann mit Spence gesprochen. „Ich gucke noch mal bei euch rein, bevor ich gehe.“

„Wir werden hier sein.“

Jake trat auf den Flur, zog die Tür hinter sich zu und legte die Entfernung zur benachbarten Wohnung in wenigen Sekunden zurück, um so schnell wie möglich bei Liz zu sein. Es war erstaunlich, wie sehr er sie vermisst hatte, obwohl sie weniger als achtundvierzig Stunden getrennt gewesen waren. Selbst ihr kurzes Telefonat gestern hatte kaum geholfen. Ein Gespräch über eine solche Entfernung hinweg war eher quälend als befriedigend.

Als er die Klingel zu ihrer Wohnung betätigte, fragte Jake sich, ob er sie wohl dazu überreden könnte, etwas beim Chinesen zu bestellen. Ein gemeinsames Abendessen mit ihr wäre der perfekte Abschluss für diesen Tag.

Auf sein erstes Klingeln kam keine Reaktion und Jake versuchte es noch einmal. Vielleicht hatte sie sich hingelegt. Oder sie duschte. Sie konnte auch mit Kopfhörern auf ihrem Laufband sein. In den tollen Stretch-Shorts.

Ein Lächeln huschte über seine Lippen und er drückte länger auf die Klingel.

Nachdem auch nach dem zweiten Klingeln nichts zu hören war, zog Jake sein BlackBerry heraus und tippte die Nummer ihres Handys ein.

Nach dreimaligem Läuten bat die Mailboxansage ihn, seine Nummer zu hinterlassen.

Sein Lächeln erstarb.

Er versuchte das Festnetztelefon in ihrer Wohnung. Er konnte es auf der anderen Seite der Tür klingeln hören, aber niemand ging dran.

Er ermahnte sich, nicht überzureagieren, weil es bestimmt eine logische Erklärung dafür gab, dass sie sich nicht rührte, und ging in die Kommandozentrale zurück.

„Wo ist der Schlüssel zu Liz’ Wohnung?“ Er sah sich um. Jede Schicht bewahrte den Schlüssel woanders auf.

Brett drehte sich auf seinem Stuhl vor den Bildschirmen herum. Dan runzelte die Stirn und durchquerte den Raum, um den Schlüssel aus einem kleinen orangefarbenen Krug zu holen. „Was ist los?"

„Sie macht nicht auf."

„Der Schlüssel wird nichts nützen, wenn sie den Riegel vorgeschoben hat."

„Es ist einen Versuch wert, bevor ich die Tür eintrete." Er sah Brett an. „Sie bleiben hier. Behalten Sie die Monitore im Blick. Dan, du kommst mit mir."

Der andere Mann folgte ihm zurück über den Gang.

Jake steckte den Schlüssel ins Schloss und drehte ihn herum.

Die Tür ging auf.

Seine Unruhe stieg.

„Liz?" Er blieb mitten im Eingangsbereich stehen und lauschte.

Nichts.

„Sieh du im vorderen Teil der Wohnung nach. Ich nehme mir die Schlafzimmer vor."

Ohne eine Antwort von Dan abzuwarten, zog er seine Waffe und lief den Flur entlang..

Er begann mit Liz' Schlafzimmer. Ein schneller Blick ließ nichts Ungewöhnliches erkennen. Im Wandschrank sah auch alles normal aus.

Als er wieder auf den Flur trat, gesellte sich Dan an der Schwelle des Gästezimmers zu ihm, wo das Laufband stand.

Der Mann schüttelte mit grimmiger Miene den Kopf. „Nichts."

„In ihrem Schlafzimmer ist sie auch nicht." Jake sah sich kurz im Fitnessraum um und streckte dann die Hand nach der Tür zum begehbaren Kleiderschrank aus. Seine Gedanken überschlugen sich bereits, als er die Tür aufstieß, um flüchtig in den Schrank zu sehen.

Dann stockte ihm der Atem.

Eine gefesselte und geknebelte Delores Moretti starrte ihn mit verängstigten Augen vom Boden aus an.

Aber es waren die großen Druckbuchstaben der mit einem Computer erstellten Notiz neben ihr, die seinen Puls rasen ließen.

Harold Moretti ist im Kofferraum seines Wagens im Morgan Park. Aber die Richterin gehört mir.

Kapitel 17

Als Delores zum zweiten Mal in Tränen ausbrach, war Jake froh, dass Mark Sanders die Führung bei ihrer Befragung übernommen hatte. Seine Geduld wurde mit jeder Minute, die verstrich, aufs Äußerste strapaziert.

Wenigstens war sie jetzt, wo ihr Mann befreit und auf dem Weg in die Kommandozentrale war, etwas weniger durcheinander. Aber bis jetzt hatte sie nur wenig aussagen können, das ihnen bei den Ermittlungen helfen konnte. Sie konnte sich nicht einmal an die Marke oder die Farbe des Autos erinnern, mit dem zu fahren der Mann sie gezwungen hatte.

„Es tut mir leid, Mr. Sanders." Die grauhaarige Frau tupfte ihre Augen mit einem Taschentuch trocken. „Ich hatte solche Angst – ich musste immerzu an die Waffe denken, die auf mich gerichtet war. Und ich habe mir schreckliche Sorgen um Harold gemacht."

„Ist schon gut, Mrs. Moretti. Das ist eine völlig normale Reaktion." Mark nahm das Glas Limonade, das er ihr eingeschenkt hatte, und hielt es ihr hin. „Trinken Sie noch ein bisschen, und wir unterhalten uns gleich weiter."

Der FBI-Agent erhob sich und gab Jake ein Zeichen. Dieser folgte ihm in eine Ecke des Wohnzimmers. Die überfüllte Kommandozentrale war nicht der beste Ort, um mit einem Opfer zu sprechen, aber die Spurensicherung des FBIs hatte Liz' Wohnung mit Beschlag belegt und sie brauchten die Informationen von Delores. So schnell wie möglich.

„Wir müssen ihr noch ein paar Minuten geben." Mark drehte der älteren Frau den Rücken zu und senkte die Stimme. „Ich glaube, wir haben es hier mit einem posttraumatischen Stresssymptom zu tun."

„Ja." Jake hatte dieses Phänomen schon oft beobachtet. Adrenalin, Angst und Verwirrung konnten wichtige Informationen bei Opfern an den Rand des Bewusstseins drängen. Oft brauchten solche Menschen Zeit, um sich zu beruhigen, damit sie sich wieder erinnern konnten.

Aber Zeit hatten sie nicht.

„Vielleicht fallen ihr die Einzelheiten ein, wenn sie sich mit eigenen Augen vergewissert hat, dass es ihrem Mann gut geht", sagte Mark.

„Vielleicht."

„Wenn er hier ist, können deine Leute mit ihm sprechen, und wir kümmern uns weiter um Mrs. Moretti."

„In Ordnung."

Mark sah ihn prüfend an. „Bist du okay?"

Nein, das war er nicht. Die Frau, die er so sehr ins Herz geschlossen hatte, wie er es in nur drei Wochen für unmöglich gehalten hätte, war ihnen vor ihrer Nase weggeschnappt worden. Er war vielleicht nicht im Dienst gewesen, aber er war für diesen Auftrag verantwortlich. Für ihren Schutz.

Und er hatte versagt.

Jetzt war ihr Leben in Gefahr.

Ein Tsunami aus Schuldgefühlen brach über ihn herein und zog ihn nach unten, tief hinunter in eine dunkle, einsame Leere. Es raubte ihm die Luft und zog seinen Magen zu einem schmerzhaften Knoten zusammen.

Genau wie damals, als Jen gestorben war.

Aber Liz war nicht tot. Daran musste er einfach glauben.

Wenn ihr Entführer gewollt hätte, dass sie schnell stirbt, hätte er sie hier getötet.

Und was die Schuldgefühle betraf – Vorwürfe konnte er sich später machen. Jetzt musste er sich auf die anstehende Aufgabe konzentrieren: Liz zu retten, bevor der Killer den Job, den er vor drei Wochen begonnen hatte, zu Ende führen konnte.

Er holte tief Luft und schob die zu Fäusten geballten Hände in die Taschen seiner Jeans. „Ja, mir geht's gut. Wir müssen diesen Kerl nur finden. Und zwar schnell."

„Das sehe ich genauso."

Ein Sanitäter des Rettungswagens, den sie gerufen hatten, als sie Delores fanden, kam auf sie zu. „Sollen wir noch hierbleiben?"

Jake schüttelte den Kopf. „Ich wüsste nicht, warum." Nachdem sie einer kurzen Untersuchung zugestimmt hatte, war Delores nicht zu bewegen gewesen, weitere medizinische Hilfe in Anspruch zu nehmen. Das Gleiche galt für Harold, wie die Polizisten, die ihn aus seinem Kofferraum befreit hatten, berichteten. Keiner von beiden hatte bei den traumatischen Ereignissen irgendwelche schweren körperlichen Verletzungen davongetragen.

Der Sanitäter gab seinen Kollegen ein Zeichen und verschwand gerade in dem Moment, als Deputy Marshal Todd Nelson eintrat. Das andere Mitglied der Spezialeinheit, das in St. Louis stationiert war, gesellte sich zu ihnen.

Er nickte Mark zu und wandte sich dann an Jake. „Matt hat die ganze Spezialeinheit alarmiert."

„Das überrascht mich nicht." Bei einer anstehenden Verhaftung in einem Top-Fall wurden immer die Spezialisten gerufen. Deshalb hatte er auch so kurz nach seiner Ankunft in St. Louis nach Denver reisen müssen.

Nur waren sie in diesem Moment meilenweit von einer Verhaftung entfernt.

„Matt hat mich auf den aktuellen Stand gebracht. Gab es in der letzten halben Stunde irgendetwas Neues?"

„Nein. Mrs. Moretti war zu aufgeregt, um uns eine große Hilfe zu sein. Wir hoffen, das ändert sich, wenn ihr Mann hier ist. Lasst uns in der Zwischenzeit das Video anschauen."

Er ging voran zu dem Esstisch, auf dem die Bildschirme standen. Der jüngere Marshal – er hieß Brett, erinnerte sich Jake – war ein ganzes Stück blasser geworden, als sie ihn in die Mangel genommen und gefragt hatten, was er auf den Monitoren gesehen hatte. Seine Züge waren immer noch angespannt und seine Gesichtsfarbe gräulich, als sie zu ihm traten.

„Ich habe beide Bänder von den Kameras im Eingangsbereich und hier oben auf dem Gang bis zum Erscheinen des Paares zurückgespult." Er zeigte auf den Bildschirm in der Mitte.

Jake nickte kurz, dann bauten er, Todd und Mark sich hinter dem jungen Kollegen auf. „In Ordnung. Sehen wir sie uns an."

Das erste Video zeigte das Paar, von dem alle angenommen hatten, dass es sich um Harold und Delores Moretti handelte, wie sie durch die Haustür das Gebäude betraten.

„Zoomen Sie so dicht wie möglich ran."

Während Brett Jakes Anweisung befolgte, beugten die drei Männer sich vor.

„Mit der Sonnenbrille und Hut und Schal kann ich nichts erkennen, zumal er den Kopf gesenkt hat." Jake schüttelte den Kopf. „Hat einer von euch was gesehen, das mir entgangen ist?"

Die anderen verneinten, und sie sahen sich das Video an, auf dem Larry die beiden mit dem Metalldetektor überprüfte. Auch hier war nicht viel von dem Mann zu erkennen, der den Kopf weiter gesenkt hielt, so sehr sie auch den Bildausschnitt vergrößerten.

„Okay, sehen wir uns die Videos an, auf denen sie gehen."

Sie wussten bereits, dass der Mörder Liz herausgeschmuggelt hatte, indem er sie als Delores verkleidet hatte. So viel hatte die ältere Frau ihnen erzählt. Also war Jake auf den kleinen Größenunterschied zwischen dem Mann und der Frau gefasst, den es auf dem Video vorher nicht gegeben hatte. Der Gang der Frau war ebenfalls anders.

Aber er konnte Brett nicht übel nehmen, dass er diese Dinge nicht bemerkt hatte. Ein kurzer Durchlauf des Bandes von der Ankunft konnte nicht genug Kontext liefern, um diese winzigen Unterschiede zu registrieren.

„Man muss sehr genau hinsehen, um die Unterschiede zu bemerken", gab Mark seine Gedanken wieder, während er auf den Bildschirm starrte. „Und der Hut, den die Richterin trägt, verdeckt ihr Gesicht beinahe vollständig."

„Zeigen Sie uns das Video vom Haupteingang, als sie das Gebäude verlassen", sagte Jake.

Brett betätigte einige Tasten und das Band lief ab.

Wieder waren die Züge des Mannes unmöglich zu erkennen. Und jetzt brauchten sie keinen Beweis mehr, dass er Liz entführt hatte. Ein deutliches Bild von ihrem Gesicht war nicht notwendig.

Aber als das Paar durch die Tür trat, bekamen sie eins. Es war nur ein verstohlener, schneller Blick in Richtung Kamera. Aber es war genug, um die Angst in ihren Augen zu sehen.

Der Anblick war für Jake wie ein Schlag in die Magengrube.

Und er wusste, dass dieser Anblick ihn verfolgen würde, bis Liz wieder in Sicherheit war.

* * *

Liz saß auf einem einfachen Holzstuhl in der rustikalen Hütte, die Hände vor ihrem Bauch gefesselt und ein Bein an einem Stützbalken festgekettet. Sie beobachtete, wie Martin Reynolds ein Sandwich auspackte und zu essen begann. Er hatte kaum ein Dutzend Worte mit ihr gesprochen, seit sie die Wohnung verlassen hatten. Er hatte ihr lediglich befohlen, ein Paar Latexhandschuhe anzuziehen, als sie zu seinem Wagen kamen, und ihr dann mit vorgehaltener Waffe Anweisungen gegeben, wohin sie fahren sollte. Nur einmal hielten sie kurz an einem Briefkasten.

Aber zuerst hatte er ihr einen Stift gegeben und eine Nachricht diktiert, die sie unten auf ein getipptes Dokument schreiben sollte. Dieser eine Satz hatte ihr einen Schauer über den Rücken gejagt. Anschließend hatte er ihr befohlen, das Ganze zu unterschreiben.

Währenddessen versuchte sie wenigstens etwas von dem Text zu lesen, aber er hatte ihn ihr zu schnell wieder aus der Hand gerissen. Danach feuchtete er mit einer Flasche Wasser eine Papierserviette an und klebte den Umschlag zu.

Als er sie angewiesen hatte, den Umschlag in den Postkasten zu werfen, hatte sie eine erste Ahnung bekommen, warum sie noch am Leben war. Der Brief war an die Nachrichtenredaktion der *St. Louis Post-Dispatch* addressiert und mit dem Hinweis „Dringend" versehen.

Er wollte zunächst etwas verkünden, bevor er sie tötete. Er wollte der Welt sagen, warum er von Amerika und seinem Rechtssystem enttäuscht war. Sie hatte einen ähnlich aussehenden Umschlag auf dem Tisch in der Hütte gesehen. Versuchte er, die Sache in die Länge zu ziehen, um so viel Presseaufmerksamkeit wie möglich zu bekommen? Wenn ja, wie viel Zeit hatte sie dann?

Sie konnte natürlich versuchen, ihn in ein Gespräch zu verwickeln, in der Hoffnung, dass er ihr einen Hinweis in Bezug auf seine Zeitplanung geben würde, aber bis jetzt hatte er die paar Fragen, die sie ihm gestellt hatte, einfach ignoriert.

Nur einmal hatte er ihre Gegenwart überhaupt zur Kenntnis genommen, und zwar, als sie ihn gebeten hatte, die Toilette benutzen zu dürfen. Er hatte seinen Revolver herausgezogen, die Plastikfessel um ihren Fuß mit einem gefährlich aussehenden Jagdmesser durchgeschnitten und auf die Tür gezeigt. Die Toilette erwies sich als winziges Plumpsklo hinter der Hütte. Sie hatte im schwindenden Tageslicht ihr Geschäft so schnell wie möglich verrichtet und seitdem nur noch auf dem Stuhl gesessen.

Ihre Haare steckten immer noch unter der unbequemen grauen Perücke, denn er hatte ihre Bitte, sie zu entfernen, ignoriert. Sie wünschte, sie wüsste, wie spät es war, aber die Latexhandschuhe verdeckten ihre Armbanduhr. Es fühlte sich an, als wären seit dem letzten Lichtstrahl, der durch die geschlossenen Läden des einzigen Fensters in der Hütte gefallen war, Stunden vergangen, und so schätzte sie, dass es mindestens neun Uhr sein musste. Sie sah zu, wie ihr Entführer einen Schluck Wasser trank und fuhr sich mit der Zunge über ihre ausgetrockneten Lippen.

„Kann ich bitte etwas zu trinken haben?"

Keine Antwort.

Als er aufgegessen hatte, nahm er den Abfall und verstaute ihn in einer Mülltüte aus Plastik, die oben mit Bändern zum Zuziehen versehen war. Dann löschte er den Kerzenstummel, der die einzige Lichtquelle gewesen war, und legte sich aufs Bett, wo er einen Stapel Decken über sich zog.

Während es im Raum still wurde, spürte Liz plötzlich, wie ihre Augen sich mit Tränen füllten. Bislang war sie zu angespannt und verängstigt gewesen, um zu weinen, aber jetzt, wo Reynolds sich zum Schlafen hingelegt hatte und die unmittelbare Gefahr für den Moment vorüber war, konnte sie nicht mehr an sich halten.

Aber zu weinen bedeutete, kostbare Zeit zu verschwenden. Sie musste diese Atempause nutzen, um ihre Situation zu analysieren, und durfte sich nicht von Gefühlen überwältigen lassen.

Es gab jedoch ein entscheidendes Problem. Sie wusste nicht, was Reynolds mit Harold gemacht hatte. Wenn ihr Nachbar irgendwo als Geisel gehalten wurde, dann lag sein Schicksal immer noch in ihrer Hand. Und wenn sie versuchte zu fliehen – und dabei scheiterte –, würde er vielleicht sterben.

Aber wenn sie es nicht tat – wenn sie keinen Ausweg fand – ,dann würde *sie* mit Sicherheit sterben.

Aber wie konnte sie es riskieren, Harold in Gefahr zu bringen?

Sie saß in der Falle. Und in dieser Situation tat Liz das, was sie in Zeiten der Angst und Dunkelheit immer getan hatte. Sie schloss die Augen und schickte ein lautloses Flehen zum Himmel.

Bitte, Herr, zeig mir, was ich tun soll.

* * *

Die FBI-Agenten, die Marshals und die örtliche Polizei hatten sich zusammengetan und die Nachbarschaft um die Wohnung herum unter die Lupe genommen, in der Hoffnung, jemanden zu finden, der irgendetwas gesehen hatte. Doch um 11 Uhr abends hatten sie noch immer kaum neue Informationen, die ihnen helfen würden, dem Täter auf die Spur zu kommen.

Delores war wieder eingefallen, dass das Auto des Entführers eine dunkelblaue mittelgroße Limousine gewesen war. Sie hatte jedoch keine Ahnung, um welches Fabrikat es sich handelte.

Nach einer genauen Untersuchung des Teppichs in der Wohnung hatte Clair Ellis, die leitende FBI-Beamtin der Beweissicherung, immerhin ein goldenes Haar gefunden. Sie war sich ziemlich sicher, dass es zu dem Katzenhaar passen würde, das sie in Liz' Haus entdeckt hatten. Das würde ihre Vermutung bestätigen, dass es sich bei dem Täter in beiden Fällen um dieselbe Person handelte.

Die Spurensicherung arbeitete immer noch in der Wohnung, im Treppenhaus des Gebäudes und unterzog auch die Morettis einer gründlichen Untersuchung. Sogar Harolds Wagen wurde genauestens unter die Lupe genommen.

Doch der Mörder hatte außer einem Katzenhaar offensichtlich keine Spuren hinterlassen.

Jake schob die Hände in die Hosentaschen und starrte durch das Fenster der Kommandozentrale. Sein Innerstes fühlte sich so kalt und trostlos an wie die herbstliche Dunkelheit da draußen. Ihre einzige Hoffnung war, dass die Spurensicherung irgendeine Information zutage förderte, anhand derer sie den Kerl identifizieren konnten.

Aber er wusste, dass das mehr als unwahrscheinlich war.

„Er gibt uns nicht viel an die Hand, was?“ Mark gesellte sich zu ihm und die Frustration in seiner Stimme entsprach der, die Jake empfand.

„Nein.“

„Ich fahre nach Hause, um mich ein paar Stunden aufs Ohr zu legen. Du solltest das vielleicht auch tun, damit wir morgen mit vollem Elan starten können. Clair gibt mir Bescheid, wenn sich in der Zwischenzeit irgendetwas Wichtiges ergibt, und ich kann dich dann anrufen. Die Nachtschicht wird in den nächsten paar Stunden ihre Arbeit ebenso gut machen.“

Jake wusste, dass das stimmte. An diesem Fall wurde rund um die Uhr gearbeitet, bis er gelöst war. Aber er konnte nicht gehen. Noch nicht.

„Ich glaube, ich bleibe noch eine Weile hier. Es hat keinen Sinn, nach Hause zu fahren, wenn ich weiß, dass ich sowieso nicht schlafen kann.“

Ein paar Sekunden lang schwiegen sie beide.

„Als ich beim Geiselrettungsteam war, hatten mein Partner und ich ein ähnliches Erlebnis bei einem Personenschutzauftrag. Alles, was schiefgehen konnte, ging schief. Aber wenn es dich tröstet, wir haben die Situation allen Widrigkeiten zum Trotz gerettet. Er ist jetzt übrigens glücklich verheiratet mit der Frau, die wir beschützt haben.“

Jake runzelte die Stirn. „Was hat das mit mir zu tun?“

Der Agent zuckte mit den Schultern. „Ich habe das Gefühl, dass Elizabeth Michaels für dich mehr ist als nur ein Job. Wir werden alle unser Bestes geben, um sie rechtzeitig zu finden, Jake. Halt die Ohren steif.“

Der andere Mann verabschiedete sich und bahnte sich einen Weg zur Tür der Kommandozentrale. Jake wusste, dass Mark es gut meinte. Und er stellte das Engagement des FBIs oder seiner Kollegen auch nicht in Frage.

Aber der Mörder würde höchstwahrscheinlich nicht lange

warten, um seine Arbeit zu vollenden. Die Zeit raste. Und mit jeder Sekunde, die verstrich, lief ihnen die Zeit davon.

Wenn sie nicht schon abgelaufen war.

* * *

Das Geräusch von klappernden Zähnen und der Schmerz in ihrem steifen Nacken weckte sie.

Liz schlug die Augen auf und betrachtete blinzelnd die schwachen Umrisse um sie herum, während sie versuchte, sich zu orientieren. Selbst nach drei Wochen fühlte die Wohnung sich noch fremd und ungewohnt an.

Doch sie war nicht in der Wohnung.

Die Erinnerung kam plötzlich und schmerzhaft zurück, und ein Adrenalinstoß vertrieb die Schläfrigkeit und beschleunigte ihren Puls, während ihr Blick zu dem Bett auf der anderen Seite des Raumes wanderte.

Der Mann, der ihre Schwester kaltblütig ermordet hatte – und der vorhatte, auch sie zu töten –, schlief seelenruhig unter einem Berg Decken in diesen frühen Morgenstunden des Tages, der vielleicht ihr letzter sein würde.

Groll und Hass stiegen in ihr auf, als sie sich so klein zusammenrollte, wie sie konnte, um ihre Körperwärme in der feuchten Kälte der unbeheizten Hütte so gut wie möglich zu konservieren. Ihr Glaube lehrte sie Vergebung, aber nirgendwo in ihrem Herzen fand sie in diesem Moment auch nur einen Hauch Mitgefühl oder Barmherzigkeit für Martin Reynolds.

Wenn es nach ihr ginge, würde sie ihn sofort in die Hölle verbannen.

Auf alle Fälle würde sie sich nicht willenlos in seinen Plan fügen, sie umzubringen, damit er die irregeleitete Mission vollenden konnte, die ihn antrieb.

Wenn sie davon ausging, dass Harold inzwischen in Sicherheit war – und sie entschied sich, davon auszugehen –, dann fiel ihr nur ein Fluchtplan ein. Sie musste eine Möglichkeit finden, Reynolds so lange bewusstlos zu machen, dass sie ihn mit seinen eigenen Plastikbändern fesseln konnte. Und die beste Gelegenheit dafür war ein Ausflug zur Toilette, wenn sie die Beine frei bewegen konnte.

Sie hatte keine Ahnung, wie sie Reynolds überwältigen sollte, vor allem mit gefesselten Händen. Aber es musste einen Weg geben. Wenn sie das nächste Mal dort hinausging, würde sie sich das Gelände und das kleine Gebäude genauer ansehen. Vielleicht fand sie etwas, das ihr eine Idee gab.

Aber die Chancen standen schlecht für sie. Reynolds konnte sie ohne große Mühe überwältigen. Trotzdem würde sie nicht kampflos aufgeben.

Da die Chance, dass sie scheiterte, jedoch so groß war, brauchte sie einen Beweis für ihre Anwesenheit hier. Sie musste etwas DNA hier platzieren, damit die Behörden sie fanden. Denn sie wollte, dass Martin Reynolds zur Rechenschaft gezogen wurde.

Ob sie die Sache überlebte oder nicht.

Fingernägel, beschloss sie, wären ein guter Anfang.

Sie zog mit den Zähnen an den Fingern des Latexhandschuhs und zog ihn aus. Dann hob sie den Daumen zum Mund und bearbeitete den Nagel mit den Zähnen. Sie wollte eine scharfe Kante herstellen.

Nachdem sie den Rand des Fingernagels abgerissen hatte, machte sie sich bei zwei weiteren Nägeln an die Arbeit. Die abgerissenen Stücke hielt sie vorsichtig auf dem Schoß, während sie die Fingerspitzen an mehreren Stellen fest gegen den Stuhl drückte. Dann zog sie den Handschuh wieder mit den Zähnen an, wartete und betete, dass ihr Entführer ihr eine Gelegenheit geben würde, die Fingernägel auf dem Boden zu platzieren. Sobald genügend Licht in die Hütte fiel, konnte sie den Bereich um den Stuhl herum näher inspizieren.

Eine Ewigkeit später, als die Morgendämmerung hereinbrach,

rührte Reynolds sich. Er warf nur einen flüchtigen Blick in ihre Richtung, bevor er zur Tür hinausging.

Dies war ihre Chance. Sie beugte sich vor und betrachtete den Boden. Die toten Insekten und der Schmutz an der Wand ließen vermuten, dass er nicht oft kehrte.

Gut.

Sie bückte sich und legte ein lackiertes Stück Fingernagel mit der Oberseite nach unten in der Nähe der Wand ab, neben einer Staubkugel. Das zweite schob sie halb unter den Stützbalken, an den ihr Bein gekettet war. Das dritte Stück schob sie in ihren Schuh.

Sie war gerade fertig, als er zurückkam.

Ohne ein Wort ging er auf sie zu, den Revolver in einer Hand, das Jagdmesser in der anderen. Sie versteifte sich, aber er tat nichts, außer die Plastikfessel an ihrem Fuß zu durchtrennen, sie vom Stuhl zu zerren und sie durch die Tür in Richtung Plumpsklo zu stoßen.

Perfekt.

In dem kleinen Verschlag holte sie das Stück Fingernagel aus dem Schuh und legte es in die Ecke neben einen kleinen Haufen Schmutz, die lackierte Seite nach unten. Dann zog sie den Handschuh aus, unter dem sich der scharfkantige Daumennagel verbarg, zog ein Stück Toilettenpapier ab und faltete es zweimal.

Sie holte tief Luft, hob die gefesselten Hände, griff in den Ausschnitt ihrer Strickjacke und ritzte mit dem scharfen Nagel die zarte Haut über ihrem Brustbein ein, um eine blutende Wunde zu erzeugen. Dann drückte sie das Stück Toilettenpapier auf die Wunde und hielt es dort für einen Moment, damit es sich vollsaugen konnte. Obwohl das Licht schummrig war, konnte sie einen ordentlichen Blutflecken auf dem Papier erkennen, als sie die Hand wegzog. Sie knüllte das Papier zu einem winzigen Ball zusammen, wickelte es in ein zweites Blatt Papier und schob es in ihren Schuh. Später, wenn sie die Gelegenheit dazu hatte, würde sie einen Ort in der Nähe des Stuhls finden, wo sie diesen Beweis hinterlassen konnte.

Während sie die so genannte Toilette benutzte, schob sie ihre Finger unter die Perücke, zupfte ein paar ihrer eigenen Haare im Nacken heraus und riss daran. Es tat so weh, dass ihr die Tränen kamen, doch sie fuhr unbeirrt fort, wickelte die Haare auf und deponierte sie unter etwas Staub.

Ein plötzliches Hämmern an der Tür ließ ihr Herz stocken.

„Ich mache so schnell ich kann, aber mit gefesselten Händen ist das nicht so einfach.“ Sie hinterließ schnell noch ein paar Fingerabdrücke und zog dann den Handschuh wieder an.

Sie sah sich schnell in dem Verschlag um. Es gab dort nur eine Rolle Toilettenpapier an einem hölzernen Haken – nichts, was als Waffe dienen konnte.

Eine halbe Minute später öffnete sie die Tür und Martin packte sie am Arm und stieß sie grob zur Hütte zurück, offensichtlich nicht erbaut von der Verzögerung. Während sie vor ihm her stolperte, ließ sie verstohlen den Blick über ihre Umgebung schweifen. Ein paar dicke Bretter lagen auf dem Boden entlang des Weges, daneben stand eine Tonne mit Feuerholz. Wenn sie sich losriss, gab das Überraschungsmoment ihr vielleicht die Gelegenheit, ein Brett zu packen und ihm einen Hieb zu verpassen, der ihn lange genug außer Gefecht setzte, damit sie einen gezielten Schlag auf seinen Kopf landen konnte.

Aber bei seinem Tempo hatte sie keine Zeit, ihren Plan in die Tat umzusetzen. Sie würde warten, bis sie das nächste Mal zur Toilette gehen durfte.

Falls es ein nächstes Mal gab.

Bitte, Gott, lass es ein nächstes Mal geben!

In der Hütte drückte er sie wieder auf den Stuhl und warf ihr eine Plastikfessel zu, während er selbst in sicherer Entfernung blieb und den Revolver auf sie richtete.

Sie kannte die Prozedur inzwischen. Er erwartete, dass sie ihren Fuß selbst an dem Balken befestigte.

Nachdem sie das getan hatte, sah er nach und zog die Fessel noch ein wenig fester.

„Könnte ich bitte einen Schluck Wasser haben?" Liz bezweifelte, dass er reagieren würde, aber sie hatte seit achtzehn Stunden keine Flüssigkeit mehr zu sich genommen und ihr Mund fühlte sich so trocken an wie die verdorrten Maisstängel auf den Feldern von Missouri.

Wie erwartet ignorierte er ihre Bitte. Er zog seine eigenen Latexhandschuhe an, nahm ein Blatt Papier aus dem Umschlag auf dem Küchentisch, holte einen Stift aus seiner Tasche und kam auf sie zu.

Jetzt, wo er Schnurrbart und Baseballmütze abgelegt hatte, erkannte sie mit Leichtigkeit den Mann wieder, der ihr nach ihrem Urteil in dem Kunstfehlerprozess so giftige Blicke zugeworfen hatte. Der Hass und die Verachtung in seinen Augen hatten sich um keinen Deut verringert.

„Nehmen Sie das." Er hielt ihr den Stift hin.

Sie befingerte den Stift, während er eine vergilbte Zeitschrift vom Tisch nahm. Er legte ein getipptes Dokument darauf und legte ihr beides auf den Schoß. Sie bemerkte, dass das Schreiben das Datum dieses Tages trug.

„Schreiben Sie diese Worte da unten hin und unterschreiben Sie dann."

Als er den einen Satz vorlas, wurde Liz von einem Schauer erfasst, der nichts mit der bitteren Kälte in der Hütte zu tun hatte. Ihre Hand fing so sehr an zu zittern, dass die Schrift kaum noch leserlich war.

Als sie fertig war, nahm er das Blatt Papier. Einen Augenblick lang betrachtete er es, als wollte er entscheiden, ob es lesbar war. Offenbar war er der Meinung, denn er kehrte zum Tisch zurück, faltete den Brief zusammen und schob ihn in den Umschlag. Nachdem er diesen mit einem Stück Stoff, das mit Wasser aus einer Flasche befeuchtet war, zugeklebt hatte, steckte er den Umschlag ein und verließ die Hütte durch die vordere Tür. Zwei

Minuten später hörte sie den Motor des Wagens, gefolgt vom Knirschen des Schotters.

Liz hatte keine Ahnung, wie lange er fort sein würde. Sie durfte nicht davon ausgehen, dass sie noch einen Tag länger zu leben hatte. Mit jeder Stunde, die er sie gefangen hielt, stieg sein Risiko, gefunden zu werden. Das musste er wissen.

Vielleicht konnte sie sich irgendwie befreien und fliehen, bevor er zurückkehrte.

Obwohl die abgelegene Hütte tief im Wald lag, hatte sie bei der Fahrt hierher aufgepasst und wusste, wie sie in die kleine Stadt zurückfinden konnte, durch die sie ein paar Meilen von hier entfernt gefahren waren. Wenn es ihr gelang, konnte die Polizei Martin Reynolds begrüßen, wenn er nach Hause kam.

Sie klammerte sich an diese Hoffnung und machte sich an die Arbeit.

Kapitel 18

Am Montagvormittag vibrierte Jakes BlackBerry. Er nahm eine Hand vom Lenkrad und zog das Mobiltelefon aus der Halterung an seinem Gürtel. Ein schneller Blick auf die Anruf-Erkennung ließ seinen Puls rasen. Mark.

Er verschwendete keine Zeit für die Begrüßung. „Hat die Spurensicherung etwas gefunden?"

„Nein. Aber unser Mann hat einen Brief an die *Post-Dispatch* geschickt. Wir haben gerade den Anruf bekommen. Zwei von unseren Jungs sind auf dem Weg dorthin, um den Brief abzuholen und Fingerabdrücke von allen abzunehmen, die den Brief schon angefasst haben, damit wir sie ausschließen können."

„Was steht drin?" Jake wechselte die Spur auf der Interstate 64, um abzubiegen und wieder in die andere Richtung zu fahren. Sein kurzer Ausflug von Liz' Wohnung zu seiner, um zu duschen und sich umzuziehen, konnte warten.

„Offenbar handelt es sich um eine lange Hetzrede gegen die Regierung. Nach einer ersten Lektüre bietet das Ganze keinen Hinweis darauf, wohin er die Richterin gebracht haben könnte. Aber seine Absicht, sie zu benutzen, um Aufmerksamkeit für seine Sache zu erzielen, ist eindeutig."

„Vielleicht finden wir ja irgendwelche Fingerabdrücke. Oder DNA, wenn er den Briefumschlag angeleckt hat."

„Nur, wenn er nachlässig war."

Sie wussten beide, dass er das ganz und gar nicht war.

„Wo wurde der Brief abgestempelt?“ Jake bog von der Schnellstraße ab.

„Afton.“

Ein südlicher Vorort von St. Louis. „Das könnte die Richtung sein, in die er gefahren ist. Warum würde er mit Liz im Auto länger als nötig herumfahren und riskieren, dass er entdeckt wird? Ich vermute, dass er möglichst schnell sein Ziel erreichen wollte.“

„Sehe ich auch so. Wo bist du?“

Er fuhr über die Brücke, schlängelte sich an mehreren Autos vorbei und nahm dann die Auffahrt in die andere Richtung.

„Auf der I-64 in östlicher Richtung. Bist du in deinem Büro?“

Irgendwann in der Nacht hatten ihre Vorgesetzten entschieden, die Kommandozentrale in das Büro des FBIs zu verlegen. Es gab keinen Grund, die Wohnung noch länger zu beschatten.

„Ja. Wenn du kommst, halten wir den Brief vielleicht schon in Händen.“

Jake trat das Gaspedal durch. „Ich bin in zehn Minuten da.“

Acht Minuten später stieß Jake die Tür zum FBI-Gebäude auf. Nachdem er die Sicherheitskontrolle passiert hatte, wurde er zu einem der Konferenzräume geschickt, die das mit gläsernen Kabinen ausgestattete Großraumbüro im ersten Stock säumten.

Mark und ein Mann, der etwa Mitte vierzig war und graumelierte Haare hatte, saßen an einem rechteckigen Tisch über Kopien des Briefes gebeugt, als er eintrat. Mark reichte ihm auch eine Kopie, während er Luke Garavaglia vorstellte, den Spezialagenten, der für das Büro in St. Louis zuständig war.

Jake reichte dem Mann kurz die Hand und las die getippte Nachricht, angefangen mit den fett gedruckten Zitaten oben auf der Seite.

„Greift nicht in die Verfassung ein. Sie muss erhalten werden, denn sie ist der einzige Schutz für unsere Grundrechte."
Abraham Lincoln

„Die Verfassung ist kein Werkzeug für die Regierung, um das Volk in seine Schranken zu verweisen, sondern ein Werkzeug für das Volk, um die Regierung in ihre Schranken zu verweisen - damit diese nicht unser Leben und unsere Interessen beherrscht."
Patrick Henry

Heute habe ich die Bundesrichterin Elizabeth Michaels entführt.

Bald wird sie sterben.

Und dies ist der Grund.

Amerika löst sich auf. Unsere Verfassung wird zerstört. Unsere Rechte werden von unserer Regierung mit Füßen getreten, so wie es zur Zeit unserer Gründerväter der Fall war.

Ein Großteil der Schuld daran trägt unser marodes Justizsystem - die Gerichte, die uns dienen sollten. Uns, dem Volk. Stattdessen nehmen sie uns unsere Rechte. Tag für Tag brechen sie ihren Schwur, die Verfassung zu unterstützen.

Unsere korrupte Regierung ist zu einem einschüchternden Big Brother voller Terrokraten geworden, und das Rechtssystem gibt ihnen Macht.

Es ist Zeit, die Gerichte und die Anwälte und die Richter daran zu hindern, dass sie das Leben aus unserer Verfassung saugen und uns unsere Freiheiten rauben. Sie sind die Verbrecher - und nicht die Menschen, die sie anklagen ... und verfolgen.

Was haben sie z. B. mit unserem verfassungsgemäßen Recht auf Waffenbesitz gemacht? Die restriktiven Regeln und Auflagen, die eingeführt wurden, bedrohen unser Leben und unsere Freiheit.

Die Gerichte Amerikas gehören dem Volk und nicht den Staatsanwälten der Regierung oder den tyrannischen Richtern. Es ist an der Zeit, dass wir sie uns wiederholen ... und den ersten Schritt unternehmen, damit dieses großartige Land zu den Prinzipien zurückkehrt, auf denen es gegründet wurde: - Selbstständigkeit, Achtung vor dem Leben und vor persönlichem Besitz und der Schutz unserer unveräußerlichen, von Gott gegebenen Rechte.

Wenn friedliche Methoden versagen, wie sie es getan haben, dann ist es unser Recht - unsere Pflicht - Gewalt anzuwenden, um eine Regierung, die die Grundrechte missachtet, und ihre Vertreter zu beseitigen und zu ersetzen.

Wacht auf, Amerikaner! Wenn ihr patriotisch gesinnt seid, folgt diesem Aufruf, bevor es zu spät ist.

Holt euch euer Land zurück.

Und entfernt einen Terrokraten nach dem anderen.

Unter diesem Text stand, von Liz eigenhändig geschrieben und unterzeichnet, eine kurze, furchterregende Botschaft.

Ich bin ein Opfer für die Sache der Freiheit.

„Puh." Jake kämpfte gegen die in sich aufsteigende Übelkeit an, während er nach einem Stuhl tastete und sich darauf niederließ. Das leichte Zittern seiner Hand war das einzige sichtbare Anzeichen für den Aufruhr in seinem Magen.

„So haben wir auch reagiert." Mark faltete die Hände auf dem Tisch vor sich. „Das Original ist auf dem Weg ins Labor, zusammen mit ein paar handschriftlichen Aufzeichnungen aus dem Büro der Richterin, und wir haben das hier auch schon an unsere Profiler in Quantico gefaxt. Aber ich vermute, dass wir es mit einem Fanatiker zu tun haben, der zu einer der „Vereinigungen souveräner Bürger" gehört. Der Text klingt wie eine Kopie aus deren Literatur und Internetseiten."

„Stimmt." Als U.S. Marshal, dessen Aufgabe es war, das Rechtssystem zu beschützen, kannte Jake sich gut mit dem lockeren Netzwerk unzufriedener Einzelpersonen aus, die behaupteten, sie wären der Bundesregierung keinen Gehorsam schuldig, und die sich oft über Gerichte und Richter ereiferten, von denen sie sich falsch beurteilt sahen. Die Bewegung, die es seit fünfzig Jahren gab, war eine bunte Mischung aus Steuergegnern, Verfechtern weißer Vorherrschaft, religiösen Randgruppen und verzweifelten Individuen – und sogar Gefängnisinsassen.

Auch wenn die Popularität dieser Bewegung im Laufe der Jahrzehnte unterschiedlich groß gewesen war, hatte es in den vergangenen Jahren vermehrt Aktionen und Drohungen gegen die Justiz gegeben. Das war einer der Gründe, warum der Marshals Service ein Zentrum für den Umgang mit Drohungen in Virginia eingerichtet hatte, in dem Einschüchterungstaktiken gegen Richter überwacht und analysiert wurden, und die Beamten konnten geheime Datenbanken von FBI und CIA einsehen. Er hatte schon das eine oder andere Mal mit diesem Zentrum zu tun gehabt.

Dies war vielleicht eine weitere Gelegenheit.

Als Jake noch einmal die Kopie des Briefes überflog, presste er die Lippen entschlossen zusammen. „Dieser Typ ist durchgeknallt."

„Stimmt. Das hier ist was anderes als Papierterrorismus."

Das war die typische Taktik solcher Gruppen, wie Jake wusste. Sie klagten gerne wegen Belanglosigkeiten gegen Vertreter der öffentlichen Hand, um die Beamten des Justizsystems einzuschüchtern und die Gerichte zu verstopfen.

Leider war Liz an einen Eiferer geraten, der keine Skrupel hatte, Gewalt anzuwenden, um das System zu zerstören. Und das alles im Namen des Patriotismus.

„Glaubt ihr, die Sache hat etwas mit den Verfassungspatrioten zu tun?"

Jake kniff die Augen zusammen. „Was ist das für eine Gruppierung?"

„Eine sehr aktive lokale Bürgervereinigung", antwortete Mark. „Ich habe dort ein bisschen inkognito recherchiert, aber bis jetzt nichts Belastendes feststellen können. Der Anführer namens Jarrod Williams, ein ehemaliger Finanzbeamter, der auf Psychologie umgeschult hat, ist ein charismatischer Redner und sehr vorsichtig. Ich war bestimmt bei einem Dutzend Treffen dieser Gruppe, und ich habe nie gehört, dass er Gewalt befürwortet hat … oder irgendetwas Illegales. Er ist ein Meister darin, das System zu untergraben, ohne den Rahmen des Gesetzes zu verlassen."

„Meinst du, unser Typ hier könnte zu dieser Gruppe gehören?" Zum ersten Mal ließ Jake einen Funken Hoffnung in sich aufkeimen, dass sie vielleicht doch eine Spur haben könnten, und sei sie auch noch so dünn.

„Ich weiß nicht." Mark trommelte mit dem Finger auf die Tischplatte und auf seiner Stirn bildete sich eine steile Falte. „Die Mitglieder sind ziemlich zugeknöpft. Die meisten sagen nur ihren Vornamen, wenn überhaupt. Und ich habe nie gehört, dass jemand dort von Gewalt sprach. Das bedeutet aber nicht, dass es in der Gruppe nicht auch Fanatiker geben kann."

„Wir dürfen deine Tarnung nicht auffliegen lassen, indem wir dich hinschicken. Ich werde Nick sagen, dass er Mr. Williams mal einen freundlichen Besuch abstatten soll. Vielleicht kann er irgendwelche Namen potenzieller Verdächtiger aufschnappen."

„Da würde ich gerne mitgehen", meldete Jake sich zu Wort. Wenigstens tat er dann etwas. Wenn er noch länger untätig herumsaß und auf Spuren wartete, würde er verrückt werden.

„Ich habe nichts dagegen." Luke stand auf. „Ich sage Nick Bescheid. Mark kann euch beide in Bezug auf Williams instruieren, dann könnt ihr zu seinem Büro fahren. Überraschen wir ihn. Gebt mir fünf Minuten."

Im Hinausgehen sah Mark Jake an. „Ich weiß, dass die Richterin gesagt hat, sie hätte nie Drohungen erhalten, aber sie hat sich eindeutig irgendwann in ihrer Berufslaufbahn jemanden zum Feind gemacht."

„Stimmt." Jake massierte mit einer Hand seine Stirn. „Ich nehme an, die Akten, die sie dir gegeben hat, haben nichts zutage gefördert?"

„Bisher nicht. Wir überprüfen immer noch ein paar Personalien. Vielleicht ergibt sich noch eine Spur."

Ein Muskel zuckte in Jakes Kiefer. „Wir haben nicht mehr viel Zeit."

„Ich weiß." Marks ernste Miene passte zu Jakes Stimmung. „Hoffen wir, dass Quantico irgendetwas auf dem Brief findet. Oder dass Mr. Williams uns etwas erzählen kann, das uns weiterhilft."

Während sie auf Lukes Rückkehr warteten, las Jake den Brief noch einmal und das Wort *hoffen* hallte in seinen Gedanken wider. Er hatte nicht viel über Hoffnung nachgedacht – oder über Glauben –, seit Jen gestorben war. Und er hatte auch nicht viel mit Gott kommuniziert. Das letzte Mal, als er gebetet hatte, kniete er im Schnee neben Jen und flehte um ihr Leben.

Gott hatte ihn nicht erhört.

Und nachdem sie gestorben war, hatte Jake erkannt, dass sein so genannter Glaube nur Fassade gewesen war. Es war Jens Glaube gewesen, der sie als Paar getragen hatte. Auf ihr Drängen hin war er jede Woche mit in die Kirche gegangen. Obwohl er die Regeln kannte, hatte er nie die persönliche Verbindung mit Gott gehabt, die seine Frau so tröstlich gefunden hatte.

Ein Grund dafür war vermutlich, dass er tagaus, tagein mit Verbrechern zu tun hatte – und mit sinnloser Gewalt, deren Zeuge er regelmäßig wurde. Auf einer unterbewussten Ebene hatte die Gegenüberstellung von Gut und Böse seinen Glauben offenbar zunichte gemacht.

Aber bis sein eigenes Leben von einer Tragödie erschüttert worden war, hatte er diesem Paradox nie viel Beachtung geschenkt. Und als er versucht hatte, einen liebenden Gott mit all den schlimmen Dingen zu versöhnen, die in der Welt geschahen – darunter auch Jens Tod –, war es ihm nicht gelungen. Die Ermahnung des Pastors bei ihrer Beerdigung, auf die Güte und Barmherzigkeit des Herrn zu vertrauen, war auf taube Ohren gefallen. Sein Vertrauen war zerstört worden, und so hatte er sich abgewendet.

Auch ein Besuch im Gottesdienst, auf Alisons Drängen hin, hatte seine Beziehung zum Allmächtigen nicht wiederherstellen können.

Aber jetzt, in einer Situation, in der es wieder um Leben und Tod ging, wollte er Gott bitten, ihm etwas von der Güte und Barmherzigkeit zu zeigen, von der der Pastor gesprochen hatte.

Aber die Worte blieben ihm im Hals stecken. Er würde das Gebet seiner Mutter überlassen müssen.

Und hoffen, dass Gott das verzweifelte Flehen, das in seinem Herzen widerhallte, auch so hörte.

* * *

Als Patricia nach ihrem ausgedehnten Mittagessen mit Molly eilig das Haus betrat, um dem eisigen Wind zu entfliehen, runzelte sie die Stirn. Im Haus war es viel zu kalt.

Mit einem laut klagenden Miau kam Josie vom Flur herein und strich sich um Patricias Beine.

„Ich bin ja hier, Mieze.“ Patricia bückte sich und tätschelte die Katze geistesabwesend.

Sie ließ ihren Mantel an und ging zum Thermostat im Flur. Es stand nach wie vor auf zweiundzwanzig Grad, wie es seit ihrer Ankunft gewesen war. Aber die Temperaturanzeige zeigte nur fünfzehn Grad an.

Patricia seufzte. Typisch, dass Martins Heizung wartete, bis er nicht da war, um kaputt zu gehen.

Sie wollte ihn eigentlich nicht bei seinem kurzen Ausflug stören, aber anstatt willkürlich irgendeinen Heizungsmechaniker aus dem Telefonbuch auszuwählen, war es vielleicht das Beste, ihn zu fragen, ob er bereits jemanden an der Hand hatte.

Seine Handynummer war dort, wo er sie hingesteckt hatte, zwischen Tee- und Kaffeedose geklemmt. Sie tippte die Nummer in das schnurlose Telefon, während sie den Mantel fester um sich wickelte.

„Der Teilnehmer ist vorübergehend nicht erreichbar. Bitte versuchen Sie es zu einem späteren Zeitpunkt noch einmal oder hinterlassen Sie eine Nachricht nach dem Signalton.“

Fantastisch. Entweder hatte er keinen Empfang, sein Akku war leer oder er hatte vergessen, sein Handy anzuschalten.

Sie betätigte die rote Taste. Es spielte keine Rolle, warum er nicht dranging. Die Heizung musste repariert werden. Jetzt.

Als sie das Telefon wieder auf seine Station legte, die auf dem eingebauten Schreibtisch stand, fiel ihr Blick auf die Schubladen. Es war nicht ihre Angewohnheit, in anderer Leute Sachen herumzuschnüffeln – auch nicht in denen ihres Bruders. Aber wenn er diesen Schreibtisch benutzte, um Rechnungen zu bezahlen und Unterlagen über das Haus aufzubewahren, fand sie vielleicht Quittungen oder Scheckabschnitte, aus denen hervorging, welche Firma sie anrufen sollte.

Sie zog die mittlere Schublade auf und sah Martys Scheckbuch und mehrere Stapel mit Scheckabschnitten, die mit Klammern zusammengehalten wurden. Die würde sie durchgehen, wenn es sein musste, aber vielleicht fand sie in den beiden Seitenschubladen schneller etwas.

Die obere der beiden Laden war voller Broschüren, Ausdrucke und Zeitungsartikel. Sie blätterte sie durch und überflog die Überschriften. Sie handelten von allen möglichen Themen, von Patriotismus und Strafsteuern zu Kritik an gewählten Vertretern und Informationen über das Waffenkontrollgesetz.

Wie merkwürdig. Mit ihrer Bemerkung neulich, er sei wohl ein politischer Aktivist geworden, hatte sie ihn nur aufziehen wollen. Aber vielleicht hatte sie damit gar nicht so falsch gelegen. Für einen Mann, der sich nie für Politik interessiert hatte, sammelte er eine Menge Material über die Regierung.

Sie schloss die Schublade wieder und sah in der unteren nach. Sie war leer.

Seufzend öffnete sie wieder die erste Schublade und zog einen jüngeren Stapel Scheckabschnitte heraus. Sie wollte nicht viel Zeit mit dieser Tätigkeit verschwenden. Wenn die Heizung nicht heute gewartet wurde, würde es eine lange, kalte Nacht werden. Und wenn sie nicht in den nächsten zehn Minuten einen entsprechenden Namen fand, würde sie in den Gelben Seiten nachsehen.

Neun Minuten später, nachdem sie vier Packen mit Zetteln durchforstet hatte, gab sie auf. Auf keinem der Abschnitte hatte ein Name gestanden, der auch nur im Entferntesten an eine Heizungsfirma erinnerte. Es waren nur die normalen Betriebskosten, Kreditkartenabrechnungen und Versicherungen, die Marty bezahlt hatte.

Das Einzige, was ihr auffiel, war ein seltsamer Kommentar unten auf jedem Scheck in dem jüngsten Stapel. Über seiner Unterschrift hatte ihr Bruder geschrieben „unbeschadet UCC 1-308".

Was in aller Welt bedeutete das nur?

Doch das spielte im Moment keine Rolle. Ihre Priorität war, dass die Heizung repariert wurde.

Plötzlich war das Läuten der Türklingel zu hören und sie legte den letzten Stapel Scheckabschnitte auf den Schreibtisch, bevor sie zur Haustür ging.

Molly lächelte, als sie die Tür öffnete. Der kleine Jack saß auf ihrer Hüfte. „Du hast deine Handschuhe im Auto liegen lassen."

„Du liebe Güte, ich werde auf meine alten Tage wohl vergesslich. Danke dir, Liebes." Sie nahm die Strickhandschuhe, die sie vor einigen Tagen gekauft hatte, als das Wetter kälter geworden war. „Ich fürchte, ich brauche sie sogar hier drinnen. Martys Heizung scheint den Geist aufgegeben zu haben."

Molly rümpfte die Nase. „So was passiert immer im unpassendsten Augenblick, nicht wahr? Wir hatten letztes Jahr das gleiche Problem. Ausgerechnet an Heiligabend. Aber eine Freundin aus meiner Gemeinde hat uns eine Firma empfohlen, und die haben sofort jemanden geschickt. Soll ich den Namen raussuchen und dich anrufen, wenn ich drüben bin?"

„Das wäre fantastisch. Josie beschwert sich schon über die Kälte, und ich bin auch kurz davor."

„Gib mir fünf Minuten." Molly winkte und ging, wobei sie die Decke um Jacks Kopf enger zog, um ihn vor dem Wind zu schützen.

Als Patricia die Tür schloss, miaute Josie wieder.

„Halt durch, Schätzchen. Die Hilfe ist schon unterwegs."

* * *

Als Liz das Auto von Reynolds vor der Hütte hörte, war die Hoffnung längst der Frustration gewichen, die sich wiederum in Verzweiflung verwandelt hatte. Obwohl sie seit Stunden versuchte, sich zu befreien, hatte sie als Ergebnis nur wunde Handgelenke und einen geschwollenen, aufgeschürften Fußknöchel vorzuweisen, wo die Plastikfesseln sich in ihre Haut gegraben hatten, als sie daran gezogen und gezerrt hatte.

Da es ihr nicht gelungen war, sich zu befreien, blieb ihr nichts anderes übrig, als zu ihrem ursprünglichen Plan zurückzukehren – nämlich dem Versuch, ihn bei ihrem nächsten Toilettengang zu überraschen, indem sie sich eins der Bretter griff, die neben dem Feuerholzvorrat lagen. Wenn sie ihn in die Kniekehle treffen konnte, sodass er hinfiel, konnte sie ihm vielleicht anschließend einen Schlag auf den Schädel verpassen, damit sie genug Zeit hatte, ihm die Waffe wegzunehmen und ihn mit seinen Plastikstreifen zu fesseln.

In diesem Stadium war das ihre einzige Chance.

Aber sie betete, dass Reynolds irgendwo eine Spur hinterlassen hatte, sodass Jake und seine Kollegen vom FBI ihn aufspüren konnten. Das war ihre beste Überlebenschance.

Die Tür sprang auf. Reynolds warf ihr wieder nur einen flüchtigen Blick zu, als er eintrat, eine weiße Supermarkttüte in der Hand und eine Zeitung unterm Arm. Als er die Tasche auf den Tisch stellte, rutschte die Zeitung herunter und fiel zu Boden – nahe genug an ihrem Stuhl, sodass sie die Überschrift der Montagsausgabe lesen konnte.

BUNDESRICHTERIN ENTFÜHRT
Schwester im Oktober im Haus der Richterin ermordet

Was jedoch ihre Aufmerksamkeit erregte, waren die Fotos. Ihr offizielles Gerichtsfoto war groß abgebildet – aber sie konzentrierte sich auf die Schnappschüsse von ihren Nachbarn. Harolds Arm lag um Delores' Schultern, und darunter stand ein fett gedrucktes Zitat: „Er sagte, wenn wir nicht kooperieren, bringt er uns um."

Harold war in Sicherheit.

Jetzt konnte sie die Flucht versuchen, ohne sich Sorgen machen zu müssen, dass sie ihn dadurch in Gefahr brachte. Erleichterung durchströmte sie.

Reynolds zog seine Lederhandschuhe aus, hob die Zeitung auf und schwenkte sie vor Liz' Nase. „Wir sind auf der Titelseite, Richterin."

Sie zuckte zurück und hob die Hände in einer automatischen Verteidigungsgeste.

Plötzlich wurde ihr Arm so fest gepackt, dass es schmerzte. Reynolds kniff die Augen zusammen und betrachtete ihr abgeschürftes Handgelenk. Dann sah er das andere an. Sie versuchte nicht zu zittern, als er sie mit kalten Augen anstarrte, in denen auch nicht ein Hauch von Mitgefühl lag.

„Diesmal werden Sie Ihrer gerechten Strafe nicht entkommen, Richterin."

Er wandte ihr den Rücken zu, setzte sich an den Tisch und fing an, ein belegtes Baguette zu essen.

Obwohl sie keinen Appetit hatte, knurrte Liz' Magen. Und als er einen Schluck Wasser trank, wurde die Trockenheit in ihrem Mund noch unerträglicher. Wenn er ihr weiter Nahrung und Wasser vorenthielt, würde sie schwächer werden. Und dann würde es weitaus schwieriger sein, die nötige Kraft aufzubringen, um ihn auszuschalten.

Die Zeit lief ihr davon.

Beim nächsten Ausflug zur Toilette musste sie versuchen, ihren Plan in die Tat umzusetzen.

* * *

„Wie lange willst du dem Typen noch geben?"

Jakes verärgerte Frage ließ Special Agent Nick Bradley aufblicken. Er ließ einen Fuß auf seinem Knie ruhen und lehnte sich auf dem Ledersessel in Jarrod Williams' vornehmem Büro zurück. „Fünf Minuten?"

In Jakes Augen waren das vier Minuten zu viel. Er kniff die

Augen zusammen und blickte den blonden Agenten mit dem typisch amerikanischen Aussehen an. „Höchstens."

Sie warteten bereits seit fast einer Viertelstunde. Jake vermutete, dass Jarrod sich zur Seitentür hinausgeschlichen hatte, als seine Sekretärin ihn über ihren Besuch informierte. Sie hatte die beiden ein, zwei Minuten lang hingehalten und sie dann in das Büro des Mannes geführt und versprochen, er werde gleich zurück sein.

Klar.

Zweifellos war die Verzögerungstaktik des Typen ein Statement. Er tat sein Möglichstes, um ihre Ermittlungen zu behindern. Sprich, er praktizierte auch, was er predigte.

Aber Jake hatte keine Zeit für seine Spielchen. Nicht, wenn Liz' Leben auf dem Spiel stand.

Als er gerade vorschlagen wollte, sie könnten die Sekretärin ein bisschen in die Mangel nehmen, damit sie Jarrod herbeizauberte, öffnete sich die Seitentür und ein großer, schlanker Mann mit vollem weißem Haar gesellte sich zu ihnen. In einen gut geschnittenen Anzug, ein gestärktes weißes Hemd und Seidenkrawatte gekleidet, strömte er Selbstbewusstsein aus – und das Charisma, von dem Mark gesprochen hatte. Die Kleidung des Mannes stand in deutlichem Kontrast zu Jakes zerknitterter Baumwollhose, dem offenen Baumwollhemd und der abgewetzten Lederjacke. Schade, dass er keine Zeit gehabt hatte, nach Hause zu fahren, sich zu rasieren und einen Anzug anzuziehen. Noch ein Grund, Nick in seinem dunkelgrauen offiziellen Anzug die Gesprächsführung bei Jarrod zu überlassen, wie sie es auf dem Weg hierher beschlossen hatten.

„Einen schönen guten Tag, meine Herren. Was kann ich für Sie tun?"

Nachdem sie einander die Hand gereicht, sich vorgestellt und Visitenkarten ausgetauscht hatten, verschwendete Nick keine Zeit mehr auf einleitende Worte.

„Wir haben einige Fragen zu Ihren Verfassungspatrioten, Mr.

Williams. Wir haben Grund zu der Annahme, dass die Person, die die Schwester von Richterin Elizabeth Michaels getötet und die Richterin selbst am Sonntag entführt hat, ein Mitglied Ihrer Gruppierung sein könnte."

Jarrod zog eine Augenbraue hoch und setzte sich auf den Stuhl hinter seinem Schreibtisch. „Ich befürworte keine Gewalt, meine Herren. Wenn Sie genügend recherchiert haben, um etwas über meine Organisation zu wissen, dürfte Ihnen diese Tatsache bekannt sein."

„Wir behaupten nicht, dass Sie dieser Person geholfen oder Vorschub geleistet haben." Nick sah ihn unverwandt an. „Aber es gibt in jeder Gruppe Eiferer. Menschen, die extreme Maßnahmen ergreifen. Vielleicht Ihre Anweisungen falsch interpretieren. Wir möchten gerne wissen, ob Sie der Meinung sind, irgendjemand in Ihrer Gruppe könnte zu dieser Art von Gewalt fähig sein, die gegen die Richterin und ihre Schwester verübt wurde."

Jarrod stützte die Ellenbogen auf die Tischplatte und legte die Fingerspitzen seiner Hände aneinander. „Es ist keine Gruppe in dem Sinne, den Sie vermuten. Es ist lediglich eine lockere Versammlung Einzelner, die zufällig, wie ich auch, glauben, dass unsere Regierung reformiert werden muss. Ich habe keine Mitgliederliste. Die Leute können kommen und gehen, wie es ihnen beliebt, und müssen sich zu nichts verpflichten."

„Aber sicher kennen Sie diejenigen, die regelmäßig bei Ihren Veranstaltungen sind", hakte Nick nach, jedoch mit neutralem Tonfall. „Und ich wette, Sie wissen auch, wer von diesen Leuten einen Hang zur Gewalt hat."

„Tut mir leid, Mr." – er blickte auf die Karte auf seinem Schreibtisch – „Bradley. Wenn Menschen zu meinen Versammlungen kommen, verspreche ich ihnen, dass ihre Anwesenheit nur ihnen und mir bekannt sein wird. Ich kann das Vertrauen dieser Leute nicht verraten."

Jake schaltete sich ein und fixierte den Mann mit einem eindringlichen Blick, während er sich vorbeugte. „Mr. Williams, lassen Sie es mich so sagen: Ein Mord ist bereits geschehen. Wir wollen keinen zweiten. Aber genau das wird passieren, wenn wir nicht bald nützliche Informationen bekommen."

Einige Augenblicke lang musterte Jarrod ihn und seine Miene war kühl und unbeeindruckt. „Vielleicht könnten Sie mir sagen, warum Sie der Meinung sind, jemand aus meiner Organisation hätte damit zu tun."

Mit dieser Frage hatten sie gerechnet. Nick zog eine Kopie des Entführerbriefes aus der Mappe auf seinem Schoß und reichte sie wortlos über den Schreibtisch.

Auf Jarrods Stirn erschienen Falten, als er den Text las.

„Ich bin sicher, Sie erkennen die typische Sprache der souveränen Bürger", sagte Jake, als Williams zu Ende gelesen hatte.

Dieser gab den Brief an Nick zurück und legte wieder die Fingerspitzen aneinander. „Viele dieser Gedanken stehen für Prinzipien heutiger Patrioten. Aber wie ich schon sagte, befürworte ich Gewalt nicht. Es gibt friedliche Mittel, unsere Ziele zu erreichen. Ich würde nie einen Mord oder eine Entführung gutheißen."

„Ein irregeleiteter Anhänger, der bei anderen Gruppierungen im Internet nachgeschaut hat, könnte aber glauben, das sei der nächste Schritt in dem Kampf, Amerika zu retten", entgegnete Nick.

Jarrod öffnete die Hände und zuckte mit den Schultern. „Was soll ich sagen? Es ist möglich. Aber ich kann nicht die Verantwortung für jemanden übernehmen, der beschlossen hat, extreme Maßnahmen zu ergreifen."

Sie kamen kein Stück weiter.

„Wo waren Sie am Sonntag zwischen 11.00 und 13.00 Uhr, Mr. Williams?", fragte Nick.

Die Frage schien den älteren Mann zu überraschen. „Werde ich verdächtigt?"

Nick antwortete mit einer Gegenfrage: „Haben Sie etwas dagegen, uns Ihren Aufenthaltsort zu verraten?"

Der Anflug eines Lächelns huschte über sein Gesicht. „Ich war in der Kirche. Unser Pastor und Dutzende anderer Leute werden das bestätigen. First Congregational Church Pastor Adam Burnett."

Nick blickte zu Jake hinüber, klappte seine Akte zu und stand auf. „Wenn Ihnen irgendetwas einfallen sollte, das dazu beitragen kann, einen zweiten Mord zu verhindern, wären wir dankbar für einen Anruf."

„Natürlich."

Als sie die Bürosuite des Mannes verließen und den Gang hinunter bis zum Aufzug gingen, wandte Nick sich zu Jake um. „Was meinst du?"

„Entweder er glaubt wirklich, dass niemand aus seiner Gruppe verantwortlich ist, oder er ist ein exzellenter Lügner."

„Stimmt." Nick betätigte die Taste, um den Aufzug zu holen. „Wir überprüfen die Kirche, aber ich denke, dabei wird nichts herauskommen."

„Das sehe ich auch so. Wir könnten einen Durchsuchungsbeschluss für sein Haus und sein Büro bekommen, um zu sehen, ob wir eine Art Mitgliederliste für seine Verfassungspatrioten finden, aber selbst wenn – und ich bezweifle, dass sie leicht als solche zu erkennen wäre –, müssten wir jeden einzelnen Namen auf der Liste überprüfen. Die Zeit haben wir nicht."

Die Tür ging auf und sie traten ein.

„Es könnte sich trotzdem lohnen. Wir besprechen das in der Kommandozentrale. Vielleicht haben die Profiler etwas herausgefunden." Nick drückte auf Erdgeschoss.

Als der Aufzug abwärts fuhr, sank auch Jakes Mut. Der Besuch bei Jarrod hatte nichts gebracht. Die Profiler würden ihnen kaum mehr erzählen können, als sie bereits vermuteten. Die Chancen, dass der Entführer Fingerabdrücke oder DNA auf dem Brief oder Umschlag hinterlassen hatte, waren erfahrungsgemäß verschwindend gering.

Sie brauchten einen Durchbruch. Und zwar dringend.

Und sie brauchten ihn schnell.

Bitte, Herr!

Die verzweifelte, lautlose Bitte stieg ungebeten aus den Tiefen seiner Seele auf und überraschte ihn.

Aber er ließ es geschehen. Denn auch wenn er und Gott nicht gerade die besten Freunde waren, brauchten sie alle Hilfe, die sie bekommen konnten. Sie mussten Liz finden, bevor es zu spät war.

Kapitel 19

„Ich bin ja nicht gerne der Überbringer schlechter Nachrichten, aber Sie brauchen eine neue Heizung.“

Als Bill Lewis, der Servicemitarbeiter von Premier Installationstechnik, sein Urteil verkündete, stieß Patricia einen frustrierten Seufzer aus. „Können Sie nicht irgendetwas tun, damit sie noch ein paar Tage läuft? Mein Bruder kommt morgen Abend zurück, und ich würde die Entscheidung lieber ihm überlassen.“

„Tut mir leid, Ma'am. Die Anlage ist einundzwanzig Jahre alt und schon zu oft repariert und geflickt worden. Ich könnte versuchen, sie noch ein paar Tage am Laufen zu halten, aber das wäre zum Fenster hinausgeworfenes Geld. Die Ventile sind korrodiert, der Wärmetauscher hat mehrere Risse. Außerdem sind die Rohre, die von der Gasleitung in das Ventil führen, ziemlich verrostet. Ehrlich gesagt glaube ich, dass ein ernsthaftes Risiko einer Kohlenmonoxidvergiftung besteht.“

Patricia verstand zwar nur die Hälfte von dem, was er gesagt hatte, aber es klang nicht gut.

„Wenn Sie einen Elektroofen haben, könnte der nachts das Schlafzimmer und tagsüber die Küche ein wenig heizen, bis Ihr Bruder wieder da ist“, schlug der Mann vor.

„Ich werde mal nachsehen.“ Sie hatte kein solches Gerät gesehen, aber es war möglich, dass Marty einen Heizofen im Keller aufbewahrte. Wenn nicht, konnte sie als Notbehelf immer noch einen billigen kaufen. Oder vielleicht konnte die Frau seines Jagdfreundes die beiden erreichen, sodass Marty früher nach Hause kam. Daran hätte sie schon längst denken sollen. „Haben Sie eine Karte, die Sie mir dalassen können?"

„Klar." Er zog eine Karte aus seiner Tasche, während Josie ihm um die Knöchel strich.

„Tut mir leid." Patricia scheuchte die Katze weg. „Mir läuft sie auch ständig hinterher. Ich glaube, sie versucht sich zu wärmen."

„Kein Problem." Er reichte ihr die Karte. „Wir können Ihnen ein Angebot machen und innerhalb von vierundzwanzig Stunden eine neue Anlage einbauen, sobald Sie sich entschieden haben."

„Danke. Was schulde ich Ihnen?"

Er nannte die Summe und sie ging zum Schreibtisch, wo sie Martys Scheckbuch und die Abschnitte hatte liegen lassen. Nach Helens Tod hatte er ihr eine Vollmacht für alle seine Konten gegeben. Das war ein Glück, denn so konnte sie für den Kundendienst einen Scheck von seinem Konto ausstellen.

Patricia wollte gerade den Scheck unterschreiben, doch dann zögerte sie. Sollte sie denselben Code darauf notieren, den er immer benutzte?

Sie zögerte und wandte sich an den Installateur. „Haben Sie eine Ahnung, was das hier bedeutet? Es steht auf allen Schecks meines Bruders in den letzten Monaten." Sie zeigte ihm die Notiz auf einem der Scheckabschnitte.

Er blinzelte und betrachtete den Zettel mit verständnisloser Miene. „Keine Ahnung. Das habe ich noch nie gesehen."

„Ich auch nicht." Sie beschloss, den Vermerk wegzulassen, unterschrieb den Scheck und gab ihn dem Mann, dann brachte sie ihn zur Tür. „Ich bin sicher, mein Bruder wird sich in ein, zwei Tagen bei Ihnen melden."

„Von unserer Seite aus besteht keine Eile. Aber besorgen Sie sich für heute Nacht lieber ein elektrisches Heizgerät. Es wird zwar nicht so kalt sein, dass die Rohre einfrieren, aber im Haus wird es dennoch ziemlich kühl werden."

„Das mache ich. Danke."

Nachdem sie die Tür hinter ihm geschlossen hatte, ging Patricia in die Küche zurück und holte das Telefonbuch heraus. Sie überflog die Liste aller Abernathys und fand zwei mit dem Vornamen Joseph. Einer von ihnen musste Martys Kumpel sein.

Der erste Anruf war ein Reinfall. Der Mann, der abhob, hatte noch nie von Marty gehört.

Bei der zweiten Nummer nahm eine Frau ab.

„Mrs. Abernathy?"

„Ja."

„Hier spricht Patricia Reynolds. Ich versuche, Joe Abernathy zu erreichen, der zusammen mit meinem Bruder Martin Reynolds auf der Jagd ist. Ist das seine Nummer?"

Das Schweigen am anderen Ende der Leitung dauerte so lange, dass Patricia sich fragte, ob die Frau aufgelegt hatte. „Hallo? Sind Sie noch da?"

„Wie war noch mal Ihr Name?" Die Stimme der Frau klang skeptisch.

„Patricia Reynolds. Martins Schwester. Ich wohne bei ihm, während ich in der Stadt bin, und die Heizung ist kaputt gegangen. Ich habe versucht, ihn anzurufen, aber sein Handy funktioniert nicht. Ich hatte gehofft, Ihr Mann könnte vielleicht ein Telefon bei sich haben. Wenn er der Joe Abernathy ist, der mit meinem Bruder verreist ist."

„Ehrlich gesagt bin ich verwirrt, Ms. Reynolds. Ich erinnere mich an den Namen Ihres Bruders, aber mein Mann ist vor drei Jahren gestorben."

Sprachlos starrte Patricia aus dem Küchenfenster auf die vertrockneten, zerfallenden Ahornblätter, die von dem frostigen Herbstwind herumgewirbelt wurden und deren herbstliche Schönheit längst vergangen war.

„Ms. Reynolds?"

„Ja." Sie riss sich zusammen und konzentrierte sich wieder auf das Gespräch. „Vielleicht habe ich meinen Bruder falsch verstanden. Es tut mir leid, dass ich Sie belästigt habe."

„Das macht nichts. Viel Erfolg bei der Suche nach ihm."

Als die Verbindung unterbrochen wurde, fröstelte Patricia. Langsam ließ sie das Telefon auf die Station sinken. Seit sie in St. Louis angekommen war, hatte sie merkwürdige Schwingungen von Marty aufgeschnappt. Er war distanziert gewesen, abgelenkt und unkommunikativ. Auch wenn er nie der geselligste Mensch gewesen war, hatten sie sich immer nahe gestanden. Und sie hatten immer zusammen gelacht.

Bei diesem Besuch hatte es nicht viel zu lachen gegeben. Und nur wenn er über das Waffenkontrollgesetz sprach, hatte er engagiert geklungen.

Und dann war da noch das ganze Material in seiner Schreibtischschublade. Einiges davon sah ziemlich radikal aus.

Sie sank auf einen Küchenstuhl, stützte einen Ellenbogen auf die Tischplatte und ließ das Kinn auf ihrer Handfläche ruhen, während sie vergeblich versuchte, das ungute Gefühl abzuschütteln.

Was in aller Welt führte ihr Bruder im Schilde?

* * *

Obwohl seine Augen vor Schlafmangel brannten, kämpfte Jake gegen seine Müdigkeit, als er sich in der Kommandozentrale beim FBI auf einen Stuhl fallen ließ. Quantico hatte einen Bericht sowohl von der Forensik, die den Brief untersucht hatte, als auch von den Profilern, und ein ganzes Kontingent aus FBI-Agenten und U.S. Marshals hatte sich versammelt, darunter auch die Jungs von der Spezialeinheit, die im Laufe der letzten paar Stunden eingetroffen waren. Jake sah sich in dem überfüllten Konferenzzimmer um. Luke Garavaglia saß am Kopfende des Tisches. Sein eigener Boss, Matt Warren, saß neben ihm. Spence hatte auf der anderen Seite des Tisches Platz genommen.

Mit dem BlackBerry noch in der Hand, sank Todd wieder auf den Stuhl neben ihm. „Danke, dass du mir den Platz freigehalten hast." Er steckte das Handy in die Gürtelhalterung und musterte Jake. „Wann hast du eigentlich das letzte Mal geschlafen?"

„Samstagnacht."

„Dann läufst du ja nur noch mit heißer Luft."

Jake zog eine Schulter hoch. „Ich lege mich heute Abend eine Weile hin, wenn sich nichts Neues ergibt."

Er erwartete allerdings nicht, schlafen zu können. Wie konnte er das, wenn er immerzu Liz' angsterfüllte Augen vor sich sah, als der Entführer sie aus dem Haus heraus geführt hatte?

Das Telefon erwachte knisternd zum Leben, als Luke den Lautsprecher einschaltete und den Hörer auflegte. „Christy? Können Sie mich hören?"

„Ja."

„Gut. Wir haben ein volles Haus, das sich Ihren Bericht anhören will. Für diejenigen hier, die noch nicht mit Christy zu tun hatten, sie ist eine Profilerin in unserer Einheit für Verhaltensanalyse. Christy, Sie sind dran."

„Mehrere von uns haben den Brief untersucht und wir sind alle zu dem gleichen Schluss gekommen. Wie Sie schon vermutet haben, glauben wir, dass es sich bei dem Täter um ein radikales Mitglied einer Bürgervereinigung handelt. Diese Leute sind oft Opfer unseres Systems geworden – manche sogar mehrmals. Das verstärkt ihr Gefühl, verfolgt zu werden. Vielleicht glauben sie an irgendwelche Verschwörungstheorien. Die radikalsten von ihnen sind so verzweifelt, dass sie glauben, Gewalt wäre ihre einzige Möglichkeit."

„Haben Sie eine Idee, wie alt unser Mann ist?", fragte Luke.

„Nein. Diese Bewegung umfasst alle Altersgruppen und Lebensumstände. Aber ich würde sagen, Sie suchen nach jemandem, der wütend, gesellschaftlich isoliert und von Rache besessen ist. Sie müssen davon ausgehen, dass er Zugang zu Waffen hat und unter Umständen sehr gut gerüstet ist. Wie die meisten von Ihnen wissen, trauen die Leute in diesen Bürgerwehren der Regierung nicht und betrachten sich als moralisch überlegen. Sie sind voll und ganz davon überzeugt, dass ihre Position richtig ist, und oft sind sie bereit, auch dafür zu sterben. Timothy McVeigh ist ein gutes Beispiel dafür. Das gleiche Phänomen haben wir in Waco, Ruby Ridge und bei den Montana Freemen beobachtet. Solche Leute sehen sich als Märtyrer für eine gute Sache."

„Glauben Sie, weil der Kerl die Presse eingeschaltet hat, haben wir mehr Zeit?" Jake warf diese Frage ein.

„Ich würde mich nicht darauf verlassen. Diese Leute können sehr methodisch und logisch vorgehen. Ich bezweifle, dass er das Risiko eingehen wird, die Richterin länger als zwei Tage festzuhalten, es sei denn, er will entdeckt werden – was nicht der Fall zu sein scheint, wenn man bedenkt, wie sorgfältig er seine Identität verbirgt."

Auch wenn Christys Antwort ihn nicht überraschte, fand Jake es nicht gerade beruhigend, dass eine Fallanalytikerin seine eigene Meinung bestätigte.

„Gibt es noch andere Fragen?" Luke blickte in die schweigende Runde. „In Ordnung. Danke für die Infos, Christy."

„Ich hoffe, es bringt was. Viel Erfolg."

Luke betätigte eine andere Taste seines Telefons und ergriff wieder das Wort. „Sam, sind Sie da?"

„Ich bin hier."

„Sam ist für die Laborarbeiten zuständig", erklärte Luke der versammelten Truppe. „Also gut, Sam, was haben Sie?"

„Nicht genug, fürchte ich. An dem Papier, auf dem der Brief geschrieben ist, und an dem Umschlag ist nichts Ungewöhnliches, und die paar Fingerabdrücke entsprechen entweder denen der Zeitungsangestellten oder sind nicht in der Nationalen Verbrecherkartei vermerkt. Es gibt keine DNA auf dem Klebstoff, also hat unser Täter den Umschlag nicht angeleckt."

Keine Spuren. Keine Fingerabdrücke in der Datei. Jake biss die Zähne zusammen.

„Paul Sheehan, unser Handschriftenexperte, hat bestätigt, dass die Nachricht und Unterschrift unten auf dem Brief von der Richterin stammen", fügte Sam hinzu.

„Was ist mit dem goldenen Haar, das die Spurensicherung in der Wohnung gefunden hat?" Luke trommelte mit den Fingern auf die Tischplatte.

„Definitiv Katzenhaar. Und es passt zu dem vom vorigen Tatort im Haus der Richterin."

„Sonst noch etwas?"

„Nein. Wir haben versucht, die Überwachungsbänder vom Wohnblock der Richterin zu bearbeiten, um zu sehen, ob wir die Züge des Mannes hervorheben können, aber wegen Brille, Hut und Schal können wir immer noch kein entscheidendes Merkmal erkennen."

„Okay. Fragen?" Als niemand sprach, beugte Luke sich über das Telefon, um das Gespräch zu beenden. „Danke, Sam."

Eine schwere Stille lag über dem Raum, als Luke sich zurücklehnte. Daraus schloss Jake, dass alle anderen ebenso ratlos waren wie er, was diesen Fall betraf, dessen Spuren nur zu schnell kälter wurden.

„Wir können berichten, dass Jarrod, der Anführer der Verfassungspatrioten, für Sonntag ein wasserdichtes Alibi hat", erklärte Luke. „Matt, willst du noch was sagen?"

Matt stützte die Ellenbogen auf den Tisch und verschränkte die Finger. „Wir haben nichts als die Einschätzung der Profilerin, ein Katzenhaar und ein überwiegend wertloses Videoband." Er schüttelte den Kopf. „Wir brauchen einen Durchbruch. Ich bin offen für Ideen."

„Wann ist das nächste Treffen der Verfassungspatrioten, Mark?"

„Erst Mittwoch in einer Woche."

Das war zu spät.

„Während du und Nick bei Jarrod Williams wart, bin ich ein paar Datenbanken der Bürgervereinigungen durchgegangen“, berichtete Mark. „Ich habe ein Foto von Mr. Williams gefunden, aber sonst habe ich niemanden von den Treffen wiedererkannt, bei denen ich war. Wenn unser Täter zu der Gruppierung gehört, ist er bis jetzt nicht auf irgendeinem offiziellen Radar.“

„Okay. Wir können nicht hier herumsitzen und hoffen, dass sich etwas ergibt.“ Luke fuhr sich mit gespreizten Fingern durchs Haar und stieß frustriert die Luft aus. „Wir befragen noch einmal die Nachbarschaft um die Wohnung der Richterin und erweitern die Suche um ein paar Häuserblocks. Und dasselbe machen wir in der Straße, in der das Haus der Richterin steht. Ich weiß, dass keiner der unmittelbaren Nachbarn am Sonntag etwas gesehen hat, aber auch da ziehen wir jetzt einen größeren Kreis. Wie wäre es, wenn wir diese Aufgabe unter deinen und meinen Leuten aufteilen, Matt?“

„Geht in Ordnung.“

„Also gut. Bitte warten Sie alle einen Moment, während wir uns absprechen.“

Als die Konferenz beendet war, wechselte Matt ein paar Worte mit Luke und ging dann zu Jake und Todd. Nachdem er Jake prüfend angesehen hatte, stemmte er die Hände in die Hüften.

„Fahr nach Hause. Stell dich unter die Dusche. Und dann schlaf ein bisschen. Wir haben jede Menge Leute, die an der Sache dran sind. Wenn es einen Durchbruch gibt, brauche ich dich in einem frischen Zustand.“

Jake wollte protestieren, aber sein Boss hatte recht. Jeder Agent oder Marshal konnte mögliche Zeugen ebenso effektiv befragen wie er. Und der Schlafmangel fing allmählich an, sich auf seine Reaktionsgeschwindigkeit auszuwirken. Er musste fit bleiben für den Fall, dass sie eine echte Spur zu Liz’ Entführer entdeckten.

„Ich bin in ein paar Stunden wieder da.“

„Acht Uhr morgen früh“, entgegnete Matt.

Jake überlegte, ob er widersprechen sollte, beschloss aber, es nicht zu tun. „Okay. Wir sehen uns dann."

Als ihr Boss davonschlenderte, drehte Jake sich zu Todd um. „Hast du heute Nacht Dienst?"

„Sieht so aus."

„Pieps mich an, wenn sich was tut. Egal was."

„Du hast doch gehört, was der Boss gesagt hat. Geh nach Hause und schlaf."

„Wenn du es nicht machst, finde ich jemand anders, der mich auf dem Laufenden hält."

Todd sah ihn mit dem ruhigen, konzentrierten Blick an, der ihn zu einem so guten Scharfschützen machte. Dann verschränkte er die Arme und schüttelte den Kopf. „Also gut. Ich melde mich. Aber wenn ich ehrlich bin, erwarte ich nicht, dass heute Nacht viel passiert."

Jake wandte sich ab. Todds Schlussfolgerung gefiel ihm nicht. Aber als er aus dem Gebäude in die dunkle Nacht trat und im kalten Wind fröstelte, wusste er, dass Todd recht hatte. Wenn man bedachte, wie dünn ihre Spuren waren, mussten sie davon ausgehen, dass Liz' Entführer ihnen in der nächsten Zeit nicht ins Netz gehen würde.

Aber irgendwann würden sie ihn schnappen. In dem weitaus größten Teil der Fälle machten selbst die vorsichtigsten Verbrecher Fehler, die ihnen später zum Verhängnis wurden.

Nur dass „später" in dieser Situation nicht gut genug war. Zeit war ein Luxusgut, das sie nicht hatten. Das Zeitfenster, innerhalb dessen Liz gerettet werden konnte, schloss sich schnell. Jake schätzte, dass sie im besten Fall noch sechsunddreißig bis achtundvierzig Stunden hatten.

Als er den Zündschlüssel ins Schloss steckte und sich auf den Weg nach Hause machte, versuchte er, nicht über ihre schlechten Chancen nachzudenken. Aber er wusste, dass es nicht gut aussah.

Bei ihren bisherigen dürftigen Ergebnissen wäre ein Wunder nötig, um Liz zu retten.

***

Als Reynolds Liz' Bitte um einen Gang zur Toilette gewährte, war es bereits dunkel. Es hatte nicht viel Sinn, ihren Plan in der Dunkelheit auszuprobieren. Es würde schwierig genug sein, ihn umzusetzen, wenn sie sowohl das Brett, das sie als Waffe benutzen wollte, als auch ihr Opfer deutlich erkennen konnte. Während sie durch die tiefschwarze Nacht auf den kleinen Verschlag zustolperte, konnte sie nur beten, dass sie am nächsten Tag noch eine Gelegenheit bekommen würde, wenn es hell war.

Fröstelnd beeilte sie sich. Auch wenn sie ihren Atem in der Hütte sehen konnte, drang wenigstens kein kalter Wind durch die Ritzen in der Wand wie hier im Plumpsklo. Ihr wurde bewusst, dass Wärme relativ war. Sie wünschte, Reynolds würde ein Feuer in dem Holzofen der Hütte anzünden, aber wahrscheinlich fürchtete er, der Rauch könnte seine Anwesenheit hier verraten. Zum Glück trug sie immer noch das dicke Sweatshirt und den Pullover, die er ihr befohlen hatte anzuziehen. Trotzdem war ihr kalt bis auf die Knochen. Und ihr Kopf hämmerte.

Fünf Minuten später saß sie wieder auf dem Stuhl, auf dem sie einen Großteil der letzten dreißig Stunden verbracht hatte. Nachdem er sich vergewissert hatte, dass ihr Knöchel fest an den Pfosten gebunden war, setzte Reynolds sich an den Tisch, dicht neben den Kerzenstummel, der als einzige Beleuchtung diente. Er zog einen Stapel Karten aus der Tasche und fing an, Patiencen zu legen.

Während sie ihm dabei zusah, wie er ruhig Karte um Karte ablegte, hob sich Liz' Magen vor Ekel und eine heftige Wut stieg in ihr auf. Dies war der Mann, der Stephanie kaltblütig getötet hatte. Er hatte einen unschuldigen Menschen auf dem Gewissen, weil er sich geirrt hatte. Das wusste er. Und doch zeigte er keinerlei Anzeichen von Reue. Oder überhaupt irgendein Gefühl. War er eher ein Tier als ein Mensch?

„Ich weiß nicht, warum Sie das hier tun, aber egal, für wie

nobel Sie Ihre Motive halten, für Mord gibt es keine Rechtfertigung."

Reynolds' Hand erstarrte einen Augenblick lang beim Kartenlegen und Liz stockte der Atem. *Dumm, dumm, dumm*, schimpfte sie innerlich. Wenn sie ihn auf die Palme brachte, beschloss er vielleicht, sie früher umzubringen als geplant.

Nach einigen Augenblicken machte er mit seinem Spiel weiter und sie atmete erleichtert aus. Ausnahmsweise war sie froh, dass er sie ignoriert hatte. Sie musste diese Nacht überstehen.

Zwei Stunden später, als er die Kerze löschte und sich unter dem Berg Decken auf seinem Bett vergrub, wurden Liz' angespannte Muskeln schlaff. Für die nächsten paar Stunden war sie in Sicherheit.

Sie lehnte den Kopf an die raue Holzwand hinter ihr und versuchte, ihre sich überschlagenden Gedanken zu beruhigen. Sie musste sich ausruhen und Kräfte sammeln, hoffentlich etwas schlafen.

Denn wenn der Tag anbrach, wollte sie so bereit sein wie möglich, um die einzige Gelegenheit zur Flucht zu nutzen, die sie hatte.

* * *

Der Laserpunkt eines Sonnenstrahls weckte Jake und riss ihn aus einem Schlaf, der sich wie ein tiefes Koma anfühlte. Er blinzelte und rückte zur Seite, um der Sonne zu entfliehen, während er auf seine Uhr sah: 6.30 Uhr. Das letzte Mal hatte er um 3.30 Uhr nachgesehen, bevor ein ruheloser Schlaf ihn überwältigte.

Drei Stunden Schlaf waren nicht genug.

Aber sie mussten reichen. Jetzt, wo er wach war, würde er nicht wieder einschlafen können, das wusste er.

Er schwang die Beine über die Bettkante und fuhr sich mit der Hand übers Gesicht. Todd hatte nicht angerufen, also nahm er an, dass es in dem Fall keinen Durchbruch gegeben hatte.

Während er aufstand und mit kleinen Augen in Richtung Badezimmer wankte, um sich zu duschen, blätterte er die E-Mails auf seinem BlackBerry durch. Keine davon erforderte eine sofortige Reaktion. Dasselbe galt für die Sprachnachrichten. Er war Cole und Alison jedoch noch einen Rückruf schuldig. Sie hatten beide zweimal versucht, ihn zu erreichen, als die Nachricht von Liz' Entführung gestern Morgen publik geworden war, aber er hatte immer seine Mailbox anspringen lassen. Im Moment musste er sich auf den Fall konzentrieren.

Die kurze, heiße Dusche machte ihn wach, und als sein Gehirn allmählich anfing, wieder richtig zu funktionieren, entschied er, was als Nächstes zu tun war. Er hatte sich nur kurz in Liz' Wohnung umgesehen, nachdem sie entführt worden war. Ihm war nichts aufgefallen und er hatte nicht das Gefühl gehabt, dass er noch einmal nachsehen müsste, während die Spurensicherung bei der Arbeit war.

Aber jetzt waren die Techniker fort. Und es war möglich, dass ihm bei näherem Hinsehen irgendetwas auffiel, das er am Sonntag übersehen hatte. Es war jedenfalls einen Versuch wert. Sonst gab es schließlich keine Spuren.

Fünfzehn Minuten später, bewaffnet mit einem dreifachen Espresso aus dem Café in der Nähe seiner Wohnung, fuhr er zu seinem Büro im Gerichtsgebäude, um den Schlüssel für die Wohnung zu holen. Matt hatte gesagt, dass er sich erst um acht Uhr wieder zum Dienst melden sollte, also hatte er eine halbe Stunde Zeit, um sich umzusehen.

Er trank den letzten Schluck von seinem hochprozentigen Koffeingebräu und fädelte sich in den Straßenverkehr ein. Sein kleiner Ausflug konnte sich natürlich als fruchtloses Unterfangen erweisen, aber vielleicht – nur vielleicht – ergab sich ja auch ein übersehener Hinweis, der ihnen endlich den Durchbruch verschaffen würde, den sie so dringend brauchten.

* * *

Liz hatte nicht erwartet, dass sie viel schlafen würde, wenn überhaupt. Ihre Gedanken waren zu sehr damit beschäftigt gewesen, den Plan im Kopf immer wieder abzuspielen, den sie am Morgen in die Tat umsetzen wollte.

Aber ihr Körper hatte anders entschieden. Erschöpft, ohne jegliche Kraft und Energie hatte er sich augenscheinlich irgendwann in den frühen Morgenstunden verweigert. Ein plötzliches Türknallen und eine Erschütterung der Wand hinter ihrem Kopf waren nötig, um sie zu wecken.

Trotz der unterbewussten Wahrnehmung unmittelbarer Gefahr reagierte ihr Gehirn nur langsam, während sie blinzelte und versuchte, richtig wach zu werden. Sie sah zu, wie Reynolds von der Tür zum Tisch ging, das Jagdmesser nahm und sich zu ihr umdrehte.

Ein Adrenalinstoß ließ ihr träges Gehirn mit einem Schlag klar werden. Hatte er vor, sie jetzt zu erledigen?

Als sie zu sprechen versuchte, klebte ihr die Zunge am Gaumen fest. Nur ein Wort brachte sie heraus. „Toilette."

Sie musste eigentlich nicht, aber das war ihre Fahrkarte nach draußen – und zu dem Holzstoß.

Ohne etwas zu sagen, bückte er sich neben sie und schnitt die Fußfessel durch. Mit gesenktem Kopf wartete er, während sie aufstand. Das Hämmern in ihren Schläfen kehrte noch heftiger zurück, und es dauerte einen Augenblick, bis sie ihr Gleichgewicht fand. Während sie zum Ausgang stolperte, wurde sie von einer unerwarteten Schwäche überfallen und sie hielt sich am Türrahmen fest, um nicht umzufallen, als der Raum sich zu drehen begann.

„Vorwärts."

Um Kraft und Mut betend, trat sie durch die Tür, Reynolds dicht hinter ihr. Er ließ sowohl das Messer als auch den Revolver auf dem Küchentisch liegen, vielleicht weil er annahm, dass sie geschwächt war und keine Bedrohung darstellte.

Das war ein Vorteil, mit dem sie nicht gerechnet hatte.

Die frühe Morgensonne drang um die Hütte herum durch die Bäume und gab genügend Licht, sodass sie den Stapel Bretter deutlich sehen konnte, als sie daran vorbeiging. Ein Brett fiel ihr besonders ins Auge. Es war so schmal, dass man es mit einer Hand umfassen konnte, und lang genug, um die Beine ihres Entführers zu erreichen und ihn zu Fall zu bringen, wenn sie fest genug zuschlug.

In dem winzigen Holzverschlag lehnte Liz die Stirn an die rauen Planken und holte mehrmals langsam und tief Luft, um ihr Herzklopfen zu beruhigen. Sie zitterte, vor Kälte und aus Angst. Wenn sie das hier vermasselte, würden nur noch Jake und seine Kollegen sie retten können. Und wenn man bedachte, wie wenig Spuren Reynolds bei der Ermordung von Stephanie hinterlassen hatte, machte sie sich keine großen Hoffnungen, dass die Spurensicherung diesmal viele Anhaltspunkte finden würde.

Sie holte noch einmal tief Luft, stieß die Tür auf und verließ den streng riechenden Ort, um in Richtung Hütte zu gehen, die etwa fünfzig Meter entfernt lag, den Blick fest auf das Brett gerichtet, das sie sich schnappen wollte.

Als sie näher kam, sagte ihr ein kurzer Blick zur Seite, dass Reynolds etwa einen Meter hinter ihr ging. Perfekt. Ihr Puls fing an zu rasen und hämmerte so heftig und laut, dass sie beinahe fürchtete, er könnte es hören.

Als sie einen Schritt an dem Brett vorbei gemacht hatte, drehte sie sich plötzlich um und griff danach. Ihre Finger krallten sich um das Holz und sie schlug mit aller Kraft, die sie aufbringen konnte, das Brett gegen Reynolds' Beine.

Ein überraschter Schmerzensausruf war ihre Belohnung. Er stolperte, verlor das Gleichgewicht und landete auf allen Vieren, was ihr die Gelegenheit gab, die sie brauchte – und ihre Hoffnung anfachte, es tatsächlich zu schaffen. Sie hob das Brett hoch und zielte auf seinen Kopf.

Und dann ging alles schief.

Als das Brett niedersauste, warf er sich zur Seite, packte ihren

Knöchel und zerrte daran. Jetzt war sie es, die das Gleichgewicht verlor, und sie stürzte schmerzhaft auf den Rücken, weil sie sich mit ihren gefesselten Händen nicht abfangen konnte.

Obwohl sie benommen war und nach Luft rang, schaffte sie es, sich auf die Knie zu stützen. Aber inzwischen hatte Reynolds sich wieder gefangen. Sie sah die Wut in seinen Augen, als er drohend über ihr auftauchte. Dann hob er die Hand und schlug ihr mit dem Handrücken so fest ins Gesicht, dass sie umkippte, den metallischen Geschmack von warmem Blut auf der Zunge.

Als sie auf dem kalten Boden lag, brach die finstere Realität über sie herein.

Ihr Plan war fehlgeschlagen.

Und heute würde sie sterben.

Sie starrte zu dem Mann hinauf, der ihre Schwester umgebracht hatte, und erwartete fast, dass er das Messer oder den Revolver aus der Hütte holte und sie auf der Stelle tötete.

Was sie nicht erwartete, war der Tritt, den er ihren Rippen versetzte.

Sie schnappte nach Luft, als der Schmerz in ihrer Seite explodierte. Als er den Fuß zurückzog, rollte sie sich zu einem Ball zusammen und versuchte sich zu schützen. Aber es nützte nichts. Die Spitze seines Stiefels traf wieder auf ihr weiches Fleisch. Und wieder. Und wieder. Von dem Schmerz wurde ihr ganz schwindelig und sie fing an, das Bewusstsein zu verlieren.

Gerade als sie dachte, dass er sie tottreten würde, hörten die Angriffe auf. Sie wurde auf die Füße gezogen und halb in die Hütte zurückgeschleift. Bei jedem Schritt spürte sie einen scharfen, brennenden Schmerz in ihrer Brust. Stöhnend versuchte sie einzuatmen. Es gelang ihr nicht.

„Bitte … ich kann nicht … atmen."

Er ignorierte sie und zerrte sie über die Schwelle, um sie wieder auf ihren Stuhl zu stoßen. Dann band er ihren Fuß fest und erhob sich.

Liz sank zur Seite gegen einen Balken und beugte sich vor,

während sie mit den Tränen kämpfte und jeder Atemzug eine Qual war.

Während der Schmerz in Wellen über ihr zusammenschlug und alles vor ihren Augen verschwamm, versuchte sie sich auf das einzig Gute zu konzentrieren, das ihr in letzter Zeit begegnet war.

Jake.

Wenn sie sterben musste, dann sollte sein Gesicht das letzte Bild sein, das sie vor sich sah.

Sie schloss die Augen und stellte sich seine ausdrucksvollen braunen Augen vor, das ausgeprägte Kinn und die kantigen Züge. Wer hätte gedacht, dass es dem unnahbaren besten Freund ihres Mannes gelingen würde, sich in ihr Herz zu schleichen? Aber mit seinem angeborenen Selbstvertrauen und der ruhigen Kompetenz, seinem Gerechtigkeitssinn, Mitgefühl und mit seiner Freundlichkeit hatte er genau das getan.

Während sie Mühe hatte zu atmen, dachte sie daran, wie Jake ihr das Gefühl gegeben hatte, dass sie umsorgt und behütet war. Seine schützende und stützende Hand auf ihrem Rücken im Krankenhaus. Sein fester Griff, als er sie über den unebenen Boden des Friedhofs geführt hatte, während sie zu Dougs Grab gegangen war. Seine sanfte Berührung, als er ihr in der Wohnung den Puderzucker von der Wange gewischt hatte.

Sie hätte so gerne gesehen, was die Zukunft für sie und den großen dunkelhaarigen Marshal bereithielt.

Wieder kämpfte sie gegen die aufsteigenden Tränen. Sie hatte getan, was sie konnte, um sich selbst zu retten. Um diese Zukunft zu ermöglichen.

Jetzt lag es in Jakes Händen und in denen seiner Kollegen – aber vor allem in Gottes Hand.

Kapitel 20

Als Jake am Dienstagmorgen Liz' Wohnung betrat, versuchte er nicht an all die Gelegenheiten zu denken, bei denen sie ihn mit ihrem warmherzigen Lächeln begrüßt hatte.

Das würde die Leere nur noch unerträglicher machen.

Als er die Tür hinter sich schloss, haftete ein Rest von dem feinen, klebrigen Fingerabdruckpuder an seinen Fingern. Er klopfte es ab und betrachtete den kleinen Eingangsbereich. Hier war nichts Ungewöhnliches zu sehen.

Er ging ins Wohnzimmer und schritt langsam durch den sparsam eingerichteten, modernen Raum. Er sah genauso aus wie beim letzten Mal, als er und Liz hier zusammen gewesen waren. Kein Hinweis wartete darauf, entdeckt zu werden.

Er betrat den Essbereich. Liz' Laptop lag an der gewohnten Stelle, genau mittig auf der Glasplatte des Esstisches. Er war noch eingeschaltet und lief im Schlafmodus. Mark hatte ihm erzählt, dass die Leute von der Computerforensik ihn durchsucht hatten, für den Fall, dass es ihr irgendwie gelungen war, eine Botschaft zu hinterlassen, aber sie hatten nichts gefunden.

Ein Stapel Akten lag neben dem Laptop. Er nahm ihn in die Hand und blätterte ihn durch. Die Unterlagen schienen zu einem aktuellen Fall zu gehören und enthielten nichts, was für seine Suche von Bedeutung zu sein schien. Er legte die Mappen wieder auf den Tisch.

Am anderen Ende des Tisches fiel sein Blick auf den kleinen Aktenstapel, der schon seit zwei Wochen dort lag. Runde zwei fürs FBI, hatte Liz zu ihm gesagt – für den Fall, dass die erste Lieferung nichts zutage förderte. Er hatte diesen ordentlichen Stapel Akten bei seinen Besuchen irgendwann gar nicht mehr registriert. Er gehörte sozusagen zur Einrichtung.

Nur heute war der Stapel nicht ordentlich. Die Aktenmappen lagen kreuz und quer, als wären sie zu Boden gefallen und durcheinander geraten. Oder als hätte jemand sie in Eile durchgesehen und dann wieder auf einen Haufen geworfen.

Er runzelte die Stirn. Das passte gar nicht zu Liz und ihrer Arbeitsweise. Wie er gelernt hatte, mochte sie es, wenn die Dinge ordentlich, präzise und gut organisiert waren.

Es war natürlich möglich, dass die Spurensicherung die Akten durchgesehen und sie unordentlich zurückgelassen hatte. Aber wenn das nicht der Fall war? Was, wenn Liz ihm irgendwie einen Hinweis hatte geben wollen, indem sie seine Aufmerksamkeit auf dieses untypische Durcheinander lenkte?

Während Jake um den Tisch herumging, bemerkte er, dass ein Blatt Papier weiter aus einer Mappe herausragte als die anderen. Ein Zufall? Oder ein verzweifelter Versuch, eine wichtige Information hervorzuheben?

Ohne den Rest des Stapels durcheinanderzubringen, schob er eine seiner Visitenkarten als Platzhalter in die Mappe und zog das Blatt Papier heraus. Nachdem er es überflogen hatte, war ihm klar, dass es zu einem Kunstfehlerprozess gehörte, den sie vor zwei Jahren verhandelt hatte, während ihrer Zeit beim Gericht des Bundesstaates. Er merkte sich die Namen des Klägers und des Angeklagten – Martin Reynolds und Dr. John Voss.

Er zog sein Mobiltelefon vom Gürtel, holte Marks Visitenkarte aus einer Tasche und tippte seine Handy-Nummer ein. Der FBI-Agent nahm beim zweiten Klingeln ab.

„Mark, hier ist Jake. Ich muss Clair Ellis, die Technikerin von der Beweissicherung, die in Liz' Wohnung gearbeitet hat, etwas fragen."

„Was hast du gefunden?"

„Vielleicht nichts. Aber ich bin noch mal hier vorbeigefahren, für den Fall, dass ich am Sonntag irgendetwas übersehen habe. Und gerade habe ich einen unordentlichen Stapel Akten am Rand des Tisches entdeckt. Das ist nicht Liz' Art. Ich glaube, entweder haben die Leute von der Spurensicherung die Akten verrückt, als sie dort gearbeitet haben, oder Liz hat vielleicht versucht, uns etwas mitzuteilen. Es handelt sich um die zweite Runde Fälle, die sie an dich weitergeben wollte, falls der erste Stapel nichts bringt."

„Ich fahre gerade auf den Parkplatz beim Büro. Ich suche Clair und ruf dich zurück."

Die Verbindung wurde beendet.

Während Jake darauf wartete, dass Mark ihn zurückrief, zog er vorsichtig die Reynoldsakte aus dem Stapel und blätterte darin. Der Mann hatte den Kunstfehlerprozess im Namen seiner Frau angestrengt, die in einem Krankenhaus im ländlichen Missouri gestorben war, als sie in der Region zu Besuch gewesen waren. Liz hatte ein Urteil zugunsten des Arztes gesprochen, weil Reynolds' Anwalt keine Beweise hatte beibringen können.

Jake starrte die Akte an. Warum hatte Liz sie in ihren zweiten Stapel gelegt? War Reynolds wegen des Urteils wütend auf sie gewesen? Hatte sie ihn der Gewalt für fähig gehalten? War er der Mann, den sie suchten?

Wahrscheinlich nicht, ermahnte Jake sich selbst, während er versuchte, die plötzlich aufkeimende Hoffnung in Schach zu halten. Wenn Clair sagte, dass die Spurensicherung die Akten durcheinandergebracht hatte, dann war er genauso schlau wie vorher.

Wenn der Stapel jedoch schon so unordentlich gewesen war, als das Beweissicherungsteam eintraf, dann bestand die kleine Chance, dass sie ihre erste brauchbare Spur gefunden hatten.

***

„Tut mir leid, dass ich mich verspätet habe." Bill schob sich in dem lauten Imbiss gegenüber von Cole auf die Bank. „Es war einer von diesen Vormittagen, du weißt schon."

Cole trank einen Schluck Kaffee aus seinem schweren Steingutbecher und grinste seinem besten Freund aus Highschooltagen zu. Obwohl ihr Leben sich in unterschiedlichen Richtungen entwickelt hatte, waren sie noch immer gut befreundet. Er freute sich jedes Mal auf ihre zweiwöchentlichen Frühstückstreffen.

„Kein Problem. Hat bei jemandem die Heizung über Nacht den Geist aufgegeben?"

„Wenn's nur das wäre!" Bill gab der Bedienung ein Zeichen und zeigte auf Coles Becher und dann auf sich selbst. „Dad hat angerufen, um sich zu vergewissern, dass alles in Ordnung ist, bevor er und Mom zum Flughafen fahren, um ihre Kreuzfahrt anzutreten." Er schüttelte den Kopf und stieß einen tiefen Seufzer aus. „Ich bin fünfunddreißig Jahre alt. Seit beinahe zehn Jahren bin ich verheiratet. Ich habe drei Kinder. Zwanzig Jahre lang habe ich mit ihm zusammen gearbeitet und das Geschäft von der Pike auf gelernt. Man sollte meinen, er würde mir inzwischen vertrauen."

Die Bedienung brachte den Kaffee. „Ich komme gleich wieder, um Ihre Bestellung aufzunehmen."

„Danke, Judy." Er warf Cole einen ironischen Blick zu und schüttete zwei Päckchen Zucker in das schwarze Gebräu. „Ach, die Freuden eines Familienunternehmens."

Cole lachte. „Du arbeitest doch gerne mit deinem Vater zusammen."

Bill grinste schief und rührte in seinem Becher. „Stimmt, das tue ich. Er ist echt klasse. Aber wo wir gerade von Familie sprechen: Wie ist es denn, deinen Bruder wieder in der Stadt zu haben?"

„Ich weiß nicht. Bis jetzt habe ich ihn kaum gesehen. Er arbeitet an einem wichtigen Fall."

„Ach ja?"

Die Kellnerin erschien wieder. „Das Übliche, Jungs?"

„Klingt gut." Bill gab ihr die ungeöffnete Speisekarte wieder zurück.

„Für mich auch", schloss Cole sich an.

Sie schüttelte den Kopf. „Ich weiß gar nicht, warum ich euch überhaupt noch eine Karte gebe. Ich gebe die Bestellung in der Küche sowieso schon auf, wenn ihr zur Tür reinkommt." Sie lächelte spöttisch und verschwand in Richtung Küche.

„Sehr witzig, Judy", rief Bill ihr nach, dann wandte er seine Aufmerksamkeit wieder Cole zu. „Und kannst du über den Fall deines Bruders reden?"

Cole legte die Finger um seinen Becher. „Nein."

„Schade." Er rührte in seinem Kaffee. „Deine Geschichten sind normalerweise besser als die Krimiserien im Fernsehen. Ich finde es erstaunlich, wie ihr immer die Puzzleteile zusammenfügt."

„Es gehört auch eine Menge Glück dazu. Und wir kriegen nicht alles raus. Manche Rätsel bleiben ungelöst."

„Sag mal … apropos Rätsel: Ich hab eins für dich, das du mir vielleicht erklären kannst, wo du doch so viele merkwürdige Dinge in deinem Job erlebst. Ich war gestern in dem Haus einer Frau, und als sie einen Scheck für meinen Besuch ausgeschrieben hat, zeigte sie mir eine merkwürdige Notiz auf einigen Scheckabschnitten ihres Bruders. Sie fragte mich, ob ich wüsste, was das bedeutet, und ich hatte keine Ahnung. Über der Unterschrift stand irgendwas mit „unbeschadet". Dann kamen die Buchstaben UCC und ein paar Zahlen … ich glaube 308. Hast du eine Ahnung, was das bedeuten könnte?"

Cole spitzte die Ohren. Er hatte die Michaels-Entführung in den Medien und über die Buschtrommeln der Polizei verfolgt, da Jake seine Anrufe nicht erwiderte. Er wusste, dass die Profiler vom FBI davon ausgingen, dass ein Mitglied einer Bürgervereinigung der Täter war. Auch wenn es davon viele gab, war es ein merkwürdiger Zufall, dass sein Freund gestern einem begegnet war.

„Ja. UCC steht für Uniform Commercial Code. Es ist ein Gesetz, das mit Steuern und Handel zu tun hat. Ich kann dir keine genaue Erklärung geben, was das bedeutet, aber es gibt Gruppen von Leuten da draußen, die glauben, dass bestimmte Dokumente einen Vertrag mit der Regierung darstellen, der ihre Freiheit untergräbt. Also machen sie diesen 308-Vermerk, wenn sie Schecks ausstellen oder einen Führerschein beantragen oder ihr Auto anmelden. Es hat was mit dem 14. Verfassungszusatz zu tun."

Bill sah ihn skeptisch an. „Das klingt, als hätten die sie nicht mehr alle."

„Sie betrachten sich als Patrioten."

„Klar."

Die Bedienung brachte das Frühstück und Cole nahm seine Gabel. „Das Problem ist, dass ein paar von den Dingen, die sie sagen, durchaus einen Sinn ergeben. Aber vieles, was sie machen, ist einfach nur albern, zum Beispiel, juristische Papiere mit rotem Buntstift zu unterschreiben, weil sie glauben, dann wäre das Dokument nach US-Gesetz nicht gültig. Auf der anderen Seite haben sie in der Vergangenheit auch schon Pistolen und Bomben eingesetzt, um ihre Ziele zu verfolgen. Wie heißt denn der Typ?"

„Hey, ich will nicht, dass irgendjemand Schwierigkeiten kriegt. Und einen Kunden will ich auch nicht verlieren." Bill goss eine großzügige Menge Sirup über seine Pfannkuchen. „Seine Schwester war eine ganz nette, normale Lady. Ich glaube nicht, dass ihr Bruder einer von diesen radikalen Leuten ist."

Cole stach mit der Gabel ein Stück von seinem Käse-Schinken-Omelett ab. „Hast du ihn getroffen?"

„Nein. Er ist bei einem Jagdausflug auf dem Land. Seine

Schwester sagte, er würde heute Abend nach Hause kommen." Er stellte den Sirup wieder auf den Tisch und zog eine Grimasse, als er seine klebrigen Finger betrachtete. „Das Ding leckt."

Er streckte die Hand aus, um ein paar Servietten aus dem Ständer zu nehmen – und stieß dabei seine Gabel vom Teller. Sie fiel scheppernd zu Boden.

„Mist." Er verdrehte die Augen. „Wie schon gesagt, ist nicht mein Tag heute." Er bückte sich, um die Gabel aufzuheben.

Als er seinen Kumpel leise schimpfen hörte, beugte Cole sich zur Seite und sah unter den Tisch. „Was ist los?"

Bill richtete sich auf und untersuchte seine Finger. Mehrere goldene Haare klebten daran. „Die klopfe ich mir schon seit gestern von der Hose. Ich weiß schon, warum ich keine Katzen mag. Die war echt nervig. Die Schwester von dem Besitzer hat versucht, sie wegzuscheuchen, aber sie kam immer wieder."

Cole starrte die Katzenhaare an. Er dachte an den UCC-Code auf den Schecks und griff nach seinem Handy.

„Bill, ich brauche den Namen von dem Kerl mit den merkwürdigen Schecks. Und zwar auf der Stelle."

* * *

Als sein BlackBerry zu vibrieren begann, blickte Jake auf die Anruf-Erkennung. Mark.

„Jake? Ich bin in Clairs Büro. Ich stelle dich laut." Er hörte ein Klicken. „Okay, wir können. Clair …"

„Guten Morgen, Jake. Ich habe die Fotos herausgeholt, die wir am Sonntag von dem Esstisch gemacht haben, bevor wir irgendetwas angefasst haben. Es gab zwei Aktenstapel. Von welchem redest du?"

„Von dem ganz am Rand, auf der anderen Seite vom Computer. Ich muss wissen, ob er durcheinander war oder ordentlich gestapelt."

„Durcheinander. Ist das wichtig?"

Sein Puls beschleunigte sich ein wenig. „Vielleicht. Dieser Stapel lag zwei Wochen lang da, völlig ordentlich. Liz mag Ordnung."

„Der Entführer könnte ihn vom Tisch gestoßen haben."

„Das kann sein. Aber ich sehe keinen Grund, warum er in diesem Teil des Raumes gewesen sein sollte. Und ein Blatt aus einer der Akten sieht aus, als wäre es absichtlich ein Stück herausgezogen worden.

„Was für eine Akte ist das?", fragte Mark.

„Es geht um einen Kunstfehlerprozess, den Liz vor zwei Jahren verhandelt hat. Martin Reynolds gegen Dr. John Voss." Als am anderen Ende der Leitung Schweigen herrschte, runzelte Jake die Stirn. „Seid ihr noch da?"

„Ja. Wer hat den Prozess gewonnen?", fragte Mark.

„Sie hat zugunsten des Arztes entschieden."

„Okay … es könnte reiner Zufall sein, aber einer der Männer, die ich bei den Versammlungen dieser Verfassungspatrioten kennengelernt habe, heißt Martin."

Ein Adrenalinstoß ließ Jakes Nerven kribbeln. „Ich glaube, wir sollten Jarrod Williams noch einen Besuch abstatten."

„Ich bin schon auf dem Weg zu Lukes Büro, um ihn zu informieren", antwortete Mark. „Ich kann dich in einer Viertelstunde vor Mr. Williams' Büro treffen."

„Klingt gut. Ich sage Matt Bescheid."

Jake legte auf und ging zur Tür. Als er gerade seinen Chef anrufen wollte, klingelte sein Handy wieder. Er blickte auf das Display und sah, dass es Cole war. Es war das zweite Mal innerhalb von vierundzwanzig Stunden, dass sein Bruder ihn zu erreichen versuchte, aber er ließ seine Mailbox anspringen. Mit seinem Boss zu sprechen, war wichtiger.

Im Treppenhaus angekommen, zog er die Wohnungstür hinter sich zu und lief zum Aufzug.

Wieder vibrierte sein BlackBerry.

Ein Blick auf das Display sagte ihm, dass es eine SMS war, kein Anruf. Von Cole.

Er runzelte die Stirn. Cole schickte ihm nie Nachrichten, es sei denn, es handelte sich um einen Notfall. Vielleicht war etwas mit seiner Mutter oder mit Alison.

Er drückte den Anruf bei Matt weg und gab die Nummer seines Bruders ein, während er die Taste drückte, um den Aufzug herbeizuholen.

Cole ging sofort dran. „Tut mir leid, dass ich störe. Ich weiß, dass du gerade viel zu tun hast. Aber ich habe vielleicht eine Spur für dich, was Liz betrifft."

Jake war ganz Ohr. „Ich höre."

„Ich frühstücke gerade mit Bill Lewis, meinem Kumpel von der Highschool. Er hat gestern im Haus eines Kunden gearbeitet, der verreist ist. Nachdem seine Schwester einen Scheck für ihn ausgestellt hat, zeigte sie ihm Scheckabschnitte ihres Bruders. Über die Unterschrift hatte er geschrieben „unbeschadet UCC 1-308." Das passt zu der Sache mit den souveränen Bürgern, von der das FBI ausgeht. Und dann noch was … Bill hat goldene Haare an seinen Hosenbeinen gefunden. Von einer Katze, die ihm in dem Haus um die Beine gestrichen ist."

Jake stockte der Atem. „Wie heißt der Mann?"

„Martin Reynolds."

Er stieß die Luft aus.

Bingo.

Es waren vielleicht nur Indizienbeweise, aber Jake wusste, dass sie ihren Täter gefunden hatten.

„Hast du eine Anschrift?" Er kramte in seiner Tasche nach einem Notizblock, während er noch einmal den Aufzugknopf betätigte.

„Ja."

Er notierte, was Cole ihm diktierte. „Wir kümmern uns drum. Wenn alles nach Plan läuft, schulde ich dir was. Einen Riesengefallen."

„Das werde ich mir merken. Übrigens sagt Alison, ich soll dir ausrichten, dass sie für die Richterin betet."

„Sag ihr danke von mir." Die Worte klangen rau und er räusperte sich. „Ich melde mich, sobald die Sache überstanden ist."

Als die Aufzugtüre sich öffnete, gab er Marks Nummer ein.

Nachdem er ihm die Neuigkeit erzählt hatte, vereinbarten sie, sich vor Reynolds' Haus zu treffen. Während Jake noch einmal bei Matt anrief, um seinen Boss einzuweihen, veranlasste Mark einen Durchsuchungsbeschluss. Sie brauchten ihn zwar nicht unbedingt, denn es gab genügend Gründe für eine Durchsuchung, weil Gefahr im Verzug war. Aber es konnte nie schaden, auf Nummer sicher zu gehen.

Fünf Minuten später, als er sich hinter das Lenkrad seines Wagens schob und den Schlüssel ins Zündschloss stecken wollte, merkte er, dass seine Hände zitterten. Das war ihm in seiner gesamten beruflichen Laufbahn erst einmal passiert. Im Irak. Als er und ein anderes Mitglied der Spezialeinheit auf dem Weg zum Gericht in einen Hinterhalt militanter Dschihadisten geraten waren, die einen Prozess stören wollten. Die Rebellen waren in der Überzahl gewesen und er hatte gedacht, er müsste sterben.

Aber er und sein Kollege hatten mit aller Macht gekämpft. Und sie hatten überlebt.

Heute hatte er vor, mit dem gleichen Einsatz für Liz zu kämpfen.

Denn wie das Zittern seiner Finger bewies, war es ihm ebenso wichtig, ihr Leben zu retten, wie sein eigenes es gewesen war.

* * *

Das Stöhnen der Richterin ging ihm auf die Nerven.

Martin blickte von seinem Platz hinter dem Holztisch zu ihrem Stuhl hinüber. Sie saß noch immer zusammengesunken an den Balken gelehnt. Die rechte Seite ihres Gesichts hatte sich inzwischen blau verfärbt, ihre Augenränder wurden schwarz. Einen kurzen Augenblick lang nagte ein Anflug von Reue an seinem Gewissen. Eine Frau zu schlagen verstieß gegen alles, was er gelernt hatte. Er war so erzogen, das andere Geschlecht mit Respekt zu behandeln.

Aber hier ging es nicht um Geschlechter. Es ging darum, die Welt von tyrannischen, korrupten Richtern zu befreien. Die Verfassung zu verteidigen. Amerika zu retten. Es ging darum, die Freiheit zu bewahren und die gottgegebenen Rechte.

Die Wut, die er an ihr ausgelassen hatte, als sie ihn mit dem Brett geschlagen hatte, war gerechtfertigt.

Er presste die Lippen zu einer dünnen Linie zusammen und drehte ihr den Rücken zu.

Außerdem würde sie nicht mehr lange leiden.

In weniger als vier Stunden würde sie tot sein.

* * *

Mark wartete in seinem Auto, als Jake vor Martin Reynolds' Haus hielt. Der Agent stieg aus und gesellte sich auf dem Gehweg zu ihm, von wo aus ein Betonweg zum Eingang des Hauses führte. Dann gingen sie mit schnellen Schritten auf das Haus zu, um dem Regen zu entfliehen, der einfach nicht nachlassen wollte.

„Luke hat Nick und einen unserer anderen Agenten losgeschickt, damit sie sich noch mal mit unserem Freund Jarrod unterhalten. Und zwei unserer Leute sind auf dem Weg zum Kopierzentrum, in dem die Treffen stattfinden, um mit dem Eigentümer zu sprechen. Außerdem überprüfen wir gerade Reynolds."

„Gut. Mal sehen, ob die Schwester uns helfen kann." Jake zog seine Marke heraus und betätigte die Türklingel.

Eine Frau um die sechzig mit kurzem silbergrauem Haar und sonnengebräuntem Teint öffnete die Tür. Sie trug einen Mantel, als wollte sie gerade das Haus verlassen.

„Ms. Reynolds?"

„Ja."

Jake zeigte seine Marke. „Ich bin Deputy U.S. Marshal Jake Taylor, und das hier ist Special Agent Mark Sanders vom FBI." Er wartete, während Mark seinen Ausweis vorzeigte. „Ist Ihr Bruder zu Hause?"

Die Frau starrte sie mit aufgerissenen Augen an und ein Anflug von Panik flackerte darin auf. „Nein. Er kommt erst heute Abend wieder. Gibt es ein Problem?"

„Können wir reinkommen? Wir würden Ihnen gerne ein paar Fragen stellen."

Ihre Hand umklammerte die Türkante und Jake hatte den Eindruck, dass sie sich weigern würde.

„Ma'am, es geht um Leben und Tod", drängte er sie.

Als sie seinen ernsten Tonfall hörte, sog sie scharf die Luft ein und die Farbe wich aus ihrem Gesicht. Sie zog die Tür weiter auf, trat zur Seite und gab ihnen ein Zeichen, einzutreten.

„Die Heizung ist kaputt. Die Küche ist der wärmste Raum. Da können wir reden." Ihre Worte klangen zittrig, als sie die Tür schloss und in den hinteren Teil des Hauses ging.

Jake betrachtete ihren steifen Rücken. Sie war viel zu nervös … was vermuten ließ, dass sie etwas wusste – oder zumindest einen Verdacht hatte. Er warf Mark einen Blick zu, während sie der Frau folgten. Der FBI-Agent zog eine Augenbraue hoch und bestätigte damit, dass auch er die Schwingungen aufgeschnappt hatte. Außerdem zeigte er auf ein Foto auf einem kleinen Tisch im Wohnzimmer und nickte. Auf dem Bild waren ein Mann mit graumeliertem Haar und eine Frau mittleren Alters an einem Strand zu sehen.

Jake vermutete, dass Mark mit seiner Geste sagen wollte, dass der Mann, den er bei dem Treffen der Verfassungspatrioten kennengelernt hatte, und der Besitzer dieses Hauses ein und dieselbe Person waren.

Schlussfolgerung: Patricia Reynolds musste ihnen Antworten geben.

Und zwar schnell.

* * *

Während die beiden Regierungsbeamte ihr in die Küche folgten, sank Patricia auf einen der Holzstühle am Küchentisch, wo sie auf der Stuhlkante sitzenblieb, die Hände fest gefaltet. Sie versuchte, den Schauer, der sie durchfuhr, zu unterdrücken. Die Kälte, die sie plötzlich verspürte, konnte sie auch nicht auf die Raumtemperatur zurückführen. Der kleine elektrische Heizkörper, den sie bei Walmart gekauft hatte, erledigte seine Aufgabe, die Küche zu erwärmen, sehr gut. Diese merkwürdige Kälte kam tief aus ihrem Herzen. Und sie wurde begleitet von einer lähmenden Angst.

„Ms. Reynolds, leben Sie mit Ihrem Bruder zusammen?", fragte der FBI-Agent.

„Nein. Ich bin beim Friedenskorps. In Sierra Leone. Ich bin nur zu Besuch."

„Wo ist Ihr Bruder, Ma'am?"

„Ich weiß es nicht." Sie presste die Hände zusammen, bis ihre Knöchel weiß hervorstanden. „Ich dachte, er wäre bei einem Jagdausflug, aber als die Heizung gestern ausging, habe ich die Frau von dem Mann angerufen, mit dem er angeblich verreist ist, und erfahren, dass sein Freund schon vor drei Jahren gestorben ist."

„Wann haben Sie Ihren Bruder das letzte Mal gesehen?"

„Am Sonntagmorgen. Bevor ich zur Kirche gefahren bin. Als ich zurückkam, war er fort."

Josie kam ins Zimmer, sah sich um und sprang auf Patricias Schoß. Die Wärme des kleinen Körpers war willkommen, und Patricia schmiegte sich an die Katze. Sie zu streicheln, war tröstlich und half ihr, sich zu beruhigen.

Aber auf die beiden Männer, die ihr am Tisch gegenüber saßen, hatte das Erscheinen der Katze genau die gegenteilige Wirkung. Ihre Anspannung war beinahe greifbar und sie wechselten einen Blick, den Patricia nicht deuten konnte.

Als keiner von beiden sprach, beugte sie sich vor und die Angst krallte sich um ihr Herz. „Ist Marty in Schwierigkeiten?"

Der Marshal faltete die Hände auf dem Tisch. „Ist Ihnen bewusst, dass Ihr Bruder in einer Organisation aktiv ist, die sich Verfassungspatrioten nennt, Ms. Reynolds?"

„Nein. Was ist das denn für eine Gruppierung?"

„Haben Sie jemals den Begriff ‚souveräne Bürger' gehört?"

Sie dachte nach und schüttelte den Kopf: „Nein. Was bedeutet er?"

„Im Wesentlichen glauben Leute, die für souveräne Bürgerschaft eintreten, dass die Regierung der Vereinigten Staaten nicht rechtmäßig ist und die von der Verfassung garantierten Freiheiten und Rechte untergräbt. Einige wollen die Regierung mit friedlichen Mitteln stürzen, andere verlegen sich auf Gewalt. Wir haben Grund zu der Annahme, dass Ihr Bruder in die zweite Kategorie fällt."

Der Schock ließ ihren Atem stocken. „Sie glauben, Marty würde jemandem etwas antun?"

Der durchdringende Blick, den der Marshal auf sie gerichtet hatte, war todernst. „Wir glauben, er könnte die Person sein, die eine Bundesrichterin namens Elizabeth Michaels entführt hat."

Sie versuchte die Ungeheuerlichkeit dieses Verdachts zu verarbeiten. Marty sollte ein Entführer sein? Wenn die Artikel, die sie in der Zeitung über diesen Fall gelesen hatte, die Wahrheit enthielten, glaubten die Behörden, dass der Entführer auch derjenige war, der die Schwester der Richterin getötet hatte.

Sie hielten Marty für einen Mörder.

Der Raum begann sich zu drehen.

„Ms. Reynolds … kann ich Ihnen ein Glas Wasser bringen?"

Die Frage des FBI-Agenten schien von weit her zu kommen. Sie zwang sich, den Schwindelanfall zurückzudrängen, und schüttelte den Kopf. „Nein. Ich versuche nur … Ich kann nicht glauben, dass mein Bruder in so etwas verwickelt sein soll. Er war immer ein gesetzestreuer Mensch, der regelmäßig in die Kirche gegangen ist. Sind Sie sicher, dass Sie den richtigen Mann im Visier haben?"

„Wir glauben, ja", erwiderte der Agent. „Und wir müssen ihn so schnell wie möglich finden. So weit wir wissen, ist die Richterin noch am Leben. Aber wenn er Ihnen erzählt hat, dass er heute Abend wiederkommen will, dann geht uns die Zeit aus. Haben Sie eine Ahnung, wo er sein könnte?"

„Nein, tut mir leid."

Die grimmigen Mienen der beiden Männer verdüsterten sich noch mehr.

„Ms. Reynolds, wir haben einen Durchsuchungsbeschluss für dieses Haus beantragt. Aber wir müssen sofort mit der Suche beginnen."

Patricias erster Impuls war zu protestieren. Sie hatte immer alles getan, um ihren kleinen Bruder zu beschützen. Als Kind hatte sie ihn mit Liebe überschüttet und versucht, den Schaden wiedergutzumachen, den ihr Vater mit seinen ständigen Vorhaltungen und Meckereien angerichtet hatte. Sie hatte immer gewusst, dass Marty ein sensibler Mensch war, und sie hatte versucht, Verletzungen von ihm fernzuhalten, sowohl in der Familie als auch außerhalb. Sie hatte versucht zu verhindern, dass er irgendwelche psychologischen Narben aus seiner Kindheit davontrug. Und sie hatte geglaubt, das wäre ihr gelungen. Er hatte ein produktives Leben geführt, eine wundervolle Frau geheiratet, die ihn unterstützte, und eine glückliche Ehe geführt.

Aber irgendwann im Laufe der letzten Jahre hatte Marty sich verändert. Sehr. In vielerlei Hinsicht schien er ein ganz anderer Mensch zu sein. Hätte sie früher die Verdächtigungen dieser Männer als lächerlich abgetan, war sie sich jetzt nicht mehr sicher. Und wie konnte sie sich weigern zu kooperieren, wenn das Leben der Richterin auf dem Spiel stand?

Andererseits konnte sie doch ihren Bruder nicht verraten, oder?

Während sie noch hin- und hergerissen war, kam ihr ein Satz

aus einer der Lesungen vom vergangenen Sonntag in den Sinn. Der Pastor hatte über eine weniger bekannte Stelle aus Deuteronomium gepredigt, und der Vers war ihr im Gedächtnis geblieben.

Du sollst das Recht nicht beugen.

Die Bedeutung war klar. Ein Menschenleben zu retten, musste wichtiger sein als Liebe und Loyalität. Sie musste mit diesen Männern zusammenarbeiten, deren Aufgabe es war, der Gerechtigkeit zu dienen.

Selbst wenn Marty dafür bezahlen musste.

Patricia verschränkte ihre Finger fest und holte tief Luft. „Sie können jederzeit mit der Durchsuchung anfangen. Und ich werde tun, was ich kann, um Ihnen zu helfen."

Kapitel 21

„Die *Post* hat wieder einen Brief bekommen."

Jake hörte auf, das aufrührerische Material in Reynolds' Schreibtischschublade durchzusehen, als er Marks Bemerkung hörte. Todd und Spence hatten sich zu ihnen gesellt, ebenso zwei weitere FBI-Agenten, und sie alle arbeiteten unter Hochdruck. Nachdem sie das Haus eine halbe Stunde lang auf den Kopf gestellt hatten, waren sie auf ein beeindruckendes Waffenarsenal im Keller des Mannes gestoßen – aber was seinen Aufenthaltsort betraf, waren sie keinen Schritt weiter, als sie es zu Beginn ihrer Suche gewesen waren.

Marks grimmige Miene half nicht, Jakes aufkeimende Angst zu besänftigen. Er packte die Lehne des Schreibtischstuhls und versuchte sich zu wappnen. „Und was steht drin?"

„Oben steht das Datum von gestern, und ansonsten ist es überwiegend das gleiche Geschwätz wie beim ersten Brief. Nur die letzte Zeile, die wieder von der Richterin per Hand geschrieben und unterzeichnet wurde, ist anders. Da steht: „Morgen werde ich sterben."

Ein plötzlicher Donnerschlag ließ die Fenster klirren und spiegelte die Panik wider, die Jake bis ins Mark erschütterte und ihm die Luft aus der Lunge presste.

„Wir haben außerdem Informationen über Reynolds. In den vergangenen zwei Jahren hat er nicht nur den Kunstfehlerprozess verloren, sondern sein Haus wurde außerdem enteignet und abgerissen, er bekam vom Finanzamt ein saftiges Bußgeld aufgebrummt, weil er sein Einkommen nicht korrekt angegeben hatte, und er hat seinen Job verloren."

„Puh." Jakes Griff um die Stuhllehne verkrampfte sich. „Das ist ein Rezept für Wut und Verfolgungswahn. Und es passt genau zu dem Profil, das Christy gezeichnet hat."

„Das sehe ich auch so. Ich glaube, es besteht kaum ein Zweifel daran, dass er unser Mann ist. Jetzt müssen wir …" Mark verstummte, zog sein Handy vom Gürtel und hielt es sich ans Ohr. „Sanders." Er lauschte eine halbe Minute lang, dann nahm er einen Schreibblock und einen Bleistift vom Tisch und notierte ein paar Wörter. „Verstanden. Wir halten uns bereit."

Er beendete das Gespräch und schob das Telefon wieder in seine Gürteltasche. „Das war Luke. Der Besitzer des Copyshops ist eingeknickt, sobald unsere Jungs ein bisschen Druck gemacht haben. Er hat ihnen erzählt, dass Reynolds vor etwa einem Jahr eine Hütte irgendwo in der Nähe von Potosi gekauft hat, nicht weit vom Mark Twain National Forest entfernt. Unser Büro überprüft gerade das Grundbuch. Wir müssten gleich eine Anschrift bekommen. In der Zwischenzeit solltest du vielleicht deinen Boss anrufen. Wir geben euch Rückendeckung, aber ihr seid die Spezialisten für Festnahmen."

„Habt ihr irgendwelche Agenten in der Gegend?" Jake zog sein BlackBerry heraus und wählte Matts Kurzwahl.

„Einen in Rolla. Aber Luke sagt, er ist im nördlichen Gasconade County mit einem Fall beschäftigt. Wir haben ein paar Agenten in Cape Giarardeau, aber keiner von denen ist näher dran als wir."

„Potosi ist mindestens eine Stunde mit dem Wagen, richtig?"

„Ja. Vielleicht ein bisschen länger."

Sie wussten beide, dass das unter Umständen zu lange war.

„Gut. Wir holen die Polizei vor Ort oder die Autobahnpolizei mit ins Boot, sie sollen uns mit ein paar Wagen in Potosi abholen. Ich organisiere uns Helikopter vom Bezirk oder von der Stadt. Wir müssen so schnell wie –"

„Was habt ihr?", ertönte Matts Stimme durch das Telefon und unterbrach sein Gespräch mit Mark.

Jake entfernte sich ein paar Schritte und widmete seine ganze Aufmerksamkeit dem Leiter seiner Einheit. „Ich muss einen Einsatzplan mit dir besprechen."

* * *

Fünfundvierzig Minuten später, während die Rotorblätter des Hubschraubers in einem hämmernden Rhythmus seine schon jetzt zum Zerreißen angespannten Nerven strapazierten, betrachtete Jake die Truppe, die sich im Helikopter versammelt hatte. Mark trug jetzt Jeans, eine schusssichere Weste und eine FBI-Jacke. Die fünf Mitglieder der Spezialeinheit waren in ihre Standarduniform gekleidet und mit Einsatzausrüstung versehen – Khakihosen, langärmelige schwarze Shirts, schusssichere Westen, Waffenhalfter und Stiefel. Jake hatte im Hubschrauber seinen Anzug gegen die Sturmausrüstung eingetauscht. Sie alle hatten einen Sender bei sich, für den Fall, dass es brenzlig wurde und eine strategische Lösung nötig wäre.

Todd saß neben ihm. Ein Remington 700, ein Scharfschützengewehr mit 40er Zielfernrohr, lehnte an seiner Seite. Alle anderen Mitglieder der Spezialeinheit waren mit einer MP5-Maschinenpistole und einer 45er Kaliber Springfield bewaffnet.

Bei diesem Einsatz herrschte kein Mangel an Schusswaffen.

Es folgte noch ein Helikopter mit Kollegen aus der Spezialeinheit. FBI-Agenten waren mit Wagen unterwegs.

Vor ihnen tauchte im Regen die einzige Landebahn des Washington County Airport in der Nähe von Potosi auf. Während die Hubschrauber darauf zu hielten, sah Jake mehrere Fahrzeuge am Hauptgebäude versammelt, darunter zwei SUVs. Gut. Sie konnten losfahren, sobald sie gelandet waren. Und Reynolds' Hütte war keine zwölf Kilometer entfernt.

Wenn alles nach Plan lief, würde die Sache in weniger als einer Stunde vorüber sein.

* * *

Der Regen hatte aufgehört.

Es war Zeit.

Martin erhob sich von dem hölzernen Tisch, an dem er die letzte Stunde damit verbracht hatte, sein 22er Winchester Randfeuergewehr zu putzen. Er legte die Waffe vorsichtig ab und ging noch ein letztes Mal langsam durch die Hütte, wo er Müll einsammelte, die Bettdecken glatt zog und nach irgendwelchen Beweisen dafür suchte, dass er bei diesem Ausflug Gesellschaft gehabt hatte. Er würde nicht mehr hierher kommen, wenn seine Mission erfüllt war, und er wollte nicht, dass etwas zurückblieb, das ihn belasten könnte.

Als er sich davon überzeugt hatte, dass es in der rustikalen Hütte keine Hinweise auf seinen zweiten Bewohner gab, trug er den Müllsack zum Auto, verstaute ihn im Kofferraum und öffnete die Beifahrertür. Nachdem er den Fensterladen geschlossen und verriegelt hatte, ging er wieder hinein und zog sich ein Paar Latexhandschuhe an.

Die Richterin hatte sich in den letzten Stunden nicht viel bewegt. Und sie hatte auch nichts gesagt. Sie war sogar richtig still gewesen. Selbst das Stöhnen hatte vor einiger Zeit aufgehört.

Als er sich dem Stützbalken näherte, an den sie gefesselt war, hoben sich ihre Augenlider. Ihre Augen wirkten stumpf, und ihrem Blinzeln nach zu urteilen hatte sie Mühe, scharf zu sehen.

Er bückte sich, durchtrennte die Fessel an ihrem Fuß, schob das Jagdmesser in das Futteral an seinem Gürtel und zog sie auf die Füße.

Sie stöhnte und krümmte sich, während sie die gefesselten Hände auf ihre Rippen presste.

„Bitte … das tut weh."

Sie keuchte die Worte, so als könnte sie nicht richtig Luft holen.

Es spielte keine Rolle. Sie würde sowieso nicht mehr lange atmen.

Er beachtete ihr Stöhnen nicht und zerrte sie zum Auto, wo er sie auf den Beifahrersitz drückte. Sie beugte sich vor, und als er die Tür schloss, sah er ein Glänzen auf ihren Wangen.

Sieh mal einer an. Er hatte eine Richterin zum Weinen gebracht! So wie zahllose Kollegen von ihr rechtschaffene Bürger zum Weinen brachten, wenn sie ihre Macht benutzten, um die Gerechtigkeit zu untergraben und die Freiheit auszuhöhlen.

Aber wenn sie nicht in ihrem Gerichtssaal waren, saßen sie plötzlich nicht mehr auf ihrem hohen Ross.

Er ging wieder zur Hütte, schloss die Eingangstür ab, sicherte sie zusätzlich mit einem Vorhängeschloss und kehrte dann zum Wagen zurück. Als er den Schlüssel ins Zündschloss steckte und den Motor anließ, warf er ihr einen kurzen Blick zu.

Sie zitterte. Heftig. Und ihre Augen waren eingefallen. So, als könnte sie nicht mehr ertragen.

Schade.

Denn das dramatische große Finale lag schließlich noch vor ihnen.

Ein Finale, das im ganzen Land Schlagzeilen machen würde – und allen Patrioten da draußen als Aufruf an die Waffen dienen sollte. Endlich würden sie sich in den Kampf um die unveräußerlichen Rechte einschalten, für die ihre Gründerväter so leidenschaftlich gekämpft hatten.

* * *

Reynolds' Hütte war leer.

Nachdem sie sich unbemerkt genähert hatten und kein Anzeichen für Bewegung oder einen Hinweis auf ein Fahrzeug feststellen konnten, hatten die Marshals einen Fensterladen aufgehebelt. Ein Blick durch das schmutzige Fenster reichte aus, um zu bestätigen, dass niemand hier war.

Als Jake diese Tatsache bewusst wurde, sank ihm das Herz. Er war überzeugt gewesen, dass Reynolds Liz hierher gebracht hatte. Sie alle waren sich sicher gewesen. Es war ihre einzige Hoffnung, sie noch rechtzeitig zu finden. Sie hatten keine weiteren Anhaltspunkte, denen sie nachgehen konnten.

Jetzt würde Liz sterben.

„Ich habe Spuren neben der Hütte gefunden." Todd gesellte sich zu der kleinen Gruppe, die sich vor dem Schuppen versammelt hatte. „Es gibt frische Reifenabdrücke in der Erde. Da sie nicht von dem sintflutartigen Regen weggespült wurden, der bis vor einer halben Stunde hier gefallen ist, glaube ich, dass der Fahrer erst vor kurzem aufgebrochen ist."

Ein winziger Hoffnungsfunke flackerte in Jakes Herz auf. Vielleicht waren sie ja doch nicht zu spät gekommen.

Es sei denn …

Er wollte diese Möglichkeit nicht in Erwägung ziehen, aber sie mussten jedes Szenario überprüfen. „Ein paar Leute müssen im Wald nach einer möglichen umgegrabenen Stelle suchen."

Er konnte sich einfach nicht überwinden, das Wort „Grab" auszusprechen.

„Clair und ihre Leute sind auf dem Weg", erwiderte Mark.

Jake wandte sich an ihre Chauffeure – zwei Autobahnpolizisten, die sich im Hintergrund hielten – und winkte sie herüber.

„Wir glauben, dass unser Mann sich noch hier in der Gegend aufhält. Sie müssen dafür sorgen, dass die Polizei der Region über die Fahndung des FBIs informiert ist und Nummernschild und Fahrzeugbeschreibung hat."

Während die beiden zu ihren Fahrzeugen zurückliefen, ging

Jake zur Tür der Hütte. „Da es Liz gelungen ist, auf dem Tisch in der Wohnung einen Hinweis zu hinterlassen, vermute ich, dass sie es hier auch versucht hat. Wir müssen da rein. Jetzt."

Niemand widersprach. Todd holte ein stabiles Brett von dem Stapel in der Nähe, und mehrere kräftige Schläge von oben auf die Verriegelung des Vorhängeschlosses ließen den Verschluss aufschnappen. Doch auch das Türschloss war abgesperrt.

„Soll ich einen von meinen Schlagschlüsseln ausprobieren, um das Steckschloss aufzukriegen, bevor wir die Tür eintreten und vielleicht Beweismaterial vernichten?" Todd holte ein Schlüsselset aus der Tasche und klimperte damit.

„Du trägst Schlagschlüssel mit dir herum?" Jake zog eine Augenbraue hoch. Schlüssel zum Öffnen fast aller gängigen Schlösser gehörten nicht zu der Standardausrüstung eines Marshals.

Todd zuckte mit den Schultern. „Man weiß nie, wann man einen braucht."

„Also gut, versuch dein Glück. Du hast dreißig Sekunden."

Er brauchte nur zwanzig.

Als die Tür aufschwang und Todd zur Seite ging, trat Jake über die Schwelle. „Ich brauche Licht hier drin."

Während ein anderes Mitglied der Spezialeinheit loslief, um eine der leistungsstarken Stablampen von den Autobahnpolizisten zu holen, sah Jake sich im dämmrigen Raum um. Die Möbel waren spartanisch und einfach. Ein Bett mit Decken. Ein gepolsterter Sessel, der seine Füllung verlor. Ein kleiner Tisch mit einer Laterne darauf. Ein Holzofen. Zwei Hängeschränke mit einer angeschlagenen Resopal-Arbeitsplatte darunter. Ein schäbiger Tisch mit einem Stuhl. Ein passender Stuhl stand an der Wand, in der Nähe eines Stützbalkens.

Jakes Blick blieb darauf ruhen. Warum standen nicht beide Stühle am Tisch? Wenn Reynolds abseits vom Tisch sitzen wollte, war dann der Sessel nicht die wahrscheinlichere Wahl als ein harter Stuhl?

„Hier ist die Lampe."

Jake packte sie, schaltete sie ein und leuchtete den Stuhl an. Er war kein Techniker, aber er hatte einen guten Blick. Obwohl er nicht vorhatte, den Ort für die Beweissicherung zu verunreinigen, suchte er nach einem Anhaltspunkt dafür, dass Liz hier gewesen war.

Er ließ den Lichtstrahl über den Stuhl und über den Fuß des Stützbalkens gleiten. Zuerst sah er nichts. Aber als er zum zweiten Mal den Balken absuchte, meinte er eine kleine Farbveränderung des Holzes dicht über dem Boden zu erkennen.

Er ging in die Hocke und sah sich die Stelle genauer an.

„Hast du was gefunden?“ Mark trat näher.

Jake zeigte auf den helleren Streifen an dem Balken. „Das ist abgerieben.“

„Als wäre jemand dort festgebunden gewesen und hätte versucht zu fliehen“, überlegte Mark.

„So sehe ich das auch.“ Er leuchtete mit der Lampe am Fuß der Wand entlang. Eine kleine, ungleichmäßige Form, die halb unter den Balken geschoben war, fiel ihm ins Auge. Er zog sein Messer vom Gürtel, klappte es auf und begab sich auf Hände und Knie. Die Stablampe reichte er Mark.

„Leuchte mal hierher.“ Er zeigte auf das Objekt.

Als der Lichtstrahl darauffiel und Jake sich vorbeugte, erkannte er, was es war.

Ein Fingernagel.

Mit der Messerklinge holte er ihn heraus und drehte ihn um. Sein Atem stockte.

„Sie war hier.“

„Woher weißt du das?“ Mark bückte sich, um genauer hinzusehen.

„Das ist die Farbe des Nagellacks, den sie immer trägt.“

Jake erhob sich und verließ die Hütte. Draußen gab er den beiden Autobahnpolizisten ein Zeichen, sich zu den anderen zu gesellen, und informierte sie kurz.

„Wir brauchen jeden verfügbaren Beamten in einem Umkreis

von fünfzig Meilen für diese Sache", schloss er. „Aber ich will nicht, dass irgendjemand eingreift, es sei denn, es geht um Leben und Tod. Die Marshals müssen diese Rettungsaktion regeln. Sie beide" – er zeigte auf die Männer von der Autobahnpolizei – „informieren die Kollegen von der Bezirkspolizei und erklären ihnen die Situation. Todd, ruf Matt an. Frag ihn, wann die anderen hier sind. Mark, kannst du dasselbe bei deinen Leuten abfragen?"

Der Agent zog bereits sein BlackBerry heraus. „Schon dabei."

Jake drehte sich zu Todd um. Sie waren in derselben Spezialeinheit und hatten schon viele schwierige Aufträge gemeinsam bewältigt, darunter auch hochriskante Verhaftungen und Durchsuchungen. Todd war einer der besten Scharfschützen in der Gruppe. Und nach einer Woche Fortbildung waren seine Fähigkeiten messerscharf.

„Es kann sein, dass wir dich hierfür brauchen."

„Ich hoffe, dass es nicht dazu kommt."

Normalerweise teilte Jake diese Ansicht. Er bevorzugte Verhaftungen, die glattliefen und bei denen niemand verletzt wurde.

Aber als er zu der Hütte zurückblickte, in der Liz gefangen gewesen war, interessierte es ihn nicht im Geringsten, was mit Reynolds geschah.

Für ihn zählte nur, dass Liz gerettet wurde.

Unter allen Umständen.

* * *

„Hey, Colin … hast du das gehört?"

Colin drückte seine Zigarette auf dem nassen Boden aus und zog die rutschige Regenjacke zurecht, die sein Hinterteil von dem nassen Holz des gefällten Baumes trennte, während er Brian einen ärgerlichen Blick zuwarf. „Entspann dich, Mann. Selbst wenn wir erwischt werden, was können sie schon machen? Uns in den Knast stecken, weil wir ein paar Stunden Schule geschwänzt und im Wald geraucht haben?"

„Nein. Aber wegen dem Zeug da würden wir richtigen Ärger bekommen." Brian deutete mit dem Kopf auf den Rest des Sixpacks hinüber, das zwischen ihnen auf dem Baumstamm ruhte. Sie hatten das meiste davon im Auto getrunken, während sie darauf warteten, dass der Regen aufhörte, nachdem sie etwas abseits der wenig befahrenen Landstraße hinter ein paar Kiefern geparkt hatten. Aber es war besser, draußen zu rauchen. So gab es keinen verräterischen Rauchgestank in den Polstern. Also waren sie ausgestiegen und ein Stück gelaufen, bis sie einen guten Platz zum Sitzen gefunden hatten.

„Glaub mir. Niemand wird uns finden. Ich hab dir doch gesagt, dass ich das schon öfter gemacht habe. Wenn man früh abhaut, ist es ganz einfach. Wir verpassen nur das Mittagessen, die Hausaufgabenbetreuung und zwei –"

„Schhh!" Brian beugte sich vor und seine Haltung war angespannt. „Ich habe es wieder gehört. Das klingt wie Reifen auf Kies."

Colin tat seinem paranoiden Freund den Gefallen und tat so, als würde er lauschen, während er die nächste Zigarette aus der Packung zog. Er hörte nur das Zwitschern der Vögel, das Rascheln der toten Blätter, die noch an den Bäumen hingen, das …

Er erstarrte. Jetzt hatte er es auch gehört. Und es kam näher.

„Okay. Wir hauen ab. Nimm das Bier."

Während Brian den Plastikträger mit den zwei vollen Dosen daran packte, steckte Colin die Zigaretten ein. Das Knirschen wurde lauter, und bevor sie fliehen konnten, sahen sie ein dunkelblaues Auto.

Die einzig gute Nachricht daran war, dass es sich nicht um einen Streifenwagen handelte.

Colin murmelte ein Wort, für das er sich von seinem Vater sicher eine Ohrfeige eingefangen hätte, und packte Brian am Arm, um ihn hinter eine Gruppe struppiger Zedern zu zerren.

„Wir müssen warten, bis er vorbeigefahren ist. Ich will nicht, dass er uns sieht."

Neben ihm hörte er Brians keuchenden Atem. Er spürte, wie der Junge zitterte. Angewidert schüttelte Colin den Kopf. Brian war für diese Art heimliche Unternehmung einfach zu schreckhaft. Er würde seine Trinkkumpane in Zukunft sorgfältiger auswählen müssen.

„Entspann dich, Brian." Er beugte sich zu seinem Klassenkameraden und flüsterte ihm die Anweisung ins Ohr. „Sobald er vorbeigefahren ist, laufen wir zum Auto."

Es war ein guter Plan. Colin war davon überzeugt, dass er funktionieren würde und sie unbemerkt davonschleichen konnten.

So lange, bis der Wagen am Rand des Schotterweges hinter ein paar Nadelbäumen hielt, sodass er von der Straße aus nicht zu sehen war.

Weniger als zehn Meter von ihrem Versteck entfernt.

Colin hätte das Wort noch einmal gesagt, nur stieg jetzt ein Mann aus dem Wagen, und Colin hatte Angst, dass man ihn hören konnte.

Er duckte sich tiefer hinter die Zedern und spähte durch eine winzige Lücke. Der Fahrer war ein alter Mann mit grauen Haaren. Er sah sich um, als wollte er sich vergewissern, dass ihn niemand beobachtete. So wie er und Brian es getan hatten, als sie sich diesen Flecken ausgesucht hatten.

Aber warum sollte ein Erwachsener sich Sorgen machen?

Es sei denn, er hatte etwas Illegales vor. Zum Beispiel Müll abzuladen. Das verstieß gegen irgendeine Ordnung. Sein Vater hatte vor ein paar Tagen beim Abendessen davon gesprochen. Viele Leute luden Sachen, die sie nicht so einfach loswerden konnten, z. B. kaputte Waschmaschinen oder so, am Straßenrand ab.

Doch das Auto dieses Typen war nicht groß genug, um so etwas darin zu transportieren.

Brian zitterte jetzt noch mehr, und Colin warf ihm einen finsteren Blick zu. Wenn sich dadurch der Baum, hinter dem sie sich versteckten, bewegte, könnte das die Aufmerksamkeit des Mannes auf sie lenken.

Er stieß Brian mit dem Ellenbogen an und formte tonlos die Worte: Entspann dich.

Doch es nützte nichts. Brian sah aus, als würde er sich gleich vor Aufregung übergeben.

Er war definitiv von Colins Spaßliste gestrichen.

Er spähte wieder zwischen den Ästen hindurch und sah, wie der alte Mann zur Beifahrerseite ging und die Tür aufmachte. Er griff hinein, und einen Augenblick später erschien eine grauhaarige Frau neben ihm. Er konnte nur ihren Rücken sehen, aber sie stand irgendwie gekrümmt. So als hätte sie Rheuma. Oder Magenkrämpfe.

Der Kerl zerrte sie vorwärts in Richtung Motorhaube und sie stolperte.

Das Stöhnen, das folgte, ließ einen Schauer über Colins Rücken laufen.

Und als sie sich umdrehte, sodass er ihr Gesicht sehen konnte, machte sein Herz erschrocken einen Satz. Sie hatte einen üblen blauen Fleck auf einer Seite des Gesichts und ihr Auge war richtig schwarz. Außerdem sah es so aus, als wollte sie nicht hier sein. Der Typ zerrte sie weiter. Er zwang sie.

Hier war irgendetwas faul.

„Colin." Brians eindringliches Flüstern erinnerte ihn an seinen Gefährten. „Hast du das Gesicht von der Frau gesehen?"

„Ja."

„Glaubst du, der Kerl hat ihr das angetan?"

„Ich weiß nicht."

„Warum bringt er sie in den Wald?"

„Ich weiß nicht."

„Meinst du, wir sollen die Bullen rufen?"

Das Paar verschwand den Schotterweg hinunter, und Colin

runzelte die Stirn. „Die können den Anruf zu meinem Handy zurückverfolgen. Wie soll ich erklären, warum ich hier bin und nicht in der Schule? Dann bin ich geliefert. Mein Alter gibt mir Hausarrest bis wer weiß wann."

„Ja, aber die Frau sieht aus, als bräuchte sie Hilfe. Was ist, wenn wir hinterher rausfinden, dass er irgendwas Schlimmes mit ihr gemacht hat, und wir wissen, dass wir es hätten verhindern können? Mann, dann müssen wir unser ganzes Leben lang mit dieser Schuld rumlaufen."

Brian hatte nicht unrecht.

„Soll ich anrufen?"

Als Brian sein Handy herauszog, war Colin versucht, ihn den ganzen Ärger abbekommen zu lassen. Aber das war nicht fair. Er war es schließlich gewesen, der die Idee gehabt und Brian überredet hatte. Wenn jemand Ärger bekam, sollte er es sein.

Ein erstickter Schrei der Frau hallte im Wald wider und ließ ihn schlagartig aktiv werden.

Er klappte sein Handy auf und tippte den Notruf ein.

* * *

Sie stöhnte viel zu laut.

Martin beschleunigte seine Schritte. Er hätte sie knebeln sollen, bevor er sie aus dem Auto gezogen hatte. Es war zwar außer ein paar Rehen niemand hier, der sie hören könnte. Aber sobald er bei dem Unterstand war, würde er sie zum Schweigen bringen. Er wollte nicht das Risiko eingehen, dass jemand sie schreien hörte. Und ohne Knebel würde sie eine Menge schreien.

Der baufällige Verschlag tauchte vor ihnen auf, ein Stück abseits des Schotterweges in der Mitte einer Lichtung gelegen, die einen Durchmesser von ungefähr dreißig Metern hatte. Es war kein Ort, an dem er übernachten wollte, so den Elementen ausgesetzt, wie man es hier war. Aber der Besitzer gehörte zu einer Art Bergverein und kam gerne in seinen Lederklamotten hierher, um mit seinem Schwarzpulvergewehr zu schießen und im Freien zu schlafen.

Die Geschmäcker waren offensichtlich verschieden.

Trotzdem war Martin froh, dass er Jeff in dem Café in der Nähe von Potosi kennengelernt hatte, wo er an einem seiner ersten Wochenendausflüge zu seiner Hütte vor einem Jahr gefrühstückt hatte. Das Café war gerammelt voll gewesen, und der Mann hatte sich auf den Hocker neben seinem an die Bar gesetzt. Er war wirklich nett gewesen, und sie hatten sich unterhalten. Als Martin ihm erzählt hatte, dass er eine Hütte in der Gegend besaß, aber nicht genug Land, um eine gute Jagd zu gewährleisten, hatte Jeff ihn eingeladen, auf seinen hundertzwanzig Hektar Land zu jagen. Das hatte er auch einige Male getan. Jeff hatte ihm auch angeboten, er könne seine „Hütte" benutzen, und dann erklärt, dass es sich eigentlich nur um einen Unterstand handelte, der ihn vor Wind und Regen schützte.

Wer hätte gedacht, dass dieser Verschlag mal einem höheren Zweck dienen würde?

Als Martin an seinem Ziel angekommen war, zog er die Richterin in die offene Holzkonstruktion hinein und stieß sie gegen die einzige Seitenwand. Nachdem er sich auf ein Knie niedergelassen hatte, kramte er in seiner Tasche und holte einen Streifen Stoff heraus.

Der Kopf der Richterin hing auf einer Seite und ihre Augen waren halb geschlossen. Wenn sie den Mund öffnete, um wieder zu stöhnen, würde es einfach sein, ihr den Stoff zwischen die Zähne zu schieben, daran zu ziehen und ihn hinter ihrem Kopf zu verknoten.

Sie riss voller Angst die Augen auf, als er sie knebelte. Als wüsste sie, dass das Ende nahe war.

Es fühlte sich gut an.

Gerecht.

Patriotisch.

Wegen ihm würde es in ein paar Minuten eine Richterin weniger geben, die Amerika aussaugte und zerstörte.

Er zog zwei Plastikfesseln aus seiner Jackentasche. Mit einer band er ihre Fußgelenke zusammen. Sie wehrte sich ein wenig, aber ein Stoß mit dem Ellenbogen in ihre Rippen war genug. Sie sackte stöhnend zusammen.

Mit der anderen Fessel befestigte er ihre Handgelenke an einem Eisenhaken, der über ihrem Kopf tief in das Holz des Unterstands eingelassen war. Vielleicht hatte Jeff dort eine Laterne aufgehängt oder eine Feldflasche. Als er ihre Arme nach oben zog, entwich ihrer Kehle ein tiefer Laut und er sah sie noch einmal an. Ihre Züge waren schmerzverzerrt, ihre Miene flehend. Als glaubte sie, er würde Mitleid mit ihr haben.

Ganz bestimmt nicht.

Mit ihm hatte nie jemand Mitleid gehabt. Die Regierung nicht. Sein Arbeitgeber nicht. Sein Vater nicht. Warum sollte er auch nur einen Hauch von Mitgefühl für eine korrupte Richterin empfinden, der es Spaß machte, das Leben anderer Menschen zu kontrollieren?

Er trat aus dem Unterstand und holte die in Plastik eingepackten Strohballen, die er unter den Ästen der Zedern im Wald versteckt hatte. Dann lief er zum Wagen zurück, um sein Gewehr zu holen – nur für den Fall – und um die Plastikfolie vom Beifahrersitz und aus dem Fußraum zu entfernen. Er nahm das Stroh auf den Arm und ging damit zu dem Unterstand zurück, wo er es um die Richterin herum verteilte. In ein paar Minuten würden jede Spur und jeder Fingerabdruck dahinschmelzen.

Zusammen mit der Richterin.

Kapitel 22

In der improvisierten Kommandozentrale, die sie in Reynolds' Hütte eingerichtet hatten, versuchte Jake die Tatsache zu ignorieren, dass der Wald um sie herum durchsucht wurde. Er wollte lieber glauben, dass Liz noch am Leben war.

Nur so konnte er sich konzentrieren. Und die Fassung bewahren.

Er gab Todd ein Zeichen, sich ihm anzuschließen, und ging zu den Reifenspuren hinüber, die der andere Marshal entdeckt hatte. Wenn es dort Reifenabdrücke gab, gab es vielleicht auch Fingerabdrücke.

Zwei Paar, hoffte er.

Der steinige Untergrund hatte nicht viel zu bieten. Aber als er die Reifenspuren genau untersuchte und sich dort umsah, wo er den Standort des Wagens vermutete, bemerkte er eine Vertiefung, die aus der Entfernung aussah wie ein Schuhabdruck.

Als er darauf zuging, folgte Todd ihm. „Hast du was gesehen?"

Er zeigte auf den aufgewühlten Boden. „Das könnte ein Abdruck sein."

Todd blinzelte, als sie näherkamen. „Könnte sein."

Jake blieb etwa dreißig Zentimeter vor der Stelle entfernt stehen und ging in die Hocke, um die Vertiefung zu begutachten. Es war definitiv ein Schuhabdruck. Eher von einem Stiefel, der Größe nach zu schließen.

Aber es war der Matsch daneben, der seine Aufmerksamkeit erregte. Dort schien ein deutlich kleinerer Teilabdruck zu sein.

Ja!

Todd kniete sich neben ihn. „Es sieht aus, als hätte er etwas geschleift – oder jemanden."

„Stimmt. Oder jedenfalls teilweise gezogen." Er bemühte sich, den neuen Funken Hoffnung nicht zu sehr aufflackern zu lassen und seine linke Gehirnhälfte einzusetzen. „Ich sehe einen Teil von einem Schuhabdruck. Das bedeutet, dass Liz noch aufrecht stand, als sie hier weggefahren wurde. Und wenn sie erst seit …"

Sein BlackBerry fing an zu vibrieren und er zog es vom Gürtel, um auf das Display zu blicken. Die angezeigte Nummer sagte ihm nichts.

„Taylor."

„Marshal Taylor, hier ist Hal Davis, Polizeichef in Potosi. Die Autobahnpolizei hat mich an Sie weitergeleitet. Wir hatten gerade einen Anruf von zwei Jugendlichen, die etwa sechs Kilometer von Ihrem Standort entfernt etwas Verdächtiges beobachtet haben. Es handelt sich um einen grauhaarigen Mann und eine ältere Frau, die verletzt zu sein schien. Der Mann hat seinen Wagen hinter ein paar Tannen geparkt, sodass er von der Straße aus nicht zu sehen ist, und ist dann mit der Frau einen Schotterweg hinuntergegangen, der auf ein Grundstück führt. Die Jungen haben kein Kennzeichen erkannt, aber die Farbe passt zu Ihrer Fahndung. Ich habe einen Beamten in Ihrer Gegend, der gleich bei Ihnen eintreffen müsste. Er kann Sie zu dem Ort führen."

Jakes Puls fing an zu rasen. Er gab Todd und den anderen Marshals, die sich auf dem Gelände umsahen, ein Zeichen, während er aufstand und zu den Fahrzeugen rannte, die zweihundert Meter von der Hütte entfernt geparkt waren.

„Gut. Wir sind schon auf dem Weg zur Hauptstraße. Sagen Sie Ihrem Beamten, dass wir ihn dort treffen. Gibt es irgendwelche Gebäude auf dem Grundstück?"

„Nicht, dass wir wüssten."

„Wie weit geht die Straße?"

„Darüber habe ich keine Informationen. Die Parzelle ist 120 Hektar groß, aber die meisten Eigentümer bauen keine langen Straßen, weil es zu teuer ist. Die Wege führen nur ein wenig von der Hauptstraße weg."

„In Ordnung. Sagen Sie Ihrem Beamten, dass er keine Sirene einsetzen soll. Wir halten hundert Meter von der Einfahrt entfernt und gehen zu Fuß weiter. Ich will nicht, dass er uns bemerkt."

„Alles klar."

„Außerdem brauche ich einen Rettungswagen in der Nähe. Achten Sie darauf, dass wenigstens ein Rettungsassistent dabei ist. Sie sollen vierhundert Meter entfernt warten, bis wir ihnen ein Zeichen geben."

„Verstanden."

Jake beendete das Gespräch und blieb neben den SUVs der Autobahnpolizei stehen, die sie hergebracht hatten. Die anderen Marshals versammelten sich um ihn, während er die Informationen weitergab.

„Wir schwärmen aus und nähern uns durch den Wald." Er platzierte den Sender in seinem Ohr, während er knappe Anweisungen gab, und die Kollegen taten es ihm gleich. „Wir gehen davon aus, dass unser Mann nicht sehr weit reingeht. Wenn Liz verletzt ist, wird er sie nicht weit transportieren wollen. Los geht's."

Als sie sich auf die beiden Wagen verteilt hatten und bei der Hauptstraße ankamen, wartete der Streifenwagen schon auf sie. Jake gab dem Beamten durchs Fenster ein Zeichen, loszufahren. Der Mann gab Vollgas und sie folgten ihm, dass der Schotter aufstob.

Er zog sein Handy heraus und wählte Matts Nummer. Als sein Boss abnahm, gab er ihm einen kurzen Bericht.

„Wir brauchen außerdem so bald wie möglich einen Ambulanzhubschrauber", schloss er seine Erklärungen.

„Ich kümmere mich darum. Rettet ihr die Richterin."

„Das habe ich vor."

Als er auflegte und sie die zweispurige Straße hinunterrasten, schickte Jake sieben lautlose Worte gen Himmel.

Bitte, Herr – lass uns rechtzeitig da sein!

* * *

Sie konnte nicht atmen.

Jedes Mal, wenn Liz versuchte, Luft in ihre Lungen zu saugen, explodierte der Schmerz in ihrer Brust.

Sie spürte die nahe, schemenhafte Gegenwart des Todes.

Hinter ihren Augen baute sich Druck auf, aber es kamen keine Tränen. Durch einen Schleier aus Schmerz und Schwindel sah sie zu, wie ihr Peiniger sich zu ihren Füßen zu schaffen machte, während sie versuchte, winzige Atemzüge zu machen, die keine weiteren Qualen bedeuteten. Es funktionierte nicht. Egal, wie leicht ihre Brust sich hob und senkte, immer spürte sie einen brennenden Schmerz.

Sie konnte nicht einmal schreien. Der Knebel hatte sie nicht nur zum Schweigen gebracht, sondern auch noch das letzte bisschen Feuchtigkeit aus ihrem Mund gesogen. Ihre Zunge fühlte sich rissig und ausgetrocknet an.

Auf einmal zog ihre Schulter sich in einem Muskelkrampf zusammen und sie schnappte nach Luft angesichts dieser neuen Qual. Sie versuchte, ihre Position zu verändern und die Knie hochzuziehen, die Schultern nach hinten zu drücken – alles, um den Krampf zu lindern. Aber die Schwäche hatte ihren Gliedern die Fähigkeit geraubt, den Befehlen ihres Gehirns zu gehorchen.

Ihr Körper versteifte sich, während der Krampf an ihrer Schulter zerrte, und eine Verzweiflung, die so tief war, wie sie es noch nie erlebt hatte, so zerstörerisch in ihrer Intensität, sog alle Hoffnung aus ihr.

Ihr ganzes Leben lang hatte sie gekämpft. Sie war eine Frau, die nichts davon hielt, aufzugeben. Die immer gekämpft hatte, um zu überleben. Um zu ertragen. Deshalb hatte sie auch mit aller Kraft versucht zu fliehen. Hatte bei jeder Gelegenheit, die sich ihr bot, Hinweise hinterlassen.

Aber jetzt war sie an ihre Grenze gekommen.

Sie war bereit, ihre Niederlage einzugestehen.

Bis der stechende Geruch von Kerosin in ihr schwindendes Bewusstsein drang und ihre Aufmerksamkeit wieder auf ihren Entführer lenkte.

Sie blinzelte und versuchte, ihren Blick zu fokussieren. Jetzt war um den Unterstand herum Stroh aufgeschichtet, so hoch, dass sie kaum darüber hinwegsehen konnte.

Und Reynolds tränkte es mit überlegten, leidenschaftslosen Bewegungen mit Kerosin.

Ein Spritzer von der giftigen Flüssigkeit traf ihr Gesicht und lief über ihr Kinn bis auf den Lumpen in ihrem Mund, der sich damit vollsog. Der Geschmack ließ sie würgen, aber ihr Magen enthielt nichts, was sie hätte hochwürgen können.

Als sie sich des letzten Schreckens bewusst wurde, griffen Ekel und Angst nach ihr.

Nein!

Sie versuchte das Wort zu schreien.

Der Knebel aber dämpfte ihren Schreckensschrei. Doch er konnte nicht den Adrenalinstoß unterdrücken, der sie durchfuhr und ein letztes Aufflackern panischer Energie auslöste. Sie war bereit gewesen zu sterben. Aber nicht so. Nicht aufgefressen von Flammen.

Verzweifelt riss sie an der Fessel, die ihre Handgelenke umschloss. Wieder und wieder. Und noch einmal.

Aber sie gab nicht nach.

Dann entzündete Reynolds ein Streichholz und warf es in ihre Richtung. Noch eines. Und noch eines. Als würde er irgendein makabres Jahrmarktspiel spielen.

Als die Flammen anfingen, am Stroh emporzuzüngeln, und der Rauch in ihre Richtung wehte, sprach er endlich.

„Leben Sie wohl, Richterin. Und auf Nimmerwiedersehen!"

* * *

Jake sprang aus dem Fahrzeug und lief auf den Wald zu, noch bevor das SUV ganz zum Stillstand kam. Er gab den anderen Marshals ein Zeichen auszuschwärmen und stürmte ins Unterholz, froh darüber, dass ein Großteil der Zweige vom Frost abgestorben war.

Er kam gut voran, als eine Rauchwolke über den Bäumen seine Aufmerksamkeit erregte – und seinen Puls beschleunigte.

„Ich sehe Rauch. Zugriff!" Während er die kurze Anweisung in das Mikrofon an seiner Ärmelmanschette sprach, fing er an zu rennen.

Dreißig Sekunden später kam er auf eine kleine Lichtung. Er konnte Rauchschwaden sehen und durch sie hindurch eine Art Unterstand. Hier und da züngelten Flammen nach oben.

Dann, als ein Windstoß den Rauch für einen Augenblick zur Seite wehte, sah er Liz.

Mitten in diesem Inferno.

Er flüsterte ein Wort, das er nur selten benutzte.

„Was ist los?" Todds Stimme.

„Ich sehe Liz. Sie ist in dem Unterstand. Ich gehe rein." Er rannte auf die Flammen zu, während das Adrenalin durch seinen Körper strömte. „Wir müssen –"

Das Krachen eines Schusses hallte im Wald wider.

Er stammte nicht aus einem von ihren Gewehren.

Jake warf sich zu Boden, als auch schon eine zweite Kugel an ihm vorbeiflog, so dicht, dass er den Luftzug spürte.

Sein Blick blieb auf den Unterstand geheftet, der noch immer zehn Meter entfernt war, während er sich flach auf den Boden presste. Jetzt konnte er auch das Kerosin riechen. Reynolds hatte einen Brandbeschleuniger benutzt.

Sie hatten sehr wenig Zeit.

„Jake – bist du getroffen worden?“ Marks angespannte Frage ertönte in Jakes Ohr.

„Nein. Aber ich kann nicht aufstehen, bis wir den Typen haben.“ Er versuchte, die Panik und Verzweiflung nicht in seiner Stimme mitschwingen zu lassen. „Todd … siehst du ihn?“

„Noch nicht. Aber ich arbeite dran.“

Sein Blick ging wieder zu dem Unterstand, während der Rauch und die Flammen mit jeder Sekunde dichter wurden. Die Angst schnürte ihm die Kehle zu. Er durfte Liz nicht verlieren. Nicht jetzt, wo sie so dicht dran waren.

Nicht jetzt, wo er sich ein Leben ohne sie nicht mehr vorstellen konnte.

„Mach schneller! Wir haben nur noch Sekunden!“

* * *

Wie in aller Welt hatten sie ihn gefunden?

Martin hockte hinter ein paar großen Felsbrocken am Waldrand. Gut, dass er noch einmal über die Schulter gesehen hatte, als er zu seinem Auto zurückgelaufen war, denn sonst hätte er den Kerl verpasst, der auf den Unterstand zulief.

Wenn er nicht noch einmal nachgesehen hätte, wäre die Richterin vielleicht mit dem Leben davongekommen.

Und das durfte er nicht zulassen.

Er würde nicht ein zweites Mal versagen.

Er spähte über die Felsbrocken hinweg und sah, dass der Mann noch immer am Boden lag. Ein Marshal oder FBI-Agent vielleicht, der Kleidung nach zu schließen. Und er bewegte sich nicht. Aber Martin war sich nicht sicher, ob er ihn getroffen hatte. Die Überraschung hatte sein ansonsten so sicheres Auge beeinträchtigt. Aber es spielte keine Rolle. Auch wenn der Mann nicht getroffen war, konnte er doch nicht aufstehen. Auf keinen Fall konnte er zu der Richterin gelangen, um sie zu retten. Das war alles, was zählte.

Außer … er war sicherlich nicht allein gekommen. Wahrscheinlich wimmelte es hier nur so vor Polizei.

Als die Erkenntnis ihn traf, verschlug es ihm den Atem.

Er würde hier nicht lebend rauskommen.

Sein Magen zog sich vor Angst zusammen. Er hatte nicht vorgehabt, bei der Erfüllung seiner Mission zu sterben.

Aber viele Patrioten hatten ihr Leben geopfert, als das Land damals seine ersten Schritte getan hatte. Tausende waren gestorben, als sie für Unabhängigkeit und Freiheit gekämpft hatten. Es war ein erhabener Weg abzutreten. Ein ehrenvoller Weg.

Ein merkwürdiger Friede legte sich auf ihn, als er sein Gewehr fester umfasste und den Blick über seine Umgebung schweifen ließ. Er musste sie nur noch ein bisschen länger aufhalten.

Dann würde er Stellung beziehen.

So wie im Amerikanischen Unabhängigkeitskrieg, so wie die Patrioten bei Bunker Hill.

Kapitel 23

„Ich habe ihn im Visier. Er ist hinter den Felsbrocken westlich der Schotterstraße."

Als Todds angespannte Worte an sein Ohr drangen, antwortete Jake, ohne zu zögern. „Schalte ihn aus."

Eine Sekunde später zerriss das Geräusch eines Schusses die Stille.

Jake wartete nicht auf Todds Okay. Der Widerhall war noch nicht verklungen, als er schon aufsprang und losrannte.

Als er sich dem Unterstand näherte, schlug ihm eine Hitzewand entgegen. Er hustete und spähte durch den wirbelnden Rauch, während er verzweifelt einen Weg durch den Feuerring suchte.

Ein plötzlicher Windstoß wehte die ätzende Wolke für einen kurzen Augenblick zur Seite. Lange genug, sodass Jake eine Stelle erkennen konnte, an der die Flammen das Stroh noch nicht erfasst hatten.

Er schützte sein Gesicht mit einem Arm, atmete tief ein, hielt die Luft an und trat die schwelenden Strohballen zur Seite, um anschließend zwischen ihnen hindurchzustürmen.

Der Rauch brannte in seinen Augen und er blinzelte, um etwas sehen zu können. Liz schien nicht von den Flammen erfasst worden zu sein, aber ihre Hände waren gefesselt und an einem

Haken in der Decke des Unterstands befestigt, ihr Kopf war auf die Brust gesunken.

Sie war bewusstlos.

Oder Schlimmeres.

Rauchvergiftung konnte schneller töten als Feuer.

Er verdrängte diese erschreckende Möglichkeit, zog sein Messer heraus und machte sich an der Nylonfessel zu schaffen. Die Hitze verbrannte seinen Oberarm, aber er ignorierte sie und sägte weiter.

Als die Fessel schließlich nachgab, fing er Liz mit den Armen auf. Bemüht, sie so gut wie möglich vor dem Feuer zu schützen, verließ er den Unterstand auf die gleiche Weise, wie er ihn betreten hatte. Die Flammen leckten an seinen Beinen, als er durch sie hindurch lief.

Dann waren sie in Sicherheit und er kniete sich hin und legte Liz vorsichtig auf die Erde. Er saß in der Hocke, holte tief Luft und wischte sich die tränenden Augen mit dem Ärmel ab.

„Der Rettungswagen kommt jede Sekunde." Todd sank neben Liz auf ein Knie und drückte seine Finger an ihren Hals. „Ich spüre einen Puls." Er durchtrennte den Knebel, beugte sich über sie und hielt seine Wange dicht vor ihren Mund. „Und sie atmet noch."

Zum ersten Mal in seiner beruflichen Laufbahn verlor Jake die Fassung. Tränen liefen über seine Wangen, während Todd kurzen Prozess mit den Fesseln machte, die Liz' Handgelenke und Knöchel zusammenhielten, aber jetzt konnte er nicht mehr den Rauch für seine Tränen verantwortlich machen. Nur am Rande nahm er das hektische Treiben um ihn herum wahr, denn alles, was er sah, war Liz. Ihr Gesicht war geschwollen und die Fesseln hatten tiefe Schürfwunden an ihren Hand- und Fußgelenken hinterlassen. Aber sie lebte.

Er beugte sich über sie und zog ihr die graue Perücke vom Kopf. Ihre blonden Haare fielen heraus und er berührte die seidigen Strähnen. Dann strich er ihr über die Wange.

Danke, Gott!

„Machen Sie bitte Platz, Sir."

Die Sanitäter schoben ihn unsanft zur Seite, und als er aufstand, hörte er das Geräusch des Ambulanzhubschraubers in der Ferne.

„Du musst deinen Arm behandeln lassen."

Er registrierte Todds Bemerkung kaum und runzelte nur abwesend die Stirn. „Was?"

„Dein Arm. Du hast da eine ziemlich üble Verbrennung."

„Das kann warten." Er tat seine eigene Verletzung mit einer Handbewegung ab und konzentrierte sich wieder auf Liz.

„Es gibt keinen Grund, warum sich nicht jemand deinen Arm anschauen sollte, während die anderen sich um Liz kümmern."

Bevor er protestieren konnte, winkte Todd einen dritten Sanitäter herbei. „Sehen Sie sich das mal an." Er zeigte auf Jakes Oberarm.

Verärgert drehte Jake sich zu seinem Teamkollegen um. „Lass gut sein, ja?"

Der Sanitäter jedoch untersuchte ihn bereits. „Sieht aus wie eine Verbrennung zweiten Grades. Wenn Sie sich auf den Stein da drüben setzen, kann ich Sie besser behandeln."

„Ich gehe nirgendwohin."

„Gut." Todd legte eine feste Hand auf Jakes gesunde Schulter. „Dann setz dich hier hin."

Normalerweise hätte Jake sich losgerissen und dem anderen Marshal gesagt, er solle ihn in Ruhe lassen. Aber aus irgendeinem Grund gaben seine Beine unter ihm nach. Er kapitulierte und sank auf die Knie, um dann wieder in die Hocke zu gehen, nie mehr als eine Armlänge von Liz entfernt.

Während der Sanitäter seinen Ärmel aufschnitt und sich an die Arbeit machte, verdrängte er den Schmerz in seinem Arm und konzentrierte sich auf die knappen Bemerkungen der medizinischen Helfer, die Liz behandelten. Sie hatten bereits eine Sauerstoffmaske über ihre Nase gezogen, ihren Blutdruck gemessen und versuchten jetzt ohne viel Erfolg, eine Infusion in Gang zu bekommen. Er hörte Wörter, die ihm nicht gefielen.

Schock.

Dehydrierung.

Kohlenmonoxidvergiftung.

Plötzlich fing einer der Sanitäter an, ihren Pullover aufzuschneiden.

„Was ist los?“ Er beugte sich ruckartig vor, und der Sanitäter, der seinen Arm behandelte, protestierte: „He!“ Jake ignorierte ihn.

„Mit all diesen Klamotten können wir die Werte nicht genau messen.“

Als der Mann durch ihr Sweatshirt und dann ihren Pullover schnitt, schob sich der untere Rand ihrer Bluse hoch.

Was darunter zum Vorschein kam, waren großflächige blaue und schwarze Flecken.

Jake sog scharf die Luft ein.

Der Sanitäter untersuchte sie kurz. „Wir haben möglicherweise ein paar gebrochene Rippen. Vielleicht innere Verletzungen.“ Er schob den Pullover beiseite, nahm sein Stethoskop und hörte ihr Herz ab.

Endlich war es dem Rettungsassistenten gelungen, die Infusion zu legen. Aber er hatte noch mehr schlechte Neuigkeiten.

„Wir müssen intubieren.“

Der zweite Sanitäter blickte auf. „Atemwegsödem?“

„Ja.“ Noch während er antwortete, zog der andere Mann ein in Plastik eingeschweißtes Päckchen heraus und riss es auf. Er holte einen Schlauch daraus hervor und schob ihn in Liz' Nase und ihren Rachen hinunter, dann schloss er den Sauerstoff an.

„Was ist denn los?“ Jake nahm am Rande wahr, dass der Sanitäter, der sich um seinen Arm kümmerte, seine Arbeit wieder aufgenommen hatte.

„Die Atemwege scheinen geschwollen zu sein. Wir wollen nicht, dass sie sich verschließen.“

Jake legte eine Hand auf Liz' Bein. „Wird sie …" Seine Stimme klang rau und er räusperte sich. „Wird sie es schaffen?"

„Ich hoffe es."

Die unverbindliche Antwort tat nichts, um die Angst in Jakes Magen zu vertreiben.

Die Sanitäter des Ambulanzhubschraubers kamen, und während die beiden Rettungsteams sich über ihren Patienten austauschten und Liz für den Transport vorbereiteten, stand Jake auf. Todd erschien neben ihm.

„Ich fliege mit dem Hubschrauber." Jake hielt den Blick fest auf Liz gerichtet.

„Ich auch. Unser Personenschutzauftrag ist noch nicht beendet."

„Klar." Jake presste den Mund zu einer grimmigen Linie zusammen. „Sie braucht uns unbedingt, weil wir ja so eine großartige Arbeit geleistet haben."

Die Sanitäter hoben Liz hoch und Jake wollte ihnen folgen.

„He, ich bin noch nicht fertig!" Wieder protestierte der Helfer, der seinen Arm behandelte.

„Doch, das sind Sie."

„Dann lassen Sie mich wenigstens das hier draufmachen." Er hielt einen Verband hoch.

Jake ließ die Gruppe, die sich dem Helikopter näherte, nicht aus den Augen. „Zehn Sekunden."

Der Sanitäter legte den Verband auf und klebte ihn fest. „Die sollen das im Krankenhaus weiterbehandeln."

„Gut. Danke."

Als er loslief, um Liz einzuholen, schloss Todd sich ihm an. Einen Augenblick später kamen sie an der Gruppe von Felsbrocken vorbei, an der Reynolds zum letzten Mal Stellung bezogen hatte. Er lag dort, wo er hingefallen war, auf dem Boden, sein Körper in einem merkwürdigen Winkel verdreht.

Jake gönnte ihm nicht mehr als einen flüchtigen Blick.

Normalerweise spürte er wenigstens einen Anflug von Bedauern, wenn sie jemanden erschießen mussten. Für ihn war das Leben heilig. Selbst ein irregeleitetes Menschenleben.

Aber als er an Reynolds vorbeilief, fühlte er nichts außer Feindseligkeit. Und Erleichterung.

* * *

Jeder Atemzug, jede Bewegung schmerzte.

Aber die Schmerzen hatten ein wenig nachgelassen.

Warum?

Liz schlug die Augen auf und runzelte die Stirn. Über ihrem Gesicht war eine Art Maske, die ihre Sicht behinderte. Sie versuchte den Arm zu heben, um die Maske zu entfernen, aber ein stechender Schmerz hielt sie zurück. Sie bewegte den Kopf ein wenig und blinzelte zu ihrem Ellenbogen hinunter. Aber sie sah nicht richtig scharf. Und ihr Gehirn funktionierte auch nicht besonders.

„Es ist gut, Liz. Bleib ruhig liegen. Das wird wieder."

Eine Stimme, die wie die von Jake klang, kam von der anderen Seite. Doch sie klang tiefer als sonst. Und ein wenig zittrig.

Eine warme Hand umschloss ihre mit zärtlichem Griff, und sie drehte den Kopf.

Es war wirklich Jake. Auch wenn er dem Mann, den sie kannte, nicht sehr ähnlich sah. Falten durchzogen sein ausgezehrtes Gesicht, er hatte dunkle Schatten unter den Augen und auf einer Wange war ein Rußfleck.

Sie versuchte zu sprechen, aber heraus kam nur ein Krächzen.

„Entspann dich einfach, Liz. Versuch nicht zu reden. Du wirst von dem vielen Rauch noch eine Weile heiser sein. Jetzt bist du in Sicherheit. Im Krankenhaus."

Rauch. Krankenhaus.

Mit einem Mal kam die Erinnerung zurück. Die Entführung. Die Hütte. Das Feuer. Ihre Fügung in ihr Schicksal.

Aber irgendwie hatte sie überlebt.

Und sie hatte den starken Verdacht, dass ihre Rettung von dem Mann in die Wege geleitet worden war, der jetzt neben ihr stand. Der Mann, der einen großen weißen Verband am Arm trug, wo der Ärmel seines langärmeligen schwarzen T-Shirts abgeschnitten worden war.

Sie zog ihre Hand aus seiner und zeigte mit hochgezogenen Augenbrauen auf den Verband.

Er tat ihre wortlose Frage mit einem Schulterzucken ab. „Das ist eine kleine Verbrennung. Mir geht es gut." Er beugte sich vor und streichelte ihre Wange, und seine Berührung war unendlich zärtlich, seine samtbraunen Augen voller Liebe und Fürsorge und Wärme – und es lag ein Gefühl darin, das tiefer ging als nur Zuneigung.

Vielleicht war sie doch gestorben und in den Himmel gekommen.

Eine Krankenschwester erschien neben ihm und beugte sich über sie. „Sie sind wach. Das ist gut. Auf einer Skala von eins bis zehn, wenn zehn das Schlimmste ist, wie sind die Schmerzen?"

Liz hob erst fünf Finger, dann drei.

„In Ordnung. Wir können noch ein bisschen Schmerzmittel zugeben."

Als die Schwester sich an der Infusion zu schaffen machte, ergriff Liz wieder Jakes Hand. Ihre Stimme war nicht da, aber er sollte wissen, dass das Gefühl, das sie in seinen Augen gesehen hatte, dem entsprach, das in ihrem Herzen wohnte.

Die Welt fing an zu verschwimmen, als das Schmerzmittel zu wirken begann, aber bevor sie sich fallen ließ, bevor sie in den Schlaf sank, glaubte sie, ihn fünf wundervolle Worte flüstern zu hören.

„Die Zukunft gehört uns, Liz."

* * *

Drei Stunden später, als Mark den Kopf zur Tür des Krankenhauszimmers hereinstreckte, stand Jake auf und ging zu ihm.

„Wie geht es ihr?“ Der FBI-Agent warf einen Blick in Richtung Bett.

„Sie haben eine ganze Reihe Tests mit ihr gemacht, Röntgen und Blutuntersuchungen und etwas namens Bronchoskopie. Es scheint keine schwerwiegenden Verletzungen zu geben. Aber wenn wir sechzig Sekunden später gekommen wären …“ Seine Stimme brach.

„Doch das sind wir nicht. Gott sei Dank.“

„Dem danke ich schon den ganzen Nachmittag.“

„Gute Idee. Ich bin vorbeigekommen, um nach der Richterin zu sehen, aber ich wollte dich auch wissen lassen, dass unsere Spurensicherung ein paar interessante Dinge bei der Hütte gefunden hat. Noch einen Fingernagel. In der Nähe des Stuhls ein Papierkügelchen mit Blut darauf, das bestimmt von der Richterin stammt. Und im Plumpsklo einen dritten Fingernagel und mehrere blonde Haare, die zu einem Knäuel zusammengerollt und in einer Ecke versteckt waren.“

Liz hatte getan, was sie konnte, um ihnen Hinweise zu hinterlassen. Um Beweise zu haben, damit ihr Entführer zur Rechenschaft gezogen werden konnte, ob sie überlebte oder nicht. Jake schüttelte den Kopf voller Bewunderung, aber überrascht war er nicht. „Das klingt ganz nach Liz.“

Mark warf ihr einen anerkennenden Blick zu. „Sie ist eine echt starke Frau.“

„Dem werde ich nicht widersprechen.“

Spence gesellte sich zu ihnen, und nachdem er sich von Liz’ Zustand überzeugt hatte, sah er Jake prüfend an. „Du musst nach Hause und schlafen.“

Jake grunzte. „Was ist nur mit Todd und dir los? Ich glaube, ihr beide habt einen latenten Gluckenkomplex.“

„Na gut, brich du ruhig vor Erschöpfung zusammen. Dann können wir dich auch gleich hier einweisen.“

Mark grinste und reichte Jake die Hand. „Das könnt ihr unter euch ausmachen."

Jake umfasste die Finger des Mannes und drückte sie fest. „Danke für alles."

„Ich mache nur meinen Job." Er nickte in Richtung Liz. „Und was das Persönliche betrifft – viel Glück."

Jake zog einen Mundwinkel hoch. Seit Liz entführt worden war, hatte er nicht mehr gelächelt, und dies war zumindest ein Anfang. „Danke."

Als Mark den Gang hinunter verschwand, lehnte Spence eine Schulter an die Wand und verschränkte die Arme vor der Brust. „Wir haben eine interessante Situation. Reynolds' Schwester ist hier. Seit zwei Stunden schon. Sie will mit Liz sprechen."

Jake presste grimmig die Lippen aufeinander. „Kommt nicht in Frage."

„Ich dachte mir schon, dass du das sagen würdest. Aber wir haben sie überprüft, und sie ist absolut sauber. Eine vorbildliche Bürgerin. Geht in die Kirche. Unterrichtet mit Leidenschaft. Arbeitet als Freiwillige beim Friedenskorps. Es macht ihr sehr zu schaffen, was ihr Bruder getan hat, und sie möchte um Verzeihung bitten."

Liz rührte sich, und Jake blickte zu ihr hinüber. „Sie hat schon genug durchgemacht. Sie braucht keine Fremde, die sich an ihrer Schulter ausweint."

„Aber du könntest sie fragen. Es sollte schließlich ihre Entscheidung sein, meinst du nicht?"

Das stimmte. Aber er wollte sie vor jedem weiteren emotionalen Trauma beschützen.

„Ich überlege es mir."

„In Ordnung. Ich bin hier draußen."

Jake schloss die Tür und ging wieder an Liz' Bett. Wenige Sekunden später schlug sie die Augen auf.

„Ich fühle mich, als wenn ich von einem Laster überfahren

worden wäre.“ Sie brachte die Worte in einer heiseren Stimme heraus, die er nicht erkannte.

„So ähnlich.“ Er nahm ihre Hand. Sie fühlte sich in seiner gut an. So, als gehörte sie dorthin. „Aber die Untersuchungen haben gezeigt, dass du wieder ganz in Ordnung kommst. Wenn die beiden gebrochenen Rippen und die vielen Prellungen erst einmal verheilt sind. Aber es kann sein, dass du noch eine Weile diese sinnliche Stimme behältst.“

„Sinnlich?“ Sie brachte ein kleines Lächeln zustande. „Das ist ein Wort, das noch nie jemand für mich verwendet hat. Aber warum bist du überhaupt noch hier? Du siehst völlig fertig aus.“

Sein Mundwinkel zuckte. „Du willst mich wohl loswerden, was?“

„Du musst nach Hause gehen und schlafen.“

Zärtlichkeit schnürte ihm die Kehle zu. „Später.“

Sie seufzte und schüttelte den Kopf. „Du bist wirklich ein Sturkopf, weißt du das?“

„Man hat mir schon schlimmere Namen verpasst.“ Er grinste.

Ihre Mundwinkel hoben sich ebenfalls. „Das kann ich mir vorstellen. Also gut, wenn du unbedingt hier bleiben willst, warum erzählst du mir dann nicht, was passiert ist?“

„Wie wäre es mit später? Wenn du dich besser fühlst.“

„Wie wäre es mit jetzt?“

„Und du nennst mich stur?“

Sie zog eine Grimasse. „Gewöhne dich besser daran.“

Er schenkte ihr ein breites, warmes Lächeln. „Ich glaube, der Gedanke gefällt mir.“

Ihre Augen weiteten sich, aber ohne ihr die Gelegenheit zu geben, über seine Antwort nachzudenken, fing er mit einer schnellen Zusammenfassung der wesentlichen Ereignisse an.

Als er fertig war, erschienen zwei steile Falten auf ihrer Stirn. „Und ihr konntet mich nicht retten, ohne Reynolds zu erschießen?“

„Nein.“ Er drückte ihre Hand und seine Miene verdüsterte

sich. „Die Wahl war: entweder du oder er, Liz. Und da war die Entscheidung klar. Er hat keinerlei Mitgefühl verdient."

„Es kommt mir vor, als hätte er im Leben eine Menge Schicksalsschläge einstecken müssen."

„Das rechtfertigt keinen Mord." Seine Stimme klang tonlos. Kalt. „Er hat deine Schwester getötet. Und beinahe wäre es ihm gelungen, dich auch umzubringen."

„Ich weiß."

Sie hatte Tränen in den Augen und seine Stimme wurde weicher. „Es tut mir leid. Ich hätte nicht so direkt sein dürfen. Aber ich kann für den Kerl einfach kein Mitleid empfinden."

„Ist schon gut." Sie blinzelte und schluckte. „Mir geht es ja auch so. Und ich habe deswegen ein schlechtes Gewissen. Wir sollen doch unsere Feinde lieben. Aber im Moment kann ich noch nicht einmal über Vergebung nachdenken, geschweige denn Liebe."

„Das ist verständlich." Mehr als das. Er persönlich bezweifelte, dass er seinen Hass jemals würde überwinden können.

Sie spielte an ihrem Bettlaken herum. „Hatte er Familie?"

„Eine Schwester." Er gab ihr die wenigen Informationen, die er über die Frau besaß.

„Weiß sie, was passiert ist?"

„Ja." Er zögerte. Spence hatte recht. Liz musste selbst entscheiden. „Sie ist sogar hier im Krankenhaus. Sie würde dich gerne sehen. Um sich zu entschuldigen, glaube ich. Spence sagt, sie sei wegen der ganzen Sache ziemlich fertig."

Liz biss sich auf die Unterlippe und ihre Miene spiegelte ihre Zweifel.

„Du musst nicht mit ihr sprechen."

„Ich weiß. Aber vielleicht sollte ich. Vielleicht kann ich durch sie einen Weg finden zu vergeben."

„Sei dir da mal nicht so sicher." Er sah sie skeptisch an.

„Aber es ist einen Versuch wert. Sie soll reinkommen, Jake."

Jake war keineswegs sicher, dass sie die richtige Entscheidung getroffen hatte, aber er ging zur Tür. Spence war noch immer draußen. Nach wie vor im Dienst.

„Sie sagt, sie will mit der Schwester sprechen."

„Übernimm mal kurz, während ich sie hole, okay?"

„Klar."

Jake blieb vor der Tür stehen, den Flur im Blick und gleichzeitig Liz. Ihre Großherzigkeit überwältigte ihn. Obwohl sie zusammengeschlagen und traumatisiert worden war, versuchte sie, den Richtlinien ihres Glaubens zu folgen. Und er fürchtete, ihrem Vorbild nicht gerecht werden zu können.

Zwei Minuten später erschien Spence mit Patricia Reynolds. Die Frau war ebenso gekleidet, wie sie es bei ihrer letzten Begegnung gewesen war, aber alle Farbe war aus ihrem Gesicht gewichen und der Kummer zeichnete ihre Züge, während sie die Lippen fest aufeinanderpresste.

Als sie näher kamen, drehte Jake sich zu Liz um. „Sie ist hier. Aber du kannst deine Meinung immer noch ändern."

Obwohl ihre Finger das Laken zusammenknüllten, schüttelte sie den Kopf.

Er trat beiseite und ließ Patricia eintreten. Spence gab er ein Zeichen, auf die andere Seite des Bettes zu gehen. Er würde die Frau nicht aus den Augen lassen.

Patricias Gesicht verzog sich schmerzlich, als sie auf Liz hinunterblickte. „Ach, du meine Güte." Die Worte waren mehr ein Hauch als ein Laut. „Man hat mir erzählt, dass Sie schwer verletzt sind, aber ich hatte keine Ahnung …" Ihre Finger umklammerten ihre Handtasche und ihre Knöchel standen weiß hervor. „Mir tut das alles so schrecklich leid, Ms. Michaels. Das wollte ich Ihnen nur sagen. Und dass Marty nicht immer so war. Er war ein guter, verantwortungsbewusster, fürsorglicher Mann."

Sie öffnete ihre Handtasche und Jake streckte sofort die Hand aus, um sie zurückzuhalten.

„Wir haben schon nachgesehen, Jake."

Auf die leise Bemerkung seines Kollegen hin zog Jake die Hand wieder zurück.

Patricia holte ein Foto heraus und hielt es so, dass Liz es sehen konnte. „Das sind er und seine Frau vor zehn Jahren. Sie haben an Thanksgiving in einer Suppenküche geholfen. Er und Helen haben oft solche Dinge getan." Sie blinzelte, als sie das Foto betrachtete, dann steckte sie es wieder ein. „Aber irgendetwas in ihm muss zerbrochen sein. Es tut mir so leid, dass ich das nicht rechtzeitig erkannt habe, um Sie vor … all dem zu bewahren."

Eine Träne kullerte über ihre Wange und sie schlug sich die Hand vor den Mund und unterdrückte ein Schluchzen.

Jake sah, dass auch Liz Tränen in den Augen hatte.

„Es ist nicht Ihre Schuld, Ms. Reynolds. Menschen verändern sich." Liz' heisere tröstende Worte drangen krächzend durch ihre Kehle. „Es passiert einfach. Manchmal können wir nichts tun, um sie zu retten – egal, wie stark unsere Liebe ist."

Jake wusste, dass sie an Doug dachte. Er konnte einen Rest Bedauern in ihren Augen sehen. Zusammen mit dem Mitgefühl für diese Frau, deren Trauer sie selbst nachempfinden konnte.

„Danke." Patricia kramte ein Taschentuch aus ihrer Handtasche.

„Es tut mir leid, dass Sie Ihren Bruder verloren haben."

„Ich glaube, ich habe Marty schon vor langer Zeit verloren." Sie putzte sich die Nase, holte tief Luft und straffte die Schultern. „Ich werde dafür beten, dass Sie schnell wieder gesund werden."

„Und ich bete für Sie."

Mit einem Kopfnicken verließ Patricia den Raum. Spence folgte und schloss die Tür hinter ihnen.

In der Stille, die folgte, verschränkte Jake seine Finger mit denen von Liz. „Du bist wirklich toll, weißt du das?"

Sie lächelte traurig. „Ganz und gar nicht. Ich habe in meinem Leben viel zu viele Fehler gemacht."

„Haben wir das nicht alle? Aber ich bleibe bei meiner Meinung."

Sie drückte seine Hand. Und hielt sie fest. „Deine Arbeit hier ist wohl erledigt, oder?“

Er nickte und versuchte, in ihren Augen zu lesen. „Wir bleiben in der Nähe, bis du entlassen wirst. Aber stimmt, danach wird der Personenschutz aufgehoben.“

Ihre Finger zupften an dem Saum des Bettlakens. „Du hast einmal gesagt, wenn das hier vorbei ist, würdest du mich gerne ... na ja, dass du gerne in Kontakt bleiben möchtest.“

Jake hörte die Sorge in ihrem so wunderbar wehmütigen Tonfall. Und er spürte sie in dem ängstlichen Druck ihrer Hand. „Das hat sich nicht geändert. Und bei dir?“

Ihr Blick suchte seinen. „Ich möchte dich auch gerne wiedersehen. Sehr gerne.“

Wärme – und Hoffnung – erfüllte sein Herz.

Er lächelte und beugte sich vor, bis er nur noch ein Flüstern entfernt war und ihren Atem sanft auf seiner Wange spürte. „Ich hatte gehofft, du würdest das sagen. Ich habe nämlich Pläne für uns.“

„Erzählst du mir davon?“ Die goldenen Flecken in ihren grünen Augen leuchteten, als ihre Lippen sich zu einem süßen, unwiderstehlichen Lächeln verzogen.

„Ich könnte es auch demonstrieren.“

Er überbrückte die letzten Zentimeter und berührte ihre Lippen mit einem zärtlichen, vorsichtigen Kuss.

Nach ein paar Augenblicken wollte er sich von ihr lösen. Aber zu seiner Überraschung zog sie ihn wieder zu sich und verlängerte den Kuss. Er wehrte sich nicht.

Als er sich schließlich von ihr löste, blieb er ganz nah, sodass ihre Gesichter nur wenige Zentimeter voneinander entfernt waren. „Du musst wissen, dass ich die Leute, für deren Schutz ich verantwortlich bin, normalerweise nicht küsse.“

„Ich bin froh, dass du bei mir eine Ausnahme gemacht hast.“ Sie seufzte und ihr Lächeln schwand, als sie seine bärtige Wange berührte. „Es waren ziemlich schwierige Wochen, nicht wahr?“

„Ja. Aber jetzt liegen sie hinter uns. Konzentrieren wir uns auf die Zukunft. Und darauf, einander besser kennenzulernen."

„Das gefällt mir." Sie legte ihre Hand auf seine Schulter und zog spielerisch an seinem Hemd. „Ich finde, du solltest mir noch ein paar Anhaltspunkte geben, wie die Zukunft aussehen könnte. Und wie wir das mit dem Besser-Kennenlernen anfangen können."

Er lachte leise und genoss das schelmische Aufblitzen in ihren Augen. Und die Sehnsucht, die in ihnen lag. „Versuchst du etwa noch einen Kuss abzustauben?"

„Ja klar. Irgendwelche Einwände?"

„Keine Einwände, Euer Ehren."

Er küsste sie behutsam und zärtlich und schuf so einen Präzedenzfall für ihre gemeinsame Zukunft.

Epilog

Fünf Monate später

Als es zum dritten Mal an der Tür zu ihrem kleinen Mietbungalow klingelte, stieß Liz frustriert die Luft aus und gab den Versuch, den dünnen Riemen ihrer zweiten Sandale festzuschnallen, auf. Sie zog den Schuh von ihrem Fuß und ließ ihn von ihrem Finger baumeln, während sie auf einem fünf Zentimeter hohen Absatz zur Tür hinkte.

Ein kurzer Blick durch den Spion genügte, um ihren Frust zu verjagen und ein Lächeln auf ihre Lippen zu zaubern.

Jake stand auf der anderen Seite – und sah umwerfend gut aus in einer hellbraunen Stoffhose, einem weißen Anzughemd mit offenem Kragen und einem dezent gemusterten Sakko. Die perfekte Kleidung für die Kirche und den anschließenden Geburtstagsbrunch für Alison.

Sie entriegelte die Tür und schloss auf. „Hi."

Sein vertrautes Lächeln ließ ihre Knie weich werden. Ebenso wie die anerkennenden Blicke, mit denen er ihr figurbetontes geblümtes Sommerkleid betrachtete.

„Nett."

„Danke."

Er zeigte auf die Sandale in ihrer Hand. „Wolltest du die an- oder ausziehen?"

„An."

„Schade." Er zwinkerte ihr zu.

Sie spürte, wie ihre Wangen zu glühen anfingen. In den letzten Monaten hatte sie festgestellt, dass Jake gut flirten konnte. Er war geradezu ein Meister darin.

Und sie genoss es.

„Komm rein. Ich habe Probleme mit der Schnalle an diesem Riemen."

Sie hinkte zum Sofa und er stellte die kleine Einkaufstasche, die er in der Hand hielt, ab, um die Sandale zu nehmen.

„Lass mich mal sehen."

Sie reichte ihm den Schuh und er untersuchte den Verschluss. „Ich glaube, das ist nur ein bisschen schwergängig. Sind die neu?"

„Ja."

Er setzte sich und gab ihr ein Zeichen, es ihm gleich zu tun. „Sie gefallen mir. Gib mir deinen Fuß."

Sie hob den Fuß und er schob die Sandale darüber, wobei er kurz innehielt, um einen lackierten Zehennagel zu berühren. „Hübsch."

„Ich dachte, wenn ich das erste Mal in diesem Jahr meine neuen Sandalen ausführe, schreit das nach einer Pediküre."

„Kein Einspruch von mir. Lackierte Zehennägel sind ausgesprochen sexy." Während er ihr die Sandale überstreifte, hielt er ihren Fuß ein paar Sekunden länger als nötig und grinste sie an. „Fühlst du dich wie Aschenputtel?"

Sie kicherte. „Dann bist du der Prinz."

„Wenn der Schuh passt ..." Er schloss den Riemen.

„Sehr witzig."

Er stellte ihren Fuß auf den Boden und ließ einen Arm auf der Rückenlehne der Couch ruhen, während sie aufstand, um ihre Handtasche zu holen.

„Müssen wir nicht los?" Sie schnappte sich einen Spitzenschal von dem Ohrensessel, der für den kleinen Raum viel zu groß war. Irgendwann musste sie sich ernsthaft nach einem größeren, längerfristigen Zuhause umsehen.

„Gleich."

Ihr Herz machte einen Satz, als sie seinen nachdenklichen Tonfall hörte, und ihre Hände umklammerten ihre Tasche. „Ist irgendetwas passiert?"

„Nein. Aber wir haben vor zwei Tagen einen Brief bekommen, der an dich adressiert ist."

„‚Wir' im Sinne von die U.S. Marshals?" Ein Schauer des Unbehagens erfasste sie und sie setzte sich wieder neben ihn.

„Ja." Er runzelte die Stirn und verschränkte seine Finger mit ihren. „Es ist nichts Schlimmes, Liz. Tut mir leid, ich wollte dich nicht erschrecken."

Sie lehnte sich an ihn und holte tief Luft. Allmählich erholte sie sich von dem Trauma des vergangenen Herbstes. Ganz langsam. Die körperlichen Spuren verblassten und auch psychisch ging es ihr besser. Manchmal gab es sogar mehrere Nächte in Folge, in denen sie nicht zitternd oder schreiend oder weinend aufwachte. Aber der kleinste Hauch von Gefahr genügte, um sie nervös zu machen.

Ihr Therapeut hatte gesagt, das werde sich mit der Zeit geben.

Sie hoffte, dass er recht hatte.

„Ist schon gut." Sie brachte ein zittriges Lächeln zustande. „Du warst nur plötzlich so ernst. Was für ein Brief ist es denn?"

Er zog einen Umschlag aus der Innentasche seines Sakkos. Er war größer als ein Geschäftsbrief und ziemlich dick.

„Er ist von Patricia Reynolds. Wir haben ihn aus Sicherheitsgründen geöffnet. Ich war nicht sicher, ob es gut für dich ist, all die bösen Erinnerungen wieder heraufzubeschwören, aber nachdem ich Für und Wider abgewägt habe, glaube ich, dass der Brief dir vielleicht helfen kann, nach vorne zu blicken."

Er hielt ihr den Umschlag hin, und einige Herzschläge lang betrachtete Liz den per Hand adressierten Umschlag mit der fremden Briefmarke und dem Absender aus Sierra Leone. Wenn irgendjemand anders vorgeschlagen hätte, dass sie ihn lesen sollte, und nicht Jake, hätte sie sich geweigert. Sie brauchte keine

Erinnerung an die traumatischen Ereignisse. Aber im Laufe der letzten paar Monate hatte sie gelernt, seinem Urteil zu vertrauen.

Sie nahm den Umschlag und zog einen Bogen Papier heraus, der um mehrere Fotos gefaltet war. Sie legte die Fotos auf ihren Schoß, öffnete den Brief und las die kurze, handgeschriebene Nachricht.

Liebe Richterin Michaels,
ich habe in den vergangenen Monaten gebetet, dass Sie wieder ganz gesund werden. Ich hoffe, Sie sind inzwischen auf dem Weg der Heilung, sowohl körperlich als auch emotional.
Ich wollte Ihnen mitteilen, dass ich als Alleinerbin meines Bruders seinen ganzen Besitz verkauft habe, abgesehen von ein paar Erinnerungsstücken, und das Geld dazu benutzt habe, hier in dem Dorf, in dem ich lebe und unterrichte, eine Schule zu bauen. Jetzt sind meine klugen, eifrigen Schüler vor den Elementen geschützt, wenn sie lernen, und sie haben Zugang zu Material, das ihnen eine ganz neue Welt eröffnet. Ich habe ein paar Fotos beigefügt.
Auch wenn nichts den Verlust Ihrer Schwester oder den Schrecken, den Sie ertragen mussten, wieder gut machen kann, hoffe ich, es hilft Ihnen ein wenig zu wissen, dass all die Not dazu geführt hat, dass die Kinder in einem winzigen afrikanischen Dorf mit einer hoffnungsvolleren Zukunft gesegnet sind.
Meine Gebete werden Sie immer begleiten, Ms. Michaels. Möge der Herr Sie trösten und stärken, solange Sie leben.

Liz blinzelte die Tränen fort, während sie in den Fotografien blätterte. Kinder mit ebenholzfarbenen Gesichtern lächelten sie aus einem freundlichen, modernen Klassenzimmer an. Es war auch ein Gruppenfoto dabei, das vor der Schule aufgenommen worden war.

Finger berührten zärtlich, tröstend ihre Wange, und dann

wurde sie in zwei starke Arme gezogen und schmiegte sich an eine breite, kräftige Brust.

„Alles in Ordnung?"

Jakes sanfte Frage klang gedämpft durch ihr Haar, und sie nickte.

„Ja. Ich bin froh, dass du mir den Brief gezeigt hast. Ich glaube, er wird mir wirklich helfen, nach vorn zu blicken. Und mich ein kleines Stück weiter in Richtung Vergebung bringen."

Sie blieb so lange in der Zuflucht seiner Arme, wie sie konnte, aber schließlich – widerwillig – riss sie sich los und stand auf. „Wir kommen zu spät zum Gottesdienst. Ich will nicht, dass deine Mutter und Alison und Cole warten müssen."

„Wir haben jede Menge Zeit." Er faltete den Brief wieder um die Bilder, steckte alles in den Umschlag und legte das Päckchen beiseite.

„Ich dachte, du hast gesagt, der Gottesdienst in Alisons Gemeinde fängt um halb elf an."

„Ich habe gelogen."

Sie warf ihm einen erstaunten Blick zu. „Willst du mir das vielleicht erklären?"

„Klar." Er klopfte neben sich auf das Sofa. „Komm, setz dich wieder neben mich. Ich habe noch etwas, das dir vielleicht hilft, nach vorn zu blicken."

Neugierig ließ sie sich erneut auf der Couch nieder. Nachdem sie es sich bequem gemacht hatte, griff er in die kleine Tüte zu seinen Füßen, holte ein fünfundzwanzig Zentimeter großes würfelförmiges Paket heraus, das in silbernes Papier gehüllt und mit einer Hibiskusblüte verziert war, und hielt es ihr hin.

Sie legte den Kopf schief und sah ihn verständnislos an. „Ich habe nicht Geburtstag."

„Geschenke sind nicht nur für Geburtstage."

Sie warf ihm einen skeptischen Blick zu und wollte das Paket entgegennehmen.

„Nimm beide Hände." Er hielt das Geschenk fest, bis sie mit beiden Händen danach griff.

Und sie verstand, warum, als er das Paket losließ. Es war bleischwer.

„Was ist da drin? Ein Ziegelstein?"

Er grinste. „Mach es auf und sieh nach."

Vorsichtig entfernte sie die pinkfarbene exotische Blüte, riss das Silberpapier ab und fand darunter eine kräftige weiße Schachtel. Fasziniert öffnete sie den Deckel.

Die Schachtel war beinahe bis oben hin mit Sand gefüllt.

Rosafarbenem Sand.

Verwirrt sah sie ihn an. „Das verstehe ich nicht."

„An wie vielen Orten auf der Welt gibt es rosafarbenen Sand?"

„Nur an einem, so weit ich weiß. Den Bermuda-Inseln."

„Genau der Ort, von dem du mir mal erzählt hast, dass du ihn gerne sehen würdest."

„Gut. Und das bedeutet was?"

„Wühl mal ein bisschen. Man weiß ja nie, was man findet. Deshalb ist das Treibgutsammeln doch so beliebt."

Liz grub ihre Finger in den feinen Sand und bewegte sie hin und her – dann erstarrte sie, als sie etwas ertastete, das sich wie ein Ring anfühlte.

Mit rasendem Herzschlag zog sie langsam einen wunderschönen ellipsenförmig geschliffenen Diamanten auf einem schmalen Goldring heraus.

Sie starrte den Ring lange an, bevor sie den Blick losreißen konnte. „Ist das … Willst du …?"

„Ja, es ist. Und ja, ich will."

Er nahm ihr den Ring aus der Hand, stellte die Schachtel beiseite und nahm ihre Hand. Jetzt war nichts mehr von der Leichtfertigkeit in seiner Miene zu sehen.

„In den letzten paar Monaten bin ich zu der Überzeugung gekommen, dass unser Wiedersehen kein Zufall war, Liz. Und dass dies" – er hob den Ring hoch – „der Weg ist, den wir gehen sollen. Vor allem, weil ich dich so sehr liebe, wie ich nie geglaubt hätte, jemanden lieben zu können." Seine Stimme klang plötzlich rau und er räusperte sich. „Es tut mir leid, ich bin nicht besonders gut bei solchen Gefühlssachen, aber Tatsache ist, dass ich mir ein Leben ohne dich nicht mehr vorstellen kann. So, Richterin Michaels, Plädoyer beendet. Willst du meine Frau werden?"

Als Jake sie ansah, wärmte die Liebe in seinen Augen einen Ort ganz tief in Liz' Seele. Sie hatte gewusst, dass dieser Augenblick kommen würde. Hatte gewusst, dass sie sich verliebte und dass Jake genauso fühlte wie sie. Deshalb hatte sie nach langen Gebeten in der Stille zahlloser einsamer Nächte Frieden mit ihren Fehlern geschlossen, ihre Schuldgefühle wegen Dougs Tod in Gottes Hand gelegt und sich für die Zukunft geöffnet, die der Herr für sie im Sinn hatte.

Die Zukunft, die Jake ihr jetzt bot.

Zweifel flackerte in seinen Augen auf, als sie nicht antwortete, und sie spürte, dass seine Hand ein wenig zitterte. Dieselbe Hand, die immer fest und sicher und unerschütterlich gewesen war, egal, welcher Krise oder Gefahr er gegenüberstand.

Ihr Herz schmolz.

„Und wie lautet das Urteil?"

Sie lächelte, streckte die linke Hand aus und wackelte mit dem Ringfinger. „Das Urteil lautet … Happyend für beide Parteien."

Ein Grinsen verscheuchte die Anspannung aus seinem Gesicht und er schob den Ring auf ihren Finger.

„Du warst nicht wirklich nervös, oder?" Sie legte die Hände um seinen Nacken und genoss das Gefühl des Goldreifens an ihrem Finger.

„Stehe ich unter Eid?"

Sie kicherte. „Witzig. Ich darf also annehmen, dass Flitterwochen auf den Bermudas mit zu der Abmachung gehören?"

„Davon kannst du ausgehen."

Sie rutschte näher und berührte seine Nasenspitze mit ihrer. „Und was für ein Datum hast du für das große Ereignis im Sinn?"

„Je eher, desto besser?"

Seine hoffnungsvolle Miene brachte sie zum Lachen und sie löste sich ein wenig von ihm. „Ich habe einen vollen Terminkalender, Marshal Taylor. Es könnte eine Weile dauern, bis ich da etwas freischaufeln kann."

„Ich könnte dir einen Grund geben, die Sache zu beschleunigen."

Seine Stimme klang heiser und ihr Herz setzte einen Schlag aus. „Es müsste aber ein sehr überzeugendes Argument sein."

Seine Augen leuchteten noch dunkler. „Ich kann sehr überzeugend sein."

Als Jakes Lippen ihre fanden, musste Liz sich eingestehen, dass seine Argumente für eine Hochzeit in der Tat unschlagbar waren.

Je früher der Termin, desto besser.